KB021589

도전하는 자가 미래를 지배한다

서문당

책머리에

나는 기업경영을 하면서 내 나름의 경영요령 (SKMS; 선경경영관리체계)을 정해 놓고 선경을 이끌어 왔다. 그리고 어떻게 하면 경영을 잘할 수 있을까 하는 생각으로 기회 있을 때마다 회사의 임직원과 많은 대화를 나누어 왔다.

이 책에 실린 글들은 신문기고 등 일부를 제외한 모든 글이 SKMS를 만드는 과정에서, 그리고 만든 후에 각급 경영회의에서 말한 내용을 그룹 경영기획실에서 사원들을 교육하기 위해 그때그때 정리해 두었던 것이다. 따라서 이 글이 한권의 책으로 출간되리라는 것은 미처 생각해 본 적이 없었다. 그랬는데 한국기업문화연구원측에서 이 글이 기업을 경영하고 있는 사람들에게는 물론이고 앞으로 경영자가 되고자 하는 젊은이들에게도 많은 도움을 줄 거라고 하며 재삼 출판할 것을 요청해 와 이렇게 한 권의 책으로 내놓게 되었다.

앞에서 말했듯이 이 글의 근간은 내가 이야기한 것이지만 이를 정리한 것은 그룹 경영기획실이다. 그러니 만큼 이 글을 출판함에는 마땅히 내가 수정할 것은 수정하고 또 보완할 것은 보완해야 하겠지만, 그러자면 시일도 오래 걸리게 되고 결국은 출판도 못하게 된다고 해서 훗날 가필할 기회를 갖기로 하고 이번에는 미숙한 대로 그냥 내놓기로 했다. 그리고 이 글에서 굳이 우리말로 번역할 필요가 없겠다고 생각되는 외국어는 그대로 놔두었다.

이러한 점에 대한 독자들의 양해를 구하면서 나의 이 글이 경영자가 되고자 하는 젊은이들에게 다소나마 도움이 되었으면 하는 바램이라는 것을 밝혀 둔다.

1991년 11월 30일

발간에 즈음하여

崔 鍾 賢

발간에 즈음하여

요즘 우리나라의 산업구조가 커지면서 많은 젊은이들이 경영자가 되기 위해 여러 기업에 입문하고, 또 많은 젊은이가 이미 각 기업에서 경영자가 되려고 열심히 일하고 있다.

그러나 그 젊은이들을 위하여 경영의 선배로서 자신의 체험을 말해주는 사람은 드물다.

더욱이 현재 학교에서 배우는 경영학 자체가 미국에서 발달한 학문이기 때문에 이를 사회 전통이 다른 우리나라 기업경영에 그대로 적용시키는 데는 무리가 많다. 오히려 우리네 경영기법은 우리의 경영현장에서 몸소 체득한 경험적 경륜이 훨씬 더 값지다.

이 책에 실린 글은 경영학적 이론에 근거한 것이 아니고, 대부분 최종현 회장 자신이 정립한 SKMS에 입각하여 기업의 이윤을 어떻게 극대화시킬 것인가 하는 것을 실무 차원에서 구체적으로 언급한 것이다.

최종현 회장의 본래 희망은 경영자가 되는 것이 아니었다. 서울대 농대농화학과를 거쳐 미국의 위스컨신 대학에서 화학 공부를 할 때까지만 해도 자신은 장차 대학교수가 될 수 있을 것이라고 생각했다. 그러다가 교수직은 아무래도 자신의 적성에 맞지 않을 것 같아서 시카고대학교 대학원에 진학하여 경제학을 전공했다. 칼럼니스트가 되거나 정계에 발을 들여놓을까 하는 생각으로 보다 폭 넓은 지식을 섭렵하기 위해서였다.

그러나 최종현 회장은 1952년 유학을 마치고 귀국하자마자 자신의 뜻은 펴볼 겨를도 없이 선경직물(주)에 붙들리는 몸이 되었던 것이다.

당시 최종현 회장의 장형(湛然 崔鍾建)이 경영하던 선경직물공장은 겨우 직기 1백여 대를 돌리는 수원 지방의 조그마한 한 중소기업에 지나지 않았다. 중소기업이라고는 하지만 1953년 포성이 은은히 들려오는 6·25의 폐허 속에서 폭격으로 다 부서진 직기 10여 대를 재조립하여 창업하던 때를 생각하면 엄청난 성장이었다.

직물공장 초창기에는 최종현 회장도 서울대학교 농과대학을 다니면서 형님을 도와 일한 적이 있었다. 형님은 주로 직물을 짜내는 생산관리에, 최종현 회장은 직물을 내다 팔고 원사를 사들이고 하는 판매관리와 구매 관리를 맡아 일했다. 비록 반년 남짓한 짧은 기간이었으나, 최종현 회장이 귀국하던 길로 선경직물(주)에 몸담게 된 것은 그때의 경험 때문이었다.

최종현 회장이 귀국하기 전부터 선경직물(주)은 꽤 많은 사채에 몰려 어려운 형편에 처해 있었다. 형님의 사업이 망하면 곧 최씨 집안이 망한다는 생각에 최종현 회장은 도와달라는 형님의 청을 받아들여 귀국한 다음날부터 회사에 나가 일을 보기 시작했다.

그 후 최종현 회장은 AID 공매불(公賣弗)을 매입해서 인견사를 직수입하기도 하고, 국내 시장에만 내다 팔던 인조견을 국내 최초로 동남아 시장에 수출하기도 하고, 구상무역도 하고 해서 1년 만에 사채를 다 갚고, 3년째 되던 해에는 직기를 1천여 대로 늘려서 무명의 선경 직물공장을 일약 국내 굴지의 대공장으로 떠오르게 했다.

그리고 당시 직물공장을 경영하던 사람들로서는 언감생심 꿈도 꿀 수 없었던 두 개의 원사공장(아세테이트·폴리에스테르)을, 그것도 거의 동시에 준공시킴으로써 업계를 놀라게 했다.

최종현 회장이 선경그룹을 전적으로 떠맡게 된 것은 1973년 1차 오일 쇼크로 세계경제가 방향을 잃고 휘청거릴 때였다. 그동안 함께 일해오던 형님이 뜻하지 않게 타계한 때문이었다. 당시의 선경은 이미 원사에서 봉제까지 8개 계열사를 거느리는 국내 정상의 섬유기업집단으로 성장해 있었다.

기실, 최종현 회장은 1972년부터 석유에서 섬유까지를 수직계열화하기 위한 석유화학사업 계획을 추진해 오고 있었다. 1973년은 최종현 회장이 선경석유(주)와 선경유화(주)를 설립하고 정유공장 건설을 본격적으로 추진하던 해이기도 했다. 그러나 오일쇼크 바람에 최종현 회장의 원대한 석유화학사업 계획은 무산될 수밖에 없었다.

그 후 국내 대기업들이 중공업 진출을 다투어 서둘렀으나 최종현 회장은 초지

일관하게 '석유에서 섬유까지'를 포기하지 않았으며, 1980년 12월 정부의 대한석유공사 민영화 조치 때 원유공급능력과 경영능력을 인정받아 유공(油公)을 인수하고, 이후 해외유전개발, 에너지, 석유화학부문에 걸쳐 의욕적인 신규투자로 마침내 1991년 6월로써 석유에서 섬유까지는 물론 원유에서 필름까지의 완전 수직계열화를 이룩했다.

'석유에서 섬유까지'가 선경의 외형적 성장사라면 최종현 회장의 이 글은 선경이 그동안 어떻게 자라왔는가를 말해주는 내면적 성장사라고 할 수 있다.

특히 이 책의 부록으로 수록한 SKMS는 최종현 회장이 1975년에 잉태하여 1979년에 출산한 선경 기업문화의 뿌리다. 이 SKMS는 1990년 10월 서울대학교 경영대학이 주최한 경영학 국제학술심포지엄에서 국내 최초로 공개된 데 이어 1991년 11월에는 미국의 시카고대학 개교 100주년 기념세미나에서 공개되어 국내외 학계는 물론 경제계의 비상한 관심을 모은 바 있다.

물론 SKMS는 선경 특유의 독창적 경영기법이다. 그러나 경영환경이 비슷한 우리나라 기업들이 무리 없이 활용할 수 있는 경영의 요체이기도 하다. 따라서 이 책이 현직 경영자들에게는 타산지석(他山之石)이, 그리고 경영자가 되고자 하는 젊은이에게는 긴요한 길잡이가 될 것을 믿어 의심치 않는다.

아무쪼록 이 책이 경영 일선에서 많이 읽히기를 바라면서, 이 책을 출판할 수 있도록 허락해 주신 최종현 회장께 깊은 사의를 표한다.

한국기업문화협의회
명예회장 전 범 성

차례

제1부 석유에서 섬유까지

기업경영에는 원칙이 있어야 한다

우리 선경은 70년대를 경영경쟁시대로 보고 이를 위해 남에게 지지 않고 경쟁에서 이겨야 한다는 신념으로 기업을 운영해 왔다. 이제 우리는 경영자로서 경영에 뜻을 같이하면서 80년대를 향해 도전해야 할 단계에 있다.

이를 위해 그동안 경영기획실에서 나와 함께 토의하여 정립한 경영관리 체계의 내용을 임직원 여러분에게 소개하니 여러분의 많은 협조가 있기 바란다. 또한 앞으로 10년 또는 20년 후의 후배 경영자들을 배출하는 데 아낌없이 협조해 줄 뿐만 아니라 경영이 무엇인가를 밝히는 자세도 함께 확립해 주었으면 고맙겠다.

한국 경제의 발전과정

먼저, 한국 경제의 발전과정과 병행하여 선경은 어떻게 발전하였는지에 대해 언급하고 그 다음으로 기업관, 기업경영의 목표를 어떻게 정하고, 기업경영의 정의를 어떻게 내릴 것인가에 대하여 언급하고자 한다.

50년대에는 한국전쟁으로 국토가 폐허화되어 경제적으로 전쟁 이전보다도 더욱 비참했고, 사회적으로도 안정되어 있지 못했다. 60년대에 들어서야 비로소 경제가 발전하기 시작했는데, 그때는 정부가 무역 위주의 경제정책을 세워 수입대체산업과 수출산업을 집중 육성시켰다. 한편 70년대에 들어와서는 60년대 경제발전의 어려운 고비를 넘겼기 때문에 경제가 상당히 발전되었다. 80년대에도 우리나라의 경제 발전은 더욱 가속화되어 산업구조는 경공업에서 중공업 위주로 바뀌게 될 것이며 수출액도 5백억 달러를 넘게 되어 선진국 대열에 들어서게 될 것이다.

90년대에 가서는 현재와 같은 양 위주의 수출에서 질 위주의 수출로 바뀌게 될 것이고, 경제 정책에 있어서도 보다 세련된 정책의 시대, 즉 어떻게 현실에 맞도록 잘 유도해 나가느냐에 따라 경제정책이 결정되는 시대로 바뀔 것이다.'

2000년대에 들어서면 선진국에서도 자원이 부족하게 되어 기술부문을 더욱 중요시하게 될 것이다. 이러한 현상은 우리의 후손들에게도 마찬가지로, 기술관리를 어떻게 하느냐에 따라 경제발전의 여부가 결정되는 시대가 될 것으로 본다.

선경의 발전과정과 우리의 자세

선경의 모체인 선경직물(현 주식회사 선경)은 1953년에 창업되었다. 6·25사변으로 모두 파괴된 기계들을 모아 15대의 직기를 재조립하여 가동하기 시작했는데 이때가 1953년 4월이었고, 이 시기를 선경의 실질적인 창업 시기로 보고 있다. 그 당시에는 전(前) 회장이 공장 관리를 맡았고 나는 판매 및 구매관리를 맡았는데 인견직물이 독점사업인 관계로 장사가 잘 되었다.

그 후 54년도에 나는 이 사업에서 손을 떼고 미국에 건너가서 공부를 했는데 전 회장의 독촉에 못 이겨 62년 11월에 귀국했다. 그때 와서 보니 15대의 직기가 1백62대로 늘어났고 또 새로 주문한 1백40대가 설치되고 있었으므로 8년 동안에 20배 정도로 확장된 셈이었다. 그 후 섬유사업이 잘되어 다시 증설을 계속해서 65년도에는 직기가 무려 1천여 대로 늘어났다. 이렇게 직물업계와 더불어 발전되다보니 원사공장의 필요성이 대두되었고, 선경에서는 아세테이트 원사공장과 폴리에스테르 원사공장을 세우게 되었다.

그러던 중 1973년도 11월에 전 회장이 돌아가시게 되어 자의 반 타의 반으로 본인이 선경을 맡게 되었다. 그 후 정부에서는 무역정책의 일환으로 종합상사 제도를 권장하여 선경직물을 종합상사로 바꾸었는데 종합상사를 위해서는 수출물량을 늘려야 되기 때문에 봉제공장, 경성고무 등 관련 기업을 인수하였고 기존의 기업도 확장했다.

이렇듯 새로 생기는 기업도 있고 기존의 기업도 확장되다 보니 그룹도 전체적으로 자연히 확대되었다. 이와 같이 기업이 대기업으로 성장하다보니 기업을 아무렇게나 운영할 수는 없고 어떤 일관된 경영 기법에 따라 기업을 운영해야 할 필요성이 대두되었던 것이다.

따라서 각 기업은 앞으로 10년 장기계획을 수립하여 80년대를 대비해야 하고, 앞에서도 언급했지만 90년대에는 양보다는 질을 따지는 회사가 되어야 하며, 2000년대에 가서는 우리의 후손들이 우리의 기업을 잘 운영할 수 있도록 틀을 마련해주어야 한다. 이것은 하루아침에 이루어지는 것이 아니므로 지금부터라도 계획을 알차게 세워 기업을 잘 운영해야 한다.

미국, 영국, 독일, 일본 등의 일류 회사를 보면 기술 집약적으로 회사를 안정되게 운영하면서 발전시켰고, 고급 기술을 갖고 있으면서도 계속 연구개발에 전념하고 있으며 자기 나름대로의 경영체제도 갖고 있는데 이는 1,2년 사이에 이루어진 것이 아니다. 우리의 목표는 2000년대에는 선경을 이와 같이 모범이 되는 회사로 성장시키는 것이다.

우리는 이미 75년도에, 기업을 흥하고 망하게 하는 요소가 무엇인지를 찾아내어 이를 경영원칙으로 삼았다. 그것은 첫째, 사람을 잘 다루는 것이고 둘째, 기업을 합리적으로 운영하는 것이며, 셋째, 현실을 외면한 운영을 해서는 안 된다는 것 등이다.

이러한 경영원칙에 의거하여 동적요소가 나왔는데, 그 중 가장 중요한 것이 우리만의 독특한 선경인의 자세 관리이다. 그 내용을 보면 경영자는 첫째, 경영을 하는데 패기가 있어야 하고, 둘째로 경영지식을 가지고 있어야 하며, 셋째로는 우리나라 사람은 너무 관념적이기 때문에 경영에 부수된 생활과학 지식을 갖추어야 한다는 것이다. 또한 넷째로는 비즈니스 하는데 필요한 최소한의 사교자세를 갖추어야 하며, 다섯째로는 가정과 건강관리를 철저히 하자는 내용이 그것이다. 우리는 이러한 경영원칙과 경영인의 자세를 갖고 경영에 임해야 한다.

기업관

기업관은 반드시 정립해야 한다. 만일 기업에 종사하는 사람이 각자 다른 기업관을 갖고 있다면 기업에 문제를 일으키게 되고 경영을 어렵게 만든다.

기업이란 자유민주주의 경제체제하에서 하나의 경제활동 단위이므로 하나의 개체로서 그 나름대로의 책임을 다해야 한다. 일반적으로 기업의 사회적 책임을 염두에 두어 기업의 본질을 잘못 이해하는 경우가 많은데, 기업의 목적은 이익을 많이 내는 것이므로 우리는 이를 위해 모든 노력을 경주하면 되는 것이다. 따라서 나쁜 방법으로 이익을 낸다면 사회적으로 문제가 되겠지만 선의의 방법일 경우에는 문제가 되지 않는다.

또 한 번 돈을 무조건 사회에 기부한다는 것도 상법상으로나 회사 조직상 안

되게 되어 있는 것이다. 그렇기 때문에 될 수 있는 대로 이익을 많이 내어 우선적으로 종업원을 우대하여 주고, 다음에 주주에게 이익을 배당하고, 그래도 남을 경우에는 사회에 돌려주어야 하는 것이다. 이것이 바로 기업이 해야 할 사회적 책임인 것이다.

이를 위해서는 기업이 오랫동안 존속·발전해야 하는데, 기업에 종사하는 사람은 영원히 살아 기업에 기여할 수는 없다. 그러므로 기업에 종사하는 사람은 기업이 백 년, 2백 년 오래 존속·발전할 수 있도록 어느 기간 기여를 하고 그 다음 사람에게 넘겨주어야 한다.

나는 명예, 재물 등의 오너쉽은 나의 후손에게 물려줄 용의가 있지만 경영권까지 넘겨줄 생각은 없다. 나의 후손이 경영을 맡을 만큼 유능하면 몰라도 그렇지 못할 경우에는 다른 유능한 경영자에게 물려줄 생각이다. 왜냐하면 그가 내 후손보다 경영을 더 잘하면 오너쉽은 더욱 튼튼해지기 때문이다. 아울러 나 역시 나보다는 더 유능한 경영자가 나타나면 언제라도 경영권을 내놓을 것이다. 그렇게 되어야만 기업은 오래오래 존속·발전될 수 있고 또한 종업원들도 우리와 기업관에 진심으로 따르게 될 것이다.

이와 같이 회사를 지속적으로 존속·발전시키기 위해서는 우리 모두가 똑같이 뜻을 모으고 어느 기간 기여하다 떠나야 하는 것이다. 기업을 위해 내가 있는 것이 아니고 나를 위해 기업이 존재한다는 식의 생각을 가지고 기회가 있으면 부정이나 하고, 자기 자리를 그대로 유지하기 위해 파벌 조성이나 한다면 회사는 발전할 수 없다. 따라서 우리는 기업관을 올바로 세워 뜻을 같이하고 기업경영에 임해야 할 것이다. 기업관에 뜻이 맞지 않는 사람이 있다면 자기와 뜻이 맞는 곳으로 스스로 찾아가야 한다.

그래서 우리는 기업관을 '기업은 영구히 존속·발전해야 하고, 기업에 종사하는 사람은 이를 위해 어느 기간 기여하다 떠나는 것이다.'라고 정했다. 이와 같이 뚜렷한 기업관을 가지고 서로가 노력한다면 회사는 잘 될 것이므로 회사도 종업원들에게 무엇을 어떻게 해주겠다는 것을 똑바로 세워야 한다.

여기에서 문제가 된다면 '떠난다'는 표현이다. 언젠가는 나도 기업에서 떠나야 하고 여러분도 떠나게 될 것이다. 명확한 사실은 명확히 표현해야지 감출 필요는 없는 것이다. '떠난다'는 용어는 인사관리에서 퇴직이라고 표현하고 있는데 우리는 퇴직관리규정을 잘 만들어 떠나는 사람이 섭섭하지 않게 해주어야 한다. '나는 떠나더라도 회사가 잘되었으면 좋겠다. 회사가 자자손손 잘되었으면 더 좋겠다. 내 후손이 직장을 갖게 될 때 선경에 입사시켰으면 좋겠다.' 등의 마음을 가질 수 있도록 퇴직관리규정을 만들어 철저히 관리해주어야 한다. 반대로 회사는 사람만 이용하고 활용 가치가 없다고 생각하면 회사에서 내쫓는다는 식으로 퇴직관리를 해준다면 떠나는 사람은 상당히 섭섭해 하고 선경에 대해 좋은 이미지도 갖지 않을 것이다.

또한 부정적인 요소를 배격하고 깨끗한 마음 자세를 갖고 업무에 임해주기 바란다. 부정은 재물 부정 뿐 아니라 시간 부정도 있고, 파벌을 조성하는 부정도 있고, 거짓말을 하는 보고도 있을 수 있다. 이러한 것들이 있으면 코디네이션이 잘 안되고 결국에 가서는 회사의 이익을 손상시키는 결과가 될 것이다. 여러분은 부하 직원에게 이러한 사실을 주지시켜, 기업관에 맞는 기업경영을 할 수 있도록 노력해 주기 바란다.

기업경영의 목표

우리나라의 경제는 부존자원이 부족하여 과거와 같이 앞으로도 계속 수출을 증대시켜야 성장할 수 있다. 그러나 수출을 증대시키기 위해서는 수입의 전면 자유화가 필연적으로 따를 것이므로 국내 상품의 국제화가 시급한 실정이다. 앞으로 10년 동안 국제 경쟁력이 약한 상품에 대하여 정부가 보호를 하겠지만 그것도 한계가 있을 것이다. 궁극적으로는 상품의 국내 보호란 있을 수 없는 것이다.

우리 역시 어떤 상품을 만들건 간에 상품의 국제화에 대비하여 국제적으로 일류급에 속하는 상품을 만들어야 한다. 그래야 국내에서도 문제가 안 생기고 외국에 수출도 가능할 것이다. 이제는 국내에서도 이류급에 속하는 상품은 팔리지도 않고 이익도 나지 않는다. 따라서 기존의 상품도 일류가 되어야 하고 새로운 상품도 마찬가지다.

그러나 새로운 상품을 처음부터 일류상품으로 만들어낼 수만 있다면 좋겠지만 현실적으로 쉬운 일이 아니므로 처음 3년간은 이류급의 상품으로 취급받더라도 계속 연구·개발하여 적어도 3년 후에는 일류의 상품이 되도록 해야 한다.

일반적으로 일류의 상품을 만드는 회사는 국제적으로 망한 사례가 없고 이류의 상품을 만드는 회사가 항상 문제가 되었던 것이다. 이러한 점을 모두 고려해볼 때 우리의 기업경영 목표는 '상품의 질이 일류 수준에 속한 기업을 만드는 데 있다.' 하고 정의해야 할 것이다.

여기서 상품의 질이 국제적으로 일류가 되게 한다는 것은 동종 동급의 상품 중에서 일류가 되는 것을 의미한다. 절대적으로 일류가 되어야 한다는 것도 아니고 또한 생산원가를 무시하라는 것도 아니다.

상품이란 판매관리의 정의에서도 언급하였듯이 제품과 서비스를 포함한 개념이다. 제품이 국제적으로 일류가 되었다 하더라도 서비스가 이류가 되면 그 상품은 일류가 될 수 없다. 상품이 일류가 되기 위해서는 제품의 생산에 관련된 관리수준이 일류가 되어야 하고, 서비스에 관련된 관리수준도 일류가 되지 않으면 안 된다. 따라서 일류회사가 되지 못하면 일류상품을 만들 수 없다.

기업경영의 정의

기업경영의 정의는 사람마다 그 견해가 제각기 다르다. 대개의 경우 경영을 사회적 책임을 다하는 것으로 보기도 하고, 단순히 기업을 원만히 관리하는 것으로 보기도 한다. 그러나 사회적 책임을 다하는 것을 경영으로 생각하면 결과적으로 기업은 오래 존속하지 못하고 망하게 된다는 것은 앞에서도 언급했다.

경영이란 궁극적으로 이익을 극대화하여 종업원에게 후대해주고 또한 회사를 튼튼히 하여 계속적으로 이익을 낼 수 있도록 해주는 것이다. 이익을 많이 내야 기업이 안정될 수도 있고 성장할 수도 있는 것이다. 즉 경영의 정의는 '기업의 안정과 성장을 지속적으로 이루게 하는 것이다.'라고 보아야 한다.

기업을 지속적으로 안정되게 하고 지속적으로 성장시키기 위해서는 이익을 극대화하여야 하므로 우리는 우리의 모든 경영관리 요소를 이익과 관련하여 생각해야 한다. 재무관리를 맡은 사람이라고 해서 재무관리만 생각하여 판매 또는 생산의 뒤처리만 하는 것으로 알아서는 안 될 것이다.

이와 같이 이익과의 상관관계를 무시하고 모든 관리를 분리시켜 생각한다면 그 사람은 경영자가 아니라 어떠한 규정에 의해서 행동하는 심부름꾼인 관리자에 불과할 것이다. 관리자는 정해진 규정이나 법에 따라 이를 지켜서 관리하는 사람이고, 경영자는 기업의 안정과 성장을 이룩하기 위하여 이익을 내는 비즈니스맨이다. 그러나 경영자도 경우에 따라서는 일정한 규정 하에 움직이는 관리자의 개념도 갖고 있어야 한다.

이제 우리는 기업경영의 정의를 내려놓았기 때문에 인사관리도 이익에 맞추어 운영해야 할 것이다. 예를 들어 공장장을 인선할 때, 리더십이나 경력 등 상식에 속하는 부분만 고려할 것이 아니라, 원가절감을 더 잘하고, 제품의 품질을 더 좋게 하고, 연구 개발을 하는 데도 코디네이터로서의 역할 등을 더 잘할 수 있는 사람인지를 파악해야 한다. 그렇게 해야 회사가 이익을 더 많이 낼 것이다.

이와 같이 기업경영의 정의를 우리 나름대로 내렸으니 우리 회사만큼은 이러한 방향으로 회사를 운영해주기 바란다.

위에서 언급된 모든 사항을 잘 숙지하고 이에 맞게 노력한다면, 선경은 앞으로 일본, 독일, 미국, 영국 등의 선진국 기업을 능가하는 세계 최고수준의 일류기업으로 성장할 수 있을 것이다.

1979. 3. 17 임원 세미나에서

석유에서 섬유까지

적극적인 자세로 불황을 극복

새해를 맞이하여 임직원 여러분과 여러분의 가정에 행복이 깃들기를 충심으로 바라는 바이다.

지난 한 해를 돌이켜볼 때, 세계 경제는 73년의 호황 여세 속에 초반기를 맞았으나 3,4월부터 경기가 급속도로 침체되어 지난 해 말에는 최악의 불황에 이르게 되었고, 우리나라 경제 역시 국제적인 불황의 직접적인 영향을 받아 기업 활동은 아주 심하게 둔화되어 왔다. 특히 73년 말의 석유파동으로 말미암아 유가(油價)가 4배 가깝게 상승하고 여기에다 식량 부족으로 빚어진 가격상승이 더하여, 국제경제는 극심한 인플레에 직면케 되었다.

인플레를 맞으면 선진국들은 으레 재정과 금융 면에서 긴축정책을 쓰게 마련이며 긴축정책을 쓰면 구매력이 감퇴되고 재고누증을 가져와 궁극적으로는 기업 활동을 약화시키게 된다. 그러나 선진 제국이 긴축정책을 지속하면 심한 실업 사태가 유발되므로 올해 상반기나 늦어도 하반기부터는 반대로 경기 부양책을 쓸 것으로 예상된다. 따라서 경기는 작년과는 반대로 서서히 호전되어갈 것으로 전망된다.

지난해와 같은 역경 속에서도 불황을 극복해야겠다는 결의와 헌신적인 노력을 보여준 임직원 여러분들에게 이 자리를 빌려 그 노고를 치하한다. 올해도 합심 단결해서 불황을 타개해 나가기를 부탁하는 바이다. 우리는 불황에 직면해서도 결코 위축되거나 주저할 것이 아니라 보다 적극적인 자세로 이를 극복해 나가야 한다.

석유로부터 섬유에 이르는 산업의 완전 계열화

우리 선경은 작년과 같은 어려운 처지에서도 당초의 계획대로 섬유 사업을 확장하였으며, 이미 공표한 바와 같이 석유정제사업과 석유화학계열 사업도 적극 추진하여 왔다. 나는 선경을 국제적 규모의 기업으로 부각시키기 위해서 두 가지 명제를 분명히 제시하니 여러분의 보다 적극적인 실천을 당부한다.

첫째 명제는 석유로부터 섬유에 이르는 산업의 완전 계열화를 확립시키는 것이다. 우리의 섬유산업을 유지·발전시키기 위해서는 석유화학공업에의 진출이 불가피하며, 더 나아가서는 석유정제사업까지도 진출해야 한다. 그것이 바로 섬유산업에 필요한 원료의 안정적인 공급과 저렴한 코스트를 보장할 수 있는 길이 되기 때문이다.

둘째 명제는 기업 확장과 더불어 경영능력을 배양시키는 것이다. 섬유산업에서 석유정제사업에 이르는 방대한 규모를 성취해 나아가기 위해서는 수억 불에 달하는 자본력, 고도의 전문지식과 기술이 필요하지만 이에 못지않게 국제적 기업으로서 손색없는 경영능력을 갖추어야 한다고 생각한다.

나는 이미 60년대 말에 여러분들에게 "60년대는 설비 경쟁의 시대이며 70년대는 경영 경쟁의 시대가 될 것"이라고 강조한 바 있다. 70년대 초부터 경영경쟁의 중반기에 이른 오늘날까지 과거 5년 동안 임직원 여러분이 노력한 결실로서 경영자질이 현재의 수준으로 향상되었는데 이는 아주 다행스런 일이다. 그러나 우리는 여기에 만족할 것이 아니라 앞으로 더 한층 노력해서 경영능력을 국제적인 수준으로 끌어올려 80년대 초에 가서는 선경을 국제적인 기업으로 만들어야 한다.

인간위주, 합리적, 현실을 인식한 경영

나는 이 자리를 빌려 10여 년에 걸친 기업운영 경험과 지식을 토대로 정리·확정된 경영이념을 제시하니 여러분의 보다 넓은 이해와 협조가 있기를 바란다.

첫째, 우리는 인간 위주로 기업경영에 임해야 한다. 이 말은 사람이 중심이 되어 기업을 운영한다는 뜻이다. 기업의 요소 중 인적 요소가 가장 중요하며 기업의 장래는 조직 구성원의 자질에 의하여 좌우된다. 따라서 기업은 인간에게 유익한 것이어야 하며 기업 활동 또한 그 범위 안에서 이루어져야 한다.

우리의 기업 활동은 기업의 유지·성장에만 목적이 있는 것이 아니다. 일차적으로 1만 명 선경가족이 안심하고 또 의욕적으로 일할 수 있는 분위기를 조성하는 것이며, 나아가서는 물심양면으로 만족감을 누릴 수 있게 복리 증진을 추구해 나아가는 데에 그 목적이 있는 것이다. 이것은 또한 기업인으로서 나의 신념인 동시에 책임인 것이다.

둘째, 우리는 합리적인 기업경영을 해야 한다. 합리적이라고 하는 말은 서양에서 많이 쓰고 있는 말이지만 본인이 말하고자 하는 것은 실증과학(Positive Science)과 규범과학(Normative Science), 그리고 멋 혹은 기법(技法)으로 번역되는 Art의 세 가지 내용을 포함하는 것이다. 이것은 서양이 오늘과 같은 부를 창조한 원동력이 되기 때문에 우리의 경영도 모든 면에서 능률 위주의 합리성을 가져야 한다.

셋째, 우리는 우리의 현실을 철저히 인식하고 경영에 임해야 한다. 우리의 현실에는 서양과 다른 부분이 허다하다. 즉 문화, 관습, 사회규범, 그리고 생활방식 등에서 동·서양이 상당한 차이가 있기 때문에 아무리 과학적이고 합리적인 바탕을 가진 학문이나 경영이론이라 할지라도 우리의 기업운영에 무비판적으로 도입하여서는 안 될 것이다. 그것을 우리의 실정에 맞도록 연구해야 하고 한 걸음 더 나아가 동양의 우수한 정신문화를 서양의 과학적 사고와 효과적으로 조화시켜 서양보다 우월한 문화와 부(富)를 창조해야 한다.

이상 세 가지 경영이론과 다음에 설명할 요소들에 대해서는 지난 한 해 동안 경영기획실 주관 하에 체계적으로 정리해서 1차적으로 간부 직원들에게 피력하였는데 많은 공감을 불러일으켰다. 우리가 본 이념을 충분히 이해하고 실제의 기업 활동에서 이를 사용할 수 있다면 우리의 경영능력도 국제적으로 결코 뒤떨어지지 않는 수준이 될 것이다.

눈에 보이지 않는 경영요소를 중시

이와 같은 경영이념을 토대로 경영자로서 구비해야 할 자질에 관해 몇 가지 중요한 사항을 부언하고자 한다. 경영을 단면에서 볼 때 대체적으로 조직관리, 인사관리, 기획관리, 생산관리, 사무관리 그리고 PR관리 등 여러 분야로 분류할 수 있으므로, 경영에 참여하는 사람은 이 각 분야에 대해서는 어느 정도의 필요한 지식을 가지고 경영에 임해야 한다. 예를 들어 판매에 종사하는 경영자가 생산이나 경리 또는 기타 분야를 전혀 이해하지 못한 채 경영에 임한다면, 그 사람은 자기가 맡은 분야도 효율적으로 집행할 수 없을 뿐만 아니라 바람직한 경영자도 될 수 없을 것이다. 왜냐 하면 자기가 맡은 분야가 다른 분야와 완전 독립되어 이루어지는 것이 아니기 때문이다.

이와 같이 우리는 기업경영의 정적(靜的)인 면을 중요시해야 하겠지만, 한 걸음 더 나아가 기업경영의 동적(動的)인 면도 중요시해야 한다. 나의 오랜 경험에 비추어 볼 때 가시적이고 외형적인 것이 아닌, 눈에 보이지 않는 동적관리요소가 현실적으로 기업에 매우 중요하게 작용하고 있다고 생각한다. 따라서 이를 오히려 더 중요하게 다루어야 할 것이다. 그러나 이것은 눈에 보이지 않기 때문에 유능한 경영자가 아니면 등한시하기 쉽다.

예를 들어 조직을 운영하는 데 있어서의 조정을 뜻하는 코디네이션(Coordination)과 협동의 뜻을 가진 코퍼레이션(Cooperation)의 두 요소를 비교해 보자.

동질 요소간의 협동인 코퍼레이션은 집을 짓는 목수와 목수끼리, 미장이와 미장이끼리 협동하는 것으론 협동을 안 할 경우 눈에 잘 띄므로 자동적으로 쉽게 이루어진다. 그러나 같은 목적을 이루는 데 있어도 이질적인 요소간의 조정을 뜻하는 코디네이션은 목수와 미장이가 서로 작업을 조정하는 것과 같은 것으로 쉽게 잘 이루어지지 않는다. 이를 위해서는 감독자가 중간에서 이를 잘 조정해주어야 한다. 그렇게 될 때 효율적으로 목적을 달성할 수 있는 것과 마찬가지로 유능한 상사라면 창의성을 발휘하여 이 부분을 잘 관리해주어야 한다. 여기에 바로 코디네이션의 중요성이 있는 것이다.

또 하나의 예로 조직운영에 있어 용어의 사용을 생각해 보자. 용어의 해석을 통일시키지 않고서 경영에 임할 경우에는 완전한 의사 전달(Communication)이 되지 않아 우리가 상상하는 정도 이상의 문제점이 현실적으로 야기된다.

또 다른 실례로서 충성심(Loyalty)을 들 수 있다. 일반적으로 기업에 있어서는 상사가 부하에게 또는 회사가 사원에게 일방적으로 충성을 강요하는 경우가 허다하다. 상하의 계급은 조직관리의 편의상 있는 것이지 조직을 떠나면 인간과 인간의 관계는 서로 대등한 것이며, 이러한 인간관계에서 볼 때 일방적 요구는 있을 수 없는 것이다. 쉽게 말해서, 주고받는 가운데 원만한 인간관계가 지속될 수 있으며 이러한 개념을 조직 운영에 적용시킬 때 충성심이란 일방적으로 요구되는 것이 아니라 서로 주고받는 것이라는 것을 알 수 있게 된다.

이와 같이 눈에 보이지 않는 동적요소가 기업에 상당히 중요하게 영향을 미치므로 동적요소를 잘 관리하여 조직을 유기적이고 활기 있게 하여 우리의 기업목표를 성취해 나가야 할 것이다.

위에서 언급한 경영이념과 관리상의 몇 가지 요소들은 아직 완전하고 정확하게 정리하지 못했으므로 앞으로 여러분의 훌륭한 의견을 충분히 반영하여 보다 확고하게 정립시켜 가까운 장래에 다시 제시할 계획이다.

우리의 명제를 성취하기 위해 노력

선경의 전 임직원이 나의 뜻을 이해하고 실천해 나가며 스스로 목표의식을 가지고 자기 계발에 힘써 나아갈 때, 우리는 우리의 명제를 성취할 수 있을 것이며 국제적인 대기업으로서 조금도 뒤지지 않는 경영능력도 갖추게 될 것이다

우리의 명제는 단순히 오늘을 살아가는 데 있는 것이 아니며, 우리의 보람은 오늘의 안일 속에서 발견되는 것도 아니다. 내일을 개척하고 자랑스러운 역사를 창조하는 데에 우리의 명제가 있으며, 오늘의 모든 난관을 극복하고 미래를 추구하는 가운데 우리는 참다운 보람을 발견할 수 있을 것이다.

1975년 신년사

코디네이션과 코퍼레이션

회사조직이 인체조직같이 되도록 노력

회사의 조직을 잘 운영하기 위해서는 조직이 유기적으로 구성되어야 한다. 가장 유기적인 조직으로는 인체구조를 들 수 있는데, 실제에 있어 아무리 잘 조직된 회사라 할지라도 인체구조만큼 유기적으로 운영되기란 어려운 일이다. 다만 우리는 가능한 한 인체구조와 가까운 수준까지 회사 조직을 유기적으로 만들기 위해 온갖 노력을 경주하면 되는 것이다.

회사를 유기적으로 잘 운영하기 위해서는 코퍼레이션(협동)과 코디네이션(조정)을 잘해야 하는데, 코퍼레이션이란 어떤 목표를 달성하기 위해 같은 종류의 힘을 합해서 일하는 것을 말하며, 코디네이션이란 어떤 일정한 목표를 달성하기 위해 이질적인 힘을 통합·조정함을 뜻하는 것이다.

그러므로 각자가 맡은 바 일만 충실히 해서는 그 조직의 운영이 잘 된다고 볼 수 없고 또 그 조직이 유기적이라고 할 수도 없다. 따라서 유기적인 조직이 되려면 코퍼레이션은 물론이고 코디네이션이 더욱 잘되어야 한다.

하나의 실례를 든다면 판매 분야에서 아무리 잘 팔려고 해도 생산 분야에서 소비자가 요구하는 상품을 만들지 못했을 때는 그 제품이 좋은 값으로 팔리지 않을 것이고, 따라서 판매부원들은 맡은 바 일을 다 했지만 좋은 값을 받지 못하게 되어 회사 운영에 영향을 미칠 것이다. 소비자가 요구하는 이상의 제품을 생산부로 하여금 만들게 하기 위해서는 판매부는 사전에 정확한 시장 정보를 수집해서 자진하여 생산부에 통보해주고 생산부에서는 그 정보를 바탕으로 좋은 제품을 만들도록 해야 한다.

이와 같이 생산자와 판매자가 서로 노력하여 코디네이션이 잘 이루어져야 생산자와 판매자가 다같이 전사적인 목표 달성을 하는데 이바지하게 되는 것이다.

마찬가지로 회사의 조직이 각 분야별로 코디네이션이 잘 이루어져야 인체와 유사한 유기적인 조직이 되는 것이다.

상위직일수록 코디네이션을 잘해야 한다

그런데 코디네이션은 특히 상위 직급에 있는 사람일수록 잘해야 한다. 윗사람들 간에 코디네이션이 잘 안되면 그 회사는 많은 문제점을 발생시키고 그 문제의 해결도 어렵게 되며 이런 분위기 속에서 아랫사람이 일하기는 지극히 어렵게 된다.

내가 선경직물(주식회사 선경의 전신)을 직접 운영했을 때의 실례를 들어 보겠다. 당시 수원공장은 불량품이 많이 나와 회사의 손익에 큰 영향을 주고 있었다. 생산1부와 생산2부를 거쳐야 완제품인 직물이 만들어지는데 이를 맡은 두 부장은 능력도 있고 성실하기도 했다. 그러나 이 두 부장은 자기 일에만 충실했지 서로의 업무 수행에 있어 사전 협의나 정보 교환이 잘 안되고 대립과 반목이 심해 어떤 잘못이 생기면 서로가 책임을 전가하기에만 급급했다. 이로 말미암아 불량품이 어떻게 발생되는지 그 원인 규명도 잘 안 되었고, 이것을 시정하기도 매우 어려웠다.

나는 그 원인이 코디네이션이 잘 안 된데 있는 것으로 보고 공장장과 상의해서 서로 마음이 맞는 부장끼리 일을 할 수 있게 인사 이동할 것을 암시해 주었다. 공장장은 생산1부장과 생산2부장 간에 서로 마음이 맞게 부장을 바꾸어서, 다시 말해 코디네이션을 잘 할 수 있는 사람끼리 일을 하게 했다. 그 결과 얼마 안 가서 불량품의 발생률은 현저히 줄어들고 또 불량품의 발생 원인도 사전에 제거되어 회사의 수지가 크게 개선되었다.

이 한 가지 예만 보더라도 상위자간의 코디네이션이 회사 운영에 있어 얼마나 중요한가를 알 수 있다. 부장은 과장들의, 중역은 부장들의 코디네이션이 잘되게 항상 유의하고, 또 아랫사람들은 윗사람들이 하는 코디네이션의 참 뜻을 이해하고 이를 실행하는 데 적극 협력해야 한다.

코디네이션의 이론은 사회 전반에도 적용된다

부서별로 코디네이션을 잘한다는 것은 눈에 잘 안 보이는 요소이기 때문에 흔히 등한시하기 쉽다. 그러나 눈에 안 보이는 요소지만 회사의 실제운영에는 상당히 크게 작용하며 절대로 필요한 것이기 때문에 앞으로는 말로만 코디네이션을 잘하라고 할 것이 아니라 각 부서가 반드시 수행해야 할 코디네이션의 규정을 만들어서 운영해야 한다.

그러나 코디네이션 규정이 있다고 해서 반드시 코디네이션이 잘되는 것은 아니므로 코디네이션의 중요성과 그 운영 방식을 잘 이해한 다음 실제 운영에 들어가야 할 것이다. 더욱이 코디네이션을 규정 이상으로 잘 하는 사람에게는 상을 주어서라도 코디네이션의 중요성을 인식시켜야 한다.

이러한 코디네이션의 이론은 회사운영 외에 사회 전반에도 적용된다고 본다. 우리는 흔히 한국사람 개개인은 일본 사람보다 유능하면서도 한국사람 열 사람의 합한 힘은 일본 사람 열 사람의 합한 힘보다 떨어진다는 말을 듣는다. 이러한 현상을 단결력 부족이라고 하는데 나는 이것에 견해를 달리하는 사람 중의 하나이다. 즉 코디네이션과 코퍼레이션의 이론에 비추어볼 때, 눈에 잘 보이는 코퍼레이션은 한국 사람이나 일본 사람들이 비등하게 잘하고 있지만, 눈에 잘 보이지 않는 코디네이션은 한국 사람들이 일본 사람들보다 잘못하는 것으로 여겨진다. 그러나 만일 우리가 코디네이션을 잘하면 개인적으로 유능한 한국 사람이 일본 사람을 훨씬 능가하고 강해질 것이다.

코디네이션을 잘해야 한다는 것은 세계 어느 나라의 조직운영에 있어서도 마찬가지겠지만 나의 경험으로는 특히 우리 한국인에게 강조해야 할 점이라고 생각한다.

사보 「선경」 1975년 2월호에서

행동과학에 입각한 조직운영

연수원은 경영자질을 연마시키는 도장이다

우리 선경에서는 임직원의 경영자질을 높이기 위해 경영자질향상 5개년계획 사업을 추진하고 있다. 이 사업이 계획대로 잘 진행된다면 선경은 앞으로 국제적으로 어느 기업에도 뒤지지 않는 일류 기업으로 발전할 것이다. 경영자질향상 3개년계획 사업의 일환으로 본 연수원을 개원하게 됨을 임직원 여러분과 함께 매우 뜻 깊게 생각하며, 앞으로 본 연수원을 모든 선경인의 경영자질 향상을 위한 도장으로 유효적절하게 이용해주기 바란다.

연수원은 마치 전쟁터에 나가는 군인이 무기를 잘 갈고 닦는 것과 마찬가지로 경영자의 자질을 연마시키는 도장이다. 그러나 군인이 지니는 무기와 경영자가 갖추어야 하는 자질과는 차이가 있다. 무기는 무기 공장에서 타인에 의해 제작되지만 경영자의 자질은 타인에 의해 연마되는 것이 아니라 자기 자신이 연수원에서 무기와 같이 경영기술을 다듬는 것이다. 또한 이것은 일반 교육처럼 주입식으로, 타율적으로 이루어지는 것이 아니고 언제나 교육을 받는 사람 자신의 필요성에 의해 이루어져야 하는 것이다.

학교교육은 너무 이론적이라 경영에 직접응용 어려워

미국의 교육제도와 한국의 교육제도를 비교해 보면 많은 차이가 난다. 미국의 경우를 살펴보면 경영대학에서 가르치는 경영지식은 바로 실사회에서 활용할 수 있는 실제 지식이다. 그래서 그 곳에서 배운 경영지식은 바로 기업에 응용될 수 있고, 더욱이 오랜 세월을 두고 자기 회사, 타 회사, 선배회사들의 경험에 의해 연마되어 온 경영방식으로 기업을 운영하기 때문에 특별한 경우를 제외하고는 기업 내의 자체 교육은 그다지 중요시하고 있지 않다.

그러나 한국을 비롯한 동양에서는 경영대학의 교육내용이 너무 이론에 치우쳐 회사경영에 직접 응용되기에는 거리감이 있을 뿐만 아니라 유능하다는 몇몇 대기업의 경험도 보잘 것 없기 때문에 국제적으로 선진 공업국가에 따라갈 수 있는 경영지식으로 사용할 수 없다. 이는 우리나라의 교육제도와 실제 회사운영간에는 적잖은 차이가 있음을 말해 준다. 여기서 회사 내 자체 교육의 필요성이 대두된다.

실제로 회사를 운영하는 데는 깊은 학문 지식을 필요로 하지 않기 때문에 우리가 노력만 한다면 1년 내지 2년 내에 경영 각 분야에 걸쳐서 일상 회사를 운영하는 데 필요한 실질 지식 정도를 얻을 수 있다고 본다. 따라서 우리는 선경을 국제적인 일류기업으로 만들겠다는 의지로 경영관리 각 분야를 연구해야 하며 또한 그 자체를 전체 사원에게 교육시켜야 한다. 그의 일환으로 경영기획실에서 주관이 되어 이를 위한 작업이 진행되고 있으며 그 과정의 하나로 연수원을 개원하게 되었고 우선 일차적으로 행동과학에 입각한 경영지식을 교육하게 되었다.

연수원은 우리가 경영자로서 꼭 알아야 할 경영지식을 얻을 수 있는 충분한 기회를 제공해줄 것이다. 그러나 연수원에서 기회를 제공한다고 다 유능한 경영자가 되는 것은 아니다. 위로는 사장에서부터 아래로는 말단 사원에 이르기까지 자기 자신들이 스스로 배우고 노력해야 유능한 경영자가 되는 것이다.

행동과학 원리에 입각한 조직운영을

현대 회사의 운영에는 행동과학이 상당히 강조되고 있다. 따라서 회사의 조직운영도 행동과학적으로 운영해 나가는 것이 중요하다고 본다. 왜냐하면 회사의 업무가 다양해질수록 조직적인 운영이 필요하기 때문이다.

조직운영에 있어서 가장 중요한 요소는 코디네이션이다. 여기서 코디네이션은 횡적 연결, 정보 제공 및 의사전달 과정에서의 조정을 말하는데 이것은 행동과학에 입각한 것이다. 또한 조직운영을 하는 데 중요한 것은 어떻게 해주면 조직 내에서 일하는 사람들이 의욕적으로 일할 수 있는지 즉, 동기 부여를 행동과학적으로 접근(Approach)하는 것이다. 경영의 정적요소는 경영자가 되기 위해 필요한 최소한의 지식이고 동적요소는 상당한 부분이 행동과학적 원리를 이용한 조직운영에 속하는 것이라고 생각하면 된다.

끝으로 부탁하고자 하는 것은 연수원에서 교육을 받고 나가는 제1기 수강생 여러분이 여기서 배운 지식을 실제업무에 활용할 수 있도록 노력해달라는 것이다. 그래야만 다음에 들어오는 수강생들이 착실히 교육을 받을 것이다. 더욱이 서로가 먼저 입교하겠다는 말이 나올 수 있도록 책임감을 갖고 모처럼의 기회를 잘 활용하기 바란다.

1975. 3. 7 연수원 개원사

용어의 정의와 의사전달

조직운영에서는 횡적 의사전달이 중요하다

회사의 조직을 잘 운영하기 위해서는 커뮤니케이션(의사전달)이 잘되어야 한다. 그러나 이것을 명확하게 이해하고 있는 경우는 아주 드물다. 의사를 효과적으로 전달한다는 것은 조직운영에 있어 필수 조건임에도 불구하고 현실적으로는 그렇지 못해 기업경영에 가장 큰 과제로 남아 있다.

능동적으로 경영에 참여하고 있는 사람의 경우 하루의 시간에서 70%를 의사전달에 소비한다고 한다. 이와 같이 의사전달이 회사운영에서 차지하는 비중이 매우 크기 때문에, 부정확한 의사전달은 회사운영에 많은 문제점을 발생시키고 심지어는 회사 전체를 비능률적인 조직체로 전락시키는 경우도 있다. 따라서 회사의 운영은 물론 회사의 모든 활동 분야에 있어서도 정확한 의사전달이 수반되어야 한다.

회사의 조직운영에 있어서 의사전달은 대략 다음의 셋으로 나눈다.

첫째로 하향식 의사전달 방식인데, 상사가 하급자에게 혹은 조직의 말단에 이르기까지 의사를 전달하는 것으로 이는 관료적이고 지시적인 방법이다.

둘째는 상향식 의사전달 방식인데, 하급자가 상급자에게 동향 보고, 문제점 제시, 잘못된 점의 시정 등을 건의하는 것으로 자칫하면 상급자의 임의직권으로 묵살되거나 변질되기 쉬우며 또한 중간 계층에서 악용될 소지도 있다. 이렇게 되면 조직이 현실과 멀어지고 부하 직원들도 일하기가 어려워진다.

셋째는 횡적 의사전달 방식인데 상향식, 하향식도 중요하지만 조직에서는 무엇보다도 횡적인 상호 정보 교환이나 의사소통이 대단히 중요한 역할을 하게 된다. 이것은 회사를 유기적으로 운영하기 위해서는 코디네이션을 잘해야 한다는 것과 같은 이치이다.

의사전달이 신속해야 한다는 것을 부인할 사람은 아무도 없으며 또한 이것은 새로운 말도 아니다. 그러나 아무리 신속하게 해도 이것이 부정확할 때는 많은 문제점을 유발시키므로, 고의적인 것은 별개의 문제라 하더라도 무의식적인 경우에는 깊은 관심을 갖고 생각해야 할 사항이다.

용어의 정의를 정확히 내려야 의사전달이 잘된다

의사전달에는 반드시 매개체가 필요하다. 여기에서 사용되는 매개체로는 부호, 숫자, 언어, 글, 기타 시청각을 이용한 그림, 음악 등이 있고, 또한 분위기를 조성해서 피부로 느끼게 하는 방법도 있다. 그 가운데서 회사의 조직운영에 사용되는 의사전달의 주된 매개체는 언어이고 언어 중에서도 주로 경영용어가 사용된다. 그런데 경영에 씌어지는 용어는 대부분 서양에서 도입된 외래어이며 우리말로 되어 있다 하더라도 억지로 번역한 것이 많으므로 정의를 내리는 데는 많은 어려움이 뒤따른다.

대부분의 사람들은 용어의 정의를 아주 피상적으로 내리고 있는데, 이렇게 되면 우리가 일상생활을 하는 데는 과히 지장이 없을지 모르지만 회사의 조직을 합리적이고 친밀하게 운영하는 데는 많은 문제점을 초래한다.

용어의 정의를 피상적으로 막연하게 내리는 것과 과학적으로 현실에 맞도록 규정하는 것과는 큰 차이가 있다. 이 차이는 눈에 잘 안 보이는 요소이기 때문에, 더욱 주의 깊게 관찰할 필요가 있다.

실례를 하나 들어 보면, 내가 수년 전 선경직물(주식회사 선경의 전신)을 운영할 때 생산회의에 참석한 적이 있었다. 생산회의는 판매부서와 생산부서, 그리고 이 두 부서를 조정하는 판매관리부서가 자리를 함께 하여 제품의 생산, 판매를 협의하는 회의였다. 그러나 회의는 진행이 잘되지 않았을 뿐만 아니라 좋은 결론도 나오지 않았다.

생산회의가 잘 진행되지 않고 좋은 결론이 나오지 않는다면 회사의 운영에 차질을 초래함은 물론 수지면에 치명적인 영향을 줄 것이다. 그리하여 곧 그 원인이 어디 있는가를 규명해 보았더니 다름 아닌 Full Capacity라는 용어에 대하여 이해의 차이가 있었던 것이다.

생산부서에서는 최대로 시설을 활용해서 최대로 생산을 하고, 판매부서는 최대의 노력을 경주하여 최대로 판매를 할 수 있게 하는 것이 바람직한데, 여기서 최대의 생산능력(Full Capacity)이란 용어의 정의에 대해 각자가 이해를 달리하고 있었다. 생산회의에 참석한 사람 모두가 Full Capacity라는 용어를 모르는 사람은 없었지만 각자가 이 용어를 자기 나름대로 상식적이고 피상적으로 이해를 하고 있었다.

사보 「선경」 1975년 3월호에서

의욕은 조직발전의 활력소다

만족감을 갖고 보람 있게 일할 수 있는 여건을 마련해야

의욕이라는 용어는 우리나라에서는 물론 일본에서도 자주 쓰이고 있는 말이다. 회사의 조직 운영에 있어서 우리는 흔히 어느 개인, 어느 부서, 혹은 한 회사 전체가 '의욕이 있다' 혹은 '의욕이 없다'라는 말을 많이 한다.

그러나 서양의 경영에서는 의욕이라는 말을 잘 쓰지도 않거니와 이에 해당하는 정확한 용어도 없는 것 같다. 억지로 번역을 한다면 Ambition 혹은 Will이라고 할 수 있으나 이것도 우리가 사용하는 의욕이라는 말의 참뜻과는 거리가 먼 것 같다.

서양의 현대 경영에서는 우리가 쓰는 의욕이라는 말보다 행동과학(Behavioral Science)의 일부로서 심리학자들이 주장하고 있는 동기론(Motivation) 중에서 성취동기(Achievement Motive)를 강조하고 있다. 성취동기는 어떤 훌륭한 일을 열심히 그리고 지속적으로 해내려는 욕구라고 한다. 반면에 우리 동양에서 말하는 의욕관리란 어떤 목표를 뚜렷이 세워 개인이나 조직이 지속적으로 만족감을 가지고 보람 있게 일을 할 수 있도록 여건을 마련해주는 것을 의미한다.

그러나 의욕과 성취동기란 뜻이 같은 것같이 느껴지면서도 어딘가 차이가 있는 느낌을 갖게 된다. 이러한 어감의 차이는 동양과 서양이 서로 다른 유형의 사회나 문화, 인습을 가지고 있기 때문이라고 할 수 있다.

예를 들어 서양 사회에서는 일을 시키는 데 있어 보수의 많고 적음이 상당히 중요하지만 우리 동양에서는 아무리 돈을 많이 주더라도 일을 하는데 보람을 느끼지 못하면 일하는 사람이 만족감을 가질 수 없으며 이러한 상황에서 의욕 있게 일해 주기를 기대하기란 상당히 어렵다.

의욕이라는 말은 우리 사회에서 현실적으로 자주 사용되어 왔고 또 지금도 널리 사용되고 있는 말인 만큼 회사 운영에 있어서 의욕이라는 말이 합리적으로 유익하게 활용될 수 있도록 연구되어야 할 것이다.

의욕에 영향을 주는 요소를 잘 다루어야 한다

회사의 조직을 아무리 합리적으로 잘 짜놓고 유능한 인재를 채용하여 코디네이션(조정)도 잘되고 커뮤니케이션(의사전달)도 잘되게 하여 유기적인 조직이 되었다 할지라도 의욕이 없으면 그 조직은 활력소가 부족한 조직이 될 것이다.

마치 활력소가 부족한 어린이가 건강하게 발육하지 못하듯이 회사도 활력소가 부족하면 힘찬 발전을 하지 못할 뿐 아니라 오늘날과 같은 심한 경쟁 속에서 살아남기도 힘들 것이다.

이와 같이 회사의 조직을 운영하는 데 있어서 활력소가 되는 것이 바로 의욕인데, 각자가 의욕을 가지고 일을 할 수 있도록 하려면 대개 다음의 두 가지 종류의 수입에 유의해야 한다.

하나는 금전적인 수입이고 또 다른 하나는 돈이 아닌 보람을 가지고 일을 할 수 있게 해 주는 심리적인 수입이다. 으레 돈을 받는 사람은 돈을 많이 받을수록 좋겠지만 어느 정도의 만족감을 갖게 하기 위해서는 일정한 수준이 있는 것이다. 이는 다시 말해서 자기와 비슷한 위치에 있는 동료와 비교해서 뒤떨어지지 않게 해주는 것이다. 원래 보수는 절대액의 양보다는 비교액의 차이에서 불만이 많이 표시되기 때문이다.

한편 심리적인 수입은 눈에 보이지 않는 것으로서 금전적 수입 못지않게 중요하며, 이에 작용하는 요소들도 매우 다양하고 복잡하다. 이 점은 특히 동양 사회에서 중요하게 작용되고 있기 때문에 경영학을 전공하는 학자들에 의해 연구 개발되어야 한다고 강조하고 싶다.

현실적으로 회사 운영을 하는데 있어 사원 하나하나의 의욕에 관한 문제는 인사관리와 아주 밀접한 관계가 있고 또 회사는 사원들이 소신 있게 일을 하게끔 맡겨 주는 것이 중요하다

이 이외에 심리적 요소들도 많이 있다. 예를 들면 자기 부서가 다른 부서와 비교해서 중요성이 있느냐의 여부, 자기 회사가 다른 회사에 비해서 지속적인 발전성이 있느냐의 여부, 또 자기 장래가 그 회사에 있음으로 해서 더 잘될 수 있느냐

의 여부 등이 있다.

인사 관리와의 관계에서만 보더라도 입사해서 우선 자기가 하고 싶은 일을 맡아서 할 수 있게 해주어야 하고, 일정 기간이 되면 동료와 비교해서 과히 뒤지지 않는 급여를 주고 직위도 올라가게 해야 하며, 또 자기의 상급자나 동료들과 같이 일할 때 서로 뜻이 맞아야 하는데 그렇지 못하면 자리를 옮겨 주어야 한다.

따라서 회사의 운영에서 사원의 의욕을 효율적으로 관리하려면 첫째로 급여를 어느 정도까지는 만족할 수 있게 주어야 하며, 둘째로는 인사관리를 공정하고 합리적으로 운영해야 하며, 셋째로 각 사원이 업무를 소신 있게 수행할 수 있도록 맡겨 줘야 한다고 본다. 위의 세 가지는 효율적인 의욕관리를 하는 데 필요한 여러 가지 요소 가운데서도 가장 중요한 요소라고 생각한다.

의욕관리를 잘하면 사원의 자질이 향상된다

원래 의욕은 눈에 잘 보이지도 않고, 정도의 차이를 측정하기도 곤란하며 복잡하다고 생각되기 때문에 방관할 수도 있다.

내가 선경의 여러 회사를 운영하면서 경험한 한 예를 들어 보겠다. 같은 연도, 같은 시기에 입사한 두 사원의 성장 과정을 관심 있게 지켜 본적이 있는데 이들 두 사람은 대학을 같이 졸업하여 학력도 같고 소양도 비슷했다. 그런데 한 사람은 의욕 있게 일을 하여 근무 시간이 부족할 정도로 열심히 일을 해온 데 반해, 다른 한 사람은 시키는 일만 마지못해 했다.

3~5년이 경과한 뒤 두 사람의 회사 업무 수행 능력에는 두드러진 차이가 나타났으며 따라서 인사평가의 결과에서도 크게 차이가 남을 볼 수 있었다. 그 원인을 규명해 본 결과 한 사람의 부서장은 하급자에게 의욕관리를 잘 해주었고 다른 한 사람의 부서장은 의욕관리를 등한시하였음을 알 수 있었다.

위의 예를 살펴보더라도 의욕관리를 지속적으로 잘 해주면 상당한 시간이 지나 사원의 자질 향상으로 나타난다는 것을 알 수 있다. 따라서 자질이 높은 사원들이 많이 모여 업무를 처리하는 회사가 크게 발전한다는 것은 너무나 당연한 것이다.

이와 같이 회사운영에 있어서는 의욕관리가 상당히 중요하므로 우리 선경에서는 경영자들이 사원 하나하나의 의욕을 높이는 데 깊은 관심을 가지고 노력을 경주해야 하며 주기적으로(6개월마다 한 번씩이라도) 각 부서 별로 논의해서 개인이나 부서 전체가 의욕이 상실된 점이 없는가의 여부를 점검해야 한다. 이때 어떻게 하면 의욕 있게 일을 할 수 있을까 하는 식으로 논의를 한다면 의욕에 작용되는 요소가 너무 많아서 복잡다기해지며 어려워질 것이다. 오히려 왜 의욕이 없냐고 뒤집어 물어보고 혹시 빠진 점이 있으면 보완해주는 식으로 하면 상당히 효율적인 논의가 될 것이다.

　　이와 같이 의욕이라고 하는 것은 개인과 조직의 발전에 활력소가 되는 것이기 때문에 서구에서 요즈음 강조되고 있는 성취동기와 병행하여 연구 개발하면 우리 사회 발전에 큰 보탬이 될 것이다.

사보 「선경」 1975년 4월호에서

일을 다루는 요령과 관리역량

상급자의 관리역량 제한되면 하급자의 관리역량도 제한된다

지난 10여 년간 우리나라의 경제는 급속히 성장하였다. 이에 따라 기업의 경영규모도 괄목할 만큼 커졌고 아울러 관리역량(Managerial Capacity)도 상당히 늘어났다고 볼 수 있다. 앞으로도 우리 경제는 계속 발전할 것이므로 이와 병행하여 기업의 관리역량도 더욱 늘려서 국제적으로 경쟁할 수 있는 규모의 기업으로 키워 나가야 할 것이다.

수년 전만해도 회사를 운영함에 있어 우리는 그 회사가 "관리역량이 없다", "중간 경영자의 부재다"라는 말을 많이 해왔지만, "어떻게 하면 경영자의 역량을 늘리느냐"는 것에 대한 연구는 부족했다. 그러나 이제는 관리역량에 대해 관심을 기울여야 할 때이며 그것을 효율적으로 관리해야할 시기이다.

회사 전체의 관리역량을 신장시키려면 모든 경영자의 관리능력을 다 같이 키워나가야 하겠지만 우선 상급자의 역량부터 키워야 하급자의 역량도 키울 수 있는 것이다. 왜냐하면 윗사람들의 관리역량이 제한되면 아랫사람들의 관리역량도 필연적으로 제한되기 때문이다.

원래 관리역량에는 한계가 있게 마련이어서 주어진 일이 한계를 초과하면 무리가 생겨 오히려 비효율적이 되고, 반면에 한계에 미달하면 관리역량의 낭비를 가져오게 된다. 그러므로 회사를 효율적으로 경영하려면 관리자들의 역량에 맞도록 일을 맡겨야 하고, 또한 그 역량을 늘리는 데 지속적인 노력도 있어야 한다.

일을 다루는 요령을 잘 체득해야 한다

개인별 관리역량의 한계에 작용하는 요소들 중에서 특히 중요한 것으로는 다음의 세 가지 요소를 들 수 있다. 첫째는 시간의 제한이고, 둘째는 생리적인 조건이며, 셋째는 일을 다루는 요령이다.

시간은 아무리 잘 활용한다 할지라도 누구나 똑같이 하루 24시간이라는 제한을 받으며 생리적 조건은 개개인의 차이는 있으나 장기적으로 볼 때 관리역량에 미치는 영향은 대동소이하다고 할 수 있다. 그러나 다루는 요령만은 개개인마다 차이가 크며 상당히 신축성이 있는 것이므로, 관리역량을 신장시키는 데 가장 중요한 요소라고 할 수 있다. 그러나 현실적으로 일을 다루는 요령은 눈에 잘 안 보이고 막연하게 느껴지기 때문에 소홀히 하기가 쉽다.

어떤 경영자가 일을 다루는 요령을 잘 체득하지 않은 채로 어느 부서의 일을 맡는다고 하면 그 사람은 항상 시간에 쫓기고 일에 쫓겨 심하면 건강을 해치는 수도 있다. 그러므로 한 부서의 경영자가 일을 요령 있게 처리해 나가려면, 첫째로 맡은 부서의 일을 정확하게 알아야 하고, 둘째로 경영관리 전반에 관한 일정 수준의 전문지식(어떤 지위를 맡는 데 필요한 전문지식 즉, Position Requirement)을 가져야 하며, 셋째로 일을 맡겨야 할 직원을 잘 선정하여 그가 소신 있게 일을 해낼 수 있도록 과감하게 일을 맡겨야 한다.

나는 과거 비슷한 분야에서 근무하는 두 부장의 관리역량을 유심히 관찰해 본 적이 있다. 한 부장은 어느 부서를 맡더라도 항상 일을 하는 데 여유가 있어 보이는데 반해, 다른 한 부장은 언제나 시간에 쫓기고 일에 쫓기는 것을 보았다.

그래서 그 원인을 살펴보니 두 사람의 일을 다루는 요령에는 커다란 차이가 있었다. 여유가 있어 보이는 부장은 어느 부서를 맡으면 우선 그 부서의 일을 정확히 파악한 다음 그 일을 처리할 수 있는 능력을 갖춘 부하를 물색하고 확보하는 데 힘을 기울여, 일단 능력 있는 부하를 확보하면 그 부하에게 과감하게 일을 맡기고 소신 있게 일을 추진할 수 있도록 뒷받침해주는 데 힘을 쏟는 것 같았다. 반면에 다른 한 부장은 부하를 못 믿어서인지 모든 일을 자기가 직접 다루어야만 만족하는 것 같았다.

인사권을 잘 행사해야 한다

위의 예에서 살펴볼 때 경영자는 일을 어떤 사람에게 맡겨야 하는가를 정확히 판단하여 그 적임자를 선정하는 데 어느 정도의 인사권을 행사하고 일단 선정된 사람에게는 과감히 일을 맡겨야 한다. 사람을 못 믿어 일을 맡기지 못하고 모든 일을 자기가 손수 한다거나 또는 자기 눈으로 직접 지켜봐야 한다고 고집하면 시간과 일에 쫓겨 필연적으로 관리역량은 감퇴할 것이다.

나날이 팽창하는 회사의 업무를 효율적으로 처리하기 위해서는 관리역량을 신장시키는 것이 무엇보다 중요하므로, 우리 선경에서는 관리역량을 관리하는 데 있어서 첫째, 모든 계층의 경영자들은 관리역량을 높이는 데 늘 깊은 관심을 가지고 있어야 한다. 둘째, 각 부서별로 경영자들의 관리역량을 신장시키는 데 제한을 가하는 요소가 무엇인지를 주기적으로 점검해서 제한 요소를 제거하도록 노력해야 한다. 기업경영에 있어서 관리역량의 관리는 어느 나라에서나 중요하겠지만 기업의 경영 규모가 급속도로 커지는 우리나라에서 특히 관심을 가지고 연구 개발해야 할 사항이다.

사보 「선경」 1975년 5월호에서

기업의 성패를 좌우하는 사람의 요소

기업운영의 주체는 사람이다

　기업을 경영하는 데 있어서 인적요소는 매우 중요하다. 흔히 많은 사람들이 기업의 성패는, 사람을 잘 다루느냐 못 다루느냐에 달려 있다고 말한다. 왜냐하면 기업을 경영하기 위하여 경영의 기법을 만들고 이를 관리하는 주체가 바로 사람이기 때문이다. 기업이 어느 정도 성장하면 업무가 다양해지므로 기획, 인사, 조직, 재무, 판매, 생산, 구매, 사무, PR관리 등 여러 분야로 나누어 기업을 운영하게 되는데 이의 주체는 모두 사람이다.

　생산관리를 예로 들어 볼 때, 생산관리의 궁극적인 목적은 남보다 좋은 품질의 제품을 싸게 만들어 내는 것이다. 여기서 생산관리를 위한 우수한 기술을 연구하거나 남이 갖고 있는 기술을 배우는 것도 사람이 하고, 또한 이러한 기술을 선택하는 것도 직접 실행하는 것도 사람이다.

　판매관리를 보더라도 이의 궁극적인 목적은 남보다 높은 가격으로 많이 파는데 있는데 판매촉진 등 기법을 남보다 낮게 관리해야만 이와 같은 목적을 달성할 수 있을 것이다. 이러한 목적을 달성하기 위해 보다 나은 방법을 연구하고, 실행하는 모든 주체는 사람이다.

　이와 같이 모든 분야에 있어서 관리기법의 차이는 있으나 가장 좋은 방법을 연구하는 것도 사람이며, 채택하는 것도 사람이며, 실행하는 것도 사람이다. 이처럼 기업 운영을 위한 제반 요소들을 관리하는 주체가 사람이 되기 때문에 장기적인 면에서 볼 때 기업의 성패는 인적요소에 의해 좌우된다고 할 수 있는 것이다.

상대방의 장점을 살려 좋은 인간관계 유지하라

　그러나 사람이 사람을 다루는 문제는 상당히 어려우며 이에 대한 이해도 잘되어 있지 않고, 또한 연구개발도 잘되어 있지 않다. 사람이 사람을 다루는 인사관리 기법은 나라마다 다르고 회사마다 차이가 있다. 아무리 훌륭한 인사관리 기법이 외국에 존재한다고 해도 그것을 우리가 그대로 받아들이기에는 난점이 많다.

미국이나 유럽에 있는 인사관리 기법을 도입해서 실행할 경우, 우리에게 잘 맞지 않는 것은 주지의 사실이고 가까운 일본의 인사관리 기법을 그대로 도입하는 것도 문제가 있다. 심지어는 우리나라 타 기업에 우수한 기법이 있다 하더라도 그것을 그대로 도입, 적용하는 것도 무리가 있다.

예부터 많은 학자들이 사람의 본질적인 면을 논할 때 그들의 주장은 각양각색이었다. 인간은 태어날 때부터 악하다고 하기도 하고 선하다고 하기도 한다. 또한 이성적이다, 감성적이다 하기도 하고 종교적이다, 비종교적이다, 또는 합리적이다, 비합리적이다라고 말하기도 한다. 이처럼 인간은 대립적인 여러 요소를 동시에 갖고 있는 것이다. 이는 사람을 보는 관점에 따른 차이인데 그만큼 사람이란 다양한 존재인 것이다. 따라서 우리는 사람이 갖고 있는 다양한 특성을 인정하고 이를 받아들여야 한다.

사람을 다루는 데 있어서 그 사람의 부정적인 면만을 다루면 결국 절망에 빠지게 되고 긍정적인 면만 다루면 희망을 갖게 된다. 그러므로 사람의 부정적인 요소를 잘 이해하고 긍정적인 요소를 살리는 방법이 있다면 그것을 위해 최선을 다해야 할 것이다. 다시 말해서 사람은 상대적인 존재이므로 자기가 자신을 위하듯이 남을 위해 준다면 반드시 긍정적인 요소가 나타날 것이다.

이와 같이 사람은 누구나 불완전하기 때문에 성격이나 행동에 있어 장단점이 있게 마련이므로 상대방의 단점을 끄집어내기보다는 감싸주고 장점을 살려준다면 반드시 좋은 인간관계가 이루어질 것이다.

유능한 사원을 많이 육성하고 잘 활용하라

기업은 장기적으로 볼 때 안정되어야 하고 또한 지속적으로 발전되어야 한다. 이 두 가지 요소는 실제 기업을 운영함에 있어 서로 상반되는 요소이면서 동시에 숙명적인 요소이다. 따라서 기업의 이 두 가지 요소를 성공적으로 수행하기 위해서는 기업의 모든 관리 분야를 잘 운영해야 한다. 기업의 모든 관리 분야를 운영하는 주체는 사람이므로 기업을 성공적으로 운영하기 위해서는 사원들을 남보다 더 유능한 자질을 가진 사람으로 육성해야 하고 또한 이들을 잘 활용해야 한다.

이를 위해서는 첫째, 종업원이 생활의 안정을 기할 수 있도록 일정 수준 이상의 대우를 해주어 의욕적으로 일할 수 있는 분위기를 조성해주어야 한다. 둘째, 자기가 기대한 것 이상의 효과가 나올 수 있도록 합리적인 인사관리를 해주어야 하고 교육을 시켜 꾸준히 자기 계발을 할 수 있도록 해주어야 한다.

즉, 우수한 자질을 지닌 사람으로 양성하려면 남보다 우수한 수준의 인재를 모아 경영에 필요한 지식을 배양시켜야 하고, 보람과 만족감을 갖고 의욕 있게 일을 할 수 있는 터전을 마련해주어야 한다.

1975. 9. 3 「인간 위주의 경영」 해설

사회규범과 일치하는 합리적 경영

동양의 합리와 서양의 합리

합리(合理)란 동·서양에 다 있는 말이긴 하나 그 실제적 내용에 있어서는 큰 차이가 있다. 동양 사회에 있어서의 합리란, 이치에 맞도록 행하는 것을 의미하고는 있으나 다분히 추상적이며 형이상학적이다. 반면 서양에서는 모든 사물의 현상을 실증과학적인 접근 방법에 의해 이치를 규명하고, 그 이치에 맞게 행하는 것을 합리라고 보고 있기 때문에 상당히 현실적이다. 결국 서양 사회에서는 추상적인 것이 아닌 실증적인 합리를 삶의 기본 이치로 삼았기 때문에 실천성이 있어 과학이 고도로 발달하였고 이를 산업화해서 부를 창조하게 된 것이다.

동양에서는 일본이 가장 먼저 서양의 과학을 받아들임으로써 경제대국이 되었다. 마찬가지로 우리도 서양의 과학을 받아들여 산업을 발달시키고 이를 토대로 국력을 배양해야 한다.

합리적인 경영이란 실증과학적 사고에 사회규범과 멋을 통합한 개념이다. 다시 말해서 실증적인 근거에 의해서 현상을 분석하고 사회 규범에 비추어 옳고 그름을 판단하고 멋진 방법으로 집행하는 것을 말한다.

실증과학적 사고에 입각한 경영

실증과학(Positive Science)적 사고가 약할 경우에는 어떤 일을 처리하는 데 있어서 깊고 넓게 다루기가 어렵다. 이는 사물을 분석하는 예리함이 거의 없다는 뜻으로 자연히 비현실적, 비과학적, 비합리적이 된다. 그러므로 어떤 일을 할 때는 깊고 넓게 잡아서 검토해야 한다.

예를 들어 사회에서 맡은 바 임무를 다 하겠다고 할 때에 보통은 일만 충실히 다 하면 되는 것으로 알고 있다. 그러나 조직 운영의 측면에서 본다면 자기의 일만 충실히 다 했다 해서 맡은 바 임무를 다 했다고 볼 수는 없고 그 과정에서 코디네이션이 잘 되어야 한다. 왜냐하면 코디네이션이 잘 이루어지지 않는 조직은 유기적 조직이라 볼 수 없기 때문이다.

그러므로 조직운영의 측면에서 임무를 실증적 사고로 분석해 본다면 일반적으로 사회에서 생각하는 개념과는 달라진다. 따라서 회사에서의 맡은 바 임무란 일반적으로 사회에서 말하는 임무에 코디네이션 개념을 포함시킨 것을 의미한다.

이와 같이 실증과학적인 사고를 바탕으로 우리가 막연하게 알고 있는 여러 통념들을 깨뜨려야만 조직운영에 활력을 불어넣을 수 있을 것이다.

사회규범에 맞는 경영

다음으로 우리가 생각해야 할 것은 사회규범에 맞게 경영활동을 해야 한다는 것이다. 예를 들어, 한 사원이 어떤 조직에서 일을 하다가 정신착란을 일으켜 회사가 그 사원을 퇴직시켜야 할 경우가 생긴다면 두 가지 면에서 고심하게 될 것이다. 그 하나는 사회규범에 맞게 해주는 것이고 다른 하나는 적은 비용으로 적절히 보상해주는 것이다.

보통의 경우에는 퇴직금에 적은 비용을 합쳐 보상해 줄 것이다. 그러나 사회규범에 따라 보상해준다면 퇴직금보다 치료비가 많이 들어 당장 회사가 손해를 보게 되겠지만, 다른 종업원들은 회사를 믿고 일을 할 수 있기 때문에 의욕이 생기고 더 많은 일을 하게 되므로 결국은 회사에 더 이익이 될 것이다.

이와 같이 경영활동을 할 때에는 실증과학적 사고에 의해 현상을 분석하고 사회규범에 맞추어 선택의 여부를 판단한 다음 어떻게 멋진 방법으로 일을 집행할 것인가를 생각해야 한다. 아무리 사회규범에 맞게 행하는 경우에도 집행 과정에서 멋이 없으면 무리가 생기고 보는 이들로 하여금 눈살을 찌푸리게 한다.

무슨 일이 닥쳤을 때, 그 일이 복잡하게 보이거나 어렵게 느껴지는 것은 분석력이 약하기 때문이다. 분석력이 약하면 혼돈이 생기고 혼돈이 생기면 더욱 분석력이 약해진다. 아무리 복잡하고 어렵게 보이는 일도 엉켜진 실을 푼다는 식의 차분한 마음으로 치밀하게 하나하나 분석해 나가면 혼돈이 풀리고 해결 방안을 얻게 되어 쉽게 일을 처리할 수 있을 것이다.

1975. 9. 11 「합리적인 경영」해설

우리 현실에 맞는 경영기법

서양 기법의 우리 사회에의 적용성

현실을 철저히 인식한 경영을 하기 위해서는 합리주의에 속하는 실증과학과 사회규범에 근거를 두어야 한다. 그렇지 않으면 합리적으로 일을 처리했다고 하더라도 피상적인 것이 될 것이다.

합리주의라는 것은 본래 서양에서 그들의 사회를 중심으로 발달된 것으로서 현재 우리는 서양의 합리주의를 도입하는 단계에 있다. 그러나 우리 사회와 서양 사회간에는 문화, 관습, 사회규범, 생활방식 등에 있어 서로 다른 부분이 상당히 많기 때문에, 서양 사회를 중심으로 발달된 기법들을 그대로 받아들일 수는 없다. 그들의 기법들 중에는 우리 사회에 그대로 활용될 수 있는 것도 있지만 그렇지 못한 것도 많다.

예를 들어 서양에서 고도로 발달된 생산관리 기법은 우리 사회에 그대로 받아들여져도 잘 활용이 되지만, 인사관리 기법은 그렇지 못하다. 인사관리 기법은 그 나라의 고유한 사회풍습, 제도, 규범을 바탕으로 하여 그 나라의 사람을 다루는 것이므로, 서양의 좋은 기법이 있다 하더라도 그것을 한국 사람에게 그대로 적용한다는 것은 위험한 생각이다. 그 밖에 재무관리, 판매관리, 사무관리 등은 우리 사회에 적용될 수 있는 부분도 상당히 있으나, 사회의 제도, 인습, 사회규범 등의 차이로 인하여 적용되지 않는 부분도 있다.

이와 같이 서양의 기법이 우리의 현실에 맞는 것도 있고 그렇지 못한 것도 있다. 우리의 현실에 맞지 않는 것을 우리 사회에 억지로 적용하려고 한다면 무리가 발생하여 비능률적이고 비효율적이 될 것이다.

우리에게 맞도록 연구 개발하여 활용

　기업 경영은 서양의 과학을 근거로 하여 발달된 것이므로 그것을 빨리 배워서 활용해야 하겠지만 먼저 현실적으로 우리 사회에 맞느냐의 여부를 엄격히 가려내야 한다. 즉 적응성이 있는 것은 그대로 받아들여 활용하도록 하고 그렇지 않은 것은 우리의 현실에 맞게 연구개발해 활용해야 한다. 그렇게 하기 위해서는 우리 사회의 인습이나 제도, 규범, 문화 등이 서양의 것과 다르다는 사실을 우선 구체적으로 파악할 필요가 있다.

　예를 들어 퇴직의 경우를 보면 서양에서는 퇴직에 대해 별 문제가 없으나 일본에서는 사회규범상 회사가 마음대로 퇴직을 시키지도 못하고 본인 또한 마음에 안 든다고 해서 회사를 그만 둘 수도 없게 되어 있다. 그리고 우리나라 또한 서양이나 일본의 사회규범과는 다르기 때문에 퇴직제도도 그들과는 분명히 다른 방식으로 정립되어져야 한다.

　다른 예로서 서양과 달리 우리 사회에서는 집단 지향성을 지니고 있기 때문에 회사 조직에 있어서의 업무 중심과 인사 권한을 그룹 러더에게 맡겨야 한다는 점을 우리의 인사관리에서는 중요하게 다루어야 한다.

　이와 같이 우리는 우리의 현실이 서양과 다른 부분이 많다는 것을 철저히 인식하고 서양의 발달된 기법들이 우리 사회에 맞는지의 여부를 따져 보고 우리 사회에 맞는 것은 그대로 받아들여 활용하고, 맞지 않는 것은 우리에게 맞도록 연구 개발하여 활용해야 할 것이다.

1975. 9. 18 「현실을 인식한 경영」해설

기업의 연수원교육은 실전교육이다

연수원교육과 해외연수교육

먼저 우리 선경의 경영자질향상 5개년계획의 일환으로 실시하고 있는 국내교육인 연수원교육에 대해서 언급하고자 한다. 연수원교육은 사원 학자로 만들기 위한 교육이 아니다. 일반적으로 교육이라 하면 학교 교육을 연상하지만, 회사의 연수원은 일반교육과는 달리 회사 실제 업무를 중심으로 한 실전교육을 하는 곳이다.

모든 교육이 그러하듯이 산업교육인 우리 연수원교육도 자기 자신이 스스로 연구, 노력하지 않고서는 회사에서 아무리 우수한 강사를 초빙해서 좋은 내용의 교육을 시킨다 해도 별 효과를 거둘 수 없는 것이다. 그러므로 임원 여러분의 가장 중요한 임무는 연수자 스스로가 공부하고 연구하는 마음의 자세를 가지도록 분위기를 조성해주고 동기 부여를 해주는 것이다.

다음은 해외 파견 교육에 대해서 생각해보자. 다가오는 80년대에 우리 선경이 국제적인 기업으로 성장하기 위해서는 경영자들이 국제적인 센스를 길러야 한다. 이를 위해서는 해외연수교육은 해외에 자주 나갈 수 있는 분야의 경영자들보다는 총무, 인사, 경리, 국내 판매 등 외국에 나갈 기회가 없는 경영자들에게 우선적으로 기회를 부여해서 외국의 우수한 경영기법을 배워 오게 해주어야 한다.

이렇게 하여 연수원교육과 해외파견교육을 받은 사람에게는 연수를 통해서 터득한 교육 결과를 보고서로 작성, 제출케 하여 연수 받지 못한 경영자들이 그것을 경영활동에 참고하도록 하고, 거기서 더욱 새롭고, 우리의 현실에 알맞은 경영기법을 찾아내어 우리 회사 업무에 활용하도록 해야 한다. 이와 같은 맥락에서 지속적인 교육이 이루어진다면, 경영자질향상 5개년계획이 끝나는 80년대 초에는 선경만이 가지는 즉, 선경 특유의 경영기법을 가지게 되리라고 믿는다.

사장의 원맨쇼는 중간 관리층을 무능하게 만든다.

우리는 경영자질향상 5개년계획을 수립하여 그동안 왜 추진하여 왔고, 앞으로 어떻게 추진할 것이며, 또 그 계획이 완료되는 5년 후인 80년대 초에 가서는 어떠한 성과를 얻을 수 있는지 명확히 알고 있어야 한다. 또한 우리는 경영자질향상 5개년계획을 집행해 나가는 과정에서 발생할 수 있는 여러 가지 문제점도 풀어 나가야 한다. 이와 같이 경영자질향상 5개년계획을 추진함에 있어서는 우리모두가 뜻을 같이 해야 하고 또 지향하는 목표가 공동의 목표가 되도록 노력해야할 것이다.

사실 우리나라에는 7~8년 전까지만 해도 경영이란 무엇인가 하고 따지면서도경영다운 경영에 입각해서 기업을 운영하지 못했다. 1950년대에는 물론 그랬고, 60년대에 들어서면 서부터도 점진적인 경제발전을 거듭 하기는 했지만 경영다운기업 운영은 없었다. 그 당시의 경영이라고 하는 것은 최고 경영자들이 정부 측과교섭을 잘하고 외국으로부터 기술협력이라든가 차관을 끌어들이는 정도였다. 그래도 기업은 그런 대로 운영되었다. 즉 그 기업의 회장이나 사장이 벌이는 원맨쇼가 가능한 시대였다.

그러나 근래에 들어와서 우리나라의 경제는 과거와 달리 급속히 발전하였다. 이러한 과정에서 기업들도 점차 대형화하기 시작하였고, 이러한 추세와 더불어 몇몇의 소수 경영진만으로는 대기업을 이끌어가기가 힘들게 된 것이다. 즉 앞으로의 대기업을 관리하고 이끌어나갈 경영자들이 경영을 잘 하느냐 못 하느냐에 따라 그 기업의 흥망이 좌우될 것이므로, 우리는 지금부터라도 중간 관리층이 유능한 경영자가 되도록 교육을 통해 양성해 나가야 한다. 이것은 필연적인 일이며 우리 임원들이 깊은 관심을 두고 달성해야 할 과제라고 생각한다.

연수 결과를 일상 업무에 충분히 활용해야

그래서 우리 선경에서는 작년부터 경영자질향상 5개년계획을 수립하여 그 계획에 따라 1차년도 교육을 실시했고, 올해에도 전반기 교육을 이미 끝냈다. 물론지난 1년 동안 연수원교육을 실시하는 과정에서 잘된 점도 많았지만 시행착오도없었던 것은 아니다 잘못된 점은 그때그때 시정하여 교육을 계속 실시해 나가야할 것이다.

그런데 여기서 특히 강조하고 싶은 것은 앞에서 언급한 바 있듯이 임원 여러분의 솔선수범하는 자세가 필요하다는 점과 연수자들이 의욕을 가지고 스스로 열심히 배우려는 자세가 중요하다는 점이다. 이 점을 명심해서 상하가 일치단결하여 연수교육의 효율을 극대화시켜야 한다.

그러기 위해서 연수원교육은 어떻게 해야 할 것이냐 하는 문제, 즉 무엇을 가르쳐야 하며 어떻게 배워야 할 것이냐 하는 문제에 대해서 생각해보자. 예컨대 연수교육은 심리학자나 사회학자를 초빙해서 일반적인 교육을 실시할 것이 아니라, 우리 회사의 일상 업무에 문제가 되고 있는 인사관리, 재무관리 등을 어떻게 하면 더 잘되게 할 수 있을까 하는 것을 연수자 스스로가 연구하고 토론할 수 있는 실질적인 교육을 실시해야 한다는 것이다.

연수원에 들어와 있는 짧은 기간 동안에 우리가 목표로 하는 성과를 다 거둘 수는 없다. 연수자들은 연수원에 들어오기 전에 교재를 미리 보고 사전에 준비를 하여, 연수원에서는 사전에 준비한 것을 토대로 서로가 발표, 토의해서 한 사람 한 사람 전부가 이해할 수 있게끔 하며, 연수를 마친 다음에는 그 결과가 일상 업무에 충분히 활용될 수 있도록 각자가 자기 지식으로 만들어야 한다.

원칙 없는 경영은 줏대가 없어진다

공장장에게 맡겨진 생산관리의 업무란 간단히 말해서 '가장 좋은 품질의 상품을 가장 싸게 만드는 것이다.'라고 할 수 있겠는데, 이런 점이 각 업무 분야별로 잘 정리되어 있지 않다는 것이다. 용어의 통설과 업무 파악 같은 것은 각 분야별로 시급히 정리되어야 할 우리의 과제이다.

다음은 우리 선경의 경영원칙인 '인간 위주의 경영', '합리적인 경영', '현실을 인식한 경영'에 대해서 최고 경영자와 중간 관리층 사이에 확실한 원칙과 용어의 뜻을 통일시킬 필요가 있다. 경영원칙의 세 가지 요소 중에서 어느 하나라도 빠진다면 기업 경영은 제대로 이루어지지 않으리라는 것이 나의 신념이다.

일정한 경영원칙이 없으면 회사를 경영해 나가는 데 있어서 줏대가 없어진다. 왜냐하면 우리가 회사를 경영하자면 경영규정 이외에 운영기법도 필요하게 되는데 일정한 원칙이 없으면 각양각색의 규정이나 운영기법이 생겨날 우려가 있기 때문이다. 이러한 무원칙을 방지하고 일정한 원칙 밑에서 규정이나 기법 등을 통일시키기 위해 경영원칙을 정한 것이다.

경영자질향상 5개년계획의 당면 과제

결론적으로 말해서 경영이란 사람에 의해서 좌우되지만 그렇다고 경영에 필요한 사람이 결코 하루아침에 얻어지는 것은 아니다. 때문에 중간관리층의 경영관리 능력을 향상시켜 유능한 경영자로 키우기 위해서는 많은 시간이 필요하다. 3년, 5년, 심지어는 10년이 걸릴는지도 모른다. 그러나 그렇게 많은 시간과 경비가 소요된다 하더라도 우리는 중간 관리층의 경영관리 능력을 향상시키기 위해 교육을 게을리 해서는 안 된다.

그래야만 우리는 80년대에 가서 후회하지 않고 다른 기업들보다 뛰어난 경영을 하는 기업이 될 것이고 국제적으로도 경쟁력이 강한 기업의 면모를 갖추게 될 것이다.

이상과 같은 것을 고려해볼 때 우리가 추진하고 있는 경영자질향상 5개년계획의 당면 과제는 다음 세 가지로 집약되지 않을까 생각한다. 첫째, 선경연수원을 통한 국내연수교육, 둘째, 국제적인 안목을 키우기 위한 해외연수교육, 셋째, 국내연수와 해외연수 교육에서 터득한 경영이론을 실제경영에 도입·활용시키는 일이 될 것이다. 이상의 세 가지 당면 과제를 성공적으로 완수하기 위해서는 어느 누구보다 임원 여러분의 역할이 중요할 것이며, 이를 위해 우리 모두의 힘을 모아 노력해야 할 것이다

1976. 7. 10 임원 세미나에서

제2부 기업경영과 인재양성

유공의 민영화와 선경의 경영참여

국가경제의 혈액을 공급한다는 각오로 유공 경영에 참여

유공을 앞으로 어떻게 운영할 것인가에 대하여 먼저 말씀드리고 여러분의 질문에 성의껏 답변하는 형식으로 진행하겠다.

선경은 정부의 유공 민영화 방침에 따라 유공의 주식 중 미국 GULF사가 갖고 있던 모든 주식을 인수하여 유공의 경영에 참여하게 되었다. 에너지의 확보에 많은 어려움이 있는 이 시대에 정유사업을 한다는 것은 많은 어려움이 있게 마련이므로 본인뿐만 아니라 임직원 모두가 국가경제의 혈액을 공급한다는 사명감을 갖고 단단한 각오 아래 유공 경영에 참여 하겠다.

유공의 경영 참여에 즈음하여 본인은 여러분에게 다음 세 가지를 약속하겠다. 첫째, 석유의 안정공급을 위해서 선경그룹이 갖고 있는 힘을 다하여 경영에 임하겠다. 둘째, 정부에서 제시한 7가지의 어려운 인수 조건에 대하여 심혈을 기울여 충실히 이행할 것이다. 셋째, 이를 이행하지 못했을 경우에는 유공 주식 전부를 정부에 반납하고, 선경이 갖고 있는 모든 기업의 경영에서도 손을 뗄 각오이다.

민영화 방침에 누(累)가 되지 않는 경영

대부분의 우리나라 정유회사와 마찬가지로 유공도 원유공급과 운영을 메이저(Major)에게 맡겨왔기 때문에 GULF사가 원유를 확보하고 유공은 단지 판매만 담당하여 스스로의 원유 확보 능력은 없었다. 따라서 앞으로 필요한 것은 원유를 확보할 수 있는 강력한 조직과 유능한 사람의 확보이다. 가칭 '자원기획실'을 신설해서 국제적으로 뒤지지 않는 산유국의 정보를 입수하고 연구해 원유 확보에 차질이 없도록 하고 다른 모든 자원의 정보도 함께 연구·검토하겠다.

그 외에는 유공의 기술요원, 판매요원, 관리요원이 매우 유능하기 때문에 기존의 경영방식, 조직, 인사 등을 바꾸지 않고 나와 몇몇 사람만이 스태프로서 유공이라는 배에 승선하여 기존 직원과 함께 유공을 더 잘 운영하겠다. 왜냐하면 기업은 하나의 생명체와 같기 때문에 임의로 바꾸어서는 안 되는 것이다.

국민 여러분께서 확실히 알아야 할 점은 세계의 원유 시장이 70년대 초에는 65% 정도가 메이저에 의해서 공급되어 왔으나 근래에 와서는 25%정도 밖에 공급되지 못하고 있으며 앞으로도 더 내려갈 전망이다. 그 이유는 원유 거래 방식이 D/D 방식으로 메이저에 의존하지 않고 산유국에서 직접 소비국에 공급하고 있는 추세이기 때문이다.

선경이 지난 4월부터 중동에서 1일 5만 배럴의 원유를 공급받고 있는 것도 그런 방식으로 메이저에 의존하지 않고 산유국에서 직접 가져오고 있는 것이다. 원유의 공급이 정부와 정부간에 이루어지는 것이 아니고 주로 민간 차원에서 이루어지기 때문에 유공에 대한 정부의 민영화의 대원칙도 있지만 특히 이런 점이 감안된 것으로 알고 있다.

우리나라 사정을 살펴볼 때 앞으로 정부에서는 유공뿐만 아니라 은행까지도 과감하게 민영화하는 방향으로 정책이 이루어지고 있는 것 같은데 공교롭게도 내가 제1호가 된 것이다.

또한 국제적으로도 상당한 주목을 받게 될 것이다. 유공은 그동안 GULF사가 운영해왔기 때문에 미국 대사관, 미국 정부, 미국계 은행, 유럽의 은행 뿐 아니라 가까운 일본에서까지도 우리가 유공을 어떻게 운영할 것인지 관심이 많을 것이므로 이에 부응해서라도 지금보다 더 나은 기업으로 발전시켜야 한다.

만일 민영화된 유공이 잘 운영되지 못하면 정부의 민영화 방침에도 크게 해가 될 것이고 사업가에게도 큰 화를 입히는 결과가 되므로 심혈을 기울여 실수가 없도록 하겠다.

유공 인수 이전에 이미 차관 도입

(문) 사우디 은행에서 1억 달러의 차관을 도입한다고 하는데 어떻게 추진되고 있는지?

(답) 정부에서 지난 4월에 원유 도입을 계약하고 5월부터 원유를 도입 하려고 했으나 미국의 은행들이 광주사태로 인한 Country Risk를 이유로 돈을 빌려주

지 않아 이미 계약한 원유도 가져오지 못했다. 그래서 우리가 나서서 사우디 은행에 권유를 했더니 그들이 자기들 산하에 있는 은행의 협조를 얻어 자금을 마련해 주었는데 그것이 바로 2억 달러의 차관 도입이었다. 마침 차관을 도입한 시기가 GULF사가 자기들의 주식을 대한 석유지주회사에 맡기고 유공에서 철수할 무렵이었기 때문에 마치 유공을 인수하기 위해 차관을 교섭한 것처럼 보이나 실은 유공을 인수받기 이전에 차관은 다른 목적으로 도입했던 것이다. 이와 같이 나라의 외환 사정이 어려울 때 GULF사가 철수하겠다고 나섰지만 나라 체면상 돈이 없다고 주식대금을 안 줄 수도 없는 형편이었다. 그래서 정부에서는 Oil Money를 유치한 것에 대하여 고맙게 생각하고 있는 것이다.

(문) 현금차관 1억 달러는 내년 1월 안에 승인이 날 것으로 보는지?

(답) 이렇게 되다 보니까 은행에서는 이 자금을 사용하지 않을 수 없게 되었고, 정부로서도 사용 안 할 필요가 없었던 것이다. 정부가 결정을 해서 본인이 유공을 인수하게 되니 선경이 차주(借主)가 되는 것이고 우리나라의 입장으로 보면 현금차관이 되는 것이다. 처음부터 현금차관을 얻으려고 한 것은 아니다. 현재로서는 모든 절차가 다 끝났고 차관의 차주 변경만 남아 있다.

(문) 금리 조건은?

(답) 금리는 사우디에서 차관을 도입하는 것으로 해서 2년 거치 3년 분할상환 조건으로 연 '리보+0.875%'의 좋은 조건이다.

자원 개발에 적극 참여

(문) 선경의 재무구조가 상당히 나쁘다고 들었다. 유공 같은 거대한 기업을 인수해서 경영할 능력이 있는지? 또는 모자라는 점은 없는지?

(답) 선경은 그동안 섬유사업에 주력하여 왔고 현재까지도 확장일로에 있기 때문에 재무구조가 약해진 것이다. 그러나 선경합섬은 화섬업계에서 재무구조가 가장 좋고, (주)선경은 물건을 사고파는 종합상사이기 때문에 자기자본 비율이 낮은 것뿐이다. 그러므로 재무구조가 약한 것과 유공 인수와는 별도라고 본다. 유공 인수에 필요한 40억 원은 이미 납부하였고, 또 내년 초에 가서 1백억 원 이상을 준비해야 한다. 우리가 그것을 어떻게 조달하느냐 하는 것은 우리의 경영능력에 달려 있는데 필요하다면 선경 산하의 일부 기업을 정리할 생각도 갖고 있다.

(문) 확보치 못한 원유 1일 8만 배럴은 어떻게 조달할 것인지?

(답) 원유를 어떻게 확보하느냐 하는 것은 세계적으로 공급선이 다양하고 많은 사람들이 관심을 갖고 있는 사항이므로 여기서 밝힐 수는 없으나 우리를 믿고 지켜 봐 주기 바란다. 원유공급에 차질이 없도록 최선을 다하겠다.

(문) 정부가 제시한 7가지 조건에서는 사기업의 이윤추구 면이 거의 도외시된 것 같다. 또 이윤추구 면은 배제한다 하더라도 내자조달을 위한 기업의 일부 정리 등 희생을 감수하면서까지 유공을 운영하겠다고 하는 것은 일방적인 희생이 아닌가?

(답) 정부의 입장으로 볼 때 7가지 조건은 꼭 필요하기 때문에 제시했다고 본다. 물론 이 조건만으로는 우리에게 이익이 없으나 유공을 경영함으로써 장차 메이저와 비슷한 역할을 할 수 있는 기회가 부여되리라 기대하고 열심히 뛸 것이다. 그래서 유공의 자원기획실과 종합상사를 강화하고 이를 바탕으로 하여 앞으로 자원 개발에 적극 참여할 계획이다. 자원을 찾아 그것을 개발, 운영하는 데에 치중한다면 국제적으로 많은 이득을 얻을 수 있다고 확신한다.

메이저 의존 일변도에서 벗어날 때가 왔다

(문) 세계적인 추세라 해도 국민적 입장에서 볼 때 D/D방식은 원유를 안정적으로 공급받을 수는 있어도 가격에 있어서는 불안하지 않은지? 또 선경이 인수했다 하더라도 다른 기업이 능력이 있을 경우 유공의 경영에 참여시킬 것인지?

(답) 원유는 단일가격이 아니고 현재 배럴당 30달러에서 40달러까지로 차이가 있다. 원유에는 본래 평균가격이 있는데 일본보다 우리나라가 더 저렴하다. 우리나라의 평균가격 이하로 민간이 원유를 도입할 수 없다면 이는 환영해야 할 것이다. 우리는 지금까지 평균가격 이하로 도입하고 있다.

다른 기업의 참여 문제에 대해서는 소유와 경영은 분리되어야 한다는 기본 전제를 내세우고 싶다. 즉 소유는 같이할 수 있지만 경영은 같이하면 안 된다는 것이 나의 생각이다. 둘이 모여서 서로 뜻을 달리하면 회사가 망하기 때문이다. 경영은 누군가가 혼자 해서 양쪽 주주를 모두 만족시켜 주도록 하는 것이 바람직할 것이다. 그러므로 앞으로 약 3년 동안은 단독으로 운영할 수 있도록 맡겨 주기 바라며 소유 문제는 자금조달 능력이 약할 때 경영의 일원화가 깨지지 않는 범위

내에서 다른 기업을 참여시킬 수도 있다고 본다.

(문) 어느 기업이 맡든지 유공을 맡으면 특혜라는 인상을 줄 것 같은데?

(답) 나는 특혜라는 것을 싫어한다. 그동안 사업을 하면서 특혜를 받은 적도 없고 그것을 원하지도 않았다. 향후에도 그럴 생각은 추호도 없다.

다만 GULF사가 철수하고 세계적으로 메이저의 원유공급 능력이 낮아지고 있는 추세이므로 유공을 과감히 민영화시켜야 정상화가 가능하다고 주장했을 뿐이다. 유공의 경영 참여 후 3년이 지나보면 능력이 있어서 참여하게 되었는지 특혜 때문인지의 여부가 판가름 날 것이다. 나의 뜻은 올바른 자세로 일하겠다는 것이지 결코 특혜를 바라는 것은 아니다.

마지막으로 유공 경영을 계속 지켜 봐 주길 부탁드리며 많은 충고 있기 바란다.

1980. 12. 23 유공 사장 취임에 따른 기자회견에서

유공을 앞으로 어떻게 운영할 것인가

인원 조정

나는 현재 유공의 2천여 임직원 모두가 향후 자신의 거취에 대해 아무런 불안도 갖지 말 것을 우선 부탁하고자 한다. 항간의 소문으로는 유공의 인원이 과다하므로 3분의 1 내지 2분의 1정도까지 감축시키는 것이 바람직하다고들 하는데 본인은 그렇게 생각하지 않는다. 유공의 2천여 임직원들이 받는 급여가 전체 매출액에 미치는 비율은 0.8%정도에 불과하므로 임직원들의 기본적인 삶의 터전을 희생시켜가면서까지 회사 경영에 보탬을 얻고자 하는 것은 바람직스럽지 못한 일이라 생각한다. 정도의 차이가 있을지는 모르지만 오히려 지금 있는 인원이 모두 힘을 합쳐 예전보다 열심히 일을 하는 편이 더 낫고, 그렇게 되면 지금보다도 더 좋은 경영성과도 나올 수 있으리라 믿고 있다.

선경과 유공과의 관계

앞으로 선경과 유공은 별도로 독립시켜 운영할 것이다. 모든 면에서 엄격히 독립채산제를 실시할 방침이다. 그러나 원유의 확보 등에 있어서는 선경이 도울 수 있는 것이 있다면 모두 찾아서 돕도록 조치해 나갈 방침이다.

본인은 또한 선경 그룹 내에서는 가급적 사업을 확장하지 않을 생각을 갖고 있다. 현재 각 기업에서 하고 있는 분야에서 자기의 기업을 세계 최고의 수준으로 끌어올리는 일에 최선의 노력을 다해야 할 것이다.

그러나 유공의 경우는 다르다. 유공은 정유회사로서의 기술 및 시설, 후처리 가공 분야 등에 이르기까지 가능한 한 계속적으로 확대 발전시켜나갈 계획임을 밝혀 둔다.

유공의 이미지 쇄신

요즈음 유공은 너무 관료적일 뿐만 아니라 고자세이고, 사내에서도 다소의 부조리가 있다는 말을 들은 바 있다. 그러나 유공은 이제 공사(公社)에서 민간 기업으로 전환했기 때문에 이제부터 우리는 고자세라든가 주위에서 부조리가 있다는 말을 들어서는 안 되며 무엇보다 부지런히 좋은 제품을 생산하여 많은 고객에게 판매해야 한다.

그동안 GULF는 유공의 경영주로서 미국식의 경영기법과 제도로 모든 문제를 해결해 왔지만 유공은 이제 미국기업이 아닌 한국기업, 즉 한국의 기간산업을 맡은 기업으로서의 책임감을 갖고 모든 문제를 해결해 나가야 한다는 것을 우리 모두가 철저히 인식해야 한다. 지금 우리는 아주 중요한 위치에 있는 것이다. 유공이 과연 메이저의 도움 없이 한국에서 정유사업을 계속 유지·발전시켜 나갈 수 있을 것인가 하는 면에서 시범 케이스가 된 것이다.

기술개발

나는 앞으로 유공의 시설확장 및 노후시설의 개체를 과감히 시행해 나갈 것이며, 새로운 기술개발에는 더욱 투자를 아끼지 않을 것이다. 나는 과거에 폴리에스테르 필름 제조기술을 스스로 개발해 냈는데, 그 과정에서 기술개발이란 우리가 다른 분야에 우선해서 꼭 해야 하는 일이며 또 충분히 해낼 수 있다는 신념도 얻은 바 있다.

나는 유공을 앞으로 5년 내에 세계에서 가장 효율이 높은 정유회사로 만들기 위해 다방면에 걸친 기술개발에 적극 노력할 예정이며 또 이를 위해 어떤 대가도 아낌없이 치를 것을 약속한다.

권한의 위양

나는 선경그룹에서 이미 오래 전부터 직접 결재를 하지 않고, 사장 혹은 부사장에게 권한을 위양시켜 왔는데 그 결과는 매우 성공적이었다. 회장이 아무런 의사결정을 해줄 필요가 없도록 경영하는 사장을 나는 가장 우수한 사장이라고 생각한다.

유공 사장도 앞으로 수년 내에 누군가가 맡을 수 있어야 하겠다. 이것은 나의 확고한 신념이다. 과감한 권한위양이 앞으로 유공 내에서도 전 분야에 걸쳐 이루어져야 하는데, 이를 위해 우리는 관리역량을 부단히 키워 나가야 한다.

정유회사와 관련을 맺게 된 내력

내가 석유와 인연을 맺게 된 것은 이미 오래 전이었다. 원래 선경은 섬유업체이었고 그 원료가 석유화학에서 나오기 때문에 이미 1970년대부터 '석유에서 섬유까지와 계열화'라는 목표를 세우고 꾸준히 노력해 왔다. 우리가 석유사업에 진출하려고 했던 1970년대의 일본은 경제가 해마다 5~10%씩 성장하여 외환보유고가 예년의 60억 달러에서 1972년에는 무려 2백억 달러까지 늘어났다. 이와 같이 계속되는 경제성장으로 인한 경제규모의 확대로 정유시설의 부족을 느낀 일본은 정유시설을 자국 내에서는 더 이상 늘릴 수가 없게 되자 한국으로 눈을 돌리게 되었다. 그때 나는 정유사업을 일으키기 위해 일본에 가서 교섭을 벌였다. 그 결과 온산에 하루 생산 15만 배럴 규모의 정유공장을 건설하기로 하고 이에 따르는 석유화학사업 단지를 조성하는 한편, 울산에 폴리에스테르 스테이플 파이버 1백 톤 규모의 공장을 건설한다는 데에 합의하고, 일본 측에서는 약 10억 달러의 자금과 기계와 기술을, 한국 측에서는 부지와 Management를 담당하기로 했었다.

우선 울산에 폴리에스테르 스테이플 파이버 공장을 짓고, 미국 하클레스 회사에서 노하우를 얻어 DMT 공장을 계획하고 일을 시작했는데, 뜻밖에도 1973년 10월 중동전쟁이 일어나 원유 가격이 폭등하기 시작했다. 그러자 모든 가격구조가 바뀌어져 하루아침에 석유사업이 수지 안 맞는 사업으로 전락해 버렸다. 일본은 그들의 수지 타산이 맞지 않고 또 원유 가격 부담으로 외화가 바닥나자 미안하다는 말만 하고 물러나 버렸다. 결국 내게 남은 것은 엄청난 손해와 울산의 폴리에스테르 스테이플 파이버 1백 톤 공장 하나 뿐이었다.

이후 석유 사업에서 어느 정도 멀어지기는 했지만 그때 나와 사우디아라비아의 직접 교섭으로 원유 1일 15만 배럴의 공급 약속이 이루어졌던 터였으므로 나는 언젠가 원유 가격이 안정되기만 하면 다시 추진하려는 마음을 계속 갖고 있었다. 그런데 이번의 유공에 석유화학단지가 조성되어 있고 많은 기업들이 있으니만큼 이들과 힘을 합쳐 서로 밀고 키워 나갈 수 있는 방법을 모색하는 입장이 된 것이다.

사원의 연수교육

　기존의 사원과 신입 사원에 대한 연수교육은 매년 기회를 만들어 계속적으로 시행해 나갈 것이다. 우리들이 세우고 있는 경영자질향상 계획은 앞으로도 우리가 수립한 경영관리체계에 입각하여 계속적으로 수행되어질 것이다.

　그리고 다음 세대를 위해 젊은 사원들의 해외유학 혹은 해외연수교육을 구상하여 실행에 옮기도록 하겠다. 물론 이것은 한 세대 후에나 그 효과를 얻을 수 있는 것이긴 하지만 장기적으로 꼭 필요한 일이 되기 때문에 반드시 추진할 방침이다.

경영감사

　유공에 대한 경영감사는 앞으로 신설될 사장실 요원에 의해, 다시 말하면 정부의 감사원 방식이 아닌 동료 직원의 경영해부 방법에 의해 지도되어질 것이다. 이는 어느 관계 회사에서도 있는 것으로 선경은 경영기획실에서 이미 오래 전부터 이러한 방식을 성공적으로 수행해 왔다.

유가대책과 원유확보

　우리는 앞으로 닥쳐올 어려운 문제에 대해 모두가 힘을 합쳐 진취적이고도 능동적으로 잘 대처해 나가야 할 것이다. 그러나 유가(油價)의 결정은 우리의 뜻과는 전혀 거리가 먼 산유국의 자의에 달린 것이므로 우리의 능력에 한계가 있는 것은 당연하다. 그렇지만 원유 확보는 앞으로 설치될 자원기획실이 전담하여 모든 난관에 장기적이고도 광범위하게 대응해 나갈 것이다.

　이를 위해 이 방면에 잘 아는 세계 각국의 우수한 두뇌는 물론 사내외의 많은 전문가들도 찾아 자원기획실에 참여시키도록 하겠다. 이 자원기획실은 앞으로 원유확보 뿐만 아니라 석유와 관련된 모든 문제, 기타 석유화학 분야의 개발문제 등에 이르기까지 광범위한 문제를 다루는 기구로 발전시켜 나갈 계획이다.

1980. 12. 28 유공 임직원 연수원 교육에서

기업경영과 인재양성

우리나라의 경제발전 과정에 있어 우리 기업들이 어떤 방향으로 경영을 해왔는지, 또 학교에서 가르치고 있는 경영학의 경영이론과 실제 기업경영과의 차이점이 무엇인지, 그리고 경영 관리자를 어떻게 육성해야할 것인지에 대하여 말씀드리겠다.

60년대는 설비경쟁의 시대

우리나라의 경제발전을 돌이켜보면 1950년대는 외국의 원조에 의해 우리나라의 경제가 겨우 지탱되었고, 1960년대는 스스로 경제를 발전시키자 해서 경제발전 5개년계획을 수립하여 지금까지 시행해 왔는데 그것이 성공하여 오늘의 경계성장을 이룬 것이다.

그러면 우리나라의 기업들은 어떠했는지 살펴보기로 하자. 60년대 초의 우리나라의 기업은 기업에 경영이란 있을 수 없었고 주인인 사장과 친지 몇 명이 주먹구구식으로 운영하는 데 불과했었다. 한마디로 실제적 의미에서의 경영은 존재하지 않았고, 단지 어떻게 해서든지 돈만 벌면 된다는 생각만 갖고 있었다.

제1차 경제개발 5개년계획이 시행되면서 정부에서는 수입대체 산업과 수출산업을 육성시켰는데 기업가들은 이에 맞추어 서로 앞을 다투어 외국에서 차관을 도입하여 설비에 많은 투자를 했다. 이른바 설비경쟁의 시대를 맞이한 것이다. 이렇게 되다 보니 기업의 규모는 커지고 고용 인원은 늘어나 기업주 중심으로는 기업을 잘 운영할 수 없게 되었다. 그래도 60년대 중반까지는 기업의 운영이 기업주 중심으로 이루어졌기 때문에 기업주 중심의 원맨쇼의 시대라 할 수 있다.

그러나 기업의 규모가 2백 명을 넘어서게 되면 한 사람이 거느릴 수 있는 능력에서 벗어나게 되기 때문에 중간 관리층이 필요하게 된다. 중간 관리층 없이 2백

명이 넘는 사원을 혼자 다루게 되면 기업은 망한다는 이야기가 있고, 그렇게 해서 도산한 기업도 있었다.

70, 80년대는 경영경쟁 시대

따라서 70년대 초부터 기업가들은 본격적으로 경영에 관심을 갖게 되었다. 설비만 잘 들여와서 되는 것이 아니라 경영을 함께 잘해야만 기업이 망하지 않고 오래 지속될 수 있다는 생각을 하게 되었고 이때부터 기업이 Money-making에서 기업경영으로 바뀌게 된 것이다.

사실 기업경영에 있어서는 중간 관리층의 역할이 가장 중요하다. 왜냐하면 이들이 충실해지면 기업경영이 충실해지기 때문이다. 이때부터는 과장이 60년대처럼 심부름이나 하는 과장이 아니라 책임과 권한이 명확히 주어진 과장이 되어야만 형식적으로나마 경영을 한다고 할 수 있게 되었다. 그래서 기업가들은 중간 관리층의 존재가 중요하다는 인식을 하게 되었고 외국에서는 기업을 어떻게 경영하고 있는지에 대해서도 관심을 갖게 되었다.

80년대에 들어와서도 기업가들은 중간 관리층을 튼튼히 하고 경영을 질적으로 향상시키기 위해 부단히 노력하고 있다. 대학 교수들을 모셔다 강의를 듣기도 하고 경영자 세미나도 자주 열게 되었던 것이다. 그러나 학교의 경영학 강의를 들어 보면 경영이론이 그 나름대로 이해는 가지만 실제 경영에 그대로 활용할 수 없음을 알게 된다.

미국의 현실과 우리의 현실

우리가 배우고 있는 경영학은 미국에서 발달한 경영이론으로 미국의 기업에는 그대로 적용되지만 우리의 현실에는 잘 맞지 않는다. 왜냐하면 이론은 미국적이고 현실은 한국의 현실이기 때문이다. 우리의 현실을 연구해서 우리의 현실에 부합되는 이론이 대학이나 연구기관에서 많이 나왔으면 좋겠다. 또한 우리의 기업도 대학이나 연구기관이 연구에 전념할 수 있도록 많은 연구비를 보조하는 등 지원을 아끼지 말아야 한다.

신입 사원을 채용해보면 처음 3개월 정도는 상과대학 출신이 앞서나 6개월 정도 지나면 다른 전공 출신과 거의 차이가 없게 되고 3년 정도 지나면 개인의 능력에 따라 차이가 나는 것을 보게 된다. 그러므로 신입 사원을 채용할 때 전공이 그다지 중요하지 않다는 것을 깨닫게 되고, 학교에서 배운 이론이 실제 기업을 경영하는 데 제대로 활용되지 않고 있다는 것도 알게 된다.

아무튼 우리 선경은 그 차이가 무엇인지 원인을 파악하기 위해 과거에도 노력해 왔고 앞으로도 계속 노력할 것이다. 현실을 무시하고 이상만을 갖고 기업을 운영하면 그 기업은 망하게 마련이므로 현실을 제대로 이해하는 것이 무엇보다 중요하다. 지난 20년간 기업을 운영하면서 나는 기업에 있어서 제일 중요한 것이 사람이라는 것을 알았다. 즉 경영에 대하여 잘 아는 사람이 얼마나 모여서 그 기업을 운영하느냐에 따라 기업이 흥할 수도 있고 망할 수도 있다는 것이다. 그러므로 기본적인 문제는 인사관리를 어떻게 잘하느냐에 달려 있다고 본다.

그러나 우리나라에는 아직 한국 풍토에 맞는 인사관리 기법이 개발되어 있지 않다. 미국의 신입사원들은 자기의 전문 분야가 무엇인가를 생각하여 그 분야에 있어서의 전문가가 되기를 희망하는데 반하여, 우리나라에서는 기술 분야이든 일반관리 분야이든 일반적으로 모두 최고 경영자가 되기를 희망한다. 우리는 이러한 현실을 무시할 수는 없을 것이다. 우리나라의 신입사원은 입사해서 받는 급여에 대하여 보통 절대적으로 평가하는 것이 아니라 상대적으로 비교하여 차이가 나면 불만을 표시한다. 급여보다 더 중요시하는 것은 자기가 무슨 업무를 맡아 얼마나 보람을 느끼면서 일할 수 있는가를 따지게 된다. 그러나 미국의 경우에는 일반 신입사원이 그 회사의 책임자와 계약을 해서 그 보수만큼 일을 하면 되는 것으로 생각하고 있다.

이와 같이 미국과는 다른 한국의 현실을 감안한 인사관리가 이루어져야 한다. 인사관리를 잘못하면 의욕이 떨어지기 때문이다. 의욕이 '있다' 또는 '없다'를 자주 논하고는 있지만 구체적으로 그 이유를 따져서 밝혀내는 관리요소가 없다는 데 문제가 있는 것이다. 그러므로 의욕을 제대로 관리할 수 있도록 연구해서 의욕을 불어넣어 주도록 노력해야 한다.

우리나라 기업의 문제점

우리나라 기업에서는 파벌이 생기기 쉽다. 예를 들어 회사 내에서 생산부와 판매부의 부장이 서로 사이가 나쁘면 반목, 질시가 생기게 되고, 그렇게 되면 양

부서 사이에 커뮤니케이션이 잘 이루어지지 않아 문제가 생기며, 결국에 가서는 회사가 잘 운영되지 않는 경우도 있다. 우리는 보통 자기 부서 또는 자기 소속 상사의 리더십은 존중하여 잘 따르나 자기 소속이 아닌 다른 부서의 상사는 잘 따르지 않고 협조도 하지 않는다. 이것이 우리 기업이 지닌 나쁜 특성이고 또한 우리나라가 갖고 있는 심각한 문제점이다. 즉 회사 내 파벌이 조성되지 않도록 하고 부서 간에 코디네이션이 잘 될 수 있도록 하는 관리기법이 발달되어 있지 않기 때문이다.

또한 신입사원이 회사에 들어오면 과장이 되고, 부장이 되고 나아가 최고 경영자가 되는 것을 목표로 삼고 있는데, 과장이란 과장으로서 일을 다룰 만한 능력이 있어야 하고 부장 역시 부장 능력이 있어야 하는데 현재까지는 일정한 기간이 지나면 과장, 부장이 되기 때문에 과장 또는 부장으로서의 경영역량이 모자라서 문제가 되는 것이다. 경영역량이란 Managerial Capacity로서 현대 경영학에는 없는 말이지만 실제 기업을 경영하다 보면 신입사원 때부터 교육을 시켜 경영역량을 키워 주어야 할 필요성을 절실히 느끼게 된다.

역량의 차이는 다음과 같이 묘사할 수도 있다. 두 과장이 있을 때 역량이 큰 과장은 항상 마음에 여유가 있으며 자기가 해야 할 일을 완벽하게 처리하고 동시에 회사 일을 걱정할 수가 있는데 비해 역량이 모자라는 과장은 일을 처리하는 데 있어서 항상 시간에 쫓기고 일에 쫓기기 때문에 결과도 좋지 않다. 그러므로 신입사원 때부터 어떻게 하면 경영역량을 늘릴 수 있는지를 연구해야 한다.

그 이외에 경영에 있어 중요한 것은 커뮤니케이션이다. 경영의 각 관리 분야의 용어에 통일된 정의를 내려 똑같이 이해하고 사용할 수 있도록 해주어야 경영의 효율성도 높아진다. 그렇게 해야만 커뮤니케이션이 원활히 잘 이루어질 것이다.

이상의 관리 요소들은 기업을 경영하는 데 현실적인 문제로 지적되고 있는데도 사람 속에 숨어 있어 눈에 잘 보이지 않고 그렇기 때문에 구체적으로 다루고 있지도 않다. 그러나 손익계산서나 대차대조표상에 숫자로 나타나는 경영의 결과는 눈에 보이는 경영관리 요소에 의해서만 나타난 것이 아니라 눈에 보이지 않는 경영관리 요소가 합쳐져서 나타난 결과라 할 수 있다.

선경에서는 눈에 보이지 않는 요소를 동적요소라고 정의하여 이를 관리하고 있다. 이 관리가 잘 되어야 효율적인 경영도 할 수 있고 일하기 좋은 풍토의 경영도 이루어질 것이다.

경영자의 육성 방안

80년대에는 경영을 얼마나 충실히 하고 또 누가 경영을 잘하느냐에 따라 그 회사의 흥망이 달려 있다고 본다. 알찬 경영을 위해서는 무엇보다 경영을 잘할 수 있는 인재를 양성해야 한다. 그래서 80년대도 역시 경영 경쟁 시대라고 생각한다. 우리가 경영을 논할 때 물질적인 것을 우선적으로 논하게 되는데 물질적인 투자나 경쟁심도 중요하지만 그것보다 더 중요한 것은 인적 투자라고 생각한다. 즉 자기 회사에 가장 알맞은 사람을 훌륭하게 키워야 하는데, 그러기 위해서는 남이 키워 놓은 사람을 스카우트하는 것보다는 자기 기업의 사람을 자기 기업 내에서 스스로 키우는 것이 바람직하다.

사람을 잘 키우기 위해서는 회사가 좋은 교육 프로그램을 가지고 계획성 있게 사원들을 교육시키는 것도 중요하지만, 배우는 사람이 교육을 스스로 받겠다는 성실한 자세가 더욱 중요하다. 그러므로 교육 프로그램도 사원들이 교육을 자발적으로 받겠다고 할 수 있는 프로그램이 되어야 그 가치를 제대로 발휘할 수 있을 것이다. 이를 위해 연수교육에 있어서는 실질적으로 도움이 되는 현실적인 프로그램이 필요한 것이다. 따라서 연수원 시설보다는 연수 내용이 중요하고 또한 회사에서 연수 받은 내용은 회사 내에서 그대로 사용되어져야 한다.

다음으로 강조하고 싶은 점은, 인재양성은 지속적으로 하지 않으면 소용이 없고 더군다나 도중에 그만 두면 오히려 하지 않는 것보다도 못하다는 것이다. 비록 불황일지라도 인재양성은 장기적으로 계속되어야 하며 1~2년 투자해서는 성과가 나타나지 않는다. 우리 세대에서는 젊은 경영자들이 주역이 되어 우리의 경제와 회사를 책임지고 있는데 이들이 경영을 더욱 열심히 잘해 나가면 충분히 선진국을 능가할 수 있고, 후손에게도 좋은 결과를 물려 줄 수 있다고 나는 확신한다. 이를 위해서라도 기업 내에서의 인재양성은 지속적으로 이루어져야 할 것이다.

1981. 6. 23 전경련 강연에서

80년대는 경영경쟁의 시대다

우리나라 기업의 성장 과정

　80년대는 경영경쟁의 시대라고 볼 수 있다. 과거 우리의 기업들을 생각해볼 때 기업들이 성장해오면서 그 경영환경도 아울러 변화해 왔다.

　60년대 중반까지만 해도 기업을 경영하는 데 많은 사람이 필요하지 않았다. 경영자의 사원 관리능력은 2백 명을 초과하기 어려웠고 기업경영의 목표도 어떻게 하면 돈을 많이 버느냐에 있었지 인사관리라든지 품질관리라고 하는 현대적 의미의 경영관이 정립되어 있지 않았다. 수출 위주 경제정책과 국제수지 방어를 위한 수입대체산업 육성으로 기업의 양적 성장이 두드러지기 시작한 60년대 말에 들어서면서부터 기업의 기구 확대에 따른 효율적인 경영관리의 중요성이 인식되기 시작했던 것이다.

　또한 70년대에 들어와서는 기업의 경영에 대한 인식도 상당히 달라졌다. 돈을 얼마나 버느냐는 것보다 계획을 집행해서 성취하는 만족감이 경영의식의 바탕이 된 것이다. 이에 따라 기업 내 중간 계층도 경영자의 단순한 심부름꾼에서 벗어나 고유한 책임과 권한이 명확히 주어진 매니저로서 그 역할이 강조되었다.

　이제 국제적인 경제 여건도 크게 변화했으므로 우리나라 기업도 경쟁력 강화를 위해 국제적 규모의 기법으로 성장 발전해야겠고 품질 향상과 이에 따른 경영관리 수준도 국제적 일류 수준으로 높여야 할 때이다. 이에 따라 기업 발전과 더불어 경영의 중요성이 크게 강조되었음은 물론 80년대 들어와서는 어느 기업이나 중간 관리층이 튼튼해야 한다는 사실을 인식하게 되었던 것이다.

　60년대에서 70년대 중반에 걸친 창업자에 의한 설비경쟁 시대는 지나가고 바야흐로 이제 전문경영인에 의한 경영경쟁 시대가 도래한 것이다. 경영전쟁에서 싸워 이겨 기업의 안정과 성장을 지속적으로 유지하기 위해서도 신입사원부터 중역에 이르기까지 끊임없는 기업 내 교육이 필요하게 되었다. 그런데 경영이란 개념이 미국에서 도입된 것이어서 우리나라의 풍토와 잘 맞지 않아서인지 경영에 대한 개념정의부터가 사람마다 달라서 혼돈을 빚고 있는 실정이다.

사람 관리의 중요성

내가 지금까지 선경그룹을 이끌어 오면서 경영에 대해 느낀 점을 말하겠다. 경영의 주체는 사람이다. 기업을 꾸려나가는 데는 자금, 기술, 설비 등 모든 요소가 다 중요하지만 나는 그 중에서도 사람이 가장 중요하다고 생각한다. 자세가 올바르고 똑똑하며 성실한 사람들이 얼마나 많이 모여 일하느냐에 따라 기업의 성패가 달려 있다고 본다.

우리나라 기업들을 보면 대부분이 동창, 동향, 혈족, 인연 등으로 뭉쳐서 그룹을 형성하고 있다. 그래서 인사관리가 가장 골치 아프고 어려운 문제가 되고 있다. 이것은 외국과 달리 우리나라에만 있는 현실이다.

이는 사람 속에 숨어 있어 눈에 띄지 않는 요소라고 볼 수 있다. 그런데 대부분의 기업들이 외국에서 도입한 새로운 경영기법에 의해 재무관리 등 눈에 보이는 요소는 잘 관리하면서도 보이지 않는 요소들의 관리에는 서투른 것을 알 수 있다. 우리 실정에 맞는 경영이론이 없어 우리나라 기업의 큰 특징인 파벌의 해소 관리가 잘 안 되고 있다는 이야기이다. 우리나라 기업을 보면 동질적인 사람이 모여 이질적인 것을 이루는 코퍼레이션은 잘되면서도 이질적인 사람들이 모여 동질의 일을 이루는 코디네이션이 잘 안되는 이유도 여기에 있는 것이다.

80년대는 경영경쟁의 시대이다. 본인은 물질적인 투자도 중요하지만 그보다 더 중요한 것은 인적 투자라고 믿고 있다. 인재를 키우는 것은 나무를 키우는 것과 흡사하다. 단기간에 자라는 나무가 용재가 되지 않듯이 사람도 단기 교육으로는 쓸모 있는 인재가 배양되지 않는다. 그러므로 각 기업은 장기적이고 지속적인 계획으로 인재양성에 힘을 기울여야 할 것이다.

1980. 5, 1 「한국의 경영자상」 수상 기념강연

종합상사, 무엇이 문제인가

근본적인 문제를 해결하는 데 눈을 돌려야

종합상사는 가야 할 방향을 정확히 세워서 운영해야 한다. 종합상사를 운영함에 있어서 가장 문제가 되는 것이 수익성인데 지금 상태로 계속 간다면 적자의 누적으로 큰 문제를 일으키게 될 것이다. 그러므로 이번 기회에 종합상사의 문제점을 근본적으로 검토하여 해결할 수 있는 것은 모두 해결해야 한다. 어떤 기업에서는 종합상사 혼자로서는 지탱할 수 없어서 건설회사와 합병하여 문제를 해결하려고 하는데 이것은 좋은 방법이 못 된다 우리는 지금부터라도 잘못된 점을 풀어서 정리하는 한편 앞으로는 어떤 방향으로 나갈 것인가를 생각해야 할 것이다.

일본의 경우 종합상사 제도를 시작한 지 30년이 되는데 그동안 누적된 문제들이 지금 모두 터지고 있다. 그들의 경우 계속해서 적자가 누적되다보니 그 해결 방법으로서 부동산에 수천억 엔을 투자하였으나 오히려 땅값이 내려 그 이자만도 수백억 엔에 이른다고 한다. 또한 과거와 같이 일본의 경제 성장률이 높다라면 기업의 규모만을 늘려 해결할 수도 있겠지만 지금의 일본 경제 성장률은 과거와 같지 않다. 한편 현재 일본에서 재미를 보고 있는 자동차나 전자사업도 종합상사에서는 직접 취급하지 못하고 있기 때문에 누적 적자를 해결할 수 있는 획기적인 방안을 찾지 못하고 있다.

우리나라의 경우에도 수출을 한 번 잘못하면 몇 억 달러씩 손해를 본다. 이때 기업이나 정부는 무조건 이를 숨기려 할 것이 아니라, 이러한 상황을 야기한 종합상사의 근본적인 문제점이 무엇인지 파헤쳐서 해결하는 데 눈을 돌려야 할 것이다.

또한 현재 정부에서는 중화학공업 분야만을 문제시하고 있는데 종합상사 쪽에도 눈을 돌려 해결해줄 수 있는 것은 해결해주는 적극적인 자세를 가져야 할 것이다.

장기경영계획을 세워야

이러한 문제는 주로 그 원인이 종합상사의 특수성에 있다. 즉, 종합상사는 물건을 사거나 팔 때 상대방에게 자금을 대부해주어야 하는 경우가 많은데 이에 비해 이윤은 겨우 1~2%이고 한번 문제가 생기면 투자한 자금을 송두리째 잃는 경우가 허다하다. 또한 우리나라 종합상사들의 경쟁 방법에도 문제가 있다. 이익보다는 실적에 치중하여 이익폭을 대폭 낮추어 덤핑으로 경쟁을 벌이기도 하고 실적을 위해서는 No Commission으로 물건을 팔기까지 한다.

이제 우리는 이러한 종합상사의 구조적인 모순을 그대로 방치할 수는 없으므로 그동안의 경험에서 나타난 모든 문제점을 뽑아내어 검토하고 상사 운영의 새로운 방향을 세워 이를 개선시켜 나가야 한다. 그룹 산하의 타 기업과 마찬가지로 우리 종합상사도 장기경영계획을 세워 회사의 발전 속도와 방향을 우리의 의지로 결정하여 우리 나름대로 진행시켜 나가야 할 것이다.

프로 인재를 양성해야

우리가 장기적으로 볼 때 꼭 필요한 것은 프로 인재의 양성이다. 종합상사의 경우 일본 역시 오랜 역사에도 불구하고 프로 아닌 세미프로가 많아 일에 관해서는 잘 알고 있으면서 실전에는 매우 약하다. 더구나 실질적인 경험을 쌓기 위해 외국에 내보내려고 해도 예전과는 달리 동경이 국제 도시화되어 생활이 편리해지자 외국에 나가기를 꺼리고 있다.

우리도 역시 아직까지는 완전한 전문 인력보다는 세미프로 밖에 없는 것 같다. 일반 업무에 대해서는 잘 알고 있는 것 같으나 이익을 낼 수 있는 품목의 개발능력이나 외국 상사들과의 실전에서의 관리역량은 매우 부족하다. 이러한 문제를 극복하기 위해서는 물건을 팔기 위한 출장보다는 정보수집을 위한 출장을 더욱 장려해야 하고, 프로 인재의 양성을 위해 10년이 걸리더라도 이에 대한 노력과 지원을 아껴서는 안 될 것이다.

서비스, 시장, 상품정보 등을 독점해야

이와 같이 우리도 프로 인재를 양성하여 그간의 실적 위주의 수출에서 탈피하여 긴 안목을 가지고 투자와 경험을 축적하여 독점이 가능한 사업에 진출해야 한다. 즉 리스크가 적고 이익을 많이 낼 수 있는 분야에 적극 진출해야 한다. 1960년대에는 우리만이 만들 수 있는 상품으로 깔깔이를 개발하여 얼마나 많은 이익을 얻었는지 기억해야 할 것이다.

이처럼 종합상사도 상품의 개발은 메이커에서만 하는 것으로 생각하지 말고 모두가 잘 연구하여 서비스의 독점, 시장의 독점, 정보의 독점이 가능한 새로운 상품의 개발로 선경만이 할 수 있는 것을 만들어 내야 할 것이다. 이를 위해서는 5년은 계속 노력해야 할 것이며 이처럼 남다른 방법으로 꾸준히 기업을 운영해야 살아남을 수 있을 것이다.

비디오테이프의 경우에도 독점이 가능하여 3~5%의 커미션을 받고 있는데 다른 모든 품목도 비록 아직까지는 거래량이 적다하더라도 이처럼 5% 이상의 커미션을 받을 수 있도록 해야 한다. 이를 위해서는 현재 우리가 다루고 있는 품목을 잘 개발하여 1백 개 정도의 전문 품목을 만들어 5% 이상의 커미션이 확보되도록 해야 할 것이다. 이러한 품목이 1백여 개만 된다면 우리의 경영은 알차게 되어 기업을 지속적으로 유지 발전시킬 수 있을 것이다.

남이 따라올 수 없는 새 품목을 개발해야

이러한 창조적인 노력이 없으면 우리도 일본의 종합상사처럼 될 것이다. 지금의 원사 메이커들을 보더라도 비디오테이프를 개발하려면 이제는 막대한 시간과 재력이 필요하기 때문에 우리에게 쉽게 도전을 하지 못하고 있다. 기업은 이렇게 창조적인 노력을 통하여 경쟁으로부터 벗어날 수 있어야 하며 누구나 할 수 있는 것을 가지고서는 적은 이윤과 치열한 경쟁만 있을 뿐이다. 그러므로 항상 미개척 분야에 뛰어드는 것이 이익을 많이 내고, 국가적인 차원에서도 매우 바람직할 것이다.

우리는 결코 늦지 않았다. 모든 사원들이 한 가지씩 새로운 아이디어를 내어 이를 연구 검토하여 5년 내에는 새로운 품목을 내놓을 수 있도록 노력해야 한다. 지금 우리가 하고 있는 일은 그대로 계속 추진하되 남이 따라올 수 없는 품목 개발에 주력해야 한다. 이는 누구 하나의 힘으로 되는 것이 아니므로 전사적으로 꾸준히 노력하여 종합상사의 운영에 있어서 새로운 전환점이 되도록 해야 할 것이다.

1982. 4. 19 (주)선경 10급 부본부장 간담회에서

남이 하기 어려운 사업해야 돈이 벌린다

.

유공은 종합석유화학을 지향

금년부터 각 회사는 장기경영계획을 세워서 집행하기로 했다. 여러분들은 장기계획이란 말에 대해서 회의를 느낄 수도 있다. 다시 말해서 1년 앞도 내다보기 힘든 현실에서 어떻게 10년을 내다보고 나아갈 수 있겠는가 하고 반문할 수도 있다. 물론 사회 변화와 더불어 많은 변화가 있게 마련이므로 그러한 생각을 갖는 것은 당연할지도 모른다. 그러나 여건 변화가 심한 것은 심한대로 그대로 두고 변화가 심하지 않은 요소가 있다면 그것만이라도 잡아서 계획을 세워 나가야 할 것이다.

유공의 경우를 보면 현재까지는 원유를 들여다가 정제를 해서 팔고 일부는 석유화학 제품으로 만들어 팔아왔지만, 앞으로 10년이 흘렀을 때에도 계속 그러한 방법으로 지탱할 수가 있느냐 하는 것이 문제이다. 지금 당장 생각해 보더라도 앞으로는 석유가 줄어들고 대체 에너지가 나올 가능성이 많기 때문에 석유사업 자체는 크게 성장하지 못할 것이다. 또한 석유화학 분야만 보더라도 현재 호남정유와 유공에서 석유화학 제품을 생산하고 있지만 종합적으로 석유화학 제품을 다루고 있지는 많다. 그러므로 이러한 여러 가지 상황을 고려해볼 때 유공은 앞으로 종합 에너지와 종합석유화학 사업을 하는 회사로 그 운영 방향을 전환시켜야 할 것이다.

그런데 여기서 우리는 무엇을 하든지 되도록이면 남이 하기 힘든 기술집약적인 사업으로 가야 한다. 그러나 이러한 경영방침을 펴 나가기 위해서는 무엇보다 중요한 요소는 사람이라고 생각한다. 그러므로 사람을 잘 수용하고 잘 훈련시켜 10년 후에는 훌륭한 인력이 되도록 장기계획을 수립해야 한다. 구체적으로 이야기하면, 하나는 경영에 있어서 유능한 전문경영인을 키우는 것이고 또 하나는 기술집약적인 사업에 적합한 우수한 기술 인력을 확보하는 것이다.

이와 같이 유공의 장기경영계획은 기술집약적인 방향으로 가는 것이기 때문에 중기계획을 5년으로 잡아 그때그때 필요한 프로젝트를 잘 결정해서 꾸준히 노력해야 할 것이다. 5년 동안 노력해서 준비했을 경우, 다른 사람이 경쟁을 하기 위해 참여하고자 하여도 엔트리가 되고 우리가 이미 5년 전에 시작했기 때문에 그들이 따라 오기도 어렵게 될 것이다.

선경합섬은 정밀화학, SKC는 정밀기술, 종합상사는 특화를

선경합섬의 경우도 폴리에스테르 원사와 원면으로 그동안 많은 이익을 내 왔지만 앞으로는 그러한 이익을 유지하기가 힘들 것이다. 그래서 섬유 쪽은 계속 증설하여 늘린다는 것이 큰 의의가 없는 것 같아서 한국에서 할 수 있는 바람직한 사업이 무엇인지를 다각도로 연구해 보았다. 그 결과 정밀화학(Fine Chemical) 쪽으로 방향을 잡았다. 그러므로 선경합섬도 10년을 목표로 정밀화학에 투자하여 유공과 마찬가지로 기술집약적인 방향으로 가는 동시에 훌륭한 경영인을 키워 나가야 할 것이다. 즉 현재 하고 있는 사업은 그대로 해 나가되 연구개발을 꾸준히 하여 기술을 축적시켜 나가야 한다.

SKC는 당분간 지금 하고 있는 일을 계속 밀고 나가면 된다. 비디오테이프에 있어 라이선스 문제는 남아 있지만 세계에서 필름을 만들면서 비디오테이프 사업까지 하는 회사는 우리 회사 뿐이므로 10년 정도 열심히 하면 이 분야에서는 확고한 기틀을 잡게 될 것이다.

종합상사의 경우는 우리 모두가 경험도 없이 3년 반쯤 끌고 오는 동안 많은 문제점이 발생되었다. 따라서 이 시점에서 경영방침의 근본적인 전환이 필요한데 문제는 어떤 식으로 방향 전환을 하느냐 하는 것이다. 일본의 경우에도 양을 늘리다 보니 위험 부담이 늘어나는 등 많은 문제점이 노출되었다. 종합상사는 사는 사람이나 파는 사람 모두에게서 똑같이 돈을 꾸어달라는 요구를 받게 마련이고, 따라서 신용을 양쪽에 주어야 하므로 위험이 커질 수밖에 없고 또한 많은 양을 팔아야 하므로 그만큼 품질에 있어서도 불량품이 많이 나오게 되어 있다.

내가 20여 년간 기업을 운영해 오면서 경험한 바로는 기간이 다소 오래 걸리더라도 남이 하기 어려운 사업을 해야 돈이 벌린다는 것이다. 즉 독점에 가까워야 하는데 상사라고 해서 그런 것이 없는 것은 아니다. 이런 시점에서 우리가 생각할 수 있는 것이 바로 특화사업(特化事業)이다. 모든 면에서 우리만이 할 수 있는 특화를 이룩해 놓으면 신용이나 판매에 있어서 우위를 점할 수 있기 때문에 위험 부담을 안지 않을 수도 있다. 현재 종합상사들은 대체로 6백여 종의 상품을 다루고 있는데 5년 후에는 선경만이 다룰 수 있는 상품을 1백여 종 정도는 확보해야 한다. 그래야만 수익성이 있는 회사가 될 것이다.

문제점을 잡아내어 해결하는 것이 경영이다

우리는 지금까지 안정 위주의 경영을 해 왔지만 이제부터는 새로운 경영방침을 세워야 할 때가 왔다고 생각한다. 오늘날 우리가 당면한 문제점을 낱낱이 찾아내어 해결해보려고 외부와 연락이 안 되는 곳에 임원들이 모여서 '캔미팅'을 했다. 여기에서 우리의 현재 문제점이 무엇인지를 낱낱이 드러내 놓고 이러한 문제점을 해결하기 위해 앞으로 조직을 어떻게 짤 것인가, 어떠한 방법으로 인력을 배치할 것인가 등을 검토했는데 그 결과 어느 정도의 성과가 있었다. 앞으로는 좀더 세부적으로 문제점을 파헤치기 위해 '캔미팅'의 범위를 확대해서 부장까지 참석시키는 방안을 강구하여 실천해 주기 바란다.

지금까지는 종합무역상사에 대해서만 이야기했지만 SKC는 작년에 겨우 흑자로 전환했고 금년에는 경성고무가 흑자로 들어섰다. 해외섬유는 가망이 없어서 없애기로 했지만 이 밖에도 문제가 있는 회사는 모두 자주 토의하여 고쳐 나가도록 해야 한다. 선경건설도 상사와 비슷해서 누구나 할 수 있는 공사를 할 경우에는 위험부담이 많기 때문에 적어도 선경의 일원으로 남아 있기 위해서는 선경만이 다룰 수 있는 것을 찾아 양적인 면보다는 질적인 면으로 키우는 것이 좋다고 본다.

지금 그룹 전체적으로 보면 흑자를 내지 못하고 있는 회사는 그 문제점을 잡아내어 해결하는 것을 경영방침으로 하고 있는데 앞으로 3년까지 해보고 그때까지도 적자를 내는 회사는 없애도록 할 것이다. 그러므로 그 기간까지는 흑자로 바꾸도록 모두 노력해야 한다. 지금 제일 심각한 회사가 종합상사인데 모두가 힘을 합쳐 방관하지 말고 모든 문제점을 다 찾아내어 해결하도록 노력해야 할 것이다. 또한 현재 종합상사는 수익성이 좋은 품목이 적은데 이것은 부장회의때 구체적으로 토론해서 선별해 나가야 할 것이다. 이와 같이 문제점을 잡아내어 해결하는 것이 바로 경영인 것이다.

상사에는 Specialist가 있어야 한다

이제 우리는 '캔미팅'을 통해 문제점을 해결하는 작업에 들어가야 하는데 이를 위해서는 각 부서에서 R&D에 주력해야 하고 이를 총괄할 수 있는 전담부서가 있어야 할 것이다. 아울러 고려해야 할 사항은 부사장 제도인데 과거에는 상무와 사장이 직접 연결됨으로 해서 많은 문제점이 발생되었다. 사장까지 결재를 올리지 않아도 되는 것을 사장까지 올렸기 때문에 신속한 업무 처리가 안 되었고, 또 한편으로는 중간 계층이 없음으로 해서 상하간의 의사전달이 경직되었던 것이다. 그러므로 이러한 문제점을 해결하기 위해서는 부사장 제도가 필요할 것이다.

한편 회장이 그룹 내에 수출입 창구를 확실히 세워 주지 않는다는 이야기가 있는데 이는 종합상사에 Specialist가 없고 세미프로만 있기 때문에 생기는 문제라고 생각한다. Specialist가 있다면 해결될 수도 있었던 문제가 세미프로가 다루었기 때문에 해결이 안 된 상태로 쌓일 수도 있는 것이다. 그러므로 Specialist 양성에 좀더 신경을 써야 할 것이다.

또한 종합상사의 생명은 사람이므로 급여 문제로 인력 확보에 문제가 있어서는 안 된다. 급여를 무조건 인상한다면 문제가 되겠지만 급여 수준을 경쟁회사에 비해 상위권으로 한다면 별 문제가 안 될 것이다. 급여에 있어서도 2위의 회사가 되지 않도록 해야 한다. 급여관리는 인사관리에 속하는 것으로서 의욕 저하와 상관관계가 있으므로 하루 빨리 해결하도록 노력해야 한다. 이러한 문제들을 무조건 사장한테 건의만 할 것이 아니라 임원들도 해결할 수 있는 방안을 찾아야 할 것이며 상사에게 잘못 보이지 않으려는 생각에서 문제의 해결을 회피한다면 더욱 바람직하지 못하다.

1982. 5. 4 (주) 선경 중·장기 경영전략 회의에서

연구개발과 이윤극대화

연구개발의 영역

연구개발의 영역에는 기초연구, 응용연구, 개발의 세 과정이 있다. 기초과학 (Basic Science)이란 소위 순수 자연계 대학에서 가르치는 것을 말하고, 개발이란 더 나아가 공업화(industrialize)하는 것을 말한다. 이중에서 우리가 해야 할 단계는 공업화를 세분화하는 것이다. 그러나 한 제품을 개발할 때의 영역은 이 세 가지 과정을 모두 포함해야 한다.

페니실린의 경우를 예로 들어 보자, 백혈구의 힘이 병균보다 약하기 때문에 페니실린을 주사하여 병을 고치는 것이다. 그러나 이때 백혈구는 가만히 있고 페니실린이 병균을 죽이는 것으로만 끝난다면 병균은 약에 대한 면역성을 갖게 되고 병균이 한 번 침입했던 사람은 자주 그 병균에 오염될 것이다.

이를 개선하기 위해 백혈구를 더 강하게 하는 방법을 연구한다고 가정해보자. 우선 백혈구가 무엇인지, 백혈구를 더 강하게 하는 요소가 무엇인지를 연구해서 알아야 하고, 다음에는 이 요소들을 설계 즉, Chemical Engineering을 해봐야 하고, 그 다음에는 공업화 즉 상품화가 가능한지를 연구해야 한다.

이렇게 하여 상품화가 되었을 경우에는 이 상품은 기초연구에서부터 공업화까지를 다 포함했다고 보아야 한다. 그러나 연구개발 영역의 전 과정을 연구하려면 리스크도 크고 또한 공업화 과정만도 연구할 분야가 많기 때문에 기업에서는 공업화 과정에 더 신경을 써야 한다. 물론 기초에서 응용과정까지도 알고는 있어야 한다.

연구개발의 전제 조건

기업에서의 연구개발은 이윤극대화가 전제 조건이 되어야 하며 단순한 연구를 위한 연구개발이 되어서는 안 된다. 이는 너무나 당면한 명제이고, 경영의 각 요소가 이윤의 극대화를 근간으로 하고는 있겠지만 연구개발은 기획관리와 마찬가지로 특히 이 점을 강조해야 한다. 우리는 연구개발이라고 하면 무엇을 개발해 냈느냐를 따지기보다는 연구사업에 얼마를 투자했느냐만을 중요시해서 많이 투자만 하면 좋은 것으로 생각하는 경향이 있다.

연구 부문에 종사하는 사람도 연구에 연구를 거듭하다보면 자기도 모르게 기초적인 부문까지도 연구하는 경우가 많다. 그래서 '전자 현미경이 필요하다. 또는 레이저 광선 측정기가 있어야 한다, 레이저 측정기가 있으니까 레이저 광선 기술자를 채용해야 한다.'는 식으로 정작 연구해야 할 부문과는 먼 쪽으로 가게 된다. 이럴 경우에 누군가가 통제를 해주지 않는다면 아무리 오랜 시간이 지나도 기업에서 원하는 연구 실적은 나오지 않을 것이다.

따라서 연구개발은 이윤의 극대화 범위 안에서 이루어져야 한다. 물론 연구개발에 있어서 기초연구, 응용연구가 있어야 공업화가 되겠지만 기초연구는 회사의 전례로 봐서 많지 않으니까 학교나 공공 기관에 맡겨 이를 활용하고 우리는 공업화 부문에 몰두해야 한다. 연구개발은 기업의 이윤을 극대화하는데 그 목적이 있기 때문에 언젠가는 반드시 무엇이 나올 것이라는 전제하에 투자를 해야 한다.

Risk Hedging

연구개발에 있어서 가장 중요한 것은 연구비를 투자해서 성공할 수 있느냐 하는 것인데, 이는 리스크가 크기 때문에 Risk Hedging을 잘해야 한다.

한 예로서 폴리에스테르 필름을 개발하면서 Risk Hedging을 위하여 선경 메그네틱을 설립하여 오디오 테이프 사업을 한 경우를 들 수 있다. 개발된 폴리에스테르 필름을 다른 사람이 사가지 않으면 폐기해야 하기 때문에 그 코스트를 Risk Hedging한 것이다. 비디오테이프를 개발하지 못하더라도 그것으로 오디오 테이프를 만들 수 있다면 적자를 줄일 수 있으므로 이윤극대화의 측면에서 어느 정도 Risk Hedging이 가능하다고 본 것이다. 즉 어느 정도의 Risk Hedging을 해 놓고 연구를 계속하여 비디오테이프를 개발하는 목표에 도달할 수 있도록 하였던 것이다.

연구개발의 단계

노하우가 없는 기술을 연구하여 30%정도 개발하였을 때, 100% 달성을 못했다고 문책해서는 안 된다. 그것을 다음 팀이 이어받아 또 30%를 개발하고, 또 다음 팀이 30% 개발하여 전체적으로 90%를 개발했다면 그 연구개발은 성공이다. 폴리에스테르 필름을 개발할 때도 처음에는 30%밖에 해결이 안 되었고 다음 팀이 이를 이어 받아 30%를 더 해결했고, 그리고 지금부터 다시 또 투자하여 30%를 해결한다면 연구개발은 성공할 수 있게 되어 비디오테이프는 개발될 것이다.

연구개발은 이윤극대화를 위해서 하는 것이므로 연구개발의 최종 목표는 공업화에 있다. 즉 상품을 만들 수 있어야 한다. 연구의 대상이 되는 상품에는 세 가지가 있는데, 상품의 질을 높이거나 코스트를 낮추어야 하는 기존 상품이 있고, 외국에서 노하우를 주지 않은 독창적인 상품이 있다. 앞서 지적했듯이 연구개발의 과정에는 기초연구, 응용연구 공업화가 있는데 우리는 공업화에 치중해야 한다.

따라서 연구개발은 공업화를 중심으로 하되 현실적으로 가까운 기존 상품의 질을 높이고 코스트를 낮추는 데 우선 그룹 내의 모든 회사가 노력을 경주해야 하고, 다음으로는 노하우를 주지 않는 상품을 개발해야 하고, 그 다음으로는 독창적인 상품을 개발해야 한다. 그것도 가장 가능성이 높은 것부터 해야 한다.

1982. 5. 10 연구개발관리(안) 토의에서

10년 앞을 내다보고 하는 장사

비디오테이프의 기술개발

우리는 우리가 생산하고 있는 비디오테이프를 해외에 판매하기 위해서 JVC가 요구하는 3백여 가지의 테스트 항목에 합격해야 한다. 이와 같이 테이프의 질에 대해 모든 것을 평가받게 되면 앞으로 비디오테이프의 질을 높이는 데 많은 도움이 될 것이다. 또한 1차 증설로 기존 시설에서의 문제점을 어느 정도 보완해주었기 때문에 JVC로부터 제품의 품질을 테스트 받아 우리의 부족한 점을 다시 보완해 나간다면 비디오테이프의 기술 개발에 또다시 20%를 해결하는 결과가 되어, 금년 상반기 중에 전체의 80%는 해결할 수 있을 것이다.

비디오테이프의 개발은 처음 기계를 도입할 당시 30%를 해결했고 그다음 소프트웨어 부문 덕택으로 30%를 해결했으므로 전체의 60%는 해결되었다고 본다. 그리고 금년 상반기 중에 20%, 하반기에 10%를 더 해결한다면 내년 중에 나머지 10%만 해결하면 될 것이다. 그렇게 되면 TDK나 SONY 수준의 제품이 나올 것이다.

그때 가서는 Own Brand로 판매를 시도해 보아야 한다. 물론 처음 시도하는 것이라 양은 적겠지만 그래도 Own Brand로 판매하고 제품의 질에 대한 PR도 해야 한다.

비디오테이프의 품질 향상

지난 연초에 PHILIPS에서 선경메그네틱 공장에 들러 우리의 오디오 테이프를 샘플로 가져갔다. 그들이 우리의 테이프를 테스트해 본 결과 제품의 질이 그들의 마음에 들어 우선 샘플 오더로 오디오 테이프 2천질을 구매하자고 제의해 왔다. PHILIPS는 자기들이 판매할 수 있는 양 전부를 자체 생산하지 않고 그 중

25%는 외국에서 납품받아 자체 브랜드로 판매하고 있다. 만일 PHILIPS가 우리의 제품을 구매하게 되면 유럽에서도 OEM Base가 가능해질 것이다.

우리가 비디오테이프에 대한 라이선스를 획득하게 되면 잡지, 신문 등 세계적인 매체를 통해 널리 PR해야 한다. 세계에서 라이선스를 갖고 있는 회사는 10여 개 회사뿐이고 우리도 그 가운데 한 회사가 되는 것이다. 라이선스를 받는다는 것은 바로 비디오테이프에 대한 노하우를 인정받게 되는 것이며, 바로 여기에 이 사실을 널리 PR해야 할 필요성이 있는 것이다. 왜냐하면 그렇게 해야만 구매자들이 우리 비디오테이프의 우수성을 알게 되기 때문이다

해외 현지에서 비디오테이프의 질에 대해 테스트할 요소가 3백여 가지라고 하면 그 3백여 가지 요소와 테스트 방법을 서울에도 알려주어야 한다. 또한 필요하다면 현지에 테스트 기계도 사 주고 테스팅 과정에서 불만이 나오면 곧바로 시정도 해주어야 한다. 또한 10여 개 회사에서 나오는 제품을 그때그때 구입하여 현지에서 우리 제품과 함께 테스트한 후, 그 결과를 본사에 알려주고 본사에서도 별도로 또 테스트를 하여 타 회사 제품의 질에 뒤떨어지지 않도록 해야 한다. 당분간 현지에서는 본사뿐만 아니라 천안공장에도 그 문제점을 직접 전화로 알려주어 즉시 해결할 수 있도록 해주어야 한다.

비디오테이프의 시장관리

앞으로 선경에서는 오디오 테이프의 질에도 많은 신경을 쏟아 오디오 테이프, 비디오테이프, 컴퓨터 테이프 모두를 세계적인 수준으로 끌어올릴 계획이다. 따라서 완벽하게 세계적인 수준이 될 경우에만 SKC의 라벨을 사용하도록 하겠다. 가격 문제에 있어서는 현재 생산량이 수요를 따라가지 못하므로 OEM Base로 팔 것인가, 또는 Duplicator 아니면 Own Brand의 형식으로 판매할 것인가에 대해서는 그때그때의 상황에 따라 협의하여 결정하도록 하겠다. Delivery 문제에 있어서는 현지 창고에 1개월분 정도씩 쌓아 놓고 팔지 말고, 그때그때 바로 판매하되 공장에서의 조업상 문제가 있을 수도 있으므로 공장에서는 1개월분의 여유를 갖고 생산할 수 있도록 해야 한다.

또한 판매에 있어서, 바이어가 제품을 바꾸어 달라고 하면 아무 조건 없이 언제라도 바꾸어 주어야 하며 바이어와 싸우는 경우는 절대로 피해야 한다. 왜냐하

면 지금의 판매 수준을 갖고 마케팅 하는 것이 아니라 10년을 내다보고 하는 장사이기 때문이다. 80년대 말에 가면 비디오테이프 시장이 1백억 달러가 될 것으로 예상하는데 그 중에서 10% 이상을 우리가 점유할 수 있도록 노력해야 한다. 필름을 만들어 코팅까지 해서 판매하는 기업은 세계적으로 우리밖에 없기 때문에 충분히 가능하리라고 기대한다.

1982. 5. 28 미주본부 간담회에서

마케팅은 최종소비자와 연결되어야 한다

개발상품은 경쟁이 없다

뉴저지 지사는 그동안 남들이 모두 취급할 수 있는 경공업 제품을 취급하였으나 요즘 와서는 그 중에서도 비디오테이프를 주로 취급한다고 한다. 비디오테이프는 한국에서 우리만이 취급할 수 있는 상품이기 때문에 한국 상사들과의 경쟁이 없어서 판매하기가 훨씬 수월하고 판매량도 상당히 크다고 한다.

이와 같이 우리는 우리만이 취급할 수 있는 상품을 개발하여 판매해야 하는데, 직물의 경우에는 깔깔이 6169를 개발해 낸 이후 개발된 상품이 별로 많지 않았다. 직물사업부에서는 이래서는 안 되겠다 하여 제품개발에 주력하여 왔는데 그 결과 33가지의 제품을 개발해 냈다고 한다. 그러나 실제 사용이 가능한 것은 20여 가지 밖에 안 된다고 한다. 직물을 개발하면 우선 뉴욕의 의류 디자이너에게 주어 실제 사용이 가능한지, 사용이 가능하다면 무슨 옷을 만들면 되는지를 알아보고 봉제를 해서 다시 그 디자이너에게 주어 조언을 얻어야 한다. 그래야만 우리만이 만들 수 있는 직물이 되어서 잘 팔릴 것이다. 직물 개발은 앞으로 이런 방향으로 추진해야 할 것이다.

시카고 지사에서는 낚싯대가 잘 팔린다고 하는데 여기에 만족해서는 안 될 것이다. 우리 낚싯대를 납품받는 업자로부터 낚시를 제일 많이 다니는 사람들을 적어도 몇 십 명 소개받아 그들과 지속적인 친분 관계를 유지해야 한다. 그러면 그들은 그 제품의 결점이 무엇인지를 잘 알려줄 것이다. 처음에는 좋았었는데 몇 번 사용해보니 어디에 문제가 있더라고 우리에게 알려주면 그것을 공장에 통보하여 바로 그 문제점을 해결해서 보완해 주어야 한다. 왜냐 하면 직접 낚시하는 사람이 나중에 그런 결점을 알게 되어 그 제품이 좋지 않다고 낚싯대 납품업자에게 불평하게 되면 그 낚싯대 납품업자는 다시는 우리에게 주문을 하지 않을 것이기 때문이다.

마케팅은 최종소비자와 연결되어야 한다

스웨덴으로 수출하는 신발도 마찬가지다. 열 번쯤 신어보고 신발에 문제가 있다는 것을 납품업자가 나중에 우리에게 알려주면 그때는 이미 문제가 생긴 뒤이므로 소용이 없다. 우리가 그 제품은 그렇지 않으리라 하면서 분석해본다면 그때는 이미 늦어서 수요가 없어질 것이다. 그러므로 마케팅에 있어서는 최종 소비자와 직접 연결해서 그들이 알고 있는 제품의 결점을 그때그때 신속하게 보완해 주는 방법으로 나가야 한다.

선경메그네틱의 제품을 국내 다른 회사 제품과 비교해볼 때 그 질이 대동소이하다고 하는데 그렇게 해서는 앞으로 전망이 없다. 무엇보다도 제품의 질을 높여야 한다.

그 방법을 예로 들어 보자. 오디오 세트가 10만 원에서 2천만 원짜리까지 있다고 한다. 대개 5백만 원짜리 이상 되는 것을 갖고 있는 사람은 오디오 세트를 많이 사용해본 경험이 있는 사람이기 때문에 테이프의 질을 감별하는 데 프로급이라고 볼 수 있다. 그런 사람을 5백 명 또는 1천 명 확보하여 그들에게 우리가 오디오 테이프와 비디오테이프를 테스트할 때 필요했던 테스트 항목을 주어 그들로 하여금 오디오 테이프의 질에 대한 문제점을 찾아내게 해야 한다. 그럼으로써 우리는 테이프 질의 문제점을 쉽게 찾을 수 있고 이를 해결하여 주면 테이프의 질도 지속적으로 향상시킬 수 있을 것이다. 또한 그들은 테이프에 관해서는 프로이기 때문에 우리의 노력을 보고 실수요자들에게 우리의 테이프가 좋다고 직접 권해 줄 것이다. 이러한 방법들은 지금의 마케팅 방법에서 한 단계 더 들어가는 것으로서 일종의 특화(特化)인 것이다.

해외지사도 특화상품을 개발해야 한다

특화는 먼 데서 찾을 것이 아니라 가까운 데서 찾아야 한다. 현재 우리 상사에서는 6백여 가지의 품목을 다루고 있는데 이 품목 가운데서 우리만이 질을 높여 다룰 수 있는 것을 찾아내야 하고, 그것을 우리만이 할 수 있는 독특한 거래방법으로 판매해야 한다. 이것이 바로 특화인 것이다. 우리는 특화 사업을 추진하기 위해 무엇이 문제가 되는지 그동안 본사와 떨어진 장소에서 2박 3일간의 캠미팅을 전사적으로 실시하여 왔는데 성과가 상당히 좋았다고 한다. 앞으로 5년 정도 꾸준히 추진한다면 우리만이 할 수 있는 사업을 찾아낼 수 있을 것이다. 종합상사에게 특화사업을 추진하라고 지시하였더니 처음에는 특화는 메이커나 하는 것이고 종합상사에는 맞지 않는다고 하여 나를 장사할 줄 모르는 회장이라고 공박하기도 했다.

그러나 그동안 해외 지사도 특화사업을 추진했는데 금년 들어 런던 지사와 암스테르담 지사가 흑자로 돌아섰다고 한다. 암스테르담의 경우 자기들이 직접 디자이너를 잡아 옷을 만들어 판매하였더니 많은 이익을 내게 되었다고 한다. 프랑크푸르트 지사도 비디오테이프를 Own Brand로 팔고 있는데 잘 된다고 한다. 이러한 사실들은 특화사업을 추진하기 위해 노력하면 그 성과가 반드시 나온다는 것을 보여주는 좋은 사례이다.

미주 본부의 경우 누적적자 정도는 문제가 안 된다고 하지만, 우선은 누적적자를 없애는 방안부터 강구해야 할 것이다. 본사의 누적적자는 나와 사장이 꾸준히 노력해서 없앨 방침이다. 이렇게 특화로써 본사나 지사가 모두 누적적자를 없애나간다면 수출실적을 늘리기 위해 커미션을 주는 그런 장사는 더 이상 할 필요가 없게 될 것이다. 그렇다고 리스크가 큰 제품을 다루라는 것은 아니다.

본사에서는 장기적으로 인재양성에 주력하고, 각 지사는 특화를 중기계획으로 하여 무엇이든지 특화상품을 개발해야 한다. 이에 맞추어 본사에서는 지사에서 필요한 자금을 하나의 투자로 보고 적극 지원해주어야 한다. 특화사업은 본래 독점 요소가 있기 때문에 수익성이 높은 사업이 되므로 꾸준히 노력해서 추진해 나가야 하며, 그러한 특화품목을 우리가 많이 갖게 되면 10년 후에는 세계적으로 가장 우수한 종합상사가 될 것이다.

해외 지사도 이제 어느 정도 체계를 갖추었으므로 지사장은 특화상품개발에 주력해주고 또한 지사원의 애로사항도 잘 해결해주어 지사원 모두를 유능한 경영자로 키워 주기 바란다.

1982. 5. 29 미주본부 간담회에서

우리만 만들 수 있는 상품은 불황을 모른다

최종소비자의 요구를 파악할 수 있는 시스템 정립

폴리에스테르 원사, 원면, POY-DTY 등은 남들이 다 하는 사업이기 때문에 경쟁도 치열하고 따라서 이익률도 높지 않다. 우리가 많은 이익을 지속적으로 내기 위해서는 우리만이 할 수 있는 고유한 품목을 개발해야 한다. 그렇게 해서 불황에 관계없이 단일 품목으로 적어도 연간 1천만 달러 정도의 이익을 낼 수 있는 품목을 한두 가지는 갖고 있어야 한다. 그러므로 선경합섬은 앞으로 연구팀을 구성하여 이러한 품목을 만들어 내야 한다. 이를 위해서는 단순히 원사만을 연구해서는 안 되고, 원사에서부터 봉제에 이르기까지 섬유의 전 과정을 잘 연구하여 우리만이 생산할 수 있는 독특한 품목을 개발해야 한다.

그러나 선경합섬은 원사 메이커로서 원사만을 연구하고 있기 때문에 연구가 잘 이루어지지 않고 있다. 원사 메이커는 형식상 원사 메이커지 사실은 의류를 입는 최종소비자와 연결되어야 한다. 편의상 원사업자, 직물업자, 디자이너, 봉제업자로 구분되어 있지만, 결국은 최종소비자가 봉제품을 사 주어야만 원사가 팔린다. 그렇기 때문에 우리도 최종소비자가 무엇을 원하는지를 잘 알아야 하며, 이를 알 수 있는 시스템을 갖고 있어야 새로운 아이디어도 나오고 새로운 원사도 개발할 수 있을 것이다.

새로운 원사개발을 위한 일류 디자이너와의 접촉

남이 만들지 못하는 신소재를 개발한다고 하면 매우 어렵게만 생각하는데 그렇게만 볼 필요는 없다. 대부분의 소비자들은 현재 생산되고 있는 옷 중에서 가장 좋은 옷이라고 생각하는 것을 자기 나름대로 선택해서 입고 있다. 그러나 더 좋은 소재로 만든 옷이 있다면 지금 입고 있는 옷은 입지 않게 될 것이다. 또한 소비자의 취향은 생각보다 매우 다양하기 때문에 개발의 여지는 얼마든지 많다고 본다.

따라서 연구팀은 소비자의 취향이 무엇인지 알기 위해 선진국인 미국 등에 자주 나가서 Mode를 전문적으로 개발하는 뉴욕의 일류 디자이너와 접촉할 수 있도록 해야 한다. 그곳에서는 여러 가지 개발상품이 나오기 마련인데 그에 따른 신소재를 연구할 필요가 있다. 또한 그 디자이너들은 신소재를 많이 원하고 있으므로 그들에게 신소재로 짠 직물을 주어 새로운 Mode를 만들게 해야 한다. 그렇게 해서 그것을 시장에 내놓아 좋은 평을 받고 많이 팔리게만 된다면 우리의 소재개발은 일단 성공했다고 볼 수 있을 것이다.

우리만이 만들 수 있는 상품이라야

요즘도 SK-6169라는 직물이 있는데 이것은 우리가 옛날에 직접 개발했던 '깔깔이'라는 직물이다. 우리가 새로 개발한 직물에 막연히 SK-6169라는 번호를 붙여서 미국의 캘리포니아 시장에 내놓았는데 처음에는 소량이 팔렸으나 직물이 꽤 우수했기 때문에 반응이 좋아 순식간에 대량으로 팔렸다. 그러자 일본에서 이 제품이 수지가 맞는다는 사실을 알고는 "선경이 만든 제품을 우리가 만들지 못할 이유가 없다"고 해서 우리의 천조각을 갖고 가서 그들도 개발해 냈다. 그러나 그들이 개발한 직물은 그 질이 우리 것만 못해서 시장에서 우리 것보다 10센트 싸게 판매되었다.

SK-6169는 우리의 독특한 시설에서 우리의 손으로 만들었기 때문에 시설이 다르고 사람이 다른 그들은 우리와 같은 질의 제품을 만들 수가 없었다. 그래서 그 제품은 우리만이 만들 수 있는 제품이 되어 그 당시 많은 이익을 내었고, 또한 SK-6169가 유명한 상품명이 되어 아직까지도 팔리고 있는 것이다.

중기계획을 세워 개발에 힘써야

우리는 기존의 합성섬유 사업은 그대로 유지하고 정밀화학 분야에 진출하기 위해 연구개발에 주력하고 있는데, 선경합섬은 원사 메이커이기 때문에 섬유사업으로서는 무엇보다 새로운 원사개발을 위해 노력해야 한다. 이를 위해서는 새로운 Mode를 개발하는 일류 디자이너를 1년이고 2년이고 따라다니면서 우리가 어떤 소재를 개발해야 하는지 정보를 얻어 와야 한다. 그렇게 해서 우리 공장에서 2~3년 개발에 노력한다면 많은 수익을 보장하는 품목을 얻을 수 있을 것이다. 우리가 몇 년이 걸리더라도 새로운 원사를 개발해내면 그것은 상당히 오래 갈 것이다. 섬유 부문의 사업은 앞으로 그런 방향으로 나아가야 한다.

따라서 앞으로 원사를 개발할 때는 원사의 개발로만 끝내지 말고, 새로운 원사를 개발해서 이것으로 어떤 직물을 짜고, 어떤 스타일로 봉제를 하며, 옷을 만들었을 때 어떤 소비자가 입을 것인지를 모두 파악해야 한다. 또한 어떻게 소비자에게 파고들 수 있는지, 그리고 소비량이 얼마나 될 것인지를 정확하게 파악해야 하고 나아가서는 우리의 투자능력에서부터 개발 소요기간에 이르기까지를 전부 감안해서 개발해야 한다.

선경합섬은 이미 시설의 감가상각을 다했기 때문에 지금의 사업을 그대로 해도 운영에는 큰 어려움이 없다. 경쟁사가 모두 망하기 전엔 우리가 먼저 망하지도 않을 것이다. 그러나 이것만으로는 부족하므로 중기 프로젝트로 해서 5년 동안 몇 가지 새로운 품목을 개발하여 지속적으로 많은 이익을 낼 수 있도록 해야 한다.

우리만이 만들 수 있는 상품은 불황이 없으나 다 만들 수 있는 상품은 이익도 많지 않고 위험 부담만 많으며, 서로 경쟁을 해야 하기 때문에 힘만 많이 들 것이다. 선경합섬은 재력도 튼튼하고 그동안 쌓아온 기술 능력도 있기 때문에 회사가 관심을 갖고 노력만 하면 신소재 개발에 좋은 성과가 나올 것이다.

경영기법의 연구개발

연구소에서 연구를 하다 보면 연구를 위한 연구를 하게 되는 경우가 흔히 있게 되는데 그러다 보면 연구소에 투자만 많이 해 놓고 실적이 없다는 평을 듣게 된다. 이는 아주 평범한 말이기는 하지만 귀를 기울여야 할 사항이며 우리 역시 이런 잘못을 범해서는 안 된다. 연구개발의 궁극적인 목적은 회사에 기여할 수 있도록 연구 실적이 많이 나와야 한다. 선경합섬에서 연구소를 설치하면 다른 회사의 연구소 운영과는 달리, 다른 차원에서 새로운 시스템을 갖추어 실질적으로 회사에 기여할 수 있는 연구를 해야 한다.

연구소는 첫째, 경영연구를 잘 해야 한다. 연구개발을 확대 해석한다고 할는지 모르겠지만, 우리가 기업을 경영하다가 새로운 경영기법의 필요성을 느끼게 되어 이를 연구하고, 그 결과를 실제 기업경영에 적용하여 회사의 수익성을 높였다면, 경영기법의 연구도 당연히 연구개발의 한 영역이 된다. 왜냐하면 연구개발은 기업의 이윤극대화를 위해서 하는 것이고 경영의 정의도 일차적으로 이윤을 극대화하는 것이기 때문에 경영에 대한 연구는 당연히 연구개발의 한 영역이 되는 것이다.

둘째로는 기술에 대한 정보수집 시스템을 잘 갖추어야 한다. 우리 회사가 지금은 어떤 위치에 있는데 앞으로 어떤 방향으로 가기 위해서는 어떤 상품을 개발해야 하는지 잘 알아야 한다. 이를 위해서는 무엇보다도 국내외적으로 정보를 잘 입수할 수 있는 시스템이 필요하다.

셋째로는 기술을 연구해야 한다. 남한테 의뢰해서 얻어올 수 있는 것은 남한데 얻어 오면 되겠지만 그렇지 못한 것은 자체 연구소에서 연구하여 개발해 내야 한다. 그런데 기술개발을 위해서는 정보관리가 상당히 중요하다. 관련된 정보가 있어야 연구개발도 쉬워지고 불필요한 연구개발도 방지할 수 있다. 예를 들면, 우리가 열심히 어떤 기술을 연구하다가 외국에 나가 보니 우리가 개발하고 있는 기술보다 더 좋은 기술이 있어서 그 기술 정보를 갖고 들어왔다고 한다면, 기술개발의 노력도 줄일 수 있고 또한 10년을 연구해도 개발하기 힘든 기술을 정보 하나로 쉽게 개발하는 결과도 얻을 수 있을 것이다. 따라서 연구실에서 하는 연구도 중요하지만 해외에서 기술정보를 주기적으로 얻어올 수 있는 시스템을 갖추는 것도 상당히 중요하다.

1982. 6.11 선경합섬 연구소 개설에 즈음하여

SKMS와 유공 운영

사장 선임방법

우리가 사장을 선임할 때는 사심 없이 회사의 모든 여건을 감안해서 선임해야 하고, 또한 그 사람이 모든 능력을 발휘할 수 있도록 도와주어야 한다. 지금 그룹 전체는 물론이고 각 회사 역시 성장 과정에 있기 때문에 유능한 인재를 육성해서 위기에 대비하고, 회사를 지속적으로 유지 발전시킬 수 있도록 해야 한다.

사장은 본래 그 회사의 회장이 선임하게 되어 있지만 관계되는 모든 사람의 의견을 참작하는 것도 바람직하다. 그러나 우리나라에서는 이러한 내용을 규정하고 명문화하고 이에 맞추어 사장을 선임하는 곳은 별로 많지 않다.

오히려 대부분의 대그룹은 그들의 자손에게 주식과 경영권 등 모든 것을 물려 주는 것으로 생각하고 있다. 그러나 나는 그렇게 생각하지 않는다. 주주의 가족이 회사 내부에 들어 와서 전문경영인의 역할을 하게 되면 집안 문제와 관련이 되기 때문에 사장을 선임하는 데 편견을 갖게 되고, 더욱이 자신과 의견 충돌이 있었던 사람은 유능하다 하더라도 사장으로 추천하지 않을 것이다.

따라서 사장은 우리가 갖고 있는 장학재단, 회사 내부사람, 주주, 운영위원회 등 우리와 관련된 모든 사람들의 의견을 참작해서 그 회사 회장이 선임해야 한다. 앞으로 유공에도 회장이 있을 것이며, (주)선경의 회장이 반드시 유공의 회장이 된다는 법은 나 이후에는 없을 것이다.

뿌리 있는 경영

우리나라의 기업은 경영활동을 함에 있어 불행히도 한국 기업에 맞는 경영관리 체계를 확립시키지 못해 선진국의 것을 그대로 활용하고 있다. 그러나 외국의 경영이론은 우리 실정에 잘 맞지 않는다. 맞는 것이 있다면 회계관리 등이 있는

데, 그것만으로는 회사 전체에 도움이 되지 않는다. 그래서 선경에서는 우리만의 독특한 경영관리체계를 만들었고 이에 맞추어 경영을 하고 있다. 이것은 외부에서 도입된 것이 아니라 우리의 현실에 내재되어 있는 문제점을 간추려 만든 것이기 때문에 실제경영에 적용하기가 쉽다.

이렇게 회사의 운영방법을 우리는 현실에 맞도록 정립하였으니, 이에 맞추어 장기계획은 물론 중기계획도 잘 세워서 체계적으로 기업을 운영해야 한다. 현재 우리가 갖고 있는 문제가 있다면 이것은 별안간 발생한 것이 아니라 이미 5~10년 전에 잘못했기 때문에 생긴 것이다. 그러므로 장기계획을 잘 조화시켜서 기업을 운영해야 한다. SKMS는 내가 20여 년간 기업을 경영하면서 경험했고 구상해온 것이기 때문에 사장, 임원, 그리고 부장을 통해서 현재 선경에 뿌리를 내리게 하고 있다. 이것은 결코 하루아침에 나온 경영방법은 아니다.

그러나 유공은 우리가 인수하고 보니까 비록 회사의 규모는 크지만 선경처럼 뿌리내린 경영방법이 없었다. 그래서 사원들이 이 회사에 들어와서 과연 자기가 무엇을 해야 하며, 앞으로 어떻게 회사와 함께 성장해 나갈 것인가에 대하여 확신을 갖지 못하고 있는 것 같았다. 그래서 유공을 인수한 후 유공도 선경과 같은 방법으로 운영해 왔는데, 이제는 경영의 뿌리가 내리기 시작했고, 각자가 앞으로 무엇을 어떻게 해야 하는지도 스스로 알게 되는 것 같다.

본래 유공은 종합에너지 회사로 방향을 전환시켜야 살아남을 수 있는데도 이를 최고 경영층에서 결정해주지 못하다보니 대부분의 사원들이 방향 전환을 해서는 안 되는 것으로 잘못 알고 있었던 것이다. 이와 같이 유공은 지속적으로 정유사업만 해서는 전망이 없기 때문에 종합에너지 회사로 전환하기 위해 장기방향, 중기방향을 제시하여 회사를 운영했어야 하는데 그렇지 못했기 때문에 직원들이 불만을 가졌던 것이다

SKMS는 현실에 맞는 경영기법

조직이 활성화되기 위해서는 조직 안에 불편한 사람이 있어서는 안 된다. 불편한 사람이 있으면 옆 사람이 불편해지고 또한 소속된 부서의 발전에 문제가 생기고 나아가서는 회사 발전에 저해 요인이 될 수도 있다.

그래서 유공을 인수한 후 SKMS에 입각해서 불편한 관계를 제거해주었더니

그 효과가 상당히 좋았다. 이러한 과정에는 편견이 있을 수도 있으므로 경영기획실에서 잘 훈련된 사람과 유공 사람으로 함께 팀을 구성하여 유공 사장실을 만들어 함께 걱정한 결과 좋은 성과를 얻었다. 처음에는 사장실이 비리나 캐서 보고하는 것이 아닌가 하는 의심도 받았지만 그동안 유공의 전 분야를 SKMS에 입각해서 재분석하고 경영을 조언해 주다보니 자연히 그러한 의심은 없어지게 되었고, 그렇기 때문에 성과도 좋았다고 본다. 그 이유는 SKMS가 우리의 현실에 맞는 경영기법이었기 때문이라 생각한다.

장기경영계획의 분위기 조성

유공은 종합에너지 사업을 추구하는 방향으로 나아가되 꾸준히 노력해서 10년 후에는 회사 자체에서 뿐만 아니라 남이 볼 때도 뛰어나야 한다. 이때의 비교 대상은 경쟁 정유회사가 되어야 하며 우리 직원이 경쟁회사 직원보다도 더 유능하고 회사도 상당히 아낀다는 평을 들을 수 있어야 한다.

이를 위해서는 우리 기업에 맞는 장기적인 프로젝트를 선택해서 추진해야 하는데 그 사업은 남이 하기 어려운 사업이 되어야 한다. 만일 어렵다고 해서 포기하고 10년 뒤에 가서 다시 하려고 한다면 10년을 후퇴하는 것과 다름이 없다. 그러므로 장기계획을 세워 그 방향으로 나갈 수 있도록 분위기를 조성해주어야 하며 목표도 명확히 제시해주어야 한다. 그렇게 해야만 비로소 모두가 의욕을 갖고 열심히 노력할 것이다.

1982. 6. 21 유공 사장실 부장 간담회에서

효율적 인사관리와 관리역량의 신장

국제적인 감각을 지닌 인사관리

옛날과 달리 요즈음은 상거래가 국제적으로 이루어지기 때문에 많은 사람들이 외국에 오가고 있다. 따라서 이와 같은 기업의 국제화에 대비하고, 사원을 국제적인 비즈니스맨으로 키우기 위해서는 인사의 책임자가 우선 국제적인 감각을 갖고 국제적인 인사관리를 해야 한다. 인사 책임자가 국제적인 감각을 갖고 있지 않다면 사원의 인사관리를 제대로 할 수 없고 회사도 국제적으로 남보다 뒤떨어지게 된다.

이를 위해 인사 책임자는 정기적으로 해외 출장을 나가 선진 외국에서는 어떻게 인사제도를 운영하고 있는지 알아봐야 하고, 많은 연구도 해야 한다. 인사부장이 해외에 나갈 때에는 막연히 나갈 것이 아니라 사전에 그 중에 있는 해외지사에 부탁하여 그곳 유명 회사의 인사제도를 조사하게 한 다음, 그 자료를 가지고 그 회사의 인사 책임자와 만나서 그들의 제도를 알아보는 것이 좋다. 물론 그들도 한국에 있는 회사의 인사 부장이 왔다고 하면 흥미를 가질 것이다. 그런 식으로 교류를 계속하다 보면 그들이 갖고 있는 인사제도의 좋은 점도 받아들일 수 있고 우리의 제도에서 나쁜 점도 고쳐나갈 수 있을 것이다.

해외 지사를 다녀 보면 작년 다르고 금년 다르다는 것을 느끼게 되는데 나는 그 원인이 인사관리에 있다고 본다. 물론 본사에서 우수한 인재들이 해외지사원으로 선발되어 나가니까 본사 직원보다 나을 수도 있겠지만, 무엇보다도 인사부장이 사람을 잘 키워 내보내기 때문에 그러한 결과가 나온다고 보는 것이다. 사실 인사부장은 사통팔달해야 한다.

관리역량의 신장

현재 우리는 관리역량을 기준으로 하여 사원을 경영자와 단순 노동자로 분류하고 있는데, 우리나라 노동자의 경우 선진 외국에 비해 뒤떨어지지 않는 수준에 있다. 그러나 과장에서 임원에 이르는 경영자의 관리역량 수준이 낮기 때문에 선진국과의 경쟁에서 우리 기업이 뒤지고 있는 것이다.

우리가 정립해서 활용하고 있는 SKMS도 근로자를 위해 만든 것이 아니고 경영자가 사용하기 위해 만든 것이다.

근로자들은 일정한 규정만 있으면 그 규정에 입각해서 그대로 일을 잘 처리하는데 반해, 그들을 다루는 경영자는 근로자에 비해 경영자로서의 관리역량이 부족해서 항상 문제가 되는 것이다. 근로자들은 1년을 훈련해서 안 되면 2~3년을 더 훈련하면 되겠지만 경영자의 훈련은 그리 쉬운 것이 아니기 때문에 SKMS를 정립하여 그것을 교육시키고 있는 것이다.

일반 경영학에서는 경영요소 중에서 주로 정적요소만 다루고 있는데 SKMS에서는 정적요소와 동적요소로 나누어 함께 다루고 있다. 본래 실제경영에서는 정적요소에 동적요소도 함께 다루어야 총체적인 경영이 가능해진다. 동적요소 중에서도 특별히 목표를 세워 중요하게 다루어야 하는 것이 관리역량관리이다. 비록 과장이지만 자신이 속한 부서는 물론 본부까지도 관리할 수 있는 사람이 있는가 하면, 어떤 사람은 중역까지 될 수 있는 나이에 과 하나 제대 관리하지 못하는 경우도 있을 수 있다.

이와 같이 사람마다 관리역량 수준이 다를 수 있으므로 인사부에서는 관리역량을 신장시키는 방법을 철저히 연구하고 그 연구 결과에 맞추어 사원들의 관리역량 수준을 높여 나가야 한다.

SKMS를 활용하는 노력이 필요

현 단계에서 SKMS가 경영활동에 어느 정도 기여하고 있는가를 살펴본다면, 경영이란 무엇이고, 경영에는 어떤 요소가 중요하다는 정도를 인식시켰을 뿐 사원 스스로가 아직은 SKMS를 경영에 잘 활용 못하고 있는 것 같다. 더욱이 SKMS를 완전히 이해하는 수준도 못되기 때문에 우리는 SKMS의 활용을 위해 10년이고 20년이고 장기적인 노력을 기울여야 할 것이다.

그러므로 그룹 차원에서 SKMS를 좀더 완전히 이해하고 이를 실천하는 데 전사적인 노력을 경주해야 한다. 우리가 연수원에서 아무리 교육을 잘 시킨다 해도 본인이 현업에 돌아가서 이를 업무에 활용하려고 노력하지 않으면 아무 소용이 없는 것이다.

우리는 지금 SKMS를 갖고 있기 때문에 외국과 비교하여 관리역량의 수준이 같거나 아니면 더 크게 늘릴 수 있는 여건은 마련해 놓은 셈이다. 그러나 실제로 그들 수준 이상이 되려면 장기적인 노력이 필요하다 따라서 우리 자체적으로도 노력하고 외국에 있는 교수나 전문가들의 자문도 얻어 관리역량을 늘리는 방법을 계속해서 연구·개발해야 한다. 이와 같이 사원을 잘 훈련시켜 나가면 세계적으로 어느 나라보다도 우수한 경영자를 만들 수 있을 것이다.

효율성 있는 인사관리

또한 인사관리에 있어서 중요한 것은 사람을 잘 관리해야 한다는 것이다. 조직 내에 부적합한 사람이 있다고 할 때 그 사람을 무조건 내보낸다는 것은 그리 쉬운 일이 아니다. 그러나 부서 내에 그런 불편한 사람이 있으면 조직 내의 사람 관계가 불편해지므로 이식관리를 잘해야 한다. 이런 사람은 자기 스스로 당장 그만두지는 않을 것이므로 예를 들면 1년이나 2년분의 급여를 한꺼번에 주어 퇴직을 시키면 이식관리가 가능할 것이다. 그러나 관계가 불편하다고 해서 그 사람을 무조건 내보내는 것은 좋은 방법이 아니다. 예를 들어 지금은 다소 불편한 관계에 있다 하더라도 교육훈련을 잘만 시키면 별 문제가 되지 않는 사람이라면, 그런 사람은 현재 소속되어 있는 조직에서 스태프 조직으로 이동시켜 Free Thinker가 되게 하는 방안도 강구해보아야 한다. 왜냐 하면 회사에는 열심히 뛰는 사람도 있어야 하겠지만 Free Thinker도 꼭 필요하기 때문이다

사람이란 꾸준히 노력해서 언제든지 조직 내에서 필요한 사람이 되어 주위 사람들의 인기를 얻으면 좋겠지만 그렇지 못한 경우도 생기게 마련이다. 그렇기 때문에 이런 사람들에게는 Free Thinker로서의 기회를 주어야 한다. 그런 사람은 현업에서 많은 일을 다루어 왔고 오랜 기간 회사에 종사하였기 때문에 스태프로서도 기업에 기여할 수 있는 방안을 찾을 수 있을 것이다. 그러나 일정 기간이 지나도 실적이 나오지 않는다면 정말 무능한 사람이라고 말할 수 있다. 이런 과정을

통해 그 사람이 유능하다고 생각되면 다시 현업 조직으로 이동시켜 주는 것이 보다 합리적인 인사관리가 될 것이다. 무조건 사람을 퇴직시키는 것만이 최선의 방법은 아니므로 본인의 교육 훈련 차원에서도 생각해주어야 한다.

좋은 예로써 어느 회사의 사장이 어떤 직원과 도저히 뜻이 맞지 않아서 그를 퇴직시켜야 되겠다고 나에게 이야기해온 적이 있었는데 나는 이에 반대했다. "그 사람을 키우는 데 15년이 걸렸는데, 왜 내보내려고만 하냐. 그런 사람을 다시 수용해서 키우려면 그러 쉬운 일이 아니므로 그를 일단 스태프 부서에 보내 근무하게 하는 것이 어떠냐?"고 권한 적이 있었다. 그렇게 해서 그를 스태프 부서에 보내 근무하게 했더니 결과적으로 회사에 필요한 사람이 되었다고 한다.

물론 본인은 좌천된 것으로 생각했을지도 모르지만, 그동안 현업에서 회사를 위해 많이 기여했기 예문에 당분간 마음도 정리할 겸해서 Free Thinker로서의 일도 하고 스태프 부서의 업무도 하게끔 기회를 부여했다. 스태프 부서에서 근무하던 중 다른 관계 회사에서 그 사람이 예전에 맡았던 분야의 업무가 약하다고 하면서 그 사람을 자기 회사로 데려갔다. 어느 기간이 지난 뒤, 먼저 있었던 회사의 사장이 그 분야의 업무를 위해 다시 그 사람을 필요로 했으나 현재 근무하는 회사의 사장이 자기 회사에서도 꼭 필요한 사람이기 때문에 보내주지 못하겠다고 한 적이 있었다. 만일 그 당시 인사관리를 잘못해서 그를 퇴직 처리했다면 유능한 인재를 잃는 결과가 되었을 것이다.

이는 사람을 키우는 것도 잘해야 하겠지만, 키워 놓은 사람을 잘 관리하는 것도 상당히 중요하다는 것을 보여준 인사관리의 좋은 사례가 될 것이다. 조직 내에서 일시적으로 불편한 관계가 된다고 해서 잘 키워 놓은 인재를 무조건 내보내려고만 하지 말고 이를 잘 활용할 수 있는 방안도 인사관리에서 마련되어야 한다.

1982. 6. 25 관계 회사 인사부서장 간담회에서

독점요소 많은 상품 개발의 특화전략

특화는 이익관리와 직결

특화란 단기일내에 잔재주를 부려서 되는 것이 아니라, 이익관리와 관련지어 많은 관심과 보람을 갖고 희생적인 노력을 계속해야 비로소 이루어진다.

봉제의 경우 특화는 소재와 패션을 잘 감안하여, 우리만이 만들 수 있는 직물에 우리만이 할 수 있는 디자인으로 만들어 판매할 때 비로소 이루어지고, 이익도 많이 낼 수 있는 것이다. 따라서 특화는 이익과 반드시 연관시켜서 생각해야 하며 이익률이 최소한 5%~10% 이상은 되어야 한다. 현재 우리나라의 종합상사들은 이익의 개념을 잘 모르고 Small Margin Big Risk 상태로 영업을 하고 있기 때문에 시간이 지날수록 누적적자만 쌓이는 것이다. 상품에 따라 이익률이 다소 다르기는 하겠지만 타사 제품일 경우 5%의 커미션을 받았다고 한다면 이것도 특화상품으로 볼 수 있다. 모든 상품은 나름대로의 특성에 따라 이익률이 서로 다를 수도 있으므로, 사장실에서 특화의 정의를 명확히 내려 특화의 범위를 정해주어야 한다. 예를 들어 새로운 신발을 개발하여 지사가 8%의 이익을 남기고 본사에서는 3%의 이익을 내서 전체적으로 11%의 이익을 냈다고 한다면 특화상품이라고 볼 수 있다. 물론 본사에서는 3%의 이익밖에 내지 못했기 때문에 특화라고 보지 않을 수도 있겠지만 이것은 어떻게 범위를 정하느냐에 달려 있으므로 일정한 기준만 마련된다면 견해의 차이는 없어질 것이다.

특화는 곧 독점사업

내가 특화를 하자고 하는 것은 현재 종합상사가 Small Margin Big Risk로 상품을 판매하고 있기 때문이다. 이러한 상태로 더 이상 종합상사를 운영하면 적자만 누적되므로 기존의 경영기법에 특화라는 기법을 하나 더 추가하고자 하는 것이다. 특화로써 5년이고 10년을 운영하면 반드시 상당한 이익을 내는 회사가될 것이며 이것은 우리만이 할 수 있는 요소가 되기 때문에 일종의 독점으로 볼수도 있다.

SKMS를 정립하여 10년 앞을 내다보고 사람을 키우는 것도 경영의 특화이다. 우리는 우리만의 독특한 SKMS에 입각해서 사람을 키우고 있는데 10년이 지나면 사람이라는 요소에 관해서는 다른 회사가 절대로 따라 오지 못할 것이다. 또한 금년 들어 각 회사에게 10년의 장기경영계획을 세우라고 한 것과 기술집약적인 방향으로 가자고 하는 것도 회사 차원에서 보면 특화 중의 하나인 것이다.

이와 같이 남들이 하지 못하는 것을 우리는 장기적인 안목으로 계획을 세우고 실천해서 회사에 이익을 줄 수 있는 방향으로 경영을 해야 기업이 오래 갈 수 있다. 나는 시간이 있을 때마다 이를 누누이 강조해 왔으나 그동안 모두들 등한시했다. 그러나 SKC가 기술개발에 성공하여 그동안의 적자에서 흑자로 전환되다보니 비로소 그룹의 각 관계회사들이 나의 견해를 이해하게 되었다.

장기계획의 일환으로 특화를 추진해야

경영이라고 하는 것은 어떤 방향을 정확히 설정해 놓고 장기적으로 그 방향으로 가도록 유도해주면 회사는 그 방향으로 그대로 운영되게 되어 있다. 선경합섬의 경우를 보더라도 10년 전부터 치밀하게 계획을 잘 세워 그대로 운영해 왔기 때문에 그동안 많은 이익을 냈던 것이다. 내후년에는 감가상각도 끝나고 부채도 거의 없게 된다.

우리는 폴리에스테르 섬유가 다른 섬유보다 좋은 사업이라고 생각해서 우리나라에서는 제일 먼저 시작해 그동안 호경기를 누려 왔다. 그러자 다른 회사들이 이를 보고 계속해서 증설을 추진해 왔는데, 그때 우리는 모든 증설을 일단 중지시키고 감가상각을 83년도까지는 모두 끝내도록 하였다. 실제로도 그것은 84년도에 가면 모두 끝난다고 한다. 그렇게 해야만 섬유산업이 사양길로 접어들어 뒤늦게 증설을 시작한 회사들이 어려움을 겪더라도 우리 선경합섬은 망하지 않고 그대로 유지될 수 있는 것이다.

지금 이 시점에서 타 경쟁 회사와 비교해볼 때, 선경합섬은 다른 회사에 비해 부채가 1천억 원 정도 적은 건실한 기업으로 성장했고, 자금 여력도 그만큼 많아 다른 분야에도 과감히 투자할 수 있는 회사가 된 것이다. 이것은 10년 전에 계획해 이루어진 성과이며 결코 단시일 내의 계획에 의해 이루어진 것은 아니다. 그래서 나는 앞으로 10년 계획을 세워 기술집약적인 정밀화학 분야로 진출하도록 유도하고 있으며 선경합섬에 연구실을 세우는 것도 그런 계획의 일환이다. 따라서 장기계획은 처음부터 잘 세워야 한다.

이와 마찬가지로 특화에 있어서도 처음부터 장기적인 계획을 잘 세워 끊임없이 노력을 해야 한다. (주)선경도 앞으로 이렇게 10년을 잘 운영해 나간다면 종합상사 중에서도 가장 모범적인 회사로 성장할 수 있게 될 것이다.

Risk Hedging할 수 있는 방안도 마련해야

(주)선경은 그동안 Small Margin Big Risk의 상품을 주로 다루어 왔기 때문에 리스크를 해결하기 위해 열심히 노력은 했지만 별다른 성과가 없었다. 이는 처음부터 계획을 잘못 세웠기 때문에 아무리 리스크를 잘 해결하려 해도 그 자체만으로는 아무 소용이 없었던 것이다.

특화 역시 리스크는 반드시 따르기 마련이기 때문에 사전에 계획을 잘 세워야 하고 리스크가 생겼을 경우에는 즉시 상급자에게 보고해서 이에 잘 대처하도록 해야 한다. 또한 Risk Hedging할 수 있는 방안도 잘 마련해야 한다. 특화는 혼자 노력한다고 해서 이루어지는 것은 아니므로 사장에서부터 말단 사원에 이르기까지 전 사원이 한마음이 되어 노력해야 한다.

우리가 특화를 하자는 것은 없던 것을 새로 창조하자는 것이 아니고, 우리가 일상 다루고 있는 것을 더 개발해서 독점 요소가 많은 상품으로 만들어 내자는 것이다. 즉 지금까지의 Small Margin Big Risk로부터 Big Margin Small Risk화하는 방향으로 가자는 것이다.

우리가 성공한 특화의 사례를 들어보면, SKMS의 정립도 특화이고, 뛰어난 인재를 양성하는 것도 특화이고, 정유사업에 진출하기 위해 했던 우리의 중동정책 역시 특화이고, SKC의 기술개발 성공도 특화라고 볼 수 있다. 따라서 '어느 분야의 어느 것이 특화다.'하는 규정을 만들어 특화의 개념을 확실히 해주어야 할 뿐만 아니라 특화를 성공시킨 사람에게는 앞으로 보상을 해주는 식으로 격려를 해서 보다 효과적으로 특화를 확산시켜 나가야 할 것이다.

그러나 특화는 하루아침에 이루어지는 것이 아니므로 지금부터 노력해서 10년 이상을 계속해 정성을 쌓아 나가야 이루어질 것이다. 특화를 추진하는 데 있어서는 어려움이 많기 때문에 노력해서 이루어지지 않는다고 하여 중도에 포기해서는 안 된다. 어떤 사람이 시도하다가 안 되는 부분이 있으면 다른 사람이 맡아 어느 정도 해결해주고 또 그 다음 사람이 맡아 해결하는 식으로 해서 성공할 때까지 꾸준히 노력해야 할 것이다.

1982. 7. 20 (주)선경 캔미팅 결과 평가에서

세일즈맨과 비즈니스맨

단순한 세일즈맨이 아닌 비즈니스맨이 되어야 한다

대부분의 종합상사에서는 상사원을 세일즈맨이라고 부르고 있다. 그러나 이는 잘못된 개념이다. 상사에서는 단순한 세일즈맨보다는 오히려 우수한 비즈니스맨이 필요하다. 그럼에도 불구하고 상사원을 흔히 세일즈맨이라고 부르고 있기 때문에 상사원들은 그저 많은 양의 상품만 판매하면 되는 것으로 잘못 알고 그 상품에 대한 이윤과 리스크에 대한 검토는 잘 하지 않는다. 우리는 될 수 있는 대로 이윤이 크고 리스크가 적은 상품을 파는 비즈니스맨이 되어야 한다.

그렇다고 비즈니스맨이면 무조건 Big Margin small Risk의 상품만 팔아야 한다는 것은 아니다. 물론 그렇게 되면 좋겠지만 그렇지 못한 경우라도, 예를 들어 처음 3년간은 손해를 보고 이를 잘 개발하면 그 후 10년 동안 많은 이익을 낼 수 있는 상품이 된다면 특화상품으로 보고 추진해야 한다.

이와 같이 내가 종합상사에 특화를 도입해야 한다고 하는 것은 모든 세일즈를 단순히 많이만 팔면 되는 것으로 생각하지 말고 비즈니스 원칙에 맞추어 세일즈다운 세일즈를 해야 한다는 것을 강조하기 위해서이다. 따라서 전 사원을 비즈니스맨으로 철저히 무장시켜 회사에 이익을 극대화시키는 방향으로 나가야 한다.

일반적으로 말하는 세일즈맨이란 상품의 품질에는 관계없이 회사가 만들어 놓은 상품을 회사의 판매계획에 따라 단순히 상품만 많이 팔면 되는 판매 전담원에 불과하다. 이 개념은 미국에서 주로 서적을 판매하기 위해서 만들어진 판매방법의 하나이다.

원래 서적이라는 것은 인쇄비 등 일정 비용이 들어가면 서적 발행비가 부수에 부담을 주지 않기 때문에 많이 팔면 팔수록 이익도 그만큼 커지는 법이다. 따라서 판매원으로 하여금 수단과 방법을 가리지 않고 많이 판매하는 방법만을 교육시켰는데 이 판매방법이 우리나라에 무분별하게 도입되어 마치 이것이 판매의 전부인 것처럼 인식되어 버렸다. 현재 우리나라에서는 판매를 이러한 방법으로 교육시키는 기관이 많은데 이것은 단순한 판매기법에 불과한 것이다.

SKMS에 입각한 비즈니스 교육을 시켜야 한다

비즈니스맨은 물론 이와 같이 단순한 판매활동도 해야 되겠지만 판매를 위한 구매활동도 해야 하고 광범위한 판매계획도 구상해야 한다. 그런데도 단순한 판매활동만 하다보니 판매의 양만 생각하게 되고, 그러다 보니 Small Margin Big Risk의 문제가 발생하는 것이다.

따라서 비즈니스맨은 모든 업무에 대해 Business Like 하에 임해야 한다. 비즈니스맨에게 제일 좋은 것은 Big Margin Small Risk이고 제일 나쁜 것은 No Margin Big Risk이므로 No Margin Big Risk의 상품이 있다면 이 상품을 언제까지, 어떻게 Big Margin Small Risk로 만들 것인가 하는 나름대로의 전략도 세워야 하고 연구도 해야 한다.

이러한 노력이 상사원에게 없다면 단순한 세일즈맨에 불과할 것이므로 모든 상사원은 비즈니스맨으로서의 비즈니스 감각을 키워야 한다. 즉 모든 세일즈를 비즈니스 원칙에 따라 해야 하는데 이는 SKMS에 입각해서 하면 된다. 비즈니스맨은 무엇보다도 기업의 안정과 성장을 지속적으로 유지하기 위해 판매활동을 하는 것이므로 항상 특화의 개념을 염두에 두어야 한다. 그러나 이는 하루아침에 이루어지는 것이 아니므로 전 사원들에게 비즈니스맨으로서의 자세가 체질화될 수 있도록 SKMS에 입각해서 비즈니스맨 교육을 철저히 시켜야 할 것이다.

1982. 11. 20 (주)선경 경영실적을 보고받고

바람직한 사장의 인사관리

퇴임 사장이 회사를 떠나지 않는 풍토

선경그룹의 운영위원은 그동안 그룹 차원의 업무를 보좌해 왔기 때문에 사장이 임기가 끝나더라도 선경에 남아서 회장을 계속 보좌해야 한다. 그렇게 되어야 그룹 차원에서도 유익할 것이다. 왜냐하면 전임 사장은 자기가 몸담았던 회사를 회장보다도 더 구체적으로 잘 내다볼 수 있기 때문이다. 다른 그룹에서처럼 우리 기업에서도 사장이 그 직책을 떠나게 되면 모든 것이 다 끝난 것으로 생각해서 회사와 멀어지게 되는데, 이것은 회사로 보나 사장 개인으로 보나 큰 손해가 된다.

그러한 유경험자가 회사에 남아서 1년에 한 건만이라도 회사를 위해서 조언을 해준다면 회사의 입장에서는 매우 좋을 것이고, 혹시 한 건의 조언이 없다고 할지라도 회장을 보좌하는 것만으로도 회장에게는 큰 힘이 될 것이다. 회사 내부에서는 구시대의 사람이기 때문에 필요 없다고 생각할 수도 있겠지만 전임 사장이 뒷전에 물러 앉아서 그 회사를 보게 되면 자신의 사장 시절에 미처 알지 못했던 문제점도 잘 볼 수 있을 것이고 쉽게 그 문제점도 해결할 수 있을 것이다. 또 사장 개인으로 봐서도, 사장의 임기가 끝났다고 해서 다른 그룹의 사장으로 다시 가기도 쉽지 않고, 또한 별안간 자기 사업을 하기도 쉬운 일은 아니다. 그렇다고 해서 가정에서 무작정 쉴 수도 없는 일이다. 그러므로 회사에 남아서 그룹을 보좌하는 것이 회사로 보아서도 바람직하고 개인으로서도 바람직하다고 생각한다.

현직 사장이 후계자를 양성하는 풍토

사장이 되면 회사를 위해서 많은 신경을 써야 하기 때문에 언젠가는 건강이 문제가 될 수도 있다. 그러나 앞에서 언급한 방향으로 인사관리를 하면 각사 사장도 사임 후의 개인적인 걱정이 줄어들기 때문에 사장 재직시에 마음의 여유를 가지고 후계자를 잘 양성할 수 있을 것이다. 즉 사장 후계자를 잘 선발해서 사장으로서의 자질을 구비하도록 잘 훈련시킬 것이고 때가 되면 순조로이 사장직을 물려줄 수 있을 것이다. 회장이 직접 나서서 어떤 사장을 퇴임시키고 새로운 사장을 선임하는 것은 좋은 방법이 못된다.

앞으로 일정한 기간이 지나서 부회장 제도가 생긴다고 하면 회장으로서는 어려운 짐을 많이 덜 수 있는 기회가 되어 퍽 다행스러울 것이다. 예를 들어 갑자기 어느 회사의 사장이 후계자를 양성하지 못한 채 유고가 된다면, 사장이 없는 동안 그 회사의 운영에 대해 불안해지기 때문에 회장으로서는 당연히 고충도 많아지게 된다. 이때 부회장 제도가 있다면 후계자를 양성할 때까지 부회장이 그 회사의 사장직을 맡을 수 있으므로 회장의 고충은 많이 덜 수 있을 것이다. 부회장은 과거에 사장으로서 회사를 운영해본 경험이 있기 때문에 다시 새로 맡은 회사가 그 규모가 크든지 작든지 경영의 내용에 있어서는 대동소이하므로 별 문제 없이 잘 운영할 것이다

기업경영에 있어서는 영속성이 가장 중요하기 때문에 사장이 바뀌었다고 해서 지금까지 유지해온 체제를 하루아침에 전혀 새로운 체제로 바꾸어서는 안 된다. 다시 말해서 기업의 조직은 인체의 조직과 비슷하기 때문에 갑자기 한꺼번에 전부 바꾸어서는 안 된다. 혹시 그 가운데에 잘못된 부분이 있다 할지라도, 다른 부분과의 연관성을 고려해서 서서히 고쳐나가야 한다. 조직은 이질적인 사람이 모여 하나를 이루기 때문에 그럴 때일수록 조직이 약해지지 않도록 전체가 합심 노력해야 한다.

1982. 12. 18 (주)선경 인사에 관한 간담회에서

적극적 사고, 진취적 행동, 야무진 일처리

패기의 정의

패기란, 사고는 적극적으로 하고 행동은 진취적으로 하며 일처리는 빈틈없고 야무지게 하는 것을 말한다. 여기서 적극적인 사고란 어떠한 일을 맡게 되더라도 일을 무서워하고 피하는 것이 아니라 어렵다는 생각이 들더라도 하면 된다는 사고를 갖는 것이다. 더 나아가서는 아예 불가능이란 없다는 생각을 갖는 것이다.

이러한 적극적인 사고를 표현하는 말들은 우리들 주위에서도 쉽게 찾아볼 수 있다. 예를 들면 '불가능이란 있을 수 없다.', '하늘이 무너져도 솟아날 구멍은 있다.', '인간의 힘은 무한하다.', '호랑이한테 잡혀가도 정신만 차리면 된다.' 등이 바로 그것이다.

반면에 '돌부리를 차면 제 발만 아프다.', '하늘이 무너지면 어떻게 솟아 날 수 있겠느냐.' 등의 말은 소극적인 사고를 나타내는 표현들이라 하겠다. 이와 같이 앞에서 나열한 말들은 비록 형식적인 것이라 할지라도, 우리가 적극적인 사고를 생활화하기 위해서는 적극적인 사고에 해당하는 말에 우리 스스로를 맞추려고 노력해야 한다. 아예 처음부터 역부족이라는 생각을 갖게 된다면 아무 일도 하지 못할 것이다.

그 다음으로, 진취적인 행동이란 자발적으로 목표를 세워 어떠한 난관이 있더라도 중단하지 않고 지속적으로 노력해서 시간적으로 빠르게 일을 성취하는 것을 말한다.

끝으로, 빈틈없고 야무진 일처리란 한 마디로 실수가 없는 것으로서 자기가 한 일에 대해서 남이 왈가왈부할 기회를 주지 않는 완벽한 일처리를 말한다. 다시 말해서 어떤 일을 하든지 사전에 철저한 준비와 계획을 세워 이를 집행하되, 항상 점검해서 혹시 계획에 잘못이 있다 하더라도 대책을 빨리 수립하여 보완해줌으로써 다른 사람이 두 번 다시 손 댈 필요가 없도록 하는 것이다.

패기의 훈련

이와 같이 우리가 기업에서 패기를 강조하는 이유는, 대다수의 사람들이 생각은 잘하지만 실제 행동으로는 옮기지 않을 뿐만 아니라 더욱이 자신의 약한 점을 남에게 보이기 싫어하여 어려운 일이라면 무조건 피하기 때문이다.

요즘의 지식인들은 어떤 일을 추진하려고 할 때 미리 자기가 할 수 있는 일인지의 여부, 즉 일의 한계성을 예측해본 뒤에 자기가 달성하기 어렵다고 생각되면 어떤 이유를 대서라도 일을 시도해보지도 않고 피한다. 오히려 다른 사람이 그 일을 추진하려고 하면 바보스럽게 생각하는데, 이는 비즈니스에서 아주 위험한 사고다. 우리가 패기를 훈련하는 목적도 바로 이러한 자세를 바꾸기 위해서 하는 것이다.

이를 위해서는 앞에서 언급한 패기의 세 요소를 지속적으로 훈련시켜야 한다. 패기가 무엇인지 사람마다 제각기 다르게 생각할 수도 있기 때문에 우리 나름대로 세 가지 요소를 구분하여 정의를 내렸는데, 이를 보다 잘 훈련시키기 위해서는 세 가지 요소에 대한 긍정적인 사례와 부정적인 사례를 만들어 서로 토론하게끔 하여야 한다. 그래서 패기가 무엇인지 실질적으로 이해할 수 있고 우리의 소극적인 자세도 바꿀 수 있는 것이다.

예를 들어 우리가 일을 잘해보겠다고 해서 적극적인 사고를 갖고 진취적으로 행동을 했지만 성과가 없으면 결과적으로 패기는 없는 것이며 단지 허세에 불과한 것이다. 그래서 사고와 행동은 있어도 빈틈없고 야무진 일처리를 못했다면 그 부분을 중점적으로 교육시켜야 한다. 패기를 정립한 목적이 여기에 있는 것이다.

패기의 평가

그러나 패기를 세 가지 요소로 구분했다고 해서 세 가지 요소를 별도로 평가해서는 안 된다. 패기를 세 가지 요소로 구분한 것은, 패기가 무엇인지 알게 하고 그 중에서 우리의 약한 점을 교육시키기 위해서 편의상 나눈 것에 불과하다. 적극적인 사고 하나를 보더라도 마음에 갖고 있는 사고 자체를 일일이 평가할 수는 없는 것이고 전체적으로 따져서 '패기가 있다' 또는 '패기가 없다'라고 판단해야 할 것이다. 왜냐하면 사고를 적극적으로 하고, 행동을 진취적으로 하고, 일을 빈틈없고 야무지게 처리해야만 일의 결과가 나오기 때문이다.

사고와 행동은 상에 속하고 야무진 일처리는 하에 속한다면 패기는 하의 수준이 될 것이고, 사고방식이 하라면 그 나머지 두 개 요소는 일어나지도 않을 것이다. 또한 사고가 하이고 행동이 없으면 야무진 일처리는 생각할 필요조차 없을 것이다. 그러므로 패기에 있어서의 평가 요소는 패기 그 자체 하나이다. 우리가 보통 이야기할 때, 패기는 있어서 일은 잘 벌려 놓는데 뒷마무리를 못한다고 하면 잘못된 표현이다. 원칙적으로 이러한 경우는 패기가 약하다고 보아야 한다. 따라서 패기의 훈련은 세 가지로 구분해서 하되 이에 대한 평가는 반드시 전체를 하나로 놓고 해야 한다.

1983. 1. 17 관계 회사 인사부서장 회의에서

현대 기업경영의 필수요소인 전산업무

모든 경영자는 전산의 중요성을 인식해야 한다

대부분의 업무가 전산화되는 오늘날에 있어서 전산업무는 전산 전문가만이 하는 업무가 아니므로 기업에 종사하는 사람이라면 누구나 취급할 수 있어야 한다. 모든 경영자들은 전산업무가 무엇이며, 자기 업무에서 전산화시킬 수 있는 것이 무엇인지를 알아야 한다. 그러나 현실적으로는 전산으로 처리된 내용조차도 제대로 읽지 못하는 경영자가 많다. 이는 모든 것을 전산 전문가에게만 의존하고 있기 때문에 나타나는 현상으로 보아야 할 것이다.

앞으로는 모든 경영자가 노력을 해서 가능한 한 많은 업무를 전산처리해 최고 경영자가 신속 정확하고도 간결하게 모든 내용을 한눈에 볼 수 있도록 하여 의사결정에 도움이 될 수 있는 방향으로 전산업무가 확산되어야 한다.

업무의 전산화는 전산 담당자 혼자의 힘만으로는 불가능하다. 전산 담당자만이 업무의 전산화를 시도하려면 그 스스로가 경영 전반의 모든 것을 다 알아야 하는데 이것은 불가능한 일이다. 따라서 모든 경영자들이 전산에 대하여 특별한 관심을 갖고 전산 담당자와 함께 전산화에 노력해야 한다. 전산 담당자는 전산화하고자 하는 업무의 내용을 잘 모르고 있고, 반대로 업무의 담당자는 전산에 대해서 잘 모르기 때문에 업무가 제대로 전산화되지 않고 있는 것이다.

그러므로 업무의 담당자는 우선 전산에 의뢰할 수 있는 것이 무엇인지 잘 선정하여 정리하고, 전산 담당자와 함께 통일된 방법으로 처리할 수 있는 프로그램을 개발해야만 비로소 전산화가 가능한 것이다.

보다 능률적인 전산운영방법의 모색

통일된 방법으로 협의가 안 된 상태에서 업무의 전산화를 꾀하기 때문에 아무리 좋은 내용을 입력시키더라도 그 결과를 읽을 수 없는 것이다. 전산은 정확하기 때문에 완전한 데이터를 입력시키지 않고서는 그 결과를 자기의 것으로 소화시킬 수 없다. 서로가 상대방의 업무 내용을 정확히 이해하지 못하고 입력시켜 놓으면 나온 그 결과가 나쁘게 되므로 서로 책임을 회피하게 된다. 그러므로 완전한 프로그램이 개발된 연후에 입력시켜야 한다.

전산 담당자는 각 부서에서 전산화를 요구해 오더라도 사장부터 말단 사원에 이르기까지 전산업무가 무엇인지 다 이해하기 전에는 업무의 전산화를 해주어서는 안 된다. 더욱이 데이터를 제공하는 사람이 누구이든 내용이 없는 데이터는 입력시켜 주지 말아야 한다.

전산업무는 전산을 필요로 하는 사람이 비협조적이면 발전되지 않는다. 전산업무를 발전시키기 위해서는 모든 임직원 스스로가 그 중요성을 재인식하고 전산화를 위해 노력해야 이루어지는 것이고 전산 담당자의 노력만으로는 이루어지지 않는다. 전산은 그 자체가 스스로 무엇을 해주는 것이 아니고 필요로 하는 사람의 요구에 따라 작동하는 기계에 불과하므로 임직원 스스로가 경영에 활용할 수 있도록 노력해야 한다.

앞으로의 기영경영은 전산의 활용이 필수불가결한 사항이므로 신입사원의 연수과정에서부터 전산 과목을 넣어 전산의 중요성을 교육시켜야 한다. 이때 너무 어렵게 가르치면 전산이 너무 복잡 난해하게 느껴져 회피하게 되므로 되도록이면 쉽게 가르쳐야 한다.

전산의 중요성에 비추어 전산 담당자는 가급적이면 전문가로 대우해주도록 해야 한다. 또한 우리가 전산업무에 투자한 비용을 고려해볼 때, 현재로는 전산업무가 그렇게 바람직한 성과를 나타내고 있지 못하므로 실제 경영에 도움이 될 수 있도록 보다 능률적인 운영방안도 함께 모색해야 한다.

1983. 2. 9 (주)선경 부장 간담회에서

섬유산업 사양화 대비한 정밀화학공업 진출

다품종, 다목적, Big Margin의 상품개발

우리가 신제품을 개발하기 위해서는 그 분야에 대한 노하우가 있거나 또는 상당한 수준의 기술이 축적되어 있어야 한다. 그러나 이는 쉽게 얻어지거나 단시일 내에 이루어지는 것이 아니므로 스스로 꾸준히 노력하는 길 밖에 없을 것이다. SKC에서 비디오테이프를 개발해 낼 것도 당초부터 노하우가 있어서 된 것이 아니라 그동안 꾸준한 연구로 기술을 축적해왔기 때문에 가능했던 것이다.

이러한 SKC의 기술개발로 그룹 차원에서 '하면 되는구나'하는 실증적인 경험을 갖게 되었고, 그동안 상당히 보수적이던 선경합섬도 새로운 개발 의욕이 생기게 되었다.

'SKC가 비디오테이프 개발에 성공했는데 우리라고 기술개발을 하지 못할 이유가 없다.'고 과거에 비하여 상당히 진취적으로 의욕이 고취되어 있다. 그리하여 연구소를 설치하려고 하고 있고 무언가 기술개발에도 주력하고 있다.

그동안 섬유산업은 물론 기타 모든 산업이 대량생산, 대량판매에 주력하여 왔는데 이제 그런 시대는 지났다. 70년대와는 달리 이제는 기업간에 경쟁도 치열해졌고 경제도 다각화되었기 때문에 과거와 같이 대량생산을 해서 대량판매하면 이익이 별로 없다. 선경합섬 역시 대량생산, 대량판매로 그간 호경기를 누려 왔으나 이제는 그런 시대가 지났고, 더욱이 앞으로는 섬유산업이 사양화되기 때문에 더 이상의 증설은 불필요하다고 본다.

이러한 상황에서 예전처럼 큰 이익을 내려면 다품종, 다목적, Big Margin의 신제품과 세(細) Denier기 원사를 개발하여 이를 생산·판매해야 한다. 왜냐하면 다품종 소량생산은 기술 축적이 반드시 수반되므로 경쟁이 적을 뿐만 아니라 그 이익률도 높기 때문이다.

더 좋은 고급원사 개발을

우리는 하루 빨리 기술개발에 주력하여 0.1 Denier의 원사까지도 생산할 수 있는 능력을 갖추어 원사의 평균 Denier를 타사의 평균 Denier인 84~85보다 낮은 70 Denier 이하로 낮추어야 한다. 현재 생산하고 있는 원사의 Denier를 낮출 경우 전체적으로 원사의 생산량이 줄기 때문에 증설이 필요하겠지만 증설보다는 연신기(Draw-Twister)를 보완하여 증설효과를 얻을 수 있는 방안을 찾아야 한다.

우리는 현재 Four Cap Double Tandem 방식으로 생산하고 있기 때문에 노력만 한다면 증설효과를 얻을 수 있을 것이다. 그리하여 분당 2천m를 목표로 하고 우선 1천5백m까지 Speed up한다면 일단은 성공으로 볼 수 있다.

이를 위해서는 시간이 다소 걸리더라도 우리가 원하는 연신기를 우리의 힘으로 개발해서 만들어 내야 한다. 그런데 우리는 지금까지 데이진에서 제공받은 노하우에만 만족하여 시설의 개체에는 별로 큰 노력을 하지 않았는데 이제는 우리 나름대로 어느 정도의 기술 축적이 이루어졌으므로 데이진이 보유하고 있는 노하우 이상의 기술을 우리의 힘으로 개발해 내야 한다.

또한 우리는 그동안 제품 개발보다는 기존의 제품을 생산하는 데에만 주력하여 왔는데 공장이란 어느 정도 기술이 확립된 다음부터는 가동만 시키면 별 무리 없이 자동적으로 생산이 되므로 이는 하급 직원에게 맡기고 상급 직원은 더 좋은 제품을 개발하는데 노력해야 한다. 이것이 바로 경영자의 자세인 것이다. 즉 현재 갖고 있는 보수적인 사고방식에서 벗어나 보다 적극적으로 기술개발에 참여해야 한다.

그렇다고 담당 임원, 부장만이 연구에 참여할 것이 아니라 상급 직원은 물론 일반 사원까지도 아이디어를 낼 수 있도록 유도해야 한다. 왜냐 하면 아이디어는 그 분야에 대해 경험이 많은 임원에게서만 나오는 것은 아니고 경험이 적은 사람에게서는 신선한 아이디어도 얻을 수 있기 때문이다.

정밀화학 분야에 단계적인 진출을

그동안 우리는 증설을 해오지 않았지만 타사는 우리와 달리 계속해서 증설을 해왔다. 따라서 우리는 폴리에스테르 업계의 선두 역할을 타사에게 넘겨주었다고 생각할 수도 있다. 그러나 이는 앞으로 예견되는 섬유 산업의 사양화를 대비하기 위해 한 일이므로 오히려 잘했다고도 볼 수 있다.

대신에 앞으로 우리는 기존의 원사는 그대로 생산하면서 신제품 개발과 세 Denier의 원사 개발에 주력하고, 한편으로 정밀화학 분야에 새로운 진출을 해야 한다. 화섬업계에서는 아직까지 어느 누구도 정밀화학 분야에 진출하려고 하지 않고 있기 때문에 우리가 장기계획을 잘 세워 정밀화학분야에 진출한다면 계속해서 타사보다도 우위를 지킬 수 있을 것이다.

정밀화학분야는 상당히 어려운 분야이기 때문에 아직 화섬업계에서는 진출하기를 꺼리고 있다. 그것은 다품종 소량생산이면서 동시에 아주 소량의 수요만을 갖고 있는 데다 모두 노하우가 있고 또 선진 기업이 그 기술을 선뜻 제공하지 않기 때문이다. 그러므로 우리는 우리의 장점을 잘 이용하여 이 분야에 진출해야 한다.

우리는 고급 인력이 많기 때문에 정밀화학분야로 방향을 잡고 10년 정도 꾸준히 노력한다면 외국의 유명 회사들과도 어깨를 나란히 할 수 있을 것이다. 이를 위해서 우리는 1982년부터 연구소를 만들고 연구 인력을 배치하여 연구에 전념하고 있는데, 정밀화학분야의 종류 및 제품을 List up해서 우리가 할 수 있는 품목을 가려내고 이것을 좀 더 자세히 조사해서 단계별로 그에 적합한 팀을 만들어 추진해 나가야 한다.

연구개발은 공업화에 주력해야

연구소의 활용은 대개 기초연구, 응용 연구, 공업화의 세 단계로 나눌 수 있는데 이 중에서 우리는 공업화에 특히 주력해야 한다. 공업화란 무엇보다도 제품이 개발되어 나와야 하고 그 다음에는 그 제품의 판매가 가능하도록 원가까지도 낮추는 것을 포함한다. 또한 공업화 과정에서는 Risk Hedging도 잘해야 한다.

연구소라고 해서 기초연구만 해서는 안 된다. 즉 연구소는 시험관만 갖다 놓고 연구만 하면 되는 것이 아니라 시험관도 다루면서 정보 수집을 위해 동분서주해야 한다. 연구소는 하나의 근거지일 뿐 전 세계가 연구소이고 연구는 연구소에 있는 사람만 하는 것이 아니라 사장 이하 전 사원이 모두 연구를 해야 하는 것이다.

이렇게 우리가 남이 하지 않는 것을 하나씩 연구해서 10년 또는 20년 후에 모두 공업화되었을 때 큰 힘을 발휘할 수 있는 것이며, 1백 개, 2백 개의 연구 결과가 종합되면 그 파급 효과는 어마어마할 것이다. 이것은 수학이나 물리학의 원리가 30~50년의 시간이 흐른 뒤에 실제 사회에 활용되면서 원자폭탄이나 수소폭탄의 제작에까지도 활용된 것을 보면 잘 알 수 있을 것이다. 이처럼 우리도 아직은 늦지 않았으므로 연구개발에 주력하다 보면 좋은 결과가 반드시 나올 것이다.

1983. 2. 11~22 선경합섬 부장 간담회에서

모든 사업은 계획이 치밀하고 정확해야

정밀화학분야에 대한 일목요연한 자료 수집을

정밀화학분야에는 약 2만에서 3만에 이르는 품목이 있다고 한다. 이를 다 검토해서 우리가 사업화해야 할 품목을 찾는다는 것은 그리 쉬운 일이 아니므로 우선 자료실을 만들고, 자료수집 전담팀을 구성하여 정밀화학에 관련된 품목에 관한 모든 정보를 파일 화하여 필요할 때 누구나 일목요연하게 찾아볼 수 있도록 해주어야 한다.

만약에 양이 많다고 한다면 마이크로필름에 수록한다든가 비디오테이프에 촬영해 둔다든가 하면 쉽게 활용할 수 있을 것이다. 이렇게 하여 어떤 품목이든 파일만 꺼내면 그 품목에 대하여 자세하고도 종합적인 것을 한눈에 볼 수 있도록 해주어야 한다. 이것은 장기적인 차원에서 자료를 수집, 정리하자는 것으로 20~30년을 두고 해야 할 사업이기 때문에 순간적으로 판단해서 추진할 수는 없다.

우리는 그동안 화학섬유 부문만을 전문적으로 다루어 왔기 때문에 정밀화학분야에 대해서는 거의 잘 모르고 있고 또한 그 품목도 많기 때문에 장기적으로 자료를 수집해야 한다. 자료를 잘 갖추고 있어야만 우리가 정밀화학분야 중 어떤 부문에 진출할 것인가를 결정할 때 도움이 된다. 이것은 내가 정밀화학분야로 가자고 했을 때 제일 먼저 지시하려고 했던 사항이고 또한 제일 어려운 작업이다.

5~10년 동안 다양하고 효과적인 자료 축적을

정밀화학의 특정 부문을 검토할 경우, 보는 관점에 따라 검토하는 기준이 다소 다를 수도 있으므로 충분한 시간을 갖고 정밀화학에 관련된 다양하고도 근본적인 자료를 갖출 수 있는 데까지는 다 갖추어 놓아야 한다. 자료란 어떤 상품의 수요·공급의 예측은 물론 수익성까지도 예측할 수 있는 정보가 되어야 하는데, 이를 위해서는 변동 상황을 수시로 기재하여 항상 정확한 자료가 되어야 한다.

이렇게 하여 수집된 자료가 너무 많아 분석하기가 어려울 경우에는 모든 자료를 컴퓨터에 입력시켜, 여러 각도에서 종합 분석한 결과가 짧은 시간 안에 일목요연하게 나올 수 있도록 해주어야 한다. 이러한 작업이 주도면밀하게 진행될 경우 정밀화학에 대한 연구는 한층 쉬워질 것이고 이 연구 결과를 가지고 어떤 방향으로 사업을 추진할 수 있는지 토의할 수 있는 여건도 조성될 것이다. 이와 같이 자료를 수집 정리하고 분석하는 데는 많은 비용이 들게 마련이지만 얼마가 들건 투자를 해야 된다.

또한 이러한 작업은 단시일 내에 이루어지는 것이 아니므로 자료를 5년이고 10년이고 장기간 지속적으로 수집하여 정리해야 한다. 이것이 쌓이면 회사로 보아서도 상당한 재산이 될 것이다. 이렇게 해야만 정밀화학분야에서 어떤 사업을 구상할 수도 있고 어느 품목에 진출할 것인가의 여부도 쉽게 결정할 수 있게 된다.

정밀화학의 대표적인 계열을 우선 찾아내야

정밀화학분야는 본래 다품종이면서 소량이고 수익성이 높다. 수익성이 높지 않은 제품은 처음부터 손 댈 필요가 없으며 사업을 추진할 때는 가까운 데서 쉬운 것부터 손을 대야 한다.

선경합섬은 섬유회사이기 때문에 정밀화학과는 분야가 달라서 계열상 농약 분야도 없고 의약 분야도 없다. 그리고 우리는 계열별로 무엇을 할 것인가를 먼저 정해야 한다. 앞으로 선경합섬의 조직은 섬유 분야, 정밀화학의 어떤 분야 등으로 나뉘어 질 것이다. 이를 위해서는 우선 정밀화학에 필요한 자료는 모두 수집, 정리해 두어야 하고 두 번째로는 분야별로 어떤 것을 조직에 심을 것인지 대표적인 것을 빨리 찾아내어 회사의 조직에 심어야 한다.

그 기준은 우선 외국에서 노하우를 받기 쉽고, 시장이 상당히 오래 갈 수 있고 또 가지를 많이 칠 수 있는 것이 되어야 한다. 물론 자료를 모으고 그 다음 작업을 하려면 시간이 너무 많이 걸리므로 자료를 모으는 것은 자료실에 일임하고 별도로 정밀화학분야별 담당 팀을 두어 대표적인 것을 찾아야 한다. 이렇게 하다 보면 몇 가지는 나올 수 있을 것이다.

이렇게 연구는 연구대로 가능한 것부터 하고 기획은 기획대로 대표적인 것을 찾아서 서로 회의를 하게 되면, 서로 의견을 나누는 과정에서 시간이 흐를수록 검토해 보자는 분야가 자꾸 생길 것이다. 이러한 과정에서 회사가 추진해야 할 방향이 정해지는 것이다.

정지작업을 위해 근본적이고도 치밀한 검토를

그런 다음에는 그 분야에서 어떻게 얼마만큼 야무지게 일을 추진하느냐에 기업의 성패가 달려 있게 된다. 따라서 우리는 어떤 일을 하든 야무지게 계획을 잘 세워 추진해야 할 것이다. 예를 들어 신문사가 기사 내용을 독자에게 신속하고도 정확하게 잘 보도하려면 보도에 필요한 자료를 충분히 갖고 있어야 하고, 기사를 정확하고도 치밀하게 기재하는 사람도 있어야 하는데, 정밀화학분야로 가는 것도 이와 마찬가지다.

우선은 상당히 정확한 자료를 많이 갖추고 있어야 하고, 무엇을 추진할 경우에는 연구소에서 연구를 하면서 권위자의 자문을 구할 것은 구하고 빠뜨린 부분이 있으면 현지에 가서 보충해 오고, 이렇게 해서 얻은 결론을 의사결정자(Decision Maker)에게 제시해주어야 한다. 그래야만 의사결정자들이 '이것부터 해보자' 또는 '이것과 저것을 합쳐서 함께 해보자'하는 등의 결정을 쉽고 정확하게 내릴 수 있게 되는 것이다.

또한 이를 위해서는 정밀화학에 관한 한 세계적으로 일류 회사인 바이엘, 바스프, 몬산토 등에 대해서도 조사 연구를 해야 한다. 그들 회사가 어떻게 발전해 왔고 그동안 연구실을 어떻게 운영해 왔으며 자료실에서는 어떤 자료를 어떻게 수집 정리하고 있는지 등 정밀화학 회사의 모든 것을 조사 분석해서 우리가 정밀화학으로 나아가는 데 활용해야 한다.

국내의 정밀화학분야에는 우리의 경쟁회사가 있기는 하나, 우리가 10년, 20년 꾸준히 노력한다면 반드시 그들을 능가할 수 있을 것이고 한국에서 제일 우수한 회사가 되리라고 본다. 또한 2000년대에 들어가면 한국 경제의 규모가 커지기 때문에 한국에서 일류가 되면 세계에서도 일류가 되는 기업이 될 것이다.

정밀화학분야를 전담할 인재양성을

정밀화학 사업은 우리로서는 처음 시작하는 것이기 때문에 일년을 빨리 서둘렀다고 해서 모든 것이 빨리 해결되는 것이 아니므로 몇 년이 걸리더라도 처음부터 기획을 잘 해서 정확히 추진해야 한다.

국내에서 처음 시작한 폴리에스테르 사업도 섬유 분야에 대해서 잘 분석했을 뿐만 아니라 처음부터 기획을 잘 했고 사업을 치밀하게 잘 추진했기 때문에 성공했던 것이다. 그 당시에는 나일론 사업이 상당한 수익성이 있는 사업이었기 때문에 폴리에스테르 사업에는 아무도 손을 대지 않았던 시절이었다. 우리는 이러한 값진 경험을 바탕으로 하여, 정밀화학 사업도 폴리에스테르 사업을 처음 시작할 때와 마찬가지로 정지 작업을 근본적이고도 치밀하게 연구 검토한 후에 시작해야 한다.

이와 같이 정밀화학 사업은 하루아침에 이루어지는 것이 아니므로 우선 자료를 잘 확보하여 분석·검토하고 우리가 할 수 있는 분야를 찾아 가능한 것부터 추진해야 하겠다.

이를 위해서는 이에 적합한 사람을 사내외에서 직위 고하를 막론하고 선발, 전담케 하여 지속적으로 그 분야의 사람을 키워 나가야 한다. 또한 처음부터 기획이 잘못되면 큰 문제가 생기므로 기획을 잘 하고 야무지게 추진하는 것도 간과해서는 안 된다.

이렇게 해서 80년대 말까지는 정밀화학의 대표적인 계열을 조직에 심어야 하고, 90년대에 가서는 대표적인 것을 중심으로 하여 가지가 뻗어나갈 수 있도록 우리의 모든 힘을 기울여야 할 것이다.

장기적 안목으로 신소재 개발을

나는 그동안 생화학과 관련된 의약 분야의 사업에 상당한 흥미를 갖고 있었지만 현재까지는 섬유사업만 해 왔기 때문에 감히 이를 추진할 용기가 나지 않았었다. 대부분의 제약회사들을 보면 신약만을 조제해서 팔고 있기 때문에 큰 마진이 없는데 한약에서 특별한 요소를 추출해서 생약을 만들어 판다면 상당한 마진이 있을 것으로 본다.

현재 한약재에서 특별한 요소를 추출하여 양약에 사용하는 나라들 중에는 독일이 제일 발달했다고 하는데 한약재는 동양에서 비롯된 것이기 때문에 우리가 사업에 진출한다면 그들보다도 더 쉽게 우수한 생약을 만들어낼 수 있을 것이다.

본래 생화학은 상당히 어려운 분야이다. 그러나 석사 이상의 자격을 가진 사람을 몇 명 수용하여 해외로 유학을 보내 박사 학위를 취득하게 한 다음 그들에게 생화학을 연구하게 하면 훨씬 쉬워질 것이다. 또한 외국의 교수에게도 연구비를 주어 연구하게 한다면 20년 내에는 수확이 있을 것으로 본다. 이러한 방법을 통해서 생약을 몇 가지 만들어 낼 수 있다면 상황은 크게 달라질 것이 틀림없다.

따라서 신소재를 잘 개발해 내기만 하면 큰 Margin이 생기게 되므로 지금부터라도 사람을 잘 뽑아 장기적인 안목으로 꾸준히 훈련시켜 나가야 한다.

1983. 3. 15 정밀화학 사업계획을 보고받고

코디네이션과 오버랩

파벌이 조성되면 합리성이 결여된다

파벌은 힘을 한 군데로 모으는 데 상당한 장애 요소가 된다. 회사의 조직은 사장이 방침을 세워서 방향을 설정하면 모든 임직원들이 그 방향으로 힘을 모아 일해주어야 하는데 파벌이 형성되어 힘이 모아지지 않으면 회사를 운영하는 데 많은 어려움이 발생한다. 회사의 조직 원리에서 코디네이션과 코퍼레이션을 중요하게 다루고 있는 이유도 바로 여기에 있는 것이다.

파벌은 어느 사회에서도 마찬가지겠지만 특히 동양사회에서는 완전히 없애기 어려운 요소이다. 특히 우리나라의 경우 조직 저변에 깔려 있는 파벌은 사회의 구성원들이 단체를 이루는 과정에서 자연히 생겨난 것이다. 파벌 요소에는 같은 성을 가진 친척으로 이루어진 혈연이 있고, 지역을 따지는 지연이 있으며, 어느 학교 출신이냐를 따지는 학연도 있고, 과거에 누구하고 같이 일을 했느냐 하는 인연도 있다.

그런데 파벌 요소 중에 제일 강하게 나타나는 것이 인연으로 인연이 강하게 나타나면 의리라는 것 때문에 정에 약해져 어떤 일을 하는 데 있어 합리성이 결여된다. 그래서 경영원칙에 합리적인 경영을 넣은 것도 이 때문이다.

조직에 있어서는 코퍼레이션은 강조하지 않아도 스스로 잘 하기 때문에 코퍼레이션보다는 코디네이션을 중요하게 다루고 있는 것이다. 우리나라 사람들은 자기 상사에게는 참으로 잘 하는데 상사 간에 라이벌 관계가 있다든가, 또는 의견이 서로 엇갈려 싸운다든가 하면 그 아래 직원들도 사이가 좋지 않게 된다. 그렇게 되면 회사를 운영하는 데 문제가 생기므로 SKMS에서는 코디네이션을 강조하고 코퍼레이션은 코디네이션을 설명하기 위해 언급되는 정도로 기술했던 것이다.

우리가 보통 새로운 부서에서 근무하게 되는 사람과 인사를 나눌 때, 상대방이 자기가 맡은 일을 성의껏 잘하겠다고 하면 대다수의 사람들은 이 말만으로도 만족하게 받아들이는데 이는 잘못된 생각이다. 왜냐 하면 회사의 조직에서는 코디네이션이 상당히 중요하기 때문에 이럴 때는 그 사람에게 다른 부서와 협조를 잘해야 한다고 강조해주어야 한다.

코디네이션은 오버랩이 잘 되어야 한다

연신기능을 강화하기 위해서는 이와 관련되는 분야의 직원들로 팀을 구성해서 일을 추진해야 한다. 이때 팀의 구성원들은 각각 전공이 다르고 그 임무가 다르기 때문에 이를 효율적으로 운영하기 위해서는 각자가 코디네이션 원리를 잘 알고 서로 코디네이션을 잘해야 한다.

예를 들어 화공 담당자가 어떤 의견을 제시했는데 기계 담당자가 '이것은 된다' 또는 '안 된다'하는 식으로 자기주장만 하게 된다면 아무 것도 이루어지지 않을 것이다. 기계 담당자는 최대한으로 화공 담당자의 의견을 이해해 주어야 하고 화공 담당자도 마찬가지다. 그러나 기계 담당자가 화공에 대하여 아는 지식이 부족하면 화공 담당자를 이해할 수 있을 만큼의 지식을 축적해야 한다. 그래야 기계 분야와 화공 분야가 오버랩 되어 팀이 효율적으로 운영되고 소기의 성과도 얻을 수 있게 된다.

코디네이션에 있어서는 이와 같이 오버랩 되는 것이 가장 중요한데 코디네이션이 잘 안 되어서 오버랩은커녕 오히려 서로가 격리되어 울타리가 생기게 된다면 모든 힘이 울타리 사이로 빠져 나가기 때문에 팀이 필요로 하는 목적을 달성할 수 없게 된다. 따라서 울타리가 없게 오버랩이 잘 되려면 코디네이션을 잘해야 한다.

울타리가 생기지 않도록 스스로 상대방의 지식을 습득해야

다른 예를 들어 전기, 기계, 화학, 섬유 담당자가 모여 한 팀을 구성해서 어떤 일을 추진한다고 가정해 보자. 이때 서로가 업무상 다 함께 맞물려야 가장 바람직한 팀이 되는 것이고 팀의 목적도 합리적으로 달성할 수 있다. 그러나 전기 부문이 기계, 화학 부문하고는 오버랩이 잘되어 있는데 섬유 부문하고 울타리가 생졌다면, 각 부문 모두가 서로 오버랩 되어 있지 않은 경우보다는 낫겠지만 이 경우에도 어느 한 부문에 있어서는 반드시 힘이 새어나갈 것이다.

또 다른 예를 들어, 우리가 팀을 구성해서 새로운 섬유기계를 제작했다고 가정해 보자. 이때 섬유 부문을 제외하고는 모든 다른 부문이 오버랩이 잘되었다면 기계는 외형상으로 잘 제작된 것처럼 보일 것이다. 그러나 기계를 실제로 작동시켜 보면, 제작 과정에서 섬유 부문이 오버랩이 안 되었기 때문에 성능이 좋지 않을 것이다. 그렇다면 약한 부문에 맞추어 기계를 작동시킬 수밖에 없게 되어 많은 손실이 뒤따르게 된다.

이와 같은 어떤 목적을 위해 팀이 구성되면 자기가 맡은 부문도 깊이 있게 알아야 하겠지만 범위를 넓게 하여 관계 부문도 많이 알아서 모든 부문과 반드시 오버랩이 되도록 해야 한다. 그렇게 해야만 가장 막강한 힘을 발휘할 수 있고 일도 적극적으로 추진되어 좋은 성과가 나올 것이다.

이를 위해서는 자기 담당분야 뿐만 아니라 관련된 전 분야를 깊이 이해할 수 있도록 스스로 관련 서적을 공부해서 지식을 습득하든가, 아니면 관련 분야의 사람을 찾아다니면서 경험을 듣고 배우든가 해야 한다. 이와 같이 코디네이션이 잘되기 위해서는 상당한 노력이 필요하다.

따라서 연신기의 기능 강화를 위해서는 개발팀을 잘 구성하여 코디네이션이 잘되도록 해야 하고 연신기의 기능이 저하된 부문을 찾아서 전담시켜 개발해 나간다면 좋은 성과가 나올 것이다.

1983. 3.16 연신(延伸)기능강화 회의에서

제3부 도전하는 자가 미래를 지배한다

SKC 브랜드를 세계 10대 브랜드로

High Grade의 오디오 테이프 개발

비디오테이프의 질은 어느 정도의 기술 수준에 오르면 그 이상의 질을 필요로 하지 않는 데 반하여 오디오 테이프의 질은 그렇지 않다. 비디오테이프와 달리 오디오 테이프의 경우 장마 때는 물론 계절의 변화에 상당히 민감하기 때문에 질을 향상시키는 데에는 끝이 없다고 한다. 따라서 비디오테이프보다는 오디오 테이프의 질을 High Grade로 올려야 한다.

그럼에도 그동안 SKC는 비디오테이프 기술개발에만 모든 정력을 쏟아왔고 오디오 테이프에 대해서는 별로 신경을 쓰지 못했다. 비디오테이프는 이제 SONY와 JVC로부터 라이선스를 획득할 정도로 기술개발이 되어 있으므로 앞으로는 오디오 테이프에 대해서도 노력을 경주하여 High Grade의 수준으로 품질을 높일 수 있도록 기술을 개발해야 한다.

그러나 오디오 테이프의 경우 현재 갖고 있는 기술 수준보다는 앞으로 High Grade의 기술 수준으로 올리는 것이 더 힘이 들기 때문에 선경메그네틱 단독으로 기술을 개발하는 것보다 선경메그네틱이 가지고 있는 그동안의 경험과 SKC의 축적된 기술을 활용하여 함께 개발해 나가는 것이 훨씬 바람직하다고 본다. 사실 오디오 테이프도 같은 종류의 폴리에스테르 필름이기 때문에 SKC에서 비디오테이프와 함께 개발했어야 했다.

아울러 선경메그네틱은 지금부터 High Grade의 테이프를 개발한다고 하여, SKC가 라이선스를 획득하기 위해 도입한 동일 기종의 테스트기를 별도로 도입하기 보다는 SKC의 테스트기를 잘 활용하여 SKC와 공동으로 기술을 개발하는 것이 더 합리적일 것이다.

SKC 브랜드를 세계 10대 브랜드로

SKC가 비디오테이프는 물론 컴퓨터 테이프까지 만들고 있기 때문에 선경은 이제 오디오 테이프를 포함한 전자 테이프에 관한 한 모든 제품을 High Grade로 만들 수 있어야 한다. 그래서 전자 테이프에 관한 한 한국에서는 선경이라는 것을 세계 속에 심어야 한다.

SKC는 앞으로 Metal Coating용 테이프, 1/4인치 비디오테이프까지도 개발해야 하고 선경메그네틱 역시 개당 4~5달러까지 하는 High Grade의 오디오 테이프를 개발해서 우리도 3M 기술 수준 정도의 전자 테이프라면 무엇이든지 다 만들 수 있는 능력이 있어야 한다. 그렇게 되어야만 전자 테이프에 대한 비즈니스도 쉬워질 것이고, 더욱이 선경메그네틱의 Low Grade의 제품 질도 보호받을 수 있고 매출액도 지속적으로 늘릴 수 있을 것이다.

앞으로 SKC가 라이선스를 획득하고 컴퓨터 테이프와 플로피 디스크가 IBM에서 사용이 가능하게 되는 수준까지 이르게 되면 무조건 제품만 판매할 것이 아니라 조금 팔려도 관계없으니까 Own Brand 즉, SKC 브랜드로 판매하여 SKC 브랜드를 선전해야 한다. 이러한 방법으로 꾸준히 노력한다면 SKC는 세계적인 상표가 될 것이다. 그렇게 되면 선경도 DUPONT, BASF, AGFA, TDK, 3M 등과 같이 세계 10대 브랜드 중의 하나가 될 것이다.

오디오 테이프도 3M처럼 High Grade의 수준이 된다면 SKC처럼 SKC 브랜드를 사용해야 하고 또 이렇게 공동으로 SKC 브랜드를 광고하면, 선경에서는 비디오테이프는 물론 오디오 테이프까지도 High Grade로 생산하고 있다는 것이 세계적으로 알려질 것이다. 그렇다고 SMAT 제품을 만들지 말라는 것은 아니고 그 시장은 그대로 지키되 SKC 브랜드를 사용할 수 있는 High Grade의 제품을 만들라는 것이다.

기술개발은 SKC와 공동으로

우리가 베이스 필름, 비디오테이프, 컴퓨터용 테이프까지 만들어 내고 있기 때문에 3M은 우리가 오디오 테이프에 대해서도 상당한 고급 기술을 갖고 있는 것으로 알고 우리와 거래하기 위해 우리의 오디오 테이프를 테스트하고 있다. 만약에 우리가 오디오 테이프만 만들어 내고 있었다면 관심을 갖지 않았을 것이다.

더욱이 우리가 비디오테이프에 대하여 라이선스를 획득하게 되면 오디오 테이프에 대해서도 좋게 생각할 것이며 또한 비디오테이프 가격이 하락 추세에 있기 때문에 언젠가는 비디오테이프까지도 그들이 직접 만들지 않고 우리의 것을 사용하게 될 것이다.

따라서 우리는 3M에게 오디오 테이프의 질을 SONY나 TDK의 품질 수준까지 올려주겠다고 약속해야 하고 그들이 테스트하는 데 필요한 모든 요구에도 충실히 응해주어야 한다. 3M은 오디오 테이프를 생산하여 그동안 50% 이상의 이익을 보아 왔으나 현재는 판매에 있어 1~2센트를 다투고 있기 때문에 자체 생산에 별로 흥미를 갖고 있지 않을 것이다.

본래 그들은 일본 내의 메이커를 잡고 오디오 테이프를 생산해 보려고 하였으나 SONY나 TDK는 3M과 경쟁 상태에 있기 때문에 이에 응해주지 않았을 뿐만 아니라 오히려 경쟁 대상에서 제외시키려고까지 했다고 한다. 따라서 3M은 선경에게 필요한 모든 기술을 주는 대신 선경과 공동 작전을 펴게 되면 일본과 경쟁할 수 있을 것이라고 생각했던 것 같다. 왜냐하면 자기들이 직접 만들면 제조원가가 올라가고 싸게 만들려면 품질이 낮아져서 경쟁에 질 우려가 있기 때문이다.

이와 같이 3M이 최종 제품을 자체 생산하지 않고 외국에서 납품받아 바로 유럽 쪽에 내보내려고 하는 것은 그들이 처음 시도하는 일이므로 우리는 그들이 원하는 모든 것을 완벽하게 해주어야 한다. 이를 위해서는 자체 내에서도 어느 정도의 기술을 개발해서 그들의 요구에 맞추어 주어야 하는데 현재는 테이프 제조기술이 SKC와 선경메그네틱으로 나뉘어져 있으므로 이를 합해서 공동으로 개발할 수 있는 방안을 모색해야 한다. 우선 3M의 테스트에 합격한다면 오디오 테이프의 질도 부쩍 올라가고 증설하는 데에도 그 질에 맞추어 할 수 있으므로 기술개발도 상당히 쉬워질 것이다.

그러므로 선경메그네틱은 기술개발에 조금만 더 노력해 제품의 질을 향상시켜 우선 미국에 있는 3M에 제품을 공급하고, 나아가서는 유럽의 PHILIPS에도 공급할 수 있는 방안을 아울러 모색해야 한다. 이와 같이 미국과 유럽에 오디오 테이프를 상륙시키게 된다면 우리의 상품도 국제적인 상품이 되어 상당한 명성을 얻게 될 것이다

1983. 3. 25 선경메그네틱 경영실적을 보고받고

장기경영계획과 기업의 장래

경쟁이 적고 Product Life Time이 긴 사업에

기업은 장기적인 안목에서 어떤 방향으로 나갈 것인가 하는 장기경영계획을 잘 세워 운영해 나가야 한다. 장기적인 방향이 허술하면 중기계획이 허술하게 되고 중기가 허술하면 장기계획은 엉망이 된다. 현재 외국의 큰 회사들도 여기에 문제가 있는 것 같다.

보통 대다수의 경영자들을 보면 "당장 1년 앞도 못 내다보는데 10년 앞을 어떻게 예측할 수 있겠느냐"면서 어떤 방향으로 기업을 이끌어나갈 것인지 정해 놓지도 않고 기업을 운영하는 경우를 종종 볼 수 있다. 그러나 그렇게 방향감각도 없이 5년쯤 운영한 뒤에 기업을 잘못 운영했다고 후회하면 그때는 이미 늦은 것이다.

그러므로 경영자들은 장기경영계획의 중요성을 잘 인식하고 이에 대해 많은 연구를 해야 한다. 장기, 중기계획만 잘되어 있으면 단기계획은 아주 쉬워진다.

한 예를 들어볼 때 현재의 컴퓨터 사업은 고도의 기술집약 산업이면서 인기 또한 대단하다. 그러나 장기적인 안목으로 보아 과연 우리도 진출할 만한 사업인지 구체적으로 검토해볼 때는 의문의 여지가 많다. 컴퓨터 산업은 이미 많은 기업들이 흥미를 갖고 소형 컴퓨터에서부터 대형 컴퓨터에 이르기까지 모두 손을 대겠다고 나서고 있는 실정이다.

그래서 컴퓨터 사업이 얼핏 보기에는 상당히 좋은 사업인 것 같지만 우선 경쟁이 심할 것이고, 또한 제품의 성질상 Product Life Time도 상당히 짧다. 따라서 손해 볼 확률도 그만큼 높을 것이다. 이 두 가지 면에 비추어볼 때, 컴퓨터 사업은 우리에게 그리 흥미 있는 사업은 될 수 없다. 그러므로 우리는 전자사업을 한다고 하더라도 이러한 상품은 피해야 한다.

현재 우리가 하고 있는 폴리에스테르 필름사업도 전자사업의 일종이기는 하지만 그 제품은 다른 전자 제품보다 경쟁이 적고, 제품의 질에는 다소 차이가 있을 수 있으나 Product Life Time이 상당히 긴 편이어서 10년 이상은 간다고 본다. 이러한 연유에서 폴리에스테르 필름사업을 시작했으며 여기에 바로 사업으로서의 묘미가 있는 것이다.

조직에 묻혀 있는 기술집약적 사업에

선경합섬의 폴리에스테르 섬유사업도 비교적 경쟁이 적고 Product Life Time이 상당히 오래 갈 것 같아서 우리나라에서는 처음으로 시작했고, 그래서 그동안 호경기를 누렸다. 그러나 이 사업은 수익성이 좋기 때문에 경쟁 상대가 많아질 것을 예상했고, 또한 앞으로 섬유 산업이 사양화될 것을 예상하여, 이에 대비하기 위해 그동안 감가상각을 하면서 빚을 다 갚으려고 꾸준히 노력해왔다. 그 결과 현재로서는 감가상각이 거의 다 끝난 것으로 알고 있다.

이 모든 것은 하루아침에 이루어진 것이 아니고 이미 10년 전에 차근차근 계획했던 일들이다. 현재 섬유산업이 사양화되고 있는 데도 불구하고 선경합섬의 재무구조가 튼튼한 것은 장기, 중기계획이 잘 된 덕분이다. 선경합섬의 섬유 기술도 60년대 후반까지는 상대적으로 고도의 기술로 인정을 받았으나 70년대 후반에 들어와서는 어느 기업이나 가질 수 있는 흔한 기술로 전락했다. 그런 상황에서 그 당시 폴리에스테르 사업 중 고도의 기술을 요하는 사업은 비섬유 분야의 필름 사업이었기 때문에 우리는 폴리에스테르 필름 사업에 손을 댔던 것이다. 그러나 이것도 10년이 지나면 누구나 다 할 수 있는 일반적인 기술이 되는지 모르므로 그때 가서는 또 다른 분야에 진출해야 할 것이다.

그렇기 때문에 우리는 항상 기술집약적인 사업을 해야 한다고 누누이 강조하고 있는 것이다. 기술집약적인 사업에는 여러 가지가 있을 수 있으나 무엇보다도 그 기술이 어느 개인에게 국한된 것보다는 조직 속에 포함된 기술, 즉 여러 분야의 기술이 합쳐져서 이루어지는 사업을 해야 하며 여기에 거대한 자본도 투자되어야 한다. 그래야만 아무나 할 수 없는 사업이 되어 심한 경쟁에서 살아남을 수 있을 것이다.

여기에 덧붙여서 우리의 새로운 사업은 투자한 자본을 회수할 수 있을 정도로 충분한 Product Life Time을 가진 것이라야 한다. 그래야만 5년 내지 10년이 지나는 동안 우리가 투자한 모든 자본을 회수할 수 있고 호경기도 누릴 수 있는 것이다.

기존의 사업도 장기계획을 잘 수립해서 될 수 있는 대로 빨리 감가상각을 해서 빚을 없애는 것이 좋은 방법인데 그렇게 해놓으면 그 누구와의 경쟁에서도 뒤지지 않는다. 빚이 없는 회사는 그 사업이 어떤 사업이든 특별한 경우를 제외하고는 이익이 나게 마련이다.

장기계획은 방향을 잘 설정하는 것

장기경영계획은 회사가 나가야 할 방향을 바로잡아주는 것이다. 현재는 회사의 운영이 다소 어렵다고 하더라도 10년 후에 쉽게 운영할 수 있는 방안이 있다면 그 방향을 제시해주어야 한다. 즉 회사의 틀을 바로 잡아 주는 것이다.

이에 비해 중기계획이란 장기계획에 맞추어 구체적으로 무엇을 어떻게 연구하고 추진하느냐 하는 것으로, 관련된 프로젝트를 하나씩 하나씩 심어가는 것을 의미하고, 단기계획이란 중기의 프로젝트에 맞추어 단기적으로 그때그때 해야 할 일을 하는 것이다. 즉 단기계획이란 현재 각자가 하고 있는 일을 말하는데, 그것은 누구에게나 맡길 수 있는 일이므로 최고 경영자들은 오직 장기, 중기계획에 심혈을 기울여야 하며 이것을 잘 하는 사람이 진짜 경영자인 것이다. 그런데 우리는 장기경영계획을 세우라고 하면 경리관념에 사로 잡혀 매출액은 얼마가 되게 하고 재무구조는 어떻게 한다는 등 모든 것을 수치로만 나타내려고 하는 경향이 있다. 그러나 10년 후에 기업이 어떻게 되는지 모르는 상황에서 단지 계수만을 가지고 논한다는 것은 별 의미가 없는 것이다. 계수에만 너무 치중하다보면 그것 을 믿을 사람도 없겠거니와 숫자 자체가 뜬구름이 되어 경영자들은 흥미를 잃고 장기경영계획을 세우지 않게 된다. 그러므로 계수에 너무 치중할 필요는 없다고 본다.

장기계획의 초점은 이윤극대화에

또한 장기경영계획을 세울 때 주의할 사항은 기업의 안정목표와 성장목표를 별도로 취급해서는 안 된다는 것이다. 그렇게 하다보면 기업이 본래 추구해야 하는 이윤극대화의 개념이 약해질 수도 있다. 그러므로 안정목표와 성장목표보다는 이윤극대화에 초점을 맞추어야 한다. 왜냐하면 이익이 계속 나게 되면 기업이 안정되고 당연히 성장이 이루어지기 때문이다.

어떻게 해서든지 이익을 많이 나게 하여 90년대에 가서 회사의 빚이 없게 된다면 성장이라는 것은 별 문제가 안 될 것이다. 따라서 모든 기업은 90년대 전반 또는 중반까지 빚이 없도록 해야 하고 신규 사업에 투자할 때도 타인자본이 아니라 자기자본만으로 할 수 있는 능력을 갖추어야 한다.

우리의 최종목표는 최고의 기술이 조직 속에 들어 있고 자본집약적인 사업을 타인자본이 아닌 순수 자기자본으로 하는 것이다. 자본의 경우를 보더라도 기술에서 우리보다 앞서가는 전자사업이나 정밀화학사업을 하는 기업들 중 일류로 남아 있는 기업은 대부분 타인자본이 거의 없는 기업들이다. 우리도 장기계획을 잘 세워 2000년대에는 이와 같은 일류기업이 되도록 해야 할 것이다.

1983. 7. 5 장기경영계획수립 지침안을 보고받고

국가경제와 기술개발

국가안보와 경제

우리나라의 가장 중요한 당면과제는 안보(安保)이다. 이 안보를 현실적으로 확고히 하기 위해서는 경제발전이 선행되어야 하는데, 경제발전은 기업경영을 통해 이루어지는 것이다.

그런데 오늘날의 기업경영은 10년 전이나 20년 전과는 달라서 기술개발을 해야만 기업이 살아남을 수 있다. 따라서 기업경영과 기술개발은 국가안보에 직접 혹은 간접으로 지대한 영향을 미친다고 할 수 있다.

그러므로 나는 이 기회에 기술개발의 필요성과 그것이 가져오는 효과 및 기술개발에 대한 기업인의 책임과 정부의 지원책 등에 대해 나의 경험을 토대로 간단한 소견을 피력하고자 한다.

79년 10·26사태 이후 제5공화국 수립까지 우리는 상당한 혼란을 겪었다. 안보의 중요성을 절실히 느낄 수 있었던 소중한 경험이 아니었나 생각된다.

우리는 미국이나 일본, 유럽의 여러 나라들과는 사정이 달라서 무슨 일을 하든지 생존의 차원에서 검토해야 한다. 이것은 남북으로 분단되어 극단적인 대립관계에 처해 있는 우리나라의 특수 상황 때문이다. 그래서 우리의 가장 중요한 과제는 첫째도 안보, 둘째도 안보, 셋째도 안보다. 이것이 깨지면 우리의 모든 노력은 수포로 돌아간다.

우리 국군은 매우 조직력이 강하고 훈련도 잘되어 있다. 그렇다면 우리에게 부족한 것은 무엇인가? 사람이 튼튼하므로 우리도 좋은 장비와 무기를 갖추기만 한다면 남들 못지않은 굳건한 국방력을 갖출 수 있을 것이다. 결과적으로 우리 안보에 가장 중요한 것은 첫째도 돈, 둘째도 돈, 셋째도 돈이다. 돈만 있으면 안보의 문제는 쉽게 해결될 것이다.

그런데 안보와 경제의 관계를 보면 우리는 GNP의 6%를 국방비에 사용하고 있다. 우리나라의 GNP가 7백억 달러라고 하면 국방비는 대략 42억 달러가 되는 셈이다. 그러므로 경제가 성장하여 GNP가 2배로 증가하면 국방비 지출도 2배로 증가하게 되어 결과적으로는 우리 국방력도 눈에 두드러지게 강화될 것이다.

경제 발전과 기술개발

정부에서는 지난 1962년부터 경제개발 5개년계획을 추진해 왔는데 지금까지 20년 동안 우리 경제는 대과없이 발전해 왔다. 앞으로도 우리는 지속적인 경제 발전을 이룩해야 하는데 과거의 경험에 비추어볼 때 여기에는 간단한 경제발전의 원리가 있다.

우리나라는 국토가 좁다. 남한의 면적을 평수로 환산해 보면 3백억 평이라고 하는데 이 중에서 우리가 길을 내고 집과 공장을 짓고 살 수 있는 면적은 불과 1백억 평에 지나지 않는다고 한다. 나머지 2백억 평은 산인데 이곳에서 상당한 지하자원이 나오느냐 하면 그렇지 못하다. 일부 산에서 무연탄, 철, 석회석 등의 지하자원이 나오는 것 이외에는 대부분의 산이 경제적으로 볼 때 생산성이 거의 제로에 가깝다. 이처럼 우리나라는 국토가 비좁고 부존자원도 빈약하다.

그러나 우리나라 4천만 인구는 세계 어느 나라에도 뒤떨어지지 않는 우수한 두뇌와 교육수준, 그리고 근면성을 지녔다. 즉 우리나라는 부존자원은 빈약하나 우수하고 근면한 인적자원을 보유하고 있다. 이것을 잘 활용한 것이 바로 제3공화국이 추진한 수출 위주의 경제성장정책이었던 것이다. 말하자면 재료를 수입하고 사람의 노력과 지혜를 충분히 활용하여 그것으로 제품을 만들고 수출하여 그 차액인 가득액을 가지고 성장해 왔다.

경제원리상 가득액은 승수효과가 있다고 말한다. 즉 우리나라에 1억 달러의 가득액이 떨어지면 일정한 기간 동안은 5억 달러의 경제활동이 이루어진다는 것이다. 2백억 달러를 수출하는 데 1백억 달러가 원자재 수입에 지출되었다면 순수 가득액은 1백억 달러이다. 1백억 달러는 5백억 달러의 경제성장을 가져오는 승수효과가 있다고 보는 것이다.

우리나라 경제의 당면 과제는 이와 같이 가득액을 높여서 직접적으로 경제를 성장시키는 것이다. 그러므로 수출을 지원할 때 가득액 위주로 지원을 하는 정책적 배려가 있어야 하겠다.

기술개발과 가득액

지난 20년간 우리나라 수출상품의 가득액을 분석해 보면 매우 흥미 있는 결과가 나타났다. 60년대 초기에는 10~15%의 가득액을 내다보고 수출을 했는데 요즘은 대개 50%가 넘는다. 심지어는 90%가 넘은 가득률을 나타내는 상품도 있는데 특히 섬유제품의 경우 석유화학에 소요되는 원료를 수입하여 원사에서 봉제까지 생산해서 수출하면 가득률이 90%를 상회한다.

20년 전 나일론, 인조견 직물 등 저급 섬유 제품을 수출할 때는 1마당 20센트, 30센트의 가격을 받았다. 그러나 요즘 고급 폴리에스테르 직물은 1마당 2달러에서 7달러까지 받는다. 이 같은 사실은 그만큼 기술이 발전했다는 것을 여실히 보여주는 증거이다. 같은 양의 원료를 가지고 가득액을 높이는 방법은 기술을 개발하는 길밖에 없다.

예를 들어 폴리에스테르 제품의 가득액을 보면, 원료인 TPA, EG를 1Kg당 0.7달러에 수입하여 폴리에스테르 섬유를 생산 수출할 경우 1Kg당 1달러 내지 2달러를 받는다. 같은 원료로 폴리에스테르 필름을 만들면 이것은 자본집약도와 기술집약도가 높기 때문에 4달러 내지 7달러를 받을 수 있다.

섬유로 직물을 만들면 기술도에 따라 2달러에서 7달러까지 받으며, 폴리에스테르 필름으로 비디오테이프를 만들면 20달러에서 30달러의 가득 효과가 있게 된다. 이처럼 같은 원료를 가지고도 기술도에 따라 가득액에 큰 차이가 난다는 것을 알 수 있다. 이와 같은 어려운 기술을 개발하여 상품화하면 가득액이 크게 증가하여 기업도 성장하고 국가 경제도 발전하는 것이다.

얼마 전 일본의 한 경제잡지에서 일본의 유수 회사 사장들이 나와 '80년대 일본이 가야 할 길'이라는 주제로 간담회를 한 기사를 보았는데 거기에는 다음과 같은 내용이 실려 있었다.

일본이 매년 외국에서 수입하는 물량은 7억 톤으로 1천1백억 달러에 달하는데 이 중에서 6억 3천만 톤은 국내에서 소비하고 약 7천만 톤의 물량을 가지고 기술도를 높여 수출해서 1천2백억 달러를 벌어들인다고 한다. 그런데 수출 상품의 톤당 가격을 보면 시멘트를 수출하는 데는 톤당 1만 2천 엔을 받고, 자동차는

1백만 엔, 반도체는 1톤에 무려 20억 엔을 받는다는 것이다.

그래서 이 간담회에서 나온 결론은 앞으로 10년 후 일본의 수출 물량은 지금과 같은 7천만 톤을 유지하되 금액은 두 배로 증가한 2천4백억 달러를 벌어들여야 한다는 것이다. 이 말은 결과적으로 기술도를 높여 가득액을 높이고, 무게는 많이 나가면서 가격이 낮은 상품 즉 기술도가 낮은 상품은 인근의 다른 나라에 맡기겠다는 계획이다.

나는 이것을 보고 우리나라도 일본과 같은 입장이 아닌가 생각되어 이러한 방향으로 경제정책이 수립되어야 한다고 본다.

1983. 7. 8 국방대학원 특강에서

보람과 능률

보람을 느껴야 신이 난다

지난 연말에 나는 하버드 대학의 호프 하인츠, 칼더 두 교수가 공저한 「East Asia Edge」란 책을 매우 흥미 있게 읽었다. 이 책에서 저자는 앞으로의 미국 경제에 대한 가장 큰 위협이 아시아의 경제발전이라 보고, 그 괄목할 발전의 원동력으로서 특히 한국이 갖고 있는 정치, 사회의 구조적 강점을 다각도로 분석했다. 그러나 저자는 여기서 권위에의 전통적인 충성심, 집단 지향성, 역사적 사명감 등까지 열거하면서도 기업 내에 있어서의 뛰어난 인사관리는 지적하지 않았다.

내 생각으로는 그것은 합리적인 사고방식에 젖은 저자가 일에서 보람을 찾는 한국인의 자못 비합리적인 특성까지는 미처 캐내지 못한 탓인 것 같다.

기업을 움직이는 것은 어디까지나 사람이다. 사람을 어떻게 잘 다루느냐에 따라 기업이 살기도 하고 죽기도 한다. 이것은 어느 나라 기업이나 똑같이 해당되는 말이다.

다만 외국의 경우에는 능력 있는 사람을 되도록 많이 뽑아서 잘 대접하는 것으로 끝나지만 한국의 경우에는 눈에 보이지 않는 '보람'을 느끼게 만드는 것이 가장 훌륭한 인사관리로 보고 있다. 이러한 차이는 미국에서는 능률의 향상을 강조하지만 우리나라에서는 능력의 개발을 더욱 강조하는 데서도 찾아볼 수 있다.

아무리 능력이 있는 사람이라도 제 능력을 다 발휘하지 못하면 능력이 사장되게 마련이다. 또한 사람의 능력에는 한계가 있다. 문제는 가령 10의 능력을 가진 사람을 어떻게 하면 지속적으로 능력 10을 다 발휘할 수 있게 만드느냐에 달려 있는 것이다. 여기서 바로 사람들에게 의욕을 심어 주고 키워주는 의욕관리의 문제가 중요하게 대두되는 것이다.

서양에서는 'Achievement Motivation'이라 하여 사람으로 하여금 일하게 만드는 동기를 '성취동기부여'로 설명하려 한다. 그것은 우리들이 말하는 '보람'과는 전혀 다르다. 우리들은 일할 맛, 일한 보람을 느낄 때 비로소 '신이 나서' 전력투구하여 일을 하게 된다. 그렇지 못할 때에는 아무리 대우가 좋고 편한 직장이라도 제 능력을 다 발휘하지 못하자 된다.

사원 모두가 제각기 맡은 일에 보람을 느끼게 되면 그만큼 능률도 오르고 회사 전체가 활기를 띠게 되며 그것은 또 사원들에게 일할 맛을 주는 순환작용을 하게 된다. 그렇게 되어야 회사에 대한 충성심도 절로 나오게 되는 것이다. 회사의 이익과 개인의 이익이 일치한다고 느낄 수 있을 때, 그리고 보다 이상적으로는 회사의 이익과 국가의 이익이 일치된다고 여길 때 사람들은 가장 신이 나서 일을 하게 된다고 나는 믿고 있다.

엄정한 인사관리와 능률

모든 사원에게 골고루 일에 대한 의욕을 키워주는데 있어 가장 중요한 것은 공정한 인사관리다. 곧 모든 사원이 회사가 자기 능력을 정당하게 인정해 주고 자기 능력에 맞는 공정한 대우를 해주고 있다고, 다시 말해서 '회사가 나를 필요로 한다'고 여길 수 있도록 인사관리를 해주어야 한다.

이것은 지극히 당연한 일이며, 또 쉬운 것 같지만 실제에 있어서는 여간 어려운 게 아니다. 사람의 능력은 객관적으로 평가하기도 어려울 뿐만 아니라 부하의 능력을 평가하는 상사의 눈이 편견이나 정실에 의해 어두워지는 경우도 많기 때문이다. 그리하여 한 사람의 그릇된 승진으로 열 사람의 의욕을 떨어뜨리는 결과가 나올 수도 있는 것이다.

의욕관리 못지않게 중요한 것은 사원들의 능력을 부단히 개발시켜 나가고 그들을 적재적소에 배치하는 일이다 뛰어난 기획능력을 가진 사원에게 서무일을 맡긴다면 본인이 의욕을 상실하게 됨은 물론이요, 회사로서도 아까운 인재를 썩히는 결과가 된다.

또 이런 일도 있을 수 있다. 가령 유능한 판매부장과 생산부장이 있다고 하자. 둘이 친한 사이라면 판매부장은 소비자의 기호나 시장의 동향에 대한 정보를 적절히 생산부장에게 알려줄 것이다. 그러나 사이가 나쁘다면 판매부장은 생산부장에게 그러한 정보를 제공하지 않을 것이고, 정보에 어두운 생산부장은 시장성이 떨어진 상품을 계속 생산해 내어 불량품과 재고품이 쌓이게 만들 것이다. 그것을 생산부장은 판매를 잘못한 탓으로 돌리게 되고 판매부장은 또 제품이 나쁜 탓으로 돌릴 것이다. 이런 반목과 대립은 나아가서 회사 전체와 분위기를 어둡게 만들 것이다.

이와 같이 기업의 메커니즘은 기업이 거대해질수록 몰 인간적이 될 수밖에 없지만 그러면서도 이처럼 미묘한 인간관계에 의해 크게 좌우되고 있는 것이다. 이 점을 무시할 때 기업은 활력을 잃게 된다.

얼마 전 SKC가 개발한 비디오테이프의 국제 라이선스 획득을 자축하는 조촐한 연회석상에서 그 성공의 원동력이 어디에 있었는가를 스스로 자문해 보았다. 보람이었다. 그리고 또 회사가 자기들을 알아주고, 전폭적으로 신뢰하고 있다는 자부심이었다.

사람들은 어느 일에 있어서나 보람을 느낄 수 있는 일을 할 때 가장 능률도 오르고 만족감도 느끼게 된다. 또 보람을 느낄 만한 일을 사원들에게 맡길 때가 경영자로서도 가장 기쁘다.

1983. 5. 8 한국경제신문 「일요수상」에서

앞으로 남고 뒤로 밑지는 장사는 말아야

자기가 다루는 상품에 대한 철저한 지식을

세일즈란 주문을 받기 위하여 무조건 바이어에게 매달려서 열심히 따라 다닌다고 되는 것이 아니다. 그런 식으로 오래 하다 보면 바이어 자신도 지치게 되어 오히려 주문이 끊어질 수도 있으므로 새로운 상품을 개발하여 그들이 자발적으로 우리의 제품을 사가도록 유도하는 편이 오히려 나을 것이다. 다시 말해서 우리가 개발한 원단을 가지고 우리만의 봉제품을 만들어 바이어에게 제시하는 것이다. 그렇게 해서 그 제품이 바이어가 제시한 샘플보다 더 좋으면 그들은 우리의 상품만을 구매하게 될 것이고 우리의 수익성도 더 높아질 것이다.

바이어가 우리의 제품을 주문하기 위해서 샘플을 보내오면 우리는 그것에 맞추어 그들이 요구하는 상품을 만들어 주어야 한다. 그러나 우리의 현실은 그렇지 못하다. 즉 기술이 부족하여 바이어의 심부름 노릇도 제대로 못하고 있는 실정이므로 새로운 제품을 개발한다는 것은 더군다나 더 어려울 수밖에 없다. 바이어가 제시한 대로 충실히 해주지 못하는 이유가 무엇인지 매일 회의를 해서라도 최소한 이것은 해결해주도록 노력해야 한다.

예를 들어 Fitting이 제일 문제라고 한다면 우선 동양 사람과 서양 사람의 체위의 차이가 무엇인지 분석해서 공장의 기술자는 물론 본부장에서부터 말단 여사원에 이르기까지 그 차이점을 모두가 알고 있어야 한다. 즉 우리는 이론적인 기술보다는 실제적으로 그 제품에 필요한 기술을 알아야 한다. 이를 위해서는 실제 우리가 다루고 있는 상품 하나하나를 놓고 어떤 기술이 필요하며, 알아야 할 사항이 무엇인지를 전부 List up해서 본부 내 전 사원에게 실제 필요한 기술교육을 철저히 시켜야 한다.

상품을 세일즈 하는 사람이 자기가 다루는 상품의 문제점을 잘 모른다고 한다면 비즈니스맨으로서 자격이 없는 것이다. 자기가 다루는 상품에 관해서 만큼은 아주 사소한 부분까지도 문제가 무엇인지 전부 알고 있어야 하고 이를 해결해주어야 올바른 비즈니스를 할 수 있게 된다.

조직을 치밀하게 짜서 일사불란하게 움직여야

의류사업부는 1983년 상반기에 적자를 냈다. 그럼에도 하반기에도 또 적자를 내겠다고 나에게 보고하는 것은 그동안 의욕관리, 관리역량관리, 투자관리, 기술개발 등 모든 부문에 문제가 있었다는 이야기다. 이것은 1983년도에 와서 나타난 것이기는 하지만 그 요인은 이미 1981년부터 있었을 것이다. 그때에 미리 모든 문제점을 해결하려고 노력했다면 지금은 흑자로 돌아섰을 것이다. 따라서 관리상 문제점이 되는 것은 지금부터라도 하나하나 해결해 나가야 할 것이다.

봉제는 직물과 달라서 원부자재가 50여 가지 들어가게 되는데 그 중 하나만 잘못되어도 우리가 원하는 상품이 되지 않아 수출을 할 수 없게 된다. 라벨 하나가 잘못되더라도 수출을 할 수 없다. 이때 만일 다른 것으로 바꾼다면 작업상 차질이 생겨 Loss가 생길 것이고 Delivery도 늦어질 것이다. 그래서 Delivery에 맞추기 위해 배로 보내는 대신 비행기로 나른다면 그만큼 손해를 더 보게 된다. 이와 같이 봉제는 본래 어려운 작업이기 때문에 품질관리를 철저히 해야 한다. 이를 위해서는 사소한 부분의 잘못도 허용되지 않도록 조직을 치밀하게 짜서 일사불란하게 운영해야 한다.

또한 봉제는 다른 제품과 달라서 처음 원가계산을 할 때에는 이익이 날 것으로 알았는데 막상 수출하고 나면 결과적으로 손해를 보는 경우가 비일비재하다. 본부장은 그 원인을 잘 분석하여 어떤 요소 때문에 얼마만큼의 적자가 나고 있는지를 잘 알고 있어야 하며, 그것을 반드시 말단 사원에 이르기까지 전부 알려 주어 그 원인을 찾아 시정할 수 있도록 주지시켜야 한다.

부서장들도 부서마다 문제가 될 수 있는 것은 파헤쳐서 일주일에 몇 번씩이라도 별도 회의를 가져 문제 해결에 최선을 다해야 한다. 계산할 때는 분명히 이익이 났는데도 선적하고 나면 뒤늦게 잘못이 나타나 손해를 보게 되는 경우와 같이 앞으로 남고 뒤로 밑지는 장사는 있을 수도 없고 해서도 안 되는 것이다.

On the Job에서 SKMS교육을

새로운 상품을 개발하기 위해서는 기술개발을 철저히 해야 하고, 이는 2~3년 내에 이루어지는 것이 아니므로 지속적으로 추진해야 한다. 인사이동으로 새로 온 사람이 먼저 사람의 기술개발에 대한 진행 내용을 잘 몰라 기술개발이 중단된다면 그동안 투자한 것은 사장이 되어 회사에 큰 손해를 줄 것이고 또한 우리가 목적으로 하는 기술개발의 성과도 나오지 않을 것이다. 따라서 인사이동이 있을 때에는 진행 중인 기술개발이 중단되는 일이 없도록 인수인계를 철저히 해야 한다.

그런데 기술개발은 바로 사람이 하기 때문에 무엇보다도 사람관리를 잘해야 한다. 이를 위해서는 On the Job에서 SKMS 교육을 철저히 시켜야 하고 연수원에서도 교육을 철저히 시켜야 한다. 연수원에서 교육을 받을 때는 쉬운 것 같아도 실제 업무에 옮겨 실행하려고 하면 어려운 경우가 많다.

종합상사뿐만 아니라 모든 관계회사는 SKMS를 실제 업무에 적용해서 기업을 운영해야 한다. 특히 종합상사는 다루는 품목의 가짓수도 많고 업무도 상당히 다양하기 때문에 SKMS의 활용이 더욱 필요하다. 아울러 종합상사의 특성상 사람관리도 잘 해야 한다.

1983. 8. 8 (주)선경 의류사업부 경영실적을 보고받고

기업경영의 핵심은 사람관리다

종합상사일수록 사람관리를 잘해야 한다

일반적으로 비즈니스라는 것은 품목을 잘 선정한 뒤 좋은 기술로 좋은 상품을 잘 만들어 내어 이를 판매하면 되는 것이다. 그러나 세월이 흘러 5년 내지 10년이 지나고 보면 결과적으로는 어떤 질의 사람들이 모여 조직을 어떻게 운영했느냐의 여부에 따라 그 회사의 성패가 달려 있다는 것을 알게 된다.

따라서 사람관리가 제일 중요한데 특히 종합상사의 경우에는 더욱 그러하다. 종합상사는 메이커와는 달리 주로 사람으로 구성되어 있고, 업무 또한 다양하고 방대하기 때문에 조직을 어떻게 운영하느냐에 따라 그 성과가 달라질 것이다.

우리가 그동안 종합상사를 운영하면서 부단히 노력은 해 왔으나 흔히 사람들은 종합상사에 대하여 이야기하기를 영업 분야에 비하여 관리 분야에 사람이 많아 조직운영에 문제가 있고, 상사일수록 사람관리를 잘해야 하는데 하급 직원에서부터 사장에 이르기까지 관리역량이 너무 약하다고 한다. 상급 직원일수록 업무의 내용을 더 확실히 알고 일을 손바닥 위에 올려놓고 다룰 수 있어야 하는데 하급 직원보다는 상급 직원으로 올라갈수록 관리 역량이 약하다.

또한 해외지사보다는 본사가 더 약한 것 같다. 해외지사는 사람이 몇 명 안 되므로 관리역량 수준을 올리기 쉽고, 상당히 능력이 있는 사람들이 선발되어 나가기 때문에 그런지 몰라도 본사에 비하여 상당히 관리역량 수준이 높은 것 같다.

그러므로 본사의 각 본부는 관리능력의 수준을 올리기 위한 방안을 마련하여 관리역량 수준을 높이도록 노력했어야 했다. 그러나 이에 대한 방안조차 강구할 생각을 하지 않은 것 같다. 이러한 상태로 그냥 간다면 관리역량이 더욱 악화될 소지가 있으므로 하루 빨리 눈을 돌려 이에 대한 해결 방안을 찾아야 한다.

그러기 위해서는 조직의 원리를 잘 이해한 후에 조직을 다시 잘 짜서 사람을 효율적으로 배치하고 각자에게 적절한 책임과 권한을 부여해 주어야 한다. 또한 각자의 동적요소 수준을 항상 점검하여 수준이 낮은 부분을 올려주도록 노력해야 한다.

부서장은 부하직원의 의욕수준을 항상 파악하고 있어야 한다

사람들 중에서도 동양사람, 특히 우리나라 사람은 보통 자기의 마음을 겉으로 나타내려 하지 않는다. 더군다나 공식적인 회의석상에서는 절대로 자기의 의견을 털어놓지 않는다. 많이 이야기하면 손해를 본다고 생각하고 체면 관계 등의 여러 가지를 고려하여 말을 잘하지 않는 경향이 있다. 술 한 잔 먹고 적당히 취해야 "저는 이렇습니다.", "제 의견은 이렇습니다."하며 진의를 나타내게 되는데 이것은 회의석상에서 표현한 내용과는 상당한 거리가 있다. 이것이 또한 우리나라 사람들의 실상인 것이다.

우리는 이것을 잡아내어 관리를 해야 하는데, 이것이 바로 동적 요소의 관리인 것이다.

표면에 나타나 있지 않은 부분을 근본적으로 파헤쳐서 관리를 해주어야만 비로소 업무의 성과가 올라간다.

본부장이나 부서장은 부서 내 직원의 의욕 저하 요인이 무엇인지 잘 파악해서 해결해주어야 한다. 이를 사장이나 다른 관리부서에서 해결해주기를 기대해서는 안 된다.

왜냐하면 자기 부서의 사람은 자기 부서에서 가장 잘 알고 있으므로 자기 부서에서 해결하는 것이 최상책이 되기 때문이다.

어느 부서이든 의욕 수준이 높은 사람도 있고 낮은 사람도 있게 마련이다. 의욕이 낮은 사람을 어떻게 다루어 해결해줄 것인가 하는 문제는 평상시에 업무를 다루듯이 한 사람도 빠짐없이 잘 알아서 바로 해결해 주는 식으로 나가면 쉽게 의욕을 높일 수 있을 것이다. 그 이유는 회사경영은 결국 사람관리가 핵심을 이루고 있기 때문이다. 본부장이나 부서장은 이를 주기적으로 파악할 수 있는 안을 만들어 늘 최고의 의욕 수준이 유지될 수 있도록 해주어야 한다.

관리역량관리를 위해 주기적으로 업무 회의를 해야 한다

관리역량관리는 업무를 다루는 데 있어 가장 중요한 요소이기 때문에 연수원에서 지속적으로 교육을 시키고 있다. 그러나 연수원에서는 일반적인 이론밖에는 교육을 시킬 수 없으므로 각 부서에서는 관리역량관리를 자기가 하고 있는 일에 어떻게 적용시킬 것인지를 잘 생각해야 한다. 관리역량이란 곧 일을 다루는 요령인데 일을 먼저 파악하고 일에 맞게 사람을 적재적소에 잘 배치하여 일을 맡기는 것이다. 그렇다고 일을 무조건 전부 맡기는 것이 아니라 그 사람 자력으로 할 수 있는 부분은 맡기고 그렇지 못한 부분은 자기 스스로 맡아 일을 관리해야 한다.

그런데 실제 조직에서 보면 그렇지 못한 경우가 많다. 일을 하급자에게 맡겨 보니 허술한 데가 많아 그를 믿지 못하고 아침저녁으로 점검하기도 하고 결국은 자기 혼자서 모든 일을 관리하려고 한다. 그렇기 때문에 일에 쫓기고 시간에 쫓기면서도 성과는 없고 몸만 상하게 되는 것이다.

부하를 믿고 일을 맡겨서 스스로 해내는 것은 알아서 하게하고 못하는 부분만 집중적으로 관리하여 스스로 할 수 있게끔 지도해주고, 그 부분도 스스로 알아서 할 때가 되면 과감히 위임해주어야 한다. 그렇게 해야만 아랫사람이 처리할 것은 아랫사람이 알아서 처리하고 본부장 또는 사장에게까지 보고해서 처리할 것은 윗사람이 알아서 처리하게 되는 것이다.

또한 그렇게 되어야만 모든 업무가 순조롭게 잘 진행될 수 있고 상급자는 남은 시간을 새로운 개발에 쓸 수 있게 된다. 각 부서에서는 관리역량 관리의 중요성을 재인식하여 최소한 일주일에 한 번씩은 꼭 시간을 내어 업무에 대한 회의를 주기적으로 해야 한다.

나에 대하여 평가하기를 각사 사장에게 회사 일을 너무 맡긴다고들 하지만 반드시 그런 것은 아니다. 각사에 문제가 되는 부분은 집중적으로 관여하고 그렇지 않은 부분은 가급적 사장이 소신껏 일할 수 있도록 모든 것을 맡기고 있다. 그렇게 하는 이유 중의 하나는 사장의 관리역량을 키워주기 위해서다. 사장이나 본부장도 가급적이면 일을 하급자에게 맡기는 방향으로 나가야 한다.

본부장의 관리역량이 커지면 부장이 커지고, 부장의 관리역량이 커지면 과장이 커진다. 그래서 명장 밑에는 졸장이 없다는 말이 있다. 그러므로 윗사람부터 관리역량을 키우는 데 노력해야 한다.

의견의 합의가 있어야 원활한 커뮤니케이션이 이루어진다

커뮤니케이션 관리도 보기에는 잘되는 것 같지만 사실은 원활히 이루어지고 있지 않다. 상급자의 지시 사항은 중간 계층이 많으면 아래까지 정확하게 전달되지 않고 더군다나 서로 합의가 안 된 사항은 말단에까지 전달되지도 않는다. 본부장이 부장에게 지시를 했는데도 "알겠습니다."해 놓고는 아래까지 제대로 전달하지 않는 경우가 많은데 그 이유는 의견이 서로 다르기 때문이다.

내가 특화라는 것을 임원들에게 누누이 강조하고 있지만 어떤 임원이 "회장은 상사가 무엇하는 회사인지 잘 모르되고 무조건 메이커를 운영하는 방법으로 상사를 운영하려고 한다. 도대체 종합상사에서 특화를 어떻게 하란 말인가?"하고 잘못 이해하고 있다면 하급자에게 잘 전달이 안 될 것이고 전달이 된다 하더라도 잘 시행되지 않을 것이다. 이럴 경우 커뮤니케이션이 원활하게 이루어졌다고 볼 수는 없다.

부장 생각과 과장 생각이 다르다고 한다면 커뮤니케이션의 원리에 비추어 볼 때 생각을 달리하는 만큼은 수도관에 Scale이 낀 것과 마찬가지의 논리가 되는 것이다. 경영에서는 아무리 단순한 말이라 하더라도 생각만으로 그 말을 사용해서는 안 된다. 그 용어의 정의를 정확히 해서 서로가 달리 이해할 여지가 있는 Scale은 제거하고, 그 다음 서로 합의한 후에 커뮤니케이션을 해야 한다. 그래야만 커뮤니케이션이 원활히 잘 이루어진다.

따라서 우리가 일상적으로 사용하고 있는 용어 중에 정의가 서로 다른 부분이 있다면 본부 내에서 정의를 먼저 내리고 서로 합의한 다음에 사용해야 한다.

코디네이션 관리에 대해서는 우리 그룹 내에서 이것을 모르면 선경 사람이 아니라고 할 정도로 잘 알고 있지만 On the Job에서 얼마만큼 잘 이루어지고 있느냐에 대해서는 그래도 의문의 여지가 있다. 상당한 개선은 되었지만 앞으로도 더 잘되도록 꾸준히 노력해야 한다.

유능한 경영자가 되려면 사람관리를 잘해야 한다

위에서 언급한 사항들은 기업을 운영하는데 있어서 가장 중요한 요소들이다. 조직운영에 있어 동적요소는 이처럼 중요하기 때문에 유능한 경영자가 되려면 먼저 사람관리를 잘 해야 한다.

일상 업무에 대한 계획을 잘 세우고 이를 실행하는 것도 중요하지만 그것은 그것대로 진행시키되 지금부터라도 늦지 않았으므로 사람관리에 대한 계획도 잘 세워 추진해 나가야 한다. 1박 2일 코스로 하여 여사원까지 참여시켜 서로 토의하게 하여 자기의 업무를 어떻게 다룰 것인가를 스스로 연구하도록 해야 한다. 이것도 사람관리의 일환이다. 이는 당장 실행한다고 해서 그 효과가 바로 나오는 것은 아니겠지만 지속적으로 추진하여 5년 정도 지나면 사람관리가 잘되어 누구나 유능한 경영자가 될 수 있고 조직도 굉장히 튼튼해질 것이다.

1983. 8. 18 (주)선경자원본부 경영실적을 보고받고

자체상표 광고의 효과

독특한 아이디어로 특이한 PR을

우리는 우리의 브랜드를 가지고 비디오테이프를 판매할 수 있는 방안을 마련해야 한다. 우리가 비디오테이프를 우리의 브랜드로 직접 판매하지 못하고 OEM Base로 판매하고 있기 때문에 1달러 내지 1달러 50센트 더 싸게 팔고 있다. 따라서 SKC 브랜드를 광고하여 우리의 Own Brand로 직접 판매할 수만 있게 된다면 1달러 정도는 더 받을 수 있게 되어 상당한 이익을 낼 수 있으므로 하루속히 Own Brand 광고에 주력하여 판매가격을 높일 수 있도록 해야 한다.

우리는 광고비를 제품 판매에 당연히 들어가야 할 생산 원가의 한 요소로 잘못 생각하고 그 효율성에 대한 큰 관심을 갖고 있지 않다. 광고비는 본래 타제품과의 경쟁에서 우위를 차지하게 하여 판매량은 물론 판매 가격까지도 높일 수 있도록 하는 기능을 가진 만큼 이 점에 유의하여 잘 사용해야 한다.

우리는 그동안 남이 하는 것처럼 신문, 잡지, TV 등에 상품을 광고하거나 소매업자를 통해 광고를 해 왔는데 이러한 일방적인 광고방법도 좋겠지만 이제부터는 여기에 덧붙여 우리만의 독특한 아이디어를 내서 특이한 방법으로 광고하는 것도 적극적으로 검토해야 한다. 예를 들어 유명 디자이너와 관계를 맺어 피카소가 비디오테이프에 디자인을 해주게 한다든가 레이건 대통령이 사인을 해주게 한다던가 하는 식의 특이한 아이디어를 내야 한다. 어린이 장난감과 신발에 ET마크를 붙였더니 제품이 잘 팔렸다고 하는 것과 같은 이치이다.

이렇게 해서 폭발적인 인기로 우리 제품의 수요가 늘어 공급이 이를 따르지 못하게 되면 지금과는 반대로 우리가 TDK 등 비디오테이프 생산업체에 OEM Brand로 납품받게 될 것이다. TDK로부터 납품받을 정도가 되면 판매가격은 올라갈 것이고 우리가 앞으로 지속적으로 증설하는 데도 큰 도움이 될 것이다. 그러나 문제는 증설을 하려고 해도 수요가 따라 주지 않기 때문에 계속 검토만 하고 있는 것이다.

기발한 뉴스감을 만들어 자연스럽게 PR하는 방법도

또는 Story Making이 될 수 있는 것이 무엇인지 즉. 기발한 뉴스거리를 만들어 자연적으로 광고가 될 수 있는 방안도 적극적으로 검토해야 한다. 예를 들어 경쟁 업체인 BASF에게 비디오테이프 생산 공장을 팔라고 하면 상당한 뉴스감이 될 것이다. 못할 것도 없다. BASF가 어렵다고 한다면 AGFA에게 권할 수도 있다. 물론 안 팔겠다고 나서겠지만 그 업계에서는 Story Show가 충분히 되어 우리 상품의 광고 효과도 상당히 커질 것이다.

아니면 AGFA에게 너희 브랜드로 판매하되 이익의 몇 %는 너희가 갖고, 운영은 우리가 하겠다고 하는 방법도 있다. 또는 AGFA의 경우 제품의 질이 타사 제품보다 나쁘다는 평 때문에 그들로서도 상당히 어려움을 겪고 있으므로, 우리와 합작하여 우리가 그들의 제품의 질을 높여 주어 그들로 하여금 제품 가격을 더 받을 수 있도록 해주고, 우리는 생산량의 반을 SKC Made In USA로 하자고 그들에게 제의할 수도 있다.

이와 같이 Drop out해야 할 시설을 일본처럼 집어삼키는 것이 아니라 서로 협조해서 살리고자 노력한다면 일본과는 달리 한국의 선경은 자기의 이익만을 취하려 하지 않고 공동으로 살기 위해 노력하고 있다는 사실이 업계에 알려져 상당한 인기도 얻게 되고 뉴스감도 될 것이다. 앞에서 언급한 예들은 어디까지나 하나의 아이디어에 불과하므로 가능성 여부가 그렇게 중요한 것은 아니고 어떤 아이디어를 써서 실제로 어떻게 광고하느냐에 따라 광고의 효과를 높일 수 있다는 것을 말해 주기 위해서이다. 우리는 비디오테이프를 Own Brand로 판매하기 위해 몇 백만 달러의 광고비를 책정해 놓고 있기 때문에 이러한 방향으로 검토해 보는 것도 바람직하다.

동종 업체와 기술을 제휴하는 방안도

BASF가 우리와 접촉하기를 원한다고 하는데 이는 우리의 제품이 SONY나 TDK 수준까지 왔기 때문이다. 우리가 그들을 만나 봐야 정확한 진의를 알 수 있겠지만 그들이 OEM Base로 우리의 상품을 구입하겠다고 제의할 수도 있고, 아니면 기술제휴를 하자고 할 수도 있고, 그들의 채산성 악화로 우리보고 그들의 공장을 인수하라고 제의할 수도 있다. 그러나 우리는 우리의 입장에서 그들과 기술을 제휴하는 방안을 검토해야 한다.

일본은 그동안 미국과 유럽 시장에서 전자나 자동차 업종 등 여러 업종을 가지고 그곳 사람들을 상당히 괴롭혀 왔기 때문에 BASF로서는 비디오테이프에 관한 한 일본과 경쟁하기 위해서 우리를 필요로 할 수도 있다. 우리가 그들과 기술을 제휴해서 BASF의 제품의 질이 더욱 좋아졌다면 그들로서는 제품의 질이 올라가 큰 득이 될 것이고 우리로서는 그 업계에서 제품의 질을 인정받게 되어 상당한 관심을 끌게 될 것이다. 또한 우리로서는 비디오테이프의 기본적인 기술을 얻을 수 있는 부수적인 효과도 얻을 수 있다. 우리의 비디오테이프의 제조 기술은 기본적인 기술을 토대로 해서 이루어진 것이 아니기 때문에 기본적인 기술에 관한 한 그들보다 뒤진다. 우리는 그들의 기본적인 기술을 모체로 가감변경해서 앞으로 다른 제품을 개발할 때 그들의 기술을 활용해야 한다.

현재 BASF, AGFA, 3M 등이 미국과 유럽 시장에서 비디오테이프의 제조 원가 때문에 채산성이 맞지 않아 경쟁력을 잃어 가고 있으므로 언젠가는 그들이 비디오테이프 시장에서 손을 떼야 할 시대가 올지도 모른다. 따라서 우리는 선경 브랜드를 세계 속에 심기 위하여 우선은 상품광고에 주력해야 하겠지만 한편으로는 그들이 갖고 있는 시장을 확보할 수 있도록, 이 방면에도 대응할 수 있는 정책을 세워 둘 필요가 있다고 본다.

1983. 9. 20 베를린 전자 쇼 결과를 보고받고

상품 PR은 하나의 투자다

판매활동은 판매시장의 여건에 맞게

우리는 그동안 연구개발에 주력하여 첨단기술의 하나인 비디오테이프를 우리의 힘으로 만들어 냈다. 이제부터는 정신무장을 잘하여 세계 시장에 적극적으로 진출할 단계라고 생각한다. 비디오테이프의 최대 시장인 미국시장에 진출하기 위해서는 현지인을 잘 채용하여 현지시장에 맞는 판매활동을 해야 하고 상품 PR도 한국인이 한국식으로 할 것이 아니라 미국의 전문가에게 맡겨서 현지 시장에 맞게 해야 한다. 이는 즉, 회사 운영은 SKMS에 맞게 운영하되 판매활동만은 현지 판매시장을 중심으로 하자는 것이다.

일반적으로 지금까지는 수입업자가 그들이 원하는 상품을 얻기 위해 수출업자를 찾아 다녔고 수출업자는 그들이 찾아오면 "나의 상품이 좋으면 사 가고 그렇지 못하면 어쩔 수 없다"는 식으로 안일하고도 소극적인 방법을 취해 왔는데 이제는 그러한 판매방법은 지양하고 현지시장 중심으로 적극적인 판매활동을 전개해 나가야 한다.

일본 사람들은 유럽 사람들처럼 상당히 보수적이기 때문에 현지 시장의 여건에 맞추어 상품을 판매하려고 하기보다는 오히려 저희들의 고유한 방법으로 판매하려고 한다. 그렇기 때문에 아직까지는 해외시장에서 촌티를 면하지 못하고 있고 환영도 못 받고 있다. 보수적인 면을 무조건 오래 지킨다고 좋은 것은 아니며 시대에 맞지 않는 부분이 있다면 보완해주어야 한다. 특히 판매활동에 있어 판매 방식이 현지 사람들에게 좋은 인상을 주지 못할 경우에는 그 시대와 장소에 맞게 즉각적으로 바꾸어 주어야 한다.

우리 회사의 심벌마크도 시장의 소비 대중이 좋아하는 방향으로 바꿀 것이 있으면 과감히 바꾸어야 한다. 구태의연하게 자기 것만 좋다고 자랑하는 것은 좋은 방법이 못 된다.

일본의 회사 중에는 SONY와 도요다가 제일 먼저 판매 스타일을 서양스타일로 바꾸었는데 일본 내에서는 그들이 제일 먼저 국제적으로 일류기업이 되었다.

도요다는 10년 전 미국시장에 처음 상륙했을 때 현지시장의 여건에 맞는 판매 방법을 개발하려고 상당히 노력했다. 예를 들면 미국식으로 집을 여러 채 지어가지고 그곳에 여러 스타일의 부인을 앉혀 놓고 그들에게 세일즈하게 했는데 그것을 회장, 사장, 중역들이 둘러앉아 지켜보면서 어떤 세일즈 방법이 좋은지를 연구했던 것이다. 세일즈맨의 말하는 태도, 권유하는 방법 등 세일즈에 필요한 모든 것을 나름대로 확립해서 훈련시켰는데, 미국 풍토에 맞게 판매하기 위한 일환이었다. 현지 택시 운전기사에게 물어보면 도요다 자동차보다는 닛산 것이 훨씬 성능이 좋다고 하는데도 도요다 자동차가 훨씬 더 많이 팔린다고 한다.

이는 도요다의 판매 기법이 닛산보다 앞서 있다는 것을 말해 주는 것이다. 또한 상호도 도요다라는 명칭이 부르기도 쉽고 소비 대중에게도 친근감을 주어 어느 나라에 가 보아도 도요다 자동차는 얼른 눈에 잘 띈다. 그러므로 상호도 누구나가 부르기 쉽게 단순해야 하고 또한 낯설지 말아야 판매활동에 기여할 수 있다.

상표는 그 상품의 성격에 맞게

우리는 같은 종류의 상품만을 생산하는 SONY나 IBM과는 달리 그룹 내 여러 회사에서 제각기 성격이 다른 제품을 생산하고 있기 때문에 선경이란 그 자체는 하나의 그룹 명칭에 불과하다. 따라서 성질이 각기 다른 전 품목에 그 나름대로의 상품 성질을 무시하고, 하나의 상표를 획일적으로 붙이는 것은 바람직하지 못하다. 폴리에스테르 필름 종류는 SKC, 신발류는 ZEBRA, 직물류는 SKY TEX 등 우리가 현재 사용하고 있는 상표는 그대로 사용해야 한다. 다른 회사가 상표를 통일한다고 해서 우리도 반드시 그렇게 따라갈 필요는 없는 것이다.

나중에 SKC가 선경그룹에서 독립하여 전혀 우리와 오너쉽 관계가 없게 된다 하더라도 기업이란 한번 설립되면 오래도록 존속, 발전되어야 하므로 오너쉽과는 관계없이 그동안 사용했던 브랜드는 바꾸지 말고 그대로 사용하는 것이 좋을 것이다. 다만 제품의 질이 국제적으로 일류 수준에 이르렀을 때만 이런 브랜드를 사용해야 한다.

그러나 선경메그네틱의 경우는 브랜드를 별도로 하여 세계시장에 심을 필요는 없다고 본다. SKC가 이미 선경메그네틱이 제조하는 오디오 테이프와 같은 종류의 폴리에스테르 필름인 비디오테이프를 해외 시장에 내놓고 있기 때문에 별도의 브랜드는 해외시장에서 혼란만 가져올 것이다. 따라서 질이 좋은 제품은 OEM Base로 SKC에 전량 납품하여 SKC 브랜드로 해외시장에 내놓고, 지금까지 국내에서 사용하고 있는 SMAT 브랜드는 국내 판매에만 그대로 사용하면 되는 것이다.

신발에 붙이는 ZEBRA 브랜드도 SKC 브랜드를 붙여 내보내는 비디오테이프처럼 제품의 질이 국제적으로 일류가 될 때 본 브랜드를 사용하고 그렇지 못할 경우에는 사용하지 않는 것이 브랜드의 이미지를 위해 좋을 것이다.

투자로서의 상품 PR

우리가 개발해 낸 비디오테이프가 세계적으로 일류급의 상품으로 해외 시장에 진출하게 되었기 때문에 우리로서는 처음으로 해외시장에 광고다운 광고를 할 수 있는 계기가 되었다. 그동안 우리는 해외에 자신 있게 내놓을 만한 우리 고유의 상품이 없어서 상품광고를 제대로 하지 못하고, 다만 외국 신문에 인터뷰를 요청하고 본의 아니게 신문에 광고를 내 달라고 해서 내는 정도의 기업광고가 전부였다. 그러나 이제는 개발된 상품을 판매하기 위해서라도 상품광고를 적극적으로 해야 하며 상품광고에 몇 백만 달러라도 투자해야 한다.

상품 브랜드를 광고한다는 것은 투자와 같아서 광고비가 나가면 반드시 그에 상응하는 이상의 대가가 있어야 한다. 우리가 비디오테이프를 해외시장에 판매할 경우 그 나름대로 잠재적인 수요 커브가 있을 것이므로 브랜드를 광고하여 그 커브를 올려야 한다. 제품의 질이 동종 업체의 제품에 비하여 뒤떨어지지 않는다면 소비자의 측면에서 볼 때는 어느 업체의 제품을 사든 아무 상관이 없을 것이다.

우리가 상품광고를 하는 것은 우리의 상품을 널리 알리고 선호도를 높이기 위해서이다. 광고를 하면 SKC 브랜드를 모르는 사람에게 우리의 상품을 알리는 결과가 되므로 양으로 보아서는 매출액을 올리는 효과가 있고, 소비자의 선호도를 높여 판매가격을 광고하기 전보다 1달러 더 받았다면 질로 보아서는 판매가격을 높일 수 있는 효과도 있는 것이다. 따라서 PR을 하게 되면 판매량을 늘리고 가격도 더 받을 수 있으므로 이러한 두 가지 요소를 곱한 것이 회사에 이익이 되도록 PR을 해야 한다. 이것이 바로 PR의 기본인 것이다.

판매가격을 높이고 판매량을 늘리는 PR

이와 같이 우리는 PR의 기본을 잘 인식하여 1~2년 후에는 지금 받는 가격보다 50센트는 더 받을 수 있고 판매량도 연간 생산량인 1천5백만 개를 다 팔 수 있는 효과를 얻을 수 있도록 SKC브랜드를 잘 PR해야 한다.

이렇게 상품 광고를 해서 연간 1천5백만 개에 대하여 50센트 더 받게 된다면 연간 7백50만 달러의 수입이 증가하게 되는데 여기서 과연 얼마를 광고비로 투자해야 좋은 것인지는 쉽게 답을 얻을 수 있을 것이다. 그러나 이때 우리가 광고할 상품이 그 가치가 있도록 반드시 상품의 질이 뒷받침 되어야 한다.

현재로서는 비디오테이프만 SKC 브랜드로 광고하고 있는데 오디오 테이프의 질도 국제적으로 일류가 되면 함께 광고할 예정이다. 오디오 테이프의 경우 선경 메그네틱이 3M에 OEM Base로 납품하는 가격과 이것을 3M이 직접 소비자에게 판매하는 가격과는 상당한 차이가 나므로 Own Brand로 직접 판매할 수 있도록 비디오테이프처럼 광고만 할 수 있게 된다면 광고의 효과는 상당히 클 것이다.

우리가 지금까지 해온 PR은 국내에서 그룹 이미지를 개선하는 정도의 기업 광고였기 때문에 PR 효과에 대하여 그렇게 심각하게 따져 볼 필요가 없었다. 그러나 상품광고는 그 상품이 가져다주는 이익에 지대한 영향을 미치므로 사전 검토 없이 대충 시도할 것이 아니라 그 효과에 대해 철저히 따져서 해야 한다. 이제 우리도 이를 계기로 PR을 국제화시키기 위한 좋은 전환점이 되도록 노력해야 한다.

1983. 11. 29. SKC 브랜드 PR관련 회의에서

인사부서의 역할

비즈니스 센스를 가진 비즈니스맨을 키워야 한다

인사부서는 과거처럼 단순히 직원의 행정적인 인사만을 위해 존재하는 부서가 되어서는 안 되고 비즈니스 센스를 가진 비즈니스맨을 키우는 부서가 되어야 한다. 종합상사의 재산은 사람이기 때문에 인사관리를 잘해야 한다고 누누이 강조해 왔다. 단지 인적 숫자만을 따져서 재산이라고 말할 수는 없으므로 비즈니스맨에 관해서 잘 아는 사람이 인사부서를 담당해야 하고 그들이 인재를 중점적으로 양성시켜 나가야 한다.

인사부서는 어떤 사람이 어느 부서에 근무하면 회사가 더 많은 이익을 낼 수 있고 어떤 사람이 어느 부서에 근무하면 회사에 손해를 주는지 잘 알아야 하고, 더욱이 올바른 비즈니스맨으로서 부족한 점이 무엇인지 스스로 알게 해서, 그들 스스로 부족한 점을 자꾸 보완해 나갈 수 있도록 관리해주어야 한다. 또한 각 부서간의 코디네이션도 상당히 중요하므로 코디네이터로서의 역할도 잘 해주어야 한다는 점도 간과해서는 안 될 것이다.

기업의 목표는 이익을 지속적으로 내는 데 있으므로 이익을 내려면 비즈니스를 어떻게 하면 되는지 비즈니스맨 각자가 그 기법을 잘 연구하여 스스로 이를 활용해야 한다. 그러나 대부분의 경우에는 이에 대한 연구보다는 세일즈의 양만 늘리면 이익이 많이 나는 것으로 잘못 알고 있다. 따라서 인사부서에서는 비즈니스 교육을 주기적이고 지속적으로 시켜 올바른 이익개념을 불어 넣고 Big Margin Small Risk의 비즈니스 센스를 길러 주어야 한다.

비즈니스 기법을 연구하는 부서가 되어야 한다

일반적으로 교육이란 모르는 것을 가르쳐 주는 것으로 알고 있는데 이것은 주입식 교육은 될는지 몰라도 정상적인 교육방법은 못 된다. 참다운 교육이란 자기가 모르고 있는 것이 무엇인지(I don't know what I don't know) 그것을 알게 해주는 것이다(I know what I don't know). 그런 다음 모르는 부분을 알게 하는 것은 스스로 노력해서 알도록 하는 것이다(I will know what I don't know).

따라서 인사부서에서는 직원 각자가 비즈니스 활동을 할 때 모르고 있는 것이 무엇인지 그 자체를 알 수 있도록 교육시켜 직원 스스로가 몰랐던 사항을 On the Job에서 자기 스스로 노력해서 알 수 있도록 유도해주고 그 노력 여하를 철저히 평가해야 한다.

인사부서에서 일 년 동안 주기적으로 사원들과 허심탄회하게 인터뷰를 하게 되면, 그들의 애로사항이 무엇인지, 그들 스스로 모르고 있는 것이 무엇인지를 알게 되며 또한 회사 전체의 흐름이 무엇이고, 어디에 큰 결함이 있는지도 알게 된다. 이것을 근간으로 인력을 개발시켜야 하는데 이때 인사부서 자체에 권위의식이 생겨 잘못하면 독선이나 편견이 생길 수 있으므로 상당히 유의해야 한다.

따라서 인사부서는 Personal department for the sake of personal이 되어서는 가치가 없고 Personal department for the sake of better business management가 되어야 한다. 이를 위해서 인사부서에서는 비즈니스 기법을 끊임없이 연구해서 직원 스스로가 알지 못하고 있는 것이 무엇인지 부족한 부분을 지적해줄 수 있는 능력을 갖추어 지적해주어야 하고 직원 스스로도 자기가 노력해서 부족한 부분을 채우도록 노력해야 한다. 또한 직원 스스로 노력한 결과에 대해서는 인사부서에서 점검하는 방향으로 인사관리를 해야 할 것이다.

1983. 10. 19 (주)선경 인력개발계획을 보고받고

기업조직이 추구하는 공동목표

목표를 똑같이 두고 합심 노력해야

우리는 기업을 가장 합리적이고 능률적으로 운영하기 위해 선경경영관리체계를 정립하여 그동안 이를 활용해오고 있다. 대표적으로 성공한 예가 SKC의 기술개발이다 비디오테이프를 국제적인 수준으로 만들기 위해 문제점이 무엇이고, 그 문제점을 해결하기 위해서는 어떻게 해야 되는지, 경영관리체계에 입각해서 문제점을 없애는 데 조직 전체가 합심하여 노력해 왔다. 경영조직이 목표를 똑같이 두고 합심해서 열심히 노력한다면 아무리 어려운 일이라도 해낼 수 있다는 것을 보여준 좋은 예이다.

SKC는 앞으로 더 해결해야 할 문제가 있기는 하지만 현재까지 해온 것과 같이 계속 노력해 나간다면 회사의 안정과 성장을 지속적으로 이룰 수 있는 틀을 마련하는 것도 시간문제일 것이다. 종합상사도 그들이 갖고 있는 문제점을 똑같이 이해하고 이를 해결하기 위해 서로 노력한다면 모든 문제점들이 잘 해결될 것으로 본다.

전자회사인 PHILIPS사가 비디오테이프의 제품을 만들어내지 못한 이유 중의 하나도 그들에게 기본적인 제품기술이 모자라서 그런 것이 아니고 종업원들이 제품을 생산할 때 목표를 똑같이 두고 합심 노력하지 못했기 때문이다. 즉 기술이 조직 전체의 기술로 확립되어 있지 않았기 때문이다.

이와는 달리 SKC는 조직이 상당히 튼튼하여 말단 생산직 여종업원까지도 회사의 공동 목표에 일사불란하게 참여해주었기 때문에 그들의 목표를 쉽게 달성했던 것이다. 예를 들어 생산직 여종업원에게 좋은 제품을 만들기 위해서는 화장하지 않는 것이 좋겠다고 상급자가 지시하면 이를 이해해 전부 따라 주었고, 작업장이 분진을 적게 하기 위해서는 작업장에서 중간에 나오지 말고 샤워와 식사까지도 그 곳에서 하라고 하면 아무 불평 없이 모두 그대로 따라 주곤 했다. 이는 좋은 제품을 만들겠다는 공동의 목표를 종업원이 이해하고 합심 노력해 주었기 때문에 가능했던 것이다. 이는 결코 쉬운 일은 아니다.

기업의 조직은 목표를 공동 분담하는 것

조직이 조직의 목표를 이룰 수 있도록 잘 운영되고 있는지의 여부는 조직 밖에서 보는 것과는 달리 조직 안에서 일에 몰두하고 있는 사람은 잘 모른다.

경영이란 조직을 어떻게 효율적으로 운영하느냐에 달려 있는데 SKC의 경우를 보더라도 개인 하나만이 잘한다고 경영이 잘 이루어진 것은 아니고 조직 내의 조직원이 합심해서 노력했기 때문에 목표를 달성할 수 있었던 것이다. 즉 조직을 효율적으로 잘 운영했기 때문에 조직의 목표를 달성한 것이다.

일전에 전기학을 전공한 부장에게 "전기학을 전공한 사람이 생산업무를 왜 맡느냐?"고 물어본 적이 있는데 그의 말로는 "전기학을 전공한 것은 사실이나 우리 공장은 비디오테이프를 생산하는 것이 주가 되기 때문에 전공과는 관계없이 생산업무를 맡고 있다"고 했다 이 말은 SKC의 목표가 좋은 질의 비디오테이프를 생산하여 이익을 많이 내자는 것이므로 자기가 어떤 분야를 전공했던 간에 관계없이 우리의 공통 목표를 위해서 일을 해야 한다는 것을 보여주는 좋은 예이다.

기업은 본래 경영주 혼자서 운영할 수 없게 되어 있기 때문에 편의상 조직을 만들어 서로 업무를 분담해서 운영하고 있는 것이다. 그렇기 때문에 서로가 맡은 업무가 다르게 되는데 그렇더라도 기업의 공동 목표가 달라지는 것은 아니므로 우리는 조직을 효율적으로 잘 운영하여 기업의 궁극적인 목표인 이익을 많이 낼 수 있도록 해야 한다. 이는 몇 번이고 강조해도 지나침이 없는 일이다.

따라서 (주)선경도 편의상 본사와 해외 지사로 크게 나누어, 해외 지사는 본사의 바이어가 되어 현지의 시장을 관리하는 것을 중심으로 운영해야 하고, 본사는 해외 지사가 요구하는 품질의 상품을 적기에 납품하는 등 해외 지사를 보좌하는 형태로 운영해야 한다. 이는 회사의 공동 목표인 이익을 많이 내기 위해 조직을 보다 효율적으로 운영해야 한다는 것을 강조하기 위해서다.

판매는 현지 세일즈맨에게

해외 지사의 운영은 과거처럼 바이어를 찾아다니면서 직접 판매하는 것보다는, 상품 하나하나를 가지고 그 시장에 파고들기 위해서는 현지 사람을 잘 채용해서 그들을 잘 활용하는 것이 더 바람직하다. 런던 지사의 경우 신발과 비디오테이프를 판매하는 세일즈맨을 현지에서 채용하여 그들로 하여금 판매하게 했는데 채산성이 상당히 호전되었다고 한다.

따라서 해외 지사는 현지 세일즈맨을 잘 채용하여 그들을 잘 활용하는 방향으로 판매 전략을 바꾸어, 판매활동은 현지 세일즈맨에게 맡기고 해외 지사원은 그들을 잘 관리하도록 해야 한다.

아직도 대부분의 일본 상사들은 자국인을 미국에 파견하여 자신들의 스타일로 직접 판매활동을 하고 있다. 그러나 SONY만은 현지인을 채용하여 철저히 미국 스타일로 판매 활동을 하고 있다. 그들도 처음에는 자국인을 파견하여 판매활동을 열심히 한다고 했으나 영어 실력도 시원치 않고 현지의 판매 여건을 잘 몰라 시간만 남으면 자기들끼리 일본 음식점에 모여 잡담이나 하고 한가로이 보냈다. 그러다 보니 판매 실적도 별로 좋지 않아 자국인 대신에 미국 사람을 과감히 채용하여 그들에게 판매활동을 전부 맡겼다고 한다. 자기들은 좋은 제품을 공급해 주기 위해 기술개발에 주력하고 직접적인 판매활동만은 전부 그들에게 일임했던 것이다.

이와 같이 일본에서는 SONY가 처음으로 판매방법을 현지 스타일로 바꾸었는데 지금 와서 보면 세계 어느 곳에 가더라도 SONY의 제품을 쉽게 볼 수 있을 정도로 그들의 판매방법은 성공을 거둔 것이다. 우리도 이제는 판매방법을 바꾸어 현지인이 원하는 상품이 무엇인지 정확히 알아 그들의 힘으로 판매하는 방향으로 나가야 한다.

1983. 12. 22 SKC 브랜드에 관한 회의에서

기업광고와 상품광고

설득력이 있는 공익광고

그동안 많은 한국 사람들이 선진 각국에 나가 그곳에서 공부하고 그 사회에서 활동하고 있다. 이를 보면 한국 사람의 잠재능력이 선진 외국에 비해 결코 뒤떨어지는 것은 아니다. 다만 선진 외국에서는 개인의 잠재능력을 적극 개발해서 이를 잘 활용하고 있는 반면, 우리 사회에서는 그렇지 못하기 때문에 외국 사람보다 자질이 못한 것처럼 보이는 것이다. 우리 사회도 개인의 잠재능력을 잘 개발해서 적극 활용해 나가는 방향으로 이끌어간다면 선진 사회 못지않게 상당히 효과적으로 발전을 이룩할 수 있을 것이다.

더욱이 우리나라는 부존자원이 별로 많지 않고 사람만 많기 때문에 사람의 능력을 잘 개발하여 이를 활용해 나가는 것이 오히려 잘 사는 지름길이 될 것이다. 우리가 이러한 부분에 초점을 맞추어 공익광고를 계속해 나간다면 상당히 설득력을 갖게 되어 일반 대중으로부터 많은 공감을 얻을 수 있을 것이다.

개개인으로 보면 중국 사람이 세계에서 제일 우수하지만 몇 사람이 모여 함께 일을 하게 되면 일본 사람이 더 우수하다고 한다. 일본 사람이 더 우수한 이유는 그들이 조직의 운영방법을 잘 알고 이를 잘 활용하기 때문이다. 우리나라도 일본과 마찬가지로 사람이 많은 나라이기 때문에 많은 사람이 함께 모여 일을 해야만 잘 살 수 있으므로 무엇보다도 조직 운영을 잘해야 한다. 이를 위해서는 조직운영 기법의 개발이 선행되어야 할 것이다.

SKMS를 활용한 광고를

그러나 우리는 경영기획실이 주관이 되어 이미 이를 개발하였고 실제 기업경영에 활용하기 위해 연수원에서 교육을 시키고 있다. 이러한 조직 운영 기법이 바로 우리가 말하는 SKMS이다. 따라서 이것을 광고의 내용으로 활용한다면 공익광고에 대한 자료는 얼마든지 있고, 그 자체가 공익광고이기 때문에 설득력이 있어 광고의 효과도 상당히 클 것이다.

보통의 경우 막연히 조직이 어떻다고 제 나름대로 이야기들을 하고 있지만 실질적으로 조직이 무엇인지 깊이 연구하여 논리적으로 정립해 놓은 사람은 별로 많지 않다. 이와 같이 조직운영이 무엇인지 구체적으로 정립되어 있지 않기 때문에 대다수의 사람들이 조직운영에 대해 잘 모르고 더욱이 이를 활용하지도 못하고 있는 것이다.

조직에 필요한 요소에는 커뮤니케이션, 코디네이션, 조직 구성원의 의욕, 관리 역량 등이 있다. 의욕 하나만 보더라도 조직이 잘 운영되기 위해서는 조직 구성원 전체에 의욕이 있어야 하는데 이를 위해서는 우선 개개인의 의욕을 올려주어야 한다.

그렇게 하기 위해서는 의욕을 올라가게 하고 내려가게 하는 요소가 무엇인지 조사해서 평상시에 이를 집중적으로 잘 관리해주어야 한다. 우리는 SKMS를 정립하여 이를 활용하고 있기 때문에 올바르게 설명할 수 있을 것이다.

우리가 광고하려고 하고 있는 '패기'도 일반 대중이 활용할 수 있도록 그것이 중요한 이유를 잘 설명하여 광고해야 한다. 지식인들이 모여 일을 하고자 할 때 보통의 경우 지식만 많이 갖고 있으면 일이 잘 되는 것으로 알고 있지만 사실은 패기가 없으면 지식을 활용하지 못하게 된다. 반대로 패기 있는 사람이 지식을 갖추고 있지 못하면 야생마와 같은 사람이 되어 실수만 저지를 뿐, 주어진 일을 만족스럽게 해내지 못할 것이다. 가령 히말라야 산에 도전한다고 할 때 등산에 필요한 상당한 지식과 사전 조사도 없이 단순히 패기만을 가지고 등산한다면 당연히 실패할 것이다. 따라서 패기에는 반드시 지식이 뒤따라야 하고 지식에는 패기가 뒤따라야 실사회에서 활용이 가능할 것이다.

그래서 우리는 패기를 활용이 가능하고 훈련이 가능하도록 분석했던 것이다. 패기란, 사고는 적극적으로 하고 행동으로 옮길 때에는 진취적으로 하며 일처리는 빈틈없고 야무지게 하는 것이라 분석하여 활용이 가능하도록 정의를 내린 것이다. 패기의 이 세 가지 요소 중 약한 부분이 무엇인지 잘 파악해서 이를 집중적으로 훈련시킨다면 패기의 수준은 상당히 높아질 것이다. 이와 같이 우리가 갖고 있는 SKMS의 내용을 있는 그대로 광고에 사용하면 광고할 내용에 대해 걱정하지 않아도 될 것이다.

건전한 기업 이미지를 심어주는 광고

지금까지 우리는 MBC TV의 장학퀴즈에 스폰서로 상품광고와 기업광고를 해왔는데, 프로그램 자체에 비하여 광고의 질이 상당히 떨어지고 있다. 광고의 내용을 보면 상품광고를 제대로 하는 것도 아니고 그렇다고 기업광고를 잘하는 것도 아니다. 즉 어떤 목적으로 광고를 내보내는지 잘 이해가 안 간다.

그동안 MBC TV에 아세테이트 원사를 광고하기 위해 아세테이트 원사로 만든 '날개'라는 타사 제품의 상표를 광고했는데 아세테이트 원사를 어째서 광고했고 더욱이 그것도 타사 제품의 상표를 왜 빌려서 했는지 그 이유를 잘 모르겠다. 물론 광고비의 일부를 선경합섬이 부담하다보니 선경합섬의 상품을 의무적으로 광고해주기 위해 한 것만은 사실이지만 과연 그렇게 해서 얼마만큼의 아세테이트 원사가 더 팔렸는지 광고의 효과를 알 수 없다.

일반 소비자에게 광고할 상품이 마땅치 않다면 상품을 억지로 만들어 광고할 것이 아니라 기업광고로 내보내야 한다. 기업광고도 광고의 성격상 "나 잘났습니다"하면 일반 대중이 오히려 저항감을 갖게 될 수도 있으므로 직접적인 기업광고보다는 간접적인 기업광고, 즉 공익광고를 해야 한다. 광고란 그 내용이 잘되어 있다 하더라도 결국은 자기 자신을 광고하는 것이므로 일반 대중에게 칭찬받는 경우는 그리 많지 않고 그저 상을 찡그려 가며 보고, 귀가 따갑도록 반복해서 듣다 보면 광고한 내용을 인식하게 되어 광고의 효과를 얻는 경우가 많다.

따라서 칭찬받는 광고를 할 수만 있다면 그보다 더 좋은 일은 없겠지만 그리 쉬운 일은 아니므로, 상품광고보다는 기업광고를 하되 그것도 단순히 회사를 광고하는 것보다는 공익광고를 위주로 해야 한다. 그렇게 해서 간접적으로 그 기업은 건전한 기업이라는 것을 인식만 시켜 준다면 기업 광고로서는 일단 성공했다고 볼 수 있다. 그러므로 앞에서도 언급했듯이 광고의 방향을 바꾸어 SKMS의 내용을 공익 광고의 차원에서 내보낸다면, "선경은 다른 기업과 달리 특이한 경영 기법을 갖고 있구나. 못 들어 보던 내용이다. 무엇을 연구하고 무엇을 하는 곳이기에 저렇게 광고를 하느냐?"하고 일반 대중들이 관심을 갖게 되고 그 효과도 얻을 수 있을 것이다.

이와 같이 시청자들에게 선경은 무언가 상당히 연구해서 광고를 한다고 인식시켜 주어야만 남과 다른 특이한 광고가 될 것이고, 또한 선경은 엉터리 기업이 아니고 올바르고 건전한 기업이라는 것을 일반 대중에게 인식시킬 수도 있을 것이다.

인텔리 계층을 대상으로 하는 기업광고

그러나 SKMS의 내용을 공익광고의 차원에서 내보낼 경우 그 내용을 잘 알아듣는 사람은 극소수이고 대부분의 일반 대중은 무슨 이야기를 하는지 잘 모를 것이다. 또한 사내에서도 일반 대중에게 어필도 못하는 광고를 할 필요가 있겠는가 하는 의문을 갖는 사람도 있을 것이다. 연수원에서 SKMS를 일반 사원에게 교육시키는 데도 몇 년 걸렸는데 일반 대중이 바로 이해한다는 것은 그리 쉬운 일이 아니므로 너무 걱정하지 않아도 된다고 본다.

우리의 광고 목표가 다른 기업과 다르므로 포커스가 다른 것은 당연하다. 사천만의 인구 중에서 톱클래스에 속하는 인구를 5%라고 보고 그 중 25%만 알아듣고 이해해서 선경이 제 나름대로 확고한 원칙을 갖고 운영하는 건전한 기업이라는 사실만 인정해 준다면 그것으로 만족해야 한다.

기업이 국민투표를 해서 모든 계층의 사람들로부터 표를 얻으려고 하는 것은 아니다. 공장의 노동자, 농민들에게까지도 기업의 이미지를 심어 줄 필요는 없는 것이며 상당한 수준의 인텔리들로부터 선경은 괜찮은 기업이라고 평을 받으면 되는 것이다. 대학 사회에서 대학 교수들만이라도 우리의 광고를 이해해주면 더 이상 바랄 것이 없을 것이다. 그 사람들이 Opinion Leader가 되어 선경은 다른 그룹보다 건전하고 내실이 있는 기업이라고 평을 해주면 되는 것이다.

어느 신문사에서 대학생들에게 기업의 선호도를 앙케트로 조사를 했는데 그 내용을 보면 기업의 선호도에 있어 유한양행이 1위이고 선경이 2위로 나왔다고 한다. 이 정도면 되는 것이다. 대학가에서의 그런 여론 덕분에 우리 신입사원의 질이 올라간 것도 사실이다. 따라서 우리가 하는 광고 내용을 국민의 1%밖에 이해하지 못한다고 하여 너무 구애받을 필요는 없다고 본다.

공익광고 중간의 상품광고

우리가 공익광고 위주로 나간다고 해서 상품광고를 전혀 하지 말라는 것은 아니고 상품광고가 필요하면 공익광고 중간에 넣어 함께 하면 될 것이다. 공익광고만 계속하다 보면 그것도 보는 이로 하여금 싫증나게 할 수도 있으므로 변화를 주는 것도 바람직하다. 예를 들어 비디오테이프를 국내 시장에 광고한다고 가정하면, 비디오테이프를 SKC 상표로 세계 시장에 내놓았으므로 SKC 하면 믿어달라고 공익광고 중간에 넣어 광고하면 될 것이다. 그렇게 하면 공익광고 속에 악센트를 주는 효과도 있고 시청자들도 이것은 애교로 믿어 줄 것이다.

처음부터 끝까지 "내 상품 안 사주어도 좋으니 국민 여러분 잘 삽시다."하다가 중간에 상품광고를 넣어 "요것 하나만은 부탁합니다."하면 심리적인 효과가 있기 때문에 상당히 긍정적인 반응을 보일 것이다.

장기적 안목의 계획성 있는 광고

광고도 기업을 운영하는 것과 마찬가지로 장기적인 안목에서 계획성 있게 해 나가야 한다. 한 가지 광고를 내놓은 뒤 계속 방영하다 싫증이 나면 그때 가서 검토하여 다른 내용을 제작한다면 이미 늦을 것이다. 6개월 후에 내보낼 광고도 지금쯤은 제작이 거의 완료되어 있어야 한다. 광고를 내보내기에 앞서 함께 보고 정하고 남에게도 보여주어 평하게끔 해서 문제점이 있는 부분은 전부 보완한 연후에 광고를 해야 한다. 또한 광고에 맞는 시기도 잘 선택해야만 계획성 있는 광고가 될 수 있을 것이다.

기업은 모든 운영에 있어 덤벙덤벙하거나 즉흥적인 인스턴트 방식이 되어서는 안 되고 차분히 앞을 내다보고 계획성 있게 운영해야만 성공할 수 있다. 선경합섬의 경우도 당장 섬유사만 가지고는 매출액을 늘릴 수 없으므로 이것저것 하자고 할 수도 있겠지만 그것보다는 10년 또는 20년 앞을 내다보고 계획성 있게 차분히 경영을 해 나가야 한다.

즉 정밀화학분야로 방향을 설정해서 차분히 운영하여 2000년대에 가 서는 10년 전에 미리 10년 앞을 내다보고 진출하기를 잘했다 할 수 있도록 해야 한다. 조급한 마음으로 아무거나 생각 없이 달려들어 기업을 운영한다면 나중에 좋은 결과를 얻을 수 없다. 광고도 이러한 기업운영의 이론과 마찬가지다. 시간적인 여유를 갖고 길게 내다보고 생각을 많이 해서 계획성 있게 운영해 나가야 할 것이다.

1984. 1. 11 홍보실 PR 계획을 보고받고

기술개발과 기술정보 수집

기술개발에 앞서 기술정보의 수집을

우리는 정밀화학분야에 진출해서 남이 못 만드는 것을 개발해 내야 한다. 그렇다고 아주 새로운 것을 개발해 내는 것이 아니고 선진국에서 생산하고 있는 제품을 우리도 개발해서 만들어 내자는 것이다. 이를 위해서는 선진국에서 생산하고 있는 정밀화학 제품 중 어떤 제품부터 개발해 낼 것인지, Entry가 가능한 기술을 우선 여러 개 찾아내어 기술개발에 들어가야 한다.

그러나 우리는 그동안 섬유 분야에만 주력해 왔기 때문에 정밀화학분야에 관해서는 아주 생소하고 또한 이에 필요한 충분한 인력도 확보되어 있지 않다. 따라서 정밀화학 제품을 직접 개발하는 것보다는 남의 노하우를 얻어 와서 이를 근거로 개발하는 것이 훨씬 빠를 것이다. 이를 위해서는 연구소에서 연구에 전념하는 것도 중요하겠지만 해외에 나가 기술정보를 먼저 수집해 와야 할 것이다.

우리가 필요로 하는 정보를 제대로 수집하기 위해서는 반드시 자금이 필요하므로 과감히 사용할 수 있도록 회사 차원에서 적극적으로 지급해 주어야 한다. 우선 정보를 수집하는 데 필요한 경비를 미리 확보해 두고 어떻게 사용할 것인지 그 범위를 결정한 다음 여기에 맞기만 하면 과감히 사용할 수 있도록 배려해 주어야 한다. 대가(代價) 없이 제공되는 정보나, 문헌에서 얻을 수 있는 정보는 거의 가치가 없는 정보이기 때문에 정보를 제공하는 사람에게는 반드시 그 대가를 지불해주어야 우리가 필요로 하는 정보를 얻을 수 있다.

서양 사람들은 동양 사람들과 의욕 구조가 달라서 많이 주면 그만한 대가를 반드시 제공한다. 처음에는 속는 셈치고 후하게 대해 주어야 한다. 후하게 대해 주었는데도 그 결과가 만족스럽게 나오지 않는다면 그때 가서 정보 제공원을 바꾸어도 늦지는 않을 것이다. 그러므로 해외 지사에 의뢰하여 10여 명의 기술 정보원을 거느리게 하고 정보수집에 필요한 대가를 충분히 지불하여 우리가 필요로 하는 모든 기술정보를 손쉽게 얻을 수 있도록 해야 한다. 누구를 정보원으로 활용하여 대가를 지불할 것인가 하는 문제는 우리에게 맞는 정보원을 현지에서 잘 찾으면 될 것이다. 그렇게 해서 일 년에 10만 달러 내지 20만 달러의 정보 수집비를 지급하여 기술정보를 모은다면 우리는 상당한 정보를 축적할 수 있을 것이다.

연구소는 수집된 정보를 확인하도록

이렇게 해서 우리가 필요로 하는 정보가 해외에서 들어오면 연구소에서는 이를 확인하기 위해 실험을 해보고, 그 결과를 가지고 어떤 다른 정보가 필요하다면 다시 해외의 정보원에게 요청해 그것을 받아 다시 실험하는 형식으로 정밀화학 제품을 개발해 나가야 한다. 이와 같이 해외의 정보원과 우리의 연구소가 일체가 되어 개발해 나가야만 우리가 원하는 만족스러운 결과를 얻을 수 있을 것이다.

마찬가지로 연구소의 연구원도 단지 실험복만 입고 연구소에서 연구에만 몰두할 것이 아니라 기술 정보원이 되어야 한다. 연구를 위한 연구를 하다보면 돈만 들어가고 연구 결과가 나오지 않을 수도 있다. 즉 연구소는 정보를 관리하는 곳으로서 수집된 정보를 확인하기 위해 실험하는 것이 되어야 그 결과가 쉽게 나올 것이다.

또한 염두에 두어야 할 사항은 연구소는 수집된 기술 정보를 단지 확인하는 곳이므로 무리한 실험실의 확충은 불필요하다고 본다. 우리가 갖추어 놓은 시설만으로는 실험하기 어려운 경우가 생기면 무조건 실험실 시설을 확충할 것이 아니라 다른 연구소의 실험실을 활용하는 방안도 강구해야 한다. 모든 제반 시설을 다 갖추었다 하더라도 기술 정보의 내용에 따라 추가로 설치할 실험기구는 계속 나올 것이고 이에 맞추어 가다보면 끝이 없을 것이고 현실적으로도 매우 어려운 일이 될 것이다.

가급적이면 노하우를 들여와 기술을 개발

이와 같이 연구원은 실험실에서 실험만 하는 것이 자기 임무의 전부가 아니므로 어떤 분야를 맡으면 일년에 반 이상은 해외에 나가 그 분야에 관련된 정보를 수집해야 한다. 연구소에 앉아 무엇을 연구할 경우, 어떤 분야는 일생을 두고 연구해도 그 결과가 나오지 않는 것도 있을 것이다. 그러므로 가능하다면 10년 내지 20년 연구한 사람의 정보를 얻어오는 것이 훨씬 빠를 것이다. 여기서 10년 내지 20년 연구해서 그 결과가 나왔다 하더라도 이미 그것을 연구해 놓은 사람은 이를 개선하기 위해 그만큼 또 앞서 연구하고 있을 것이므로 기초적인 것은 선진 외국에서 들여와 여기서 실험, 분석하는 것이 훨씬 능률적이고 경제적이다. 이것을 실제적으로 공업화할 것이냐 하는 문제는 그 다음 단계가 될 것이다.

물론 장기적으로 볼 때 우리가 필요로 하는 노하우를 쉽게 외국에서 무한정 얻어올 수는 없을 것이다. 그러나 우리의 경우 정밀화학분야에 있어서는 백지 상태나 마찬가지이기 때문에 앞으로 10년간은 기초적인 것을 연구하는 것보다 가급적이면 노하우를 얻어다 기본 틀을 만들어 놓는 것이 오히려 나을 것이다. 그렇게 해서 어느 정도의 기술을 심어 놓고 이를 완전히 소화하여 우리의 기술이 되었을 때 기초적인 것을 연구해야 한다. 기초적인 것을 연구한다는 것은 굉장히 어렵기 때문에 조심해야 하고 지금으로서는 노하우를 밖에서 얻을 수만 있으면 가급적 얻어서 개발하는 것이 훨씬 수월할 것이다.

탄소섬유도 연구팀만 너무 믿으면 안 된다. 연구원이 나가서 기술 정보를 직접 더 얻어올 수 있도록 사령탑을 구성해야 하고 여기서는 얻어온 정보를 확인 실험하는 정도로 해야 한다. 교수 하나 믿고 우리가 전적으로 거기에만 매달린다면 넌센스다. 왜냐하면 그 사람들은 성공했다고 하나 실험실에서의 성공으로 끝날 가능성이 크기 때문이다. 상업 생산에 들어가면 어려운 점이 굉장히 많을 것이므로 정보비를 아끼지 말고 직접 해외에 나가서 기술정보를 얻어 올 수 있는 체계를 하루속히 만들어야 할 것이다.

1984. 1. 23 정밀화학사업계획을 보고받고

경영기법 연구도 개발의 한 영역이다

SKMS도 현실에 맞게 수정 보완되어야 한다

　기업이란 시대의 변천에 따라 유연성 있게 적응해 나가야 한다. 따라서 우리 나름대로 정립해서 경영의 도구로 활용하고 있는 SKMS도 보완할 것이 있으면 현실에 맞게 보완해 나가야 할 것이다. SKMS는 절대적인 것이기 때문에 수정할 수 없다는 생각은 너무 편협하고 현실적으로 이치에 맞지 않는다. 시대의 흐름에 따라 현실은 자꾸 바뀌기 때문에 이에 대처하기 위해서라도 비즈니스 하는 사람은 현실에 상당히 민감해야 하고, 우리의 경영 도구인 SKMS에 대해서도 어떤 아집을 갖기보다는 현실에 맞게 자꾸 수정, 보완해 나가야 한다.

　우리가 세계적인 일류기업에 대하여 연구하고 있는 것도 SKMS가 유일무이하게 완전한 것이 못되기 때문이다. 크게 성공한 회사들의 본질적인 경영기법이 무엇인지 알아내어 이를 SKMS와 비교 분석해서 우리의 경영 기법보다 우수한 것은 받아들여 활용해야 하고 잘못된 부분은 보완해 나가야 한다. SKMS를 절대적인 것이라고만 생각한다면 현실에 적응하는 비즈니스를 할 수 없다. SKMS는 기본 골격 자체도 바꿀 수 있는 것이므로 Zero Base에서 다시 검토할 수 있는 자세를 갖고 SKMS가 강해지도록 보완해 나가야 한다.

　그런데 SKMS는 그동안 교육과 이를 활용하는 과정을 통하여 고칠 수 없는 절대적인 기법으로 굳어졌고, 많은 사원들이 또한 그렇게 믿어 왔다. 그러나 SKMS를 정립할 당시에도 SKMS는 절대적인 것이 아니고 다만 경영활동을 하는 경영자로서 꼭 갖추어야 할 최소한의 필요 요건을 정리한 것이기 때문에 우리의 기법보다 더 우수한 기법이 있으면 언제라도 수정, 보완해 나가자고 했었다. 우리는 그동안 우리가 정립한 SKMS에 대하여 많은 교육을 받아 왔고 이제는 어느 정도까지 우리의 것으로 소화했기 때문에 선진 일류기업에 우리보다 더 나은 경영기법이 있다면 이를 받아들여야 한다.

그래서 경영기획실에서는 이의 일환으로 TQC와 IBM의 경영기법을 SKMS와 연계하여 비교, 검토했던 것이다. TQC의 내용을 보면 SKMS보다 실용적인 면에 있어서 상당히 강하고, IBM의 경영기법은 SKMS의 이론과 대동소이한 반면 보다 실무적이고 Management Manual이 잘되어 있다. 따라서 TQC는 계속 연구해서 그 기법을 우리의 경영에 활용해야 하고, IBM의 경영기법은 매뉴얼이 상당히 다양하게 잘 세분화되어 있으므로 매뉴얼이 없는 우리로서는 앞으로 구체적인 운영요령을 만들 때 그들의 것을 많이 받아들여야 한다. SKMS의 운영요령이 잘 매뉴얼 화된다면 실무자들이 SKMS를 이해하는 데 상당히 도움이 될 것이고, 아울러 경영에 활용하기도 훨씬 수월해질 것이다.

SKMS에는 일본 기업에서 중요시하고 있는 사람의 정신 문제를 다루는 기법도 빠져 있기 때문에 이 부분에 대한 보완도 있어야 한다. 상품을 제조해서 이를 판매하는 방식의 경영기법에 있어서는 서양 기업이 동양 기업에 뒤지고 있다. 이는 서양 기업에서는 합리적인 사고에는 상당히 강하나 그 저변에 깔려 있는 정신적인 면에 있어서는 동양 기업에 비해 약하기 때문이다. 단순히 상품을 만들었다고 해서 상품이 되는 것이 아니고 상품에 어떤 정신이 들어 있어야만 상품다운 상품이 되는 것이다. 이 부분에 대해서는 일본 기업이 상당히 앞서고 있으므로 일본의 경영기법을 연구해서 그 내용을 SKMS에 넣어야 할 것이다.

경영기법의 연구도 개발의 한 영역이다

우리가 이렇게 경영기법을 연구해야 한다고 강조하는 이유는 경영기법의 연구도 연구개발의 한 영역이기 때문이다. 일반적으로 연구개발을 한다고 하면 단순히 하드웨어 부분인 기술개발만을 생각하게 되는데, 연구개발의 최종 목표가 이윤을 극대화하기 위한 것이므로 소프트웨어 부분인 경영기법의 연구도 연구개발의 한 영역이다. 즉 남이 못 만드는 새로운 상품을 만들고, 기존의 상품의 질을 더 좋게 하고 원가를 더 낮추는 것도 이윤을 극대화하기 위해서 하는 것이고, 경영도 이윤을 극대화하기 위해 하는 것이므로 경영기법의 연구는 당연히 연구개발의 한 영역이 되는 것이다. 그러나 연구개발을 폭넓게 생각해서 경영기법까지 연구개발의 한 영역으로 보는 회사는 그리 많지 않을 것이다.

SONY가 마쓰시다보다 먼저 VTR 제조 기술을 개발해 놓고도 경쟁에서 뒤진 이유는 VTR 시장을 관리하는 경영기법이 잘못되었기 때문이다. 즉 SONY가 VTR을 먼저 개발하여 상품화시키고 상품의 질에 있어서 SONY의 β타입이 마쓰시다의 VHS보다 훨씬 우수하여 하드웨어 부분인 기술개발에는 성공하였는데, 소프트웨어 부분인 경영기법이 마쓰시다보다 약하여 판매에 있어서는 뒤진 것이다. 결국은 이윤을 극대화하기 위해 새 상품을 잘 개발해 놓고도 경영기법이 이를 뒤따라 주지 못해 후발 업체인 마쓰시다에게 추월당했던 것이다. 따라서 연구개발의 영역에는 경영기법의 연구도 반드시 들어가야 한다.

신상품을 개발할 때에는 기획 단계에서의 신상품 개발은 물론 신상품의 시장성은 과연 얼마나 있는 것인지, 판매는 어떻게 할 것인지, 이를 위해서는 관리능력을 어떻게 키울 것인지 등의 경영기법도 함께 연구되어야 한다. 우선은 제품을 개발해 놓고 판매는 그 다음에 생각하자 하여 막연하게 기술개발을 시작한다면 연구개발의 목적인 이윤의 극대화와는 멀어질 수도 있다.

따라서 연구개발을 할 때에는 독립된 사업부제로 하는 것이 바람직하다. 처음에 제품개발을 할 때에는 개발 팀만 필요하겠지만 제품화되는 단계에서는 생산팀과 세일즈 하는 팀이 함께 한 팀이 되도록 구성해주어야 한다. 또한 사업부내의 팀장은 인사관리를 비롯한 모든 것을 그 안에서 다 함께 할 수 있도록 해주어야 연구개발다운 연구가 이루어질 것이다.

이와 같이 연구개발의 영역에는 신상품, 기존 상품은 물론 경영기법까지도 있다는 것을 알고 처음부터 팀워크를 이루어 잘 운영해야만 기술개발이 이윤극대화에 기여할 수 있는 것이다. 그러나 우리는 그동안 연구개발이라 하면 기술연구, 그 중에서도 특히 일반적으로 이야기하는 첨단기술 연구만을 생각해 왔는데 이러한 사고방식을 바꾸어 진정한 의미의 연구개발이 무엇인지 다시 한번 잘 생각하여 이윤극대화에 도움이 될 수 있는 연구개발에 주력해야 할 것이다.

1984. 6. 27 연구개발관리를 보고받고

첨단기술만이 기술이 아니다

민간기업에 있어서의 기술개발의 정의

대기업이든 중소기업이든 간에 기술개발은 기업에 있어 절대 불가결의 요소이다. 자유경제체제 하에서의 기업경영이란 이윤을 극대화시켜 기업의 안정과 성장을 지속적으로 이루어지게 하는 것으로써, 이윤을 극대화시켜 주는 것이 바로 기술개발이기 때문이다. 경영학에서도 말하지만, 수요는 소비자의 욕구를 충족시켜 주는 상품의 기능에서 창출된다. 따라서 기술개발을 통해 상품의 제반 기능 요소를 혁신시켜 주면 수요가 늘어나고, 수요가 늘어나면 이에 따라 기업의 이윤도 증가하게 되는 것이다.

이런 관점에서 민간 기업에서 본 '기술개발'을 정의하면, '이윤극대화를 위하여 새로운 상품을 만들어 내거나, 기존 상품의 품질 또는 원가를 혁신하거나, 경영기법을 발전시키는 것이다.'라고 할 수 있다. 이 정의에서 알 수 있듯이 민간기업에 있어 기술개발의 영역은 크게 '상품기술개발', '경영기법개발'이라는 두 개의 분야로 구분되며, 또한 '상품기술개발'에는 '신제품개발'과 '기존상품의 혁신'이라는 두 가지 방향이 있다.

상품의 기술개발

그런데, 여기서 상품개발에 관련하여 한 가지 짚고 넘어가야 할 문제가 있다.

최근 우리 경제가 구조적으로 전환기를 맞아 기술개발의 필요성이 크게 대두되면서부터 매스컴 등에서 이에 대한 논의가 활발히 이루어지고 있고, 국민들의 관심도 매우 높아졌다. 그런데 이러한 논의와 관심이 지나치게 첨단기술이나 신제품개발 쪽으로만 치우쳐 있다는 것이다.

기술개발이란 새로운 상품의 개발뿐만 아니라 기존 상품의 품질을 개량하여 선호도를 높이고 단위당 제품원가를 낮추는 것도 모두 포함한다. 근래에 기술개발이라고 하면 첨단기술이나 남이 만들지 않는 신제품개발만을 생각하는데, 이러한 것은 성공률이 매우 낮아 위험 부담이 많고 또 개발에 성공했다고 해도 대외적인 경쟁력을 갖출 수 있다고 장담하기는 어렵다. 첨단기술, 신제품개발보다는 오히려 기존 상품의 품질 개량이나 원가절감이 실질적으로 성공 가능성이 많고 이윤도 높을 것이다. 그래서 첨단기술의 개발도 중요하지만 기존 상품의 개선에도 눈을 돌려야 한다.

우리나라가 기왕에 생산하고 있는 제품 중에서 국제적으로 경쟁력이 있는 상품을 선정하여 품질개선과 원가절감에 주력한다면 큰 성과를 거둘 수 있을 것이다. 예를 들어 연필 한 자루라도 세계에서 가장 싸고 좋은 것을 만들면 얼마든지 수출할 수 있을 것이다. 꼭 신제품이어야 하는 것은 아니다 우리나라가 작년에 2백 50억 달러를 수출했는데, 품질향상으로 10%만 늘렸어도 25억 달러는 더 수출할 수 있었을 것이다.

많은 위험 부담을 안고 어려운 첨단기술에 도전하기보다는 기존 상품의 품질 개량과 원가절감에 주력하는 것이 성공률이 높다는 것을 강조해 두고 싶다.

경영기법의 개발

민간 기업에 있어서 신제품 개발이란 기술개발만 해서는 안 되고 경영기법의 개발을 함께 해야 제대로 그 성과를 얻을 수 있다.

일례를 들면 SONY에서 세계 최초로 β형의 VTR을 개발했고, 후에 마쓰시다 계열의 JVC에서 VHS형의 VTR을 개발해 냈다. 처음에는 판매에서 SONY가 월등히 우세했는데, 최근의 시장 점유율을 보면 JVC가 70%, SONY가 20% 정도이다. SONY가 기술개발에서는 앞섰지만 시장관리를 잘못해서 시장을 잠식당하고 이윤을 빼앗긴 것이다. 이런 예는 미국의 IBM사와 ZEROW사의 경우에서도 볼 수 있다. 그러므로 민간 기업에 있어 상품의 기술개발도 중요하지만 이윤의 극대화를 위해서는 경영기법의 개발도 매우 중요한 것이다.

우리 선경의 경우도 SKC 비디오테이프를 자체 개발하여 수출하고 있는데, 현재 세계 시장에서 5.5%의 점유율을 유지하고 있다. 앞으로 새로운 시장을 개척하고, 시장 점유율을 높이려면 시장관리 기법의 혁신이 필요하다.

이와 같이 민간 기업에서의 기술개발은 새로운 상품, 기존 상품 경영기법을 다 같이 중요하게 다루어야 한다.

기술개발의 단계와 민간기업의 역할

기술개발에는 기초연구, 응용연구, 산업화의 세 단계가 있다.

기초연구는 정부나 학계가 주가 되고, 민간은 재정적 협조의 형태로 간접적인 참여를 하는 정도다.

응용연구는 공과대학이나 연구소 중심으로 이루어지는데 정부나 공공연구소가 상당 부문을 맡고 있고 기업은 공동연구 또는 재정적 협조 등으로 참여하고 있다. 우리 선경그룹 산하의 유공에서도 서울공대 내에 유공 연구실을 설치하고 재정적인 지원을 하고 있는데 당장의 성과는 어렵겠지만 장기적인 관점에서 기술개발은 물론 인재양성에도 많은 도움이 될 것으로 기대된다.

산업화는 기술개발에 있어 기업이 담당해야 할 핵심적 부분이다. 기업의 기술개발은 연구실에서 성공적인 데이터가 나왔다고 성공한 것은 아니다. 실제로 산업화하여 제품을 생산했을 때, 품질, 수익률, 코스트 면에서 채산성이 맞아 기업의 이윤극대화에 기여할 수 있을 때 비로소 성공한 것이라고 볼 수 있다.

그러나 산업화 단계는 투자비용이 크고 개발의 성공률이 낮은 점 등 많은 어려움이 뒤따른다.

나의 경우에도 폴리에스테르 필름과 비디오테이프를 자체 개발하여 산업화하는 과정에서 많은 고충을 겪었다. 파이롯 생산을 거쳐 2백억 원을 투자하여 본격적인 생산 시설을 갖추었는데도 제품이 제대로 나오지 않았다. 갖은 고생 끝에 완전히 상품을 생산하기까지 2년이 걸렸는데, 그동안 운영 적자에 금리 비용까지 겹쳐 누적 적자가 2백억 원에 달했었다.

이 점이 민간 기업이 기술개발을 하는데 가장 어려운 점이다. 막대한 자금을 투자해서 시설을 갖추고 본격 생산에 들어갔을 때, 품질이 안 좋고 코스트가 높아 상품화가 안 되면 기업은 엄청난 손실을 입게 되는 것이다. 만약 당시에 시설, 운영비를 장기 저리로 융자 받을 수만 있었다면 더욱 힘차게 기술개발을 추진해 나가지 않았나 생각된다.

민간 기업에 있어서의 기술개발은 기업의 지속적인 안정과 성장을 위하여 자기 책임 하에 스스로 해야 할 일이다. 그러나 산업화 과정에 소요되는 막대한 자금은 기업에 커다란 부담이 된다. 따라서 기업의 활발한 기술개발을 유도하기 위해서는 정부가 장기저리자금의 융자 등 금융면에서 적극적인 지원을 해줄 필요가 있다고 본다.

기술개발은 관민의 합심으로

일반적으로 기술개발이라고 하면 첨단기술, 첨단상품만을 연상하는데 첨단기술만이 기술개발의 대상은 아니다. 현재 우리나라의 수준에서는 기존 상품을 개량하는 기술개발이 오히려 국가경제에 더욱 도움이 될 것이다. 우리나라에서 만드는 모든 상품의 품질과 원가를 국제적으로 일류 수준이 되도록 하는 것이 민간기업의 과제이며 정부도 이러한 방향으로 유도하는 것이 바람직하다.

기술 그 자체의 개발은 잘하는데 상품을 올바로 못 만들거나 시장 개척을 못해서 채산을 맞추지 못한다면 기술개발의 의의는 없는 것이다. 상품의 개발, 마케팅, 채산을 맞추는 것까지가 민간 기업의 기술개발인 것이다.

부존자원이 빈약한 우리나라의 경제가 발전하려면 기술개발로 수출을 증대시키고 외화 가득률을 높이는 길밖에 없다. 더욱이 선진국의 보호무역주의에 능동적으로 대처하고 후발 개도국의 추격을 뿌리치기 위해서는 그 어느 때보다도 기술개발이 시급한 실정이다.

기술개발은 기업의 발전은 물론, 국가경제 발전에도 기여하는 길이다. 그러므로 관민이 합심하여 기술개발에 총력을 기울여야 할 것이다.

1984. 10. 16 서강대 부설 기술관리연구소 학술세미나 주제

리스크가 큰 사업은 투기와 같다

석유개발사업은 전문회사와 함께

리스크가 큰 사업은 투기와 같다. 석유의 탐사인 석유개발사업도 리스크가 크기 때문에 투기성이 있는 사업이다 따라서 Risk Hedging을 잘해야 성공이 가능하다. 노름을 셋이서 할 때 내가 제일 약하다고 한다면 100%의 리스크를 안고 노름을 하는 것이다. 이때 내가 빠지고 전문 노름꾼 셋이서 하게하고 나는 그 중에서 제일 나은 전문 노름꾼에 붙어서 그가 투자하는 부분의 20%를 부담한다면 3대 1의 기회에 리스크를 20%밖에 부담하지 않으므로 리스크를 어느 정도 Hedging할 수 있고 성공률도 높으며 노름의 기법도 배울 수 있는 기회가 되는 것이다.

이러한 원리에서 석유개발사업도 경험이 축적되어 원숙한 단계가 될 때까지는 독자적으로 사업을 추진할 것이 아니라고 생각되어 그동안 석유탐사를 전문으로 하는 회사와 함께 석유탐사를 계속해왔다. 다행히도 두 번 만에 원유를 발견했지만 너무 쉽게 유전을 발견하다보니 남과 함께 석유탐사를 하는 것보다는 독자적으로 해보고 싶은 생각도 갖게 된다. 그러나 우리가 독자적으로 석유탐사를 추진할 경우 경험이 축적되어 있지 않아 우선은 리스크가 클 것이고, 또한 석유 탐사에 필요한 장비와 연구팀 등 제반 요소를 다 갖추고 있지 않기 때문에 이를 다 갖추려면 회사에 상당한 부담도 줄 것이다. 따라서 우리 단독으로 석유탐사에 진출한다는 것은 아직은 시기상조이다.

그러므로 우리는 현재와 같이 석유탐사의 전문 회사와 함께 석유개발을 진행시키는 것이 오히려 바람직하다. 전문 회사와 함께 석유개발사업을 할 경우에는 유징(油徵)이 없다 하더라도 인도네시아에서 시도했던 석유탐사와 같이 큰 부담 없이 쉽게 손을 뗄 수도 있다. 그러한 과정에서 3백만 달러를 손해 보았다 하더라도 시설 장비에 투자하는 것보다는 부담이 덜 되고 언제나 쉽게 정리할 수도 있을 것이다.

실패하더라도 지속적으로 추진해야

우리가 경상적인 영업활동을 하여 3백억 원의 이익을 낼 수 있다면 5십억 원 정도는 지속적으로 매년 석유개발사업에 투자를 해야 한다. 그렇게 해서 실패를 본다 하더라도 경상적인 회사 운영에는 무리가 가지 않도록 해야 한다.

개발사업이란 본래 1, 2년 내에 이루어지는 것이 아니므로 10년이고 20년이고 꾸준히 노력해야만 그 성과를 얻을 수 있다. 특히 금광처럼 땅 속에 있는 자원을 찾아내는 비즈니스는 더욱 투기성이 강하기 때문에 한두 번 실패를 했다 해서 도중에 중단한다면 아무런 성과도 얻을 수 없으므로 장기적으로 투자를 해야 한다.

이를 위해서는 경상이익금의 얼마를 무조건 석유개발사업에 투자하기로 회사 차원에서 결정해야 하고, 실패했다고 해서 석유개발사업에 참여한 사람을 문책해서는 안 된다.

더욱이 석유개발에 관련이 없는 부서에서는 실패에 대해서 아무 말도 꺼내지 못하게 하는 정책적인 배려가 있어야 한다. 그렇지 않으면, 석유개발에 실패할 경우 남이 벌어놓은 순이익금을 그대로 날리는 결과가 되어 비평의 소리도 높아지고 개발에 참여한 사람 역시 자책감이 생겨 더 이상의 지속적인 추진을 못하게 된다.

영업부서에서 휘발유나 벙커C유를 팔아 1백만 달러의 이익을 더 내려면 일년 내내 더 많은 노력을 해도 어려운 상황에 더욱이 남이 벌어놓은 이익금을 그대로 날린다고 생각하면 당연히 그러고도 남을 것이다. 그러므로 석유개발사업은 회사에서 정책적인 보호를 해주어야만 지속적인 추진이 가능할 것이다.

그러나 우리가 시도해서 두 번 만에 쉽게 유전을 발견하였기 때문에 오히려 보호가 필요 없게 되었고 회사 내부에서도 석유개발사업에 대한 견해가 많이 달라졌다. 원유 개발이란 유징의 기회가 그렇게 자주 있는 것이 아니고 언제 어디서 실패할는지 모르므로 절대로 안일하게 생각해서는 안 된다. 우리가 처음으로 시작한 것이니 만큼 더욱 분발해서 관련 분야에 관한 연구도 많이 하고 야무지게 열심히 뛰어야 한다. 그래서 10년이 지나 그 분야에 상당한 스텝을 갖게 되면 우리가 내부적으로 목표로 하고 있는 석유 메이저가 될 수 있는 기틀도 마련할 수 있을 것이다.

추진과정은 기록으로 남겨야

요즘의 대학생들은 유공을 상당히 선호하고 있다고 한다. 유공에 입사한 신입사원의 이야기를 들어 보더라도 유공의 급여가 다른 회사에 비하여 높고 회사의 재무구조가 튼튼해서 안정된 회사이고 더욱이 퇴근시간이 일정하기 때문에 입사했다고 한다. 그러나 회사가 건실할수록 더 열심히 일을 해야 하고 더욱이 신입사원의 경우에는 시간에 구애받지 말고 열심히 일을 배우고 또한 일을 해야 한다. 그러기 위해서는 회사에서도 일을 열심히 해야 한다는 분위기를 조성해주어야 한다. 아침 9시에 출근하여 저녁 6시에 퇴근하고 퇴근 후에는 맥주나 한잔하고 귀가하고, 주말에는 남들처럼 엔조이나 하면서 4~5년이고 10년이고 보낸다면 밤낮없이 열심히 일한 직원과 비교할 때 관리역량에 있어 상당히 차이가 날 것이다.

그러므로 석유개발에 참여한 사람들은 다른 직원들의 귀감이 될 수 있도록 열심히 일을 해야 하고 일을 추진한 과정과 그 결과에 대해서도 기록으로 남겨 두어야 한다. 더욱이 석유개발사업을 잘 추진하려면, 우리 나름대로 유수의 메이저들이 과거에 어떻게 일을 해서 성과를 얻었는지 알고 있어야 하며, 그들과 비교해서 우리는 무엇이 부족한지, 부족한 것이 있다면 어떻게 채워야 하는지, 그들보다 더 잘하려면 어떻게 해야 하는지도 연구해야 한다.

이와 같이 밤낮없이 연구하고 토의하고 현장에서 열심히 뛰다보면 일처리에 대한 나름대로의 전통도 생기고 기업도 그만큼 더 발전될 것이다.

1984. 12.12 석유개발사업을 보고받고

전 사원을 마케팅 마인드로 무장시켜라

시장 Originate된 기술개발을 할 것

아무리 좋은 상품을 개발한다고 하더라도, 그것을 소화할 수 있는 시장이 없다면 판매는 불가능하게 된다. 그러므로 상품개발에 앞서 마케팅 마인드를 가져야 한다. 즉 어떤 상품을 생산할 경우 그것을 수용할 수 있는 시장이 필요하다는 것을 염두에 두고 상품을 개발해야 한다.

시장성이 없는 기술개발은 한마디로 '기술개발 자체를 위한 기술개발(technological development for the sake of technological development)' 에 지나지 않으며, 이는 마치 예술 작품과도 같아서 도저히 비즈니스라고 할 수는 없다. 즉 기술을 개발할 때는 반드시 비즈니스 개념을 가져야 하며, 그것은 곧 시장에 대한 사전 분석이 뒤따라야 함을 의미한다.

소형 컴퓨터의 개발이 그 좋은 예가 될 것이다. APPLE사는 전문가들만 사용할 수 있었던 컴퓨터를 어린이까지도 다룰 수 있게 소형 컴퓨터를 개발해 냈다. 그러나 그들은 장래의 시장을 미리 예측해서 개발해 낸 것이 못되어 신제품은 IBM보다 먼저 개발해 놓고도 강한 시장력을 가진 IBM에게 그 시장 전부를 빼앗겼다. ZEROX사도 마찬가지인데 사무기기 제조기술로는 IBM보다 더 우수하지만 시장성을 고려하지 못하고 기술개발에만 충실했기 때문에 비즈니스에서는 항상 IBM에 뒤떨어지고 있다.

따라서 모든 기술개발은 그 목표가 이윤극대화에 있으므로 기술개발에 앞서 개발될 상품의 시장성을 잘 파악해야 한다. 시장성이 없는 상품개발은 비즈니스에서는 신제품의 개발로 볼 수 없으므로 시장 Originate된 기술개발에 주력해야 한다.

시장의 요소와 잠재시장을 파악할 것

시장 Originate된 기술개발을 하기 위해서는 우선 시장의 요소를 잘 파악해야 한다. 일본의 화낙사가 컴퓨터의 자동제어장치 개발에 주력을 한 것은 그것이 컴퓨터 제조업자들이 가장 애를 적는 부분이라는 점에 착안했기 때문이다. 자동제어장치가 개발되어 시장에 상품으로 나오자 날개 돋친 듯이 잘 팔렸다. 더욱이 그러한 상품은 거의 독점에 가깝기 때문에 소량이 팔릴지라도 그 마진은 상당히 높다.

그 다음으로 시장의 불만을 해소시켜야 한다. IBM이나 3M이 소비자들로부터 그 신뢰도가 높은 것은 바로 시장의 소비자 불만을 즉각적으로 개선해주기 때문이다. 3M의 경우, 메모지가 바람에 날리는 것을 방지하기 위해 바람에 날리지 않는 접착제 메모지를 개발하여 판매했는데 많은 이익을 보았다. 결국 시장의 불만을 해소하려다 보니 그것이 신제품 개발에까지 연결되어진 것이다. 우선은 신제품이 개발되어서 좋고, 타사 제품보다 높은 신뢰도를 가짐으로써 같은 제조 원가를 가지고서도 제품 가격을 더 받을 수 있는 일석이조의 득을 보게 된 것이다.

더 나아가서 새로운 기술개발은 단편적으로만 할 것이 아니라 전체적인 안목에서 행해져야 한다. 우리가 현재 특수사, 특수면의 고부가가치 상품을 개발하고 있는데, 그것을 수용할 수 있는 직물이나 봉제품이 없으면 그 개발은 아무런 의미가 없을 것이다. 시장이 없는 신제품의 개발은 개발이 아니기 때문에 특수사나 특수면을 사용할 수 있는 직물과 봉제까지도 함께 개발해 내야 한다. 선경합섬이 처음에 폴리에스테르를 개발하여 성공하게 된 것도 직물공장에서 깔깔이를 생산해 냈기 때문이며, 그것이 성공하자 다른 직물업체들도 선경합섬이 만든 원사를 요구하게 된 것이다.

결국 신제품을 개발할 때에는 신제품의 개발에 앞서 현존하는 시장뿐만 아니라 잠재적인 시장도 잘 파악해야 한다는 것이다. 당장은 현존하는 시장부터 파악해야 되겠지만 그 시장은 경쟁이 많기 때문에 이익을 많이 내지 못할 것이다. 따라서 남이 할 수 없는 것, 즉 눈에 보이는 시장보다는 눈에 보이지 않는 잠재시장을 찾아내어 신제품을 개발해야 할 것이다.

사원을 마케팅 마인드로 무장시킬 것

시장 Originate된 기술개발이나 잠재시장에 대한 연구를 잘하기 위해서는 판매 분야에 종사하는 직원뿐만 아니라 전 사원이 마케팅 마인드를 갖고 있어야 한다. 이제까지 우리는 SKMS에 입각해서 코디네이션. 의욕관리 등 내부적인 문제점을 해결하는 데 많은 노력을 해 왔지만 마케팅에 관계되는 부분에 대해서는 소홀히 하지 않았나 생각된다. 그동안 우리는 판매에 대해 얼마나 많이 팔았는가 하는 것만 문제를 삼았고, 시장조사를 어떻게 해서 기술개발과 어떻게 연결시키느냐 하는 문제에 대해서는 별로 신경을 쓰지 못했다. 얼마를 받겠으니 무엇을 개발해야 한다고 요구한 적도 별로 없었다.

이제는 판매 담당자가 기왕에 생산된 제품을 판매하는 제한된 의미의 마케팅 마인드만 가질 것이 아니라, 판매 담당자는 물론 기술진, 연구원, 심지어는 관리 담당자까지도 모두 광의의 마케팅 마인드를 가져야 한다. 따라서 기술개발 담당 연구원은 단순히 연구만 할 것이 아니라 마케팅에 대해서도 잘 알아야 한다. 그래야만 기술개발도 제대로 할 수 있고 개발의욕도 생기는 것이다. 그러므로 앞으로는 무엇을 개발한다 하더라도 먼저 시장을 아는 사람과 연구원, 그리고 생산 담당자를 한 팀으로 조직하여 운영해야 한다. 그렇게 해서 한 조직 내에서 정기적인 토의와 다각적인 연구를 거듭하다 보면 좋은 아이디어도 나올 것이고 그것으로 제품을 개발해 내면 좋은 결과도 얻을 수 있을 것이다. 또한 기획담당 부서는 전 사원을 마케팅 마인드로 무장시키는 방법을 강구해야 한다.

이를 위해서는 해외에 나가서 성공한 회사들의 판매기법도 알아오고 시장을 어떻게 개발해야 하는지도 연구하여 전 사원을 대상으로 교육을 시켜야 한다. 또한 전사적인 캠페인도 벌여야 할 것이다. 그렇다고 마케팅 마인드가 하루아침에 생기는 것은 아니므로 장기적인 계획을 가지고 꾸준히 노력해서 10년 뒤에는 선경 고유의 시장관리기법을 갖도록 해야 한다. 우선 금년 한 해 동안은 전사적으로 각자가 아이디어를 내도록 하여 시장 Originate된 기술개발로 이익을 냈다는 선례부터 남기도록 해야 할 것이다.

1985. 4. 1 선경합섬 경영실적을 보고받고

WOP 비즈니스의 올바른 이해

일본의 기업들은 마케팅만을 전문으로 하는 종합무역상사를 만들어 처음에는 큰 이익을 냈다고 한다. 그러자 우리나라에서도 일본의 종합무역상사 제도를 도입하여 대기업들이 종합상사를 만들어 수출에 전념해왔는데 시간이 지날수록 이익은 고사하고 적자만 누적되어온 것이 현실이다.

종합상사의 경우 메이커에서 상품을 직접 수출하는 것에 비하여 그 경쟁력이 약한 것이 최대의 약점이었으며 또한 제품을 공급받는 메이커에 자금까지 지원해주어야 하는 위험부담도 갖고 있었다. 결국은 덤핑 수출과 같은 적자수출을 할 수밖에 없었고, 그 적자폭을 내수에서 메워 보려는 기업도 있었으나 오늘날에 이르러서는 그것조차 불가능하게 되었다.

(주)선경도 그동안 수출실적 위주로 운영되다 보니 이익이 마이너스가 되는 상품도 수출할 수밖에 없었고 그 결과 회사 전체적으로 보아서도 적자를 내는 회사가 되었다. 이처럼 종합상사가 당면하고 있는 Big Risk Small Margin의 수출방식을 극복하고 Small Risk Big Margin의 이상적인 상사운영을 위해서 특화라는 개념을 (주)선경의 비즈니스에 도입했던 것이다. 더욱이 이러한 특화의 개념을 보다 쉽게 이해시키기 위해 Well Organized Planned Business라는 용어를 쓰기로 했던 것이다.

Planned Business의 의미

그러면 WOP 비즈니스는 과연 어떤 비즈니스를 의미하는지 알아보도록 하자. 종합상사란 메이커가 생산한 제품을 외국에 수출하여 이익을 취하는 것이긴 하지만 그 운영을 단순히 사고파는 데에 한정시켜서는 안 된다. 즉 단순한 경영에서 벗어나 구체적인 이익개념을 갖는, 비즈니스다운 비즈니스를 해야 한다. 이를 위해서는 우선 사전에 치밀한 계획을 세워야 할 것이다.

예를 들어 어떤 상품을 수출하고자 할 때 브랜드가 약해서 경쟁이 불가능하다고 하면 외국의 일류 브랜드를 도입해서 상품을 수출하면 가능할 것이다. 브랜드뿐만 아니라 광고는 어떻게 할 것이고 시장 파악은 어떻게 할 것이냐 하는 등의 상품 수출에 관련되는 모든 요소들에 대하여 사전에 치밀하게 계획을 세워 두어야 한다.

Organized Business의 의미

또한 이러한 요소들은 상호간에 유기적으로 조직(Organize)된 관계를 이루어야 한다. 이익을 많이 내기 위해서는 우선적으로 어느 수준의 물량은 수출해야 한다. 그러나 어떤 적정 수준의 한계를 넘어서거나 모자라는 물량의 수출은 이익보다는 오히려 적자를 낼 수도 있다. 이와 같이 요소별로 잘 계획되어 있다 하더라도 요소 간에 유기적으로 조직이 되어 있지 않으면 오히려 역효과를 초래할 수도 있는 것이다. 그러므로 각 요소들을 잘 계획해야 하고 이를 서로 간에 잘 조직해서 상품수출에 따른 이익에 마이너스가 되는 부분은 없애도록 해야 할 것이다.

Well Business의 의미

그러면 Well이란 무엇인지 알아보자. 비즈니스에 Plan과 Organize를 투입했지만 이익률이 1~2%에 불과하다면 Well이라고 할 수 없으며 더욱이 이익이 마이너스가 된다면 Badly Organized Planned Business가 될 것이다. 적어도 Well을 붙일 수 있으려면 이익률이 3~5% 이상은 되어야 할 것이다. 이렇게 볼 때 Well은 결과적인 개념이 될 수도 있다.

그러므로 비즈니스를 Plan하고 Organize할 때 Well하게 해야 한다. 물론 Plan을 잘하고 Organize를 잘한 비즈니스라 하더라도 국제수지 등 여러 상황에 따라 이익이 감소할 수도 있다. 그러나 시작할 때에 Well Organized Planned Business의 개념을 갖고 했다면 결과적으로는 Well하지 못하다 하더라도 사업 구상 그 자체는 잘 계획되고 조직된 것이기 때문에 실패의 원인을 쉽게 분석할 수 있어 다음 사업을 추진하는데 있어서도 상당한 도움이 될 것이다. 이와 같이 비즈니스를 하는데 있어서는 Well, Organize, Plan 중 어느 하나라도 빠지면 특화가 될 수 없는 것이다.

1985. 4, 25 (주)선경 합섬본부 경영실적을 보고받고

고급인력 양성과 국제경쟁

고급인재 양성을 최우선 과제로

SKC가 직면하고 있는 가장 커다란 문제 중의 하나는 인재가 부족하다는 점이다. 연구소를 지어 놓았지만 사람이 부족해서 별 성과를 거두지 못하고 있고, 공장 역시 사람이 부족해서 공백을 메우지 못해서 대부분의 자리를 겸직하고 있는 것이 지금의 실정이다. 이처럼 사람이 부족한 상태에서도 이만큼 기업이 성장한 것도 다행이라 하겠다.

그러나 중요한 것은 지금처럼 인재가 부족한 상태에서 앞으로 당면하게 될 국내외적 경쟁을 어떻게 감당하겠는가 하는 것이다. 앞으로 10년 뒤에는 SKC 자체적으로도 지금보다 앞선 기술수준이 요청될 것이고 나아가서 선진국의 기술수준도 상당히 발전될 것이다. 결국 10년 뒤에 당면하게 될 국내외적 경쟁을 감당하기 위해서는 SKC 자체 내에서 기술을 연구 개발할 수 있는 충분한 인재가 반드시 있어야 할 것이다.

오늘날 국내 기업의 기술수준도 상당히 높아진 상태이므로 단순히 대학을 졸업한 사람만 가지고는 기술경쟁에서 이길 수 없다. 아직 한국의 대학 수준은 겨우 기술학교의 수준에 약간의 이론적 지식을 덧붙인 것에 불과하기 때문에, 근본적인 기초과학에 대한 공부나 연구는 제대로 시키지 못하고 있다. 그 정도의 수준을 갖고 입사하는 사원들은 기존에 가동 중인 공장을 관리할 수는 있겠지만 자발적으로 연구개발해서 신제품을 개발해내지는 못할 것이다. 현재까지는 국내의 모든 산업이 미국, 일본 등의 선진국들을 모방하여 따라가고 있는 실정이라서 고급인력의 부족현상을 크게 절감하지 못하고 있지만, 앞으로 동등한 수준에서 선진기업들과 경쟁하려면 자발적으로 새로운 제품을 개발할 수 있는 고급인력을 지금부터 확보해 나가야 한다.

이를 위해서는 SKC도 박사 학위를 가진 사람이나 적어도 석사 과정을 마친 사람들을 확보하고, 그들을 선진기술국가에 유학시켜 거기서 더 깊은 연구를 할 수 있는 능력을 기르게 해야 한다. 더욱이 학위가 없는 사람은 그곳에서 학위를 받아올 수 있게도 해 주어야 한다. 현재로서는 일년에 3명 정도를 유학 보내고 있는데 적어도 10명 정도는 보내야 한다. 우리에게 필요한 박사란 여러 분야를 두루 많이 아는 박사가 아니라 어떤 한 분야에 대해 어느 누구보다도 깊게 아는 박사를 의미한다. 그러므로 한 사람의 박사가 오직 한 분야의 기술에만 전력을 다 할 수 있게 하기 위해서는 많은 고급인력이 있어야 할 것이다. 적어도 2000년대에는 박사 수준의 인재가 1백여 명 정도는 확보될 수 있도록 지금부터라도 착실히 준비해 나가야 한다.

인재양성은 적극적인 투자와 장기적인 계획으로

이러한 고급인력을 확보하고 양성하기 위해서는 보다 적극적인 투자가 뒤따라야 한다. 가령 MIT에 유학을 보내려고 해도 어학 실력이 부족하여 현실적으로 TOEFL 580점을 맞지 못한다고 하면 6개월 정도 미리 현지에 보내는 방안까지도 생각해야 할 것이다. 6개월 동안 미국에서 영어만 배운다면 그 정도의 점수는 문제가 되지 않을 것이다. 일본의 경우도 9월 개강에 대비해서 미리 3월에 내보내서 한국인이 없는 곳에 하숙을 시킨다면 9월 개강 때에는 상당한 수준의 일본어를 구사할 수 있게 될 것이다. 결국 어학연수를 위한 6개월간의 투자는 기술개발에 대비해서 해외유학을 시키는 것이므로 장기적인 차원에서 인재양성의 일환으로 보아야 할 것이다.

또한 우리가 자체적으로 양성한 인재들은 기술개발뿐만 아니라 고급인력을 확보하는 데 있어서도 좋은 효과를 나타낼 것이다. 1백 명 정도의 인재를 양성해서 그들이 외부에서 훈련받은 인재를 2명씩 확보한다면 2백 명은 쉽게 더 확보할 수 있을 것이다. 자체 내에서 양성한 인재들이 없는 상태에서 고급인력이라 해서 외부 사람들을 무조건 고용한다면 그들을 관리하는 데 힘이 들 뿐만 아니라 내부적으로도 갈등이 생길 수 있어 결국에 가서는 고급인력 확보에 실패하고 말 것이다. 따라서 외부의 고급인력을 확보하는 데도 신경을 써야 하겠지만 이미 확보된 사내 고급인력의 양성에도 주력하여 이를 발판으로 고급인력을 확보하는 방안을 마련해야 한다.

그러나 이러한 고급인재의 확보를 그리 대단한 것이라고 생각해서는 안 된다. 선진국의 예를 들어볼 때 IBM사의 연구원들은 거의가 박사라는 것을 고려해 본다면 우리의 고급인재의 양성은 단지 출발에 불과하다. 그러므로 인재양성은 장기적인 계획으로 과감히 추진해 나가야 한다.

1985. 9. 6 SKC 경영실적을 보고받고

종합상사 직영공장의 비효율성

종합상사는 판매에만 주력

종합상사에 소속되어 있는 공장들은 대부분 영업에 있어 좋은 성과를 내고 있지 못하다. 그들은 단순히 판매에 의한 이윤 추구에만 관심이 많고 그들 스스로 직접 기술을 개발하여 상품을 만들어 파는 데는 별로 관심을 갖지 않는다. 굳이 어렵게 직접 개발해 내어 판매하기보다는 이미 개발되어 있는 상품을 외국에서 수입하여 수출하는 것이 오히려 낫다고 보고 있고, 또한 판매 부문에만 전력해도 해야 할 일이 너무 많다고 보고 있는 것이다.

그러다 보니 기술개발에 관련된 논의가 활발히 이루어지지 않고 개발된 상품도 제대로 나오고 있지 않다. 본래 기술개발의 논의란 메이커와 같이 기술에 대하여 어느 수준 이상의 지식을 갖고 있는 사람이 모여서 해야만 기술이 제대로 정착되어 가는데, (주)선경의 경우는 모두들 판매 쪽에만 마음이 있어 현 (주)선경의 전신인 선경직물이 당시 그들 스스로 개발해놓은 기술조차도 제대로 보존시키지 못하고 있다.

따라서 (주)선경은 종합상사 고유의 비즈니스인 판매에만 주력하고 생산에 관련된 비즈니스는 메이커에서 맡아 하는 편이 오히려 바람직하다고 본다. 마찬가지로 (주)선경의 직물공장도 (주)선경에서 운영하는 것보다는 (주)선경에서 분리시켜 메이커에 인수시켜 운영하는 것이 나을 것이므로 그 방안을 모색해 봐야 할 것이다.

운영위원회에서도 (주)선경의 직물공장에 대해 그동안 논란이 많았다. 대부분의 사장들은 (주)선경이 직물공장을 운영하기에는 문제가 많고, 또한 그동안 계속 적자만 내고 있는 상태이므로 (주)선경에서 분리는 하되 다른 기업에서 인수하여 운영하는 것보다는 과감히 없애는 것이 보다 합리적이라고 의견들을 제시했다.

그러나 직물 제조기술이 우리나라에서는 일정 수준 이상이고, 그 기술이 선경합섬의 원사 기술과 관련이 많으며, 더욱이 직물공장이 선경의 모체로서 섬유 분야에 있어서는 우리나라의 선두주자였으므로 현재로서는 적자를 낸다 하더라도 완전히 정리하는 것보다는 Zero Base에서 다시 생각하여 회생시키는 방안을 찾아보아야 한다. 따라서 선경합섬이 현재로서는 원사를 생산하고 있으므로 선경합섬이 직물공장을 인수하여 원사를 개발하는 데 활용해야 한다고 생각한다.

직물공장을 인수하여 원사의 수요 감소에 대비

선경합섬 자체로 보아서도 직물가공 기술을 반드시 갖고 있어야 한다. 그동안은 대량생산 대량판매의 시대였기 때문에 원사만 생산해내면 그대로 잘 팔려나가 생산하는 데만 급급했고 원사 개발에는 크게 관심을 갖지 않았다. 그러나 앞으로는 모든 산업에서와 마찬가지로 섬유 분야에서도 다품종 소량생산의 시대로 접어들고 있기 때문에 원사 개발은 물론 새로운 직물과 새로운 봉제를 개발해 내야만 원사를 팔아먹을 수 있을 것이다. 일본의 원사 메이커들이 원사의 개발에만 주력하지 않고 직물과 봉제분야에도 투자하여 이를 개발하고 있는 이유도 바로 그 때문이다. 따라서 선경합섬의 (주)선경 직물공장 인수는 오히려 선경합섬을 위해서 바람직하다고 생각된다. 또한 섬유산업의 사양화에 대비하기 위해서라도 필요하다고 본다. 유럽에서는 벌써부터 직물산업을 사양산업이라 하여 이 분야에서 손을 떼고 필요한 만큼을 외국에서 수입해 사용하고 있으나 일본의 경우는 그렇지 않다. 그들은 오히려 섬유 제품을 적극 개발하여 직물에 있어는 세계를 리드하고 있다. 그러다 보니 원사의 수요가 줄지 않아 그들이 자체적으로 생산하고 있는 원사는 충분히 소화하고 있다고 한다. 우리 역시 직물 개발에 주력하여 원사의 수요를 개발해 나가야 한다. 우리나라에서도 직물을 직접 제조하지 않고 수입하는 게 낫다고 한다면 직물의 국제경쟁력이 떨어져 직물 수출에 타격을 받고 원사의 수요도 상당히 낮아질 것이다.

이상과 같은 이유에서 직물공장은 과감히 없애는 것보다는 선경합섬이 인수하여 섬유의 사양화와 다품종 소량생산 시대에 대비해야 한다. 그러나 선경합섬 나름대로도 문제는 있다. 적자상태의 공장을 인수함으로써 기존의 영업활동에도 손실을 끼칠 우려가 있고 부실기업을 떠맡는다는 불만도 있을 수 있다. 그러나 기왕에 (주)선경에서 실패한 것은 별개로 하고 새로이 강한 의욕을 가지고 그 기능을 맡아야 한다. 즉 부실기업을 떠맡는다는 생각만 하지 말고 우리가 필요해서 맡는다는 긍정적인 생각과 무엇을 창조해 보겠다는 각오로 임해야 할 것이다.

선경합섬이 SKC의 폴리에스테르 필름까지 개발한 것을 생각한다면 직물공장의 인수에 따른 어려움은 쉽게 극복할 수 있을 것이다. 예상되는 적자는 공장 규모를 축소하여 경영규모를 조정하도록 하고, 신규로 10억 내지 20억 원을 투자하여 우리가 필요한 공장으로 새로 가동시킨다면 오히려 이익을 낼 수도 있고 새로운 원사를 개발하는 데도 상당히 기여할 수 있을 것이다.

1985. 11. 16 직물공장 분리방안을 보고받고

새롭게 정립되어야 할 오늘의 노사관계

일본인 특유의 근성

2차대전의 패배로 전 국토가 초토화된 일본이 오늘날 미국을 앞지르는 선진 산업국가가 된 것은 우리에게 좋은 귀감이 된다. 우리는 일본에 대하여 과거에 가졌던 국가간의 정치적인 갈등을 현재까지 간직하고 그들을 배척하거나 무시할 것이 아니라, 그들의 경제적인 성장에 대한 철저한 분석을 통해, 우리의 경영방침에 반성 자료로 활용하는 것이 보다 합리적일 것이다.

일본의 경제적 성장은 선진국에 뒤지지 않는 과학적 기술적 능력과 그 위에 새로운 산업에 대한 과감한 투자를 배경으로 한다. 여기에 미국식 시장 위주의 Market Originate된 제조법을 도입함으로써 전 세계를 대상으로 하는 제품 생산이 가능케 되었다. 즉 유럽식의 생산기술 위주의 제조법보다는 구매자의 요구를 파악해서 제품을 생산하는 미국식의 제조법으로 많은 이익을 남기게 되었다.

그러나 일본은 이러한 미국식의 시장 개척법을 수용하는 데 그치는 것이 아니라 동양인 특유의 근성 의식을 도입했다. 예전에는 제품 하나에 대한 마진이 100엔이었는데 요즘에는 20엔밖에 남지 않고 점차로 마진이 제로에 육박한다고 할 때, 서양인들의 합리적인 사고방식에 따르자면 그 제품의 생산을 포기하게 된다.

그러나 일본은 최소한의 마진이라도 남기기 위해 제조 원가를 낮추거나 신기술을 개발하는 등의 일본인 특유의 근성을 발휘함으로써 그 근성이 근면을 낳았고 그 근면성이 생산기술을 촉진시켜, 결국은 서양에서 포기한 제품에서 이익을 남기게 되었다. 국민소득이 1만 달러에 이르는 일본이 서양의 선진국과는 달리 아직껏 직물 수출을 포기하지 않는 것도 그 좋은 예가 될 것이다.

우리 고유의 경영기법을 개발해야 한다

한국을 Next Japan이라고들 한다. 그러나 과연 그것이 가능하게 될지는 미지

수이다. 그것을 가능케 하기 위해서는 어떤 경영기법을 도입해야 하는가를 생각해야 한다. 지금부터 목표를 정해야만 10년 뒤에 어떤 결과가 있을 것이고, 그 결과를 바탕으로 시행착오의 과정을 겪으면서 다시 장기적인 경영기법을 수립할 수 있을 것이다. 우선은 미국식의 시장 개척법도 받아들이고, 이와 아울러 다품종소량생산식의 생산방법도 운용해야 한다. 그리고 이러한 주어진 방법들 위에 우리 고유의 방법을 추가해서 우리에게 가장 적절한 경영기법을 수립해야 한다. 또한 최소한의 마진에도 감사할 줄 알며, 소비자에 대해서는 최대한의 기술적 정신적 서비스를 제공한다는 동양인 특유의 습성도 적용시켜야 할 것이다.

일본의 첨단기법을 수용하는 데도 그들과 공통적으로 가지는 피부 색깔, 외모 등의 동일 문화권에 속해 있는 특성뿐만 아니라 다른 특성까지도 모두 고려해서 연구·수용해야 한다. 결국 우리에게 맞는 외국의 경영기법을 도입하고 거기에다 우리 특유의 기질을 첨가해서 그것을 다듬고 수정해서 장기적으로 활용될 수 있는 우리 고유의 경영기법을 가지는 것을 최우선적인 과제로 삼아야 한다.

인적자원도 적극 관리 개발해야

이러한 전반적인 경영기법과 병행해서, 이를 운용할 수 있는 장기적인 인사관리 또한 치밀하게 연구되어야 한다. 아무리 컴퓨터가 발달된 시대라지만, 근본적으로 기업을 움직이는 것은 사람이다. 따라서 인적자원을 얼마나 잘 개발하느냐 하는 문제는 기업의 이익극대화를 위한 가장 중요한 요소가 될 것이다.

기업과 같은 조직사회에서 인적자원의 관리는 두 가지 양상을 띤다. 대부분의 기업은 제품을 생산하는 노동자와 그것을 이론적으로 뒷받침하는 지식인들로 구성되어 있다. 따라서 이 양자를 다루는 방법 또한 달라져야 할 것이다. 노동자를 다루는 방식으로 지식인들을 관리할 수는 없다. 지식인을 관리할 때에는 단순한 명령 하달식이 아니라 지식인들이 가지고 있는 개인적인 능력을 우선 존중해야 한다.

그들로 하여금 경영에 관하여 스스로 계획을 작성케 하고, 그것에 불합리한 부분이 있다면 이를 지적해줌으로써 자체 수정의 과정을 거치는 방식을 취해야 한다. 이렇게 할 때 지식인들은 자기가 맡은 업무에 대하여 책임감을 느끼게 될 것이고, 그것은 곧 스스로 수많은 연구를 거듭하는 창의적인 능력을 개발하게 할 것이다.

이익단체의 조직은 피라미드식의 구조를 갖는다. 이것은 위로 갈수록 그 책임이 크다는 것이며, 따라서 최고경영자의 실수는 곧 기업 전체의 실수가 된다는 것을 의미한다. 결국 지식인들을 위한 하드 트레이닝이 있어야 하며 이와 같이 지식인들을 훈련시켜 놓으면, 기업은 그 원리상에서 자동적으로 진행되는 체계를 지니게 된다. 따라서 단순한 경영이론 뿐만 아니라, 생산 일선에 대한 통찰력도 있어야 하기 때문에 정신적으로 육체적으로 이에 상응하는 훈련은 반드시 있어야 하겠다.

기업에서의 노사 구분은 비합리적이다

기업이 잘되기 위해서는 지식인층의 인사관리뿐만 아니라 노동자들에 대한 인사관리도 중요하다. 요즘 기업에서 문제시되는 노사간의 분쟁은 바로 노동자들에 대한 인사관리가 제대로 되어 있지 못한 데서 기인한다.

노사문제라는 것은 서양의 산업사회가 동양에 토착화됨으로써 부수적으로 발생한 것인데, 이 문제의 해결을 위해서는 서양과 동양의 의식구조가 다르듯이 개념 분석부터 달리해야 된다. 서양인들의 개인주의적 사고방식은 노사간의 분쟁을 제3자가 중재할 수 없으며, 결국은 법정에 의뢰하는 형태를 띤다. 그러나 우리의 경우 동양식의 의리라는 것이 강한 사회이고 보면 그 조정이나 중재가 불가능한 것은 아니다. 이렇듯 조정이나 중재가 가능한 사회에서 굳이 노사를 이원화함으로써 문제를 만들 필요는 없다.

현실적으로 보아도 그 이원화는 적절한 것이 못된다. 경영을 실제 담당하는 측도 상위 경영진, 중간 경영진, 하위 경영진으로 나누어지고, 공장에서도 노동자, 공장장, 그리고 공장 운영의 전반에 대한 관리를 담당하는 책임자 등으로 구분될 수 있다. 결국 공장에 있는 모든 사람을 '노'라고 보기는 어렵고, 본사내에 있는 모든 사람을 '사'라고 보는 것에도 무리가 있다.

노사를 구분한다는 것은 항상 일을 시키는 쪽과 그 일을 받아 하는 쪽으로 구분시켜, 한 쪽은 계속적으로 불만을 토로하게 되고 그 반대쪽은 그것을 억누르려고 하는 끊임없는 분쟁의 악순환만 초래할 뿐이다. 어떠한 형태든지 분쟁의 발생은 좋은 것이 못 된다.

공동체의식을 갖게 하는 합리적인 기구가 필요

이렇게 비합리적인 노사의 이원화보다는 오히려 모든 사원들이 함께 이익을 내는 공동체내에 있다는 것을 자각할 수 있는 합리적인 기구를 갖는 것이 보다 현명할 것이다. 앞에서 예를 든 것처럼 6개의 그룹을 3개로 나누어서 각 그룹의 대표자를 선정하고, 그 대표자들이 정기적으로 모여서 협의하는 체제를 갖는 것도 좋은 대안이 될 수 있다.

각 그룹의 대표들은 회사의 전반적인 경영이나 자기 그룹 내의 기술 문제 혹은 사무처리 문제 그리고 사원 복지에 관한 문제 등을 협의해서, 다른 대표자들과의 회의에서 그 해결책을 모색하도록 하는 것이다. 이러한 협의체제는 노동자들로 하여금 전반적인 회사의 경영 흐름을 알 수 있게 하고, 경영자들은 생산 일선에서 일어나는 여러 가지 고충 등을 알 수 있게 될 것이다.

이와 같이 노사의 대립된 이원화가 아니라 서로가 상대방을 이해할 수 있는 경영조직은 자기 직무의 중요성뿐만 아니라 기업에 대한 신뢰감도 갖게 할 것이다. 특별상여금 같은 제도는 이를 위한 좋은 출발점이 될 것이다. 예상외의 이익을 특별상여금이라는 제도를 통해 모든 사원들에게 환원시켜 준다면, 경영진들이 노동자들을 착취하는 것이 아니라 경영자와 노동자는 같은 이익의 공동체 내에서 같은 목적을 위해 일하고 있는 구성원들임을 알게 될 것이다.

이와 같이 공동체의식을 갖기 위해서는 우선적으로 기업경영에 상처가 없도록 노력해야 한다. 노동자들이나 소위 운동권 학생들과의 분쟁은 기업이 가진 상처에 그들이 파고들어서 곪아 터지는 것으로 볼 수 있다. 그러므로 상처 없는 건강한 기업의 경영원리를 가지고 노사 대립이 분쟁보다는 서로 협의하는 기업의 모습을 가꾸도록 모두가 노력해야 한다.

이러한 건강한 기업의 이미지는 단시간 내에 이룩되는 것이 아니며 오랜 시간과 인내를 요구하는 것이다. 그러나 그것이 정착되고 관습화되면 1백 년~2백 년 갈 수 있는 경영원리를 가지게 되고, 그것은 우리가 추구하는 이익극대화를 가능케 할 것이다. 그리고 그 이익은 선경이라는 기업의 이익인 동시에 모든 사원의 이익이 되는 것이다.

1985. 11. 29 경영기획실 인력관리관계를 보고받고

석유개발 사업과 정부지원

메이저는 규모가 아닌 질에서 결정된다

회사가 잘되느냐 못되느냐 하는 것은 사원들의 경영능력이 얼마나 개발되어 있는가에 달려 있다.

그리고 그에 못지않게 중요한 또 하나의 관건이 바로 경영에 임하는 경영자들의 자세이다.

연구개발에 임하는 경영자들이 얼마나 적극적인 자세로 임하는가, 또한 어떤 사업을 추진하려고 할 때에 경영자가 그 조직을 얼마나 강하게 잘 이끄느냐에 따라서 그 회사는 일류가 되기도 하고 이류, 삼류로 낙인찍히기도 한다.

이는 우리나라뿐만 아니라 국제적으로 이미 증명된 사실이다. 따라서 우리가 일류회사로 크기 위해서는 먼저 경영자들의 경영능력부터 일류로 끌어올려야 한다. 그러자면 우선 그러한 최상급의 경영 능력이 발휘될 수 있는 터전이 마련되어야 할 터인데 그 터전이란 바로 경영자들 간의 의사교환이 원활하게, 그리고 완벽하게 이루어지는 상태를 말한다. 어떤 프로젝트든지 이와 같은 터전 위에서 추진된다면 최대의 효과를 기대할 수 있을 것이다.

유공의 목표는 International Major Oil Company가 되는 것이다. 물론 기존의 메이저에 접근해 가자는 생각이다. 질적인 면에서 어느 정도의 수준을 달성한 후 그 규모를 확장시켜 간다면 2000년대에는 명실 공히 국제적인 일류 메이저가 될 수 있을 것이다.

그러자면 당연히 우리의 현 상태와 메이저와의 차이점을 찾아보아야 할 것이며 그것을 바탕으로 그 차이점을 보완해 나가는 데에 주력해 가야 한다.

그리하여 90년대에 들어가서는 질적인 면만큼은 결코 메이저에 뒤지지 않는 기업으로 우리 유공을 성장시켜야 할 것이다.

메이저의 첫째 요건은 자원의 확보

메이저가 되는 데 필요한 일차적인 전략은 오일, 가스, 그리고 기타 자원에서 자기만의 비축, 즉 예비능력을 갖춘다는 것이다. 더욱이 자원이라고는 별로 없는 나라에서 출발하여 메이저가 되고자 하는 우리로서는 자원의 확보가 무엇보다 절실한 것이고, 그 일이 설사 회사에는 큰 이익을 주는 것이 아니라 할지라도 결국에는 우리나라의 자본이 되어 국가적인 이득을 안겨 주는 결과가 되므로 바람직한 일이라 하지 않을 수 없다. 그런데도 우리 정부는 유공이 예멘에서 석유를 발견해 냈을 때에 마치 우리가 대단한 횡재라도 했다는 듯 여러 가지 세금을 부과했으니 알 수 없는 노릇이다.

어려운 여건에서 메이저의 대열에 들고자 노력하고 있는 기업의 입장으로서는 이런 식의 처우로 힘을 빼앗긴다는 것이 상당한 장애 요소가 된다. 오히려 수출업체에게 수출장려금 제도를 만들어 대우를 해주는 것과 같이 석유라는 특수 자원을 취급하는 업종에도 국가적인 배려가 있어야 한다고 생각한다. 이것은 특혜를 바라는 것이 아니라 기업과 국가가 공동의 노력을 취해야 발전할 수 있는 산업이기 때문이다.

일본이나 유럽 등지에서는 중공업이 한창 일어날 때에 국가에서 10년 거치 20년 상환식으로 연리 1~2퍼센트의 금융을 적극 지원해 주었다. 왜냐하면 중공업은 곧 국방력과 직결된다고 생각했기 때문이다. 석유를 개발해서 들여오는 것은 곧 자본의 증가를 의미하는 것이다. 그러므로 돈을 많이 벌 것이라 하여 무조건 세금만을 부과할 것이 아니라 자원을 더 개발할 수 있도록 금융을 마련해서 지원해주는 방안도 생각해볼 만한데 우리 정부는 아직 그 점을 간과하고 있는 것 같다.

이번에 예멘에서 우리와 함께 석유를 개발한 헌트는 자기자본이 약하니까 새로이 EXXON과 합자를 했다. EXXON은 자본이 튼튼할 뿐만 아니라 이익도 많이 내고 있는 기업이기 때문에 자금 조달에 큰 한계를 느껴오던 헌트로서는 큰 힘이 되지 않을 수 없었고 이로 인해 예멘에서의 활동을 더욱 적극적으로 전개해 나갈 수 있게 되었다.

우리나라와 예멘 사이에 국교 정상화가 이루어진 후 예멘 측에서는 우리나라로부터 어떤 도움을 받을 수 있지 않을까 은근히 기대하고 있지만 우리 정부 쪽에서는 전혀 아무런 의사를 보이지 않고 있는 데다 도리어 우리 회사에게 적절히 대처하라는 입장만 보이고 있으니 이 또한 우리로서는 무척 어려운 일이 아닐 수 없다.

석유개발은 국가자본의 축적과도 직결된 문제이므로 국가는 우리가 해외에서 활동할 때에 커다란 배경이 되어 주어야 하는 데도 제대로 뒷받침을 해주지 않고 있으니 너무나 힘겹기만 하다.

따라서 올해의 유공은 다음의 두 가지에 주안점을 두고 운영되어야 한다. 하나는 메이저로 가는 방향에서 정부가 우리의 목표와 입장을 충분히 이해하는 쪽으로 움직여 주도록 모든 수단을 동원해서 전략을 세우고 유도하는 것이고, 또 하나는 빈틈없는 경영을 하자는 것이다. 최근에 채용된 신입사원들의 학력이나 질적 수준을 보면 과거에 비해 월등한 사람들이 무척 많다. 이것은 어느 시점에 가서는 메이저들이 가진 인력들에 뒤지지 않을 것이라는 청신호이기도 하다. 그러므로 빈틈없고 예리한 경영력을 발휘해 앞으로 4년 정도만 야무지게 노력한다면 우리도 메이저에 한 걸음 더 다가설 수 있게 될 것이다.

최상의 수준은 빈틈없는 경영에서 온다

유공은 종합에너지, 종합화학 사업을 위주로 하여 일류 메이저를 지향하고 있는데 최근의 업적을 살펴보면 화학 쪽보다는 에너지 쪽에 더 많은 성과가 있었다. 이는 기회가 주어졌을 때에 그것을 골고루, 제때에 잡지 못한 탓이라고 생각한다. 앞으로는 화학 쪽도 적극적으로 추진해야 한다.

일부에서는 하나의 Chemical Company 안에 에너지와 화학분야를 다 수용하는 시스템을 취하고 있는 외국에 비해 우리 회사는 SKI, SKC 등으로 분산되어 있고, 거기에 유공까지 가세한다면 관계사들 사이에 사업의 경계가 분명하지 못하게 될 것이라고 우려하는 모양인데, 정밀화학은 품종이 워낙 많고 다양해서 한 회사가 다 커버하기는 힘들다는 점을 인식해야만 한다. 의약 하나만 보더라도 30년이 지나도 큰 발전과 변화가 눈에 두드러지지 않는, 고도의 기술과 장기적인 노력을 요하는 사업이다. 관계사간에 사업의 경계가 모호해진다는 것이 특별히 마음에 걸린다면 Media 방향으로 전략화 하는 방안도 생각해 볼 수 있고 또 필요하다면 유공, SKI, SKC를 다 합쳐도 된다고 생각한다.

따라서 중요한 것은 사업의 경계라기보다는 수없이 많은 Chemical을 공격할 수 있는 강력한 힘을 우리가 얼마만큼 보유하느냐 하는 것이다. 이 힘의 요소들은 결국 사람에게서 나오는 것이므로 이런 여건들을 최상급이라고 인정받고 있는 외국과 비교해서 결코 뒤떨어지지 않는 수준에 도달할 수 있도록 최선을 다해 경영을 해 나가야 한다.

1986. 1. 10 (주)유공 임원간담회에서

살 수 있는 기술은 사와야 한다

기술도입 비용은 곧 연구비이다

정밀화학 사업은 고도의 기술집약적 사업이면서 수익성 또한 높은 사업이다. 지금 접착제 사업을 추진하고 있는 SKI가 세계적인 일류 접착제를 만들어낸다면 접착제(接着劑) 하나만으로도 1천억 원 규모의 회사가 될 수 있다. 또 접착제 기술을 바탕으로 정밀화학의 취급 분야를 점차 넓혀 간다면 10가지 종류만 다룬다 해도 1조 원 규모의 회사가 될 수 있는 것이다. 그러자면 우선 사업의 목표를 잘 설정해야 하고 그 다음에는 경영의 질을 세계적인 수준으로 높여서 회사를 운영해야 한다. 그렇게만 된다면 1조 원 규모의 회사가 되는 것도 그리 어려운 일이 아닐 것이다.

접착제의 기술개발은 반드시 기초연구부터 시작할 필요는 없다. 이미 접착제 기술을 가지고 있는 곳을 여러 군데 선정한 다음 계속적인 접촉을 통해 기술을 얻도록 해야 한다. 기술을 도입하는 데에 필요한 비용이 바로 연구비가 되는 셈이다.

SKC에서도 그러한 경우가 있었다. 처음 SKC에서 콤팩트디스크(CD)를 만들어 내려고 했을 때에 그 대가로 1천만 달러를 지불해야 했다. 엄밀히 말해서 CD 사업은 다른 곳에서 원판을 가져다가 그대로 찍어서 판매하는 레코드 장사이기 때문에 음질을 구별하는 기법도 없는 우리로서는 어려운 사업이었다. 그런데도 거기에 1천만 달러라는 적지 않은 비용을 투자한다는 것은 망설임이 따르는 결정이었다.

그러나 CD 제조 기술은 곧 레이저광 기술을 의미하는 것이고, 당시의 추세로 보았을 때, 앞으로도 플로피 디스크(Floppy Disk)보다 2천 배나 더 용량이 큰 광메모리장치 시대로 갈 것이 명약관화하게 예상되는 시기였다. 그렇다면 레이저

광기술은 어떤 대가를 주고서라도 도입할 필요가 있었다. 왜냐하면 우리가 그때부터 10년을 계속해서 노력한다 한들 기초연구부터 시작해서 기술을 개발하려고 한다면 도저히 세계 일류기업들과 같은 대열에 나란히 설 수는 없을 것이기 때문이었다.

따라서 기술을 도입하는 데에 투자한 1천만 달러는 그 어떤 연구비보다 값진 비용이었다. 1천만 달러 들여서 레이저광기술을 도입했기 때문에 우리가 소니나 필립스와 같은 대열에 설 수 있게 되었던 것이다.

기존의 도식적인 사고에서 탈피해야 한다

여기서 연구라는 것의 의미를 다시 한번 짚어볼 필요가 있다. 흔히들 연구라고 하면 연구소에 앉아서 실험하고 그렇게 해서 새로운 현상을 발견하고 기술을 개발하는 것이라는 도식적인 사고 외에는 그 개념을 발전시키지 못하는 것 같다.

그러나 기업 측면에서 연구라는 것을 보다 포괄적인 개념으로 파악하면 외부에서 정보를 얻어온다든가 혹은 사들인 후 테스트하여 우리의 것으로 개발시켜 나가는 것도 연구의 한 부분이라고 볼 수 있다. 최고의 기술을 가지고 있는 곳을 몇 곳 선정하여 정보를 뽑아온다면 그것으로 이미 우리 연구의 8할은 이루어지는 것이며 그 기술을 더 발전시켜 세계적인 수준의 기술로 만드는 것이 나머지 2할의 연구인 것이다.

탄소섬유도 마찬가지이다. 탄소섬유는 세계적으로 몇몇의 회사끼리 서로 기술협력을 하면서 몇 개의 그룹을 이루어 영위하고 있는 사업이다. 우리도 그 대열에 서기 위해서는 세계적인 기업들과 접촉해서 정보를 얻어오고 그것을 바탕으로 기술을 발전시키도록 해야 한다. 그렇게만 된다면 우리에게 기술을 주기를 꺼려했던 미쓰비시는 물론이거니와 도레이와 같은 세계 유수의 기업들도 우리를 탐내어 함께 협력을 하자고 요청해 올 것이다.

이것이 바로 연구의 핵심이라고 할 수 있다. 이렇게 해서 접착제 기술과 탄소섬유 기술을 개발하고 농약기술 수준도 향상시키도록 노력해야 하며 계속해서 연구를 지속시키고 체계화하는 방법에 대해서도 여러 가지로 구상해 보아야 한다.

특히 접착제는 정밀화학의 시작이라고 할 수 있는 종목이고, 정밀화학분야가 대부분 그렇듯이 질만 좋다면 가격이 비싸도 그리 큰 불평은 나오지 않으므로 세계 각국에서 굉장히 열을 올리고 있는 분야이기도 하다.

일전에 SKI에서 자신들이 개발한 접착제를 SKC가 사주지 않는다면서 나에게 자신들의 접착제를 SKC가 사용하도록 이야기해 달라고 요청해온 적이 있는데, 아무리 사촌의 떡이라도 싸고 좋아야 사는 것이 당연하다. 건설이 해외공사를 할 때에 자신들의 물건을 안 사준다고 (주)선경이 불만을 표시했을 때에도 나는 마찬가지의 이야기를 했다. "먼저 어떻게 해서든지 좋은 상품을 개발해라. 그래서 다른 사람들로 하여금 사고 싶어지도록 만들어야 한다."고. SKI가 세계 어느 회사보다도 좋은 접착제를 개발한다면 SKC에서 제일 먼저 그것을 사 가게 될 것은 분명한 일이다. 따라서 우선 상품의 수준을 최상급의 국제규격에 맞추겠다는 목표를 설정하고 기업을 운영해야 할 것이다.

또한 현재 SKI에서 우레탄 바인더를 다루려고 한다는 보고가 있었다. 그렇다면 우선 이를 성공시킬 수 있는 구체적인 계획서를 먼저 작성해 보도록 하는 것이 좋겠다. 그러나 이제까지 SKI에서 취급해 온 것은 폴리에스테르였고, 역시 SKI가 폴리에스테르에는 바인딩을 제일 잘한다는 말을 외부로부터 듣는 것도 좋은 일이니, 접착제를 꼭 우레탄으로 한정시킬 필요는 없을 것 같다. 폴리에스테르 바인더 역시 표면화학(Surface Chemical)과 관련이 많은 분야이니까 그 쪽 사람들과 먼저 연결하는 방안을 강구하는 것이 필요하다는 생각이다.

기술 도입의 통로가 일본만은 아니다

우리 관계사 중에서 메이저를 지향하는 유공은 규모가 작더라도 2000년대에 들어서기 전까지는 꼭 국제적인 회사로 올라서는 것을 목표로 하고 있고 SKI는 정밀화학으로 가는 것이 그 목표이다. 그런데 철강이나 자동차, 전자, 컴퓨터 등에서는 강세를 보이는 일본이 유독 석유와 정밀화학분야에서는 약세를 면치 못하고 있는 것을 보고 주위에서는 일본도 하지 못한 것을 어떻게 우리가 하겠느냐는 회의적인 반응도 더러 보인다. 그러나 일본이 기술을 전혀 주지 않았는데도 비디오 테이프를 개발해낸 우리의 저력으로 보아 나는 충분히 그 목표를 달성할 수 있다고 생각한다.

일본 측이 기술협력을 해주지 않는다면 그보다 연구의 노하우가 더 큰 미국 측과 협력하여 기술을 도입하면 된다. 거기에 미국의 과학자까지 데려올 수 있다면 금상첨화가 될 터이니 앞으로는 될 수 있는 한 연구실 예산을 국내에서보다는 외국에서 사용하도록 하는 편이 좋을 것이다.

또 형편에 따라 연구는 미국에서 하되 생산은 한국에서 하는 이원적인 방법도 실현이 가능할 것이라 생각한다.

1986. 1. 10 접착제 개발관련 회의에서

도전하는 자가 미래를 지배한다

해낼 수 있다는 자신감을 갖자

이제까지 직물 사업으로 일관하던 선경인더스트리가 최근에 직물 사업이 사양길에 접어들자 그 사업의 방향을 정밀화학으로 전환하려는 과정에서 무척 고심하는 중이다. 왜냐하면 실만 팔아 보던 경험으로는 기술집약적 사업인 정밀화학 분야를 다룰 역량이 부족한데다가 전자나 자동차, 철강 사업 등에서 세계적인 수준을 자랑하는 일본도 유독 이 정밀화학분야에서만은 약세를 면치 못하고 있는 걸로 보아 일본도 못한 것을 감히 우리가 어떻게 하겠는가 하는 걱정이 앞서 심리적으로도 위축되어 있기 때문이다.

그러나 나의 생각은 전혀 다르다. 일본은 못했지만 우리는 해낼 수 있다는 자신감을 갖는 것이 그 방법 찾기의 첫걸음이다. 일본의 정밀화학 사업 추진 현황을 살펴보면 정밀화학에 성공한 세계적인 기업들과 비교해서 연구개발의 시작 시기가 상당히 늦었다는 점을 발견할 수 있다. 정밀화학 사업은 1~2년 동안 연구해서 성공할 수 있는 사업이 결코 아니다. 이미 10~20년 동안 연구해온 회사가 있는데 첫 걸음마부터 시작해서는 도저히 그들과 경쟁 상대가 될 수 없다.

그러한 일본의 경우에서 우리는 오히려 정밀화학 연구개발 분야에서의 중요한 노하우를 얻었다고 보아야 한다. 즉 사업의 출발점이 늦었다는 약점에서 '연구는 반드시 연구실에서 이루어져야 한다.'는 연구에 대한 도식적 관념을 깨뜨리는 인식의 전환점을 발견하고 기술과 정보를 외부로부터 과감히 도입해서 개발한다는 전략을 착안해 낼 수 있는 것이다.

실제로 이제까지의 연구는 지나치리 만큼 '연구를 위한 연구'에 매달린 감이 없지 않다. 그러나 이제는 거기서 탈피해야 한다. 그리하여 연구의 범위를 상품개발, 더 나아가 경영연구까지로 넓혀서 바라보아야 한다. 상품의 개발도 상품개발 자체에만 집착할 것이 아니라 개발된 상품을 판매하는 마케팅 전략까지 미리 살펴보아야만 하는 것이다.

자동차의 경우를 가상해보자. 만약 우리가 도요다나 벤츠와 같은 수준의 상품을 만들 수 있는 기술을 갖고 있는 상태에서 자동차 사고가 났다고 치자. 그때 우리가 만든 차만큼은 그 어떤 사고에서도 생명을 보장해 줄 수 있다는 것이 증명된다면 사람들은 보통 제품보다 10배 이상 가격이 비싸다고 해도 우리의 제품을 사려 들 것이다. 상품 개발을 할 때에는 이렇듯 잠재적인 시장까지도 정확하게 읽을 수 있는 안목이 필요하다.

결론적으로 기업에서의 연구라는 것은 마케팅과 밀접하게 연관된 산업연구여야 하고, 이를 잘만 운영한다면 실제로 연구에 들어가기 전에 이미 그 연구 목표의 50퍼센트는 이룬 것이나 마찬가지다. 따라서 연구에 임하는 사람은 출퇴근시간, 휴일 등 개인적인 시간을 좀 보류하더라도 문제점을 계속해서 찾아내고 무언가 부족한 점이 있다면 그것을 메우기 위해 헌신적으로 파고드는 자세를 가져 주기 바란다.

미친 듯이 일에 매달려 뛰는 사람이 성공한다

앞으로는 연구실 출신들이 회사의 Top Management를 영위해 간다는 신념으로 연구실 운영을 해야 한다. 따라서 연구실에 근무하는 사람은 약 2~3년 정도는 연구실에서 살다시피 하겠다는 각오 아래 하루 24시간 일년 365일을 전부 다 바칠 수 있는 사람으로 선정해야 할 것이다. 그리고 우리의 기술이 부족하면 세계 제일의 권위자를 사올 수도 있는 권한을 연구원 하나하나에게 모두 주어서 연구를 소신껏 할 수 있는 충분한 여건을 조성해주어야 한다.

또 연구 도중 한 사람이 쓰러지면 다른 사람이 계속해서 연구를 하고 그 사람이 쓰러지면 또 다른 사람이 계속해서 연구를 하고 그 사람이 쓰러지면 또 다른 사람이 뒤를 잇는 식의 운영 방법이 정착된다면 연구실에서 근무한 경력을 가진 사람들은 분명 유능한 경영자가 될 수 있을 것이다.

종합상사의 경우도 마찬가지다. 일본은 종합상사의 운영에서는 뚜렷한 노하우를 드러내지 못했다. 또는 이렇게 운영하는 것이다 하는 뚜렷한 방안을 가지고 종합상사의 방향을 구체적으로 보여 주었어야 하는데 그렇지 못했다. 이래서는 안 된다. 종합상사가 0.5퍼센트의 박한 커미션을 가지고도 많은 상품을 취급할 수 있으려면 상품의 특화를 통한 이익의 축적이 뒷받침되어야 하는데, 일본은 특화는 하지 않은 채 박한 마진만으로 운영했기 때문에 누적적자가 심해지고 회사도 위태한 지경에 이른 경우가 많았다.

거기에 비해서 우리는 이러한 시행착오를 미리 간파하여 특화에 주력했고 그 것은 결과적으로도 성공적인 운영 방안이었다. 그러나 금년부터는 이제까지의 이론을 뛰어넘어 더욱 더 특화다운 특화를 해내기 위해 노력해야 할 것이다. 이런 일을 미적지근하게 처리해서는 안 될 것이다. 특화를 위해서 진실로 열성적으로 매달릴 수 있는 사람에게 특화를 다루도록 해야 한다. 적당히 해서 넘어가고자 하는 그런 사람들에게 이것을 맡겨서는 안 된다. 다른 사람들이 볼 때에 마치 반은 미친 듯이 특화에 매달려 뛰는 사람만이 성공할 것이다.

내가 경영기획실이나 유공 사장실을 만든 것도 그러한 맥락에서 이해되어야 한다. 이곳에서의 근무 기간은 2~3년 정도다. 그 동안만은 전적으로 업무에 시달리고, 술 마셔도 취하지 말고, 부부 싸움도 하지 말고 생활하면서 철저하게 SKMS로 무장하라고 당부했다. 이런 훈련을 통해서 배출된 사람만이 내가 원하는 수준의 경영자의 표본이 되는 것이고 따라서 경영기획실과 사장실은 정예부대가 되어야만 한다.

일반적으로 회사에 종사하는 사람들의 유형은 두 부류로 나누어진다. 부여된 업무와 규정 시간을 그럭저럭 소화하면서 자신의 생활을 즐기는 사람이 있고 자신의 정열과 시간을 온통 투자하여 능력을 최대한 발휘하고자 하는 성취욕 우선의 사람이 있다. 어떤 부류든지 회사 측으로서는 다 필요하다. 처음부터 안이하게 뛰려는 사람도 물론 필요하다. 다만 그런 부류의 사람들이 최고 경영진에 끼여서는 안 된다는 것만은 분명하다. 그런 사람들이 이사가 되면 오히려 권위주의적이 되어서 걸음걸이부터 무거워질 뿐만 아니라 일은 적당히 하면서 휴가는 더 많이 받으려 할 테니까 회사가 기울게 될 것이 뻔하기 때문이다.

미래는 도전하는 사람의 것이다

따라서 우리는 앞으로 지금처럼 연한만 되면 적당히 승진이 보장되는 그러한 인사정책은 배제할 것이며 Top Management는 특히 이러한 과정을 통해서 단련된 사람을 선정해야 한다.

작년과 재작년 사이에 외국의 잘되는 회사와 잘 안되는 회사, 그리고 잘되다가 자꾸 뒤로 처지는 회사들을 비교해 보았더니 회사의 경영체계가 얼마만큼 잘 잡혀 있느냐에 따라 회사의 흥망이 결정되는 것을 알 수 있었다. 회사의 운영은 결과적으로 사람이 하는 것이고 종합상사는 더욱 그 점이 두드러지는 분야이다.

사람을 움직이는 용병술에서 방향을 찾아야 한다. 세계 시장을 상대로 하는 종합상사가 지사장이나 지역 본부장이 바뀐다고 해서 먼저 하고 있던 일에 혼란이 생긴다거나 한다면, 이는 전적으로 전임자의 책임이다. 책임자가 바뀌어도 업무에는 하등의 차질이 없도록 하는 것이 경영의 노하우이며 이런 것이 선경의 경영 노하우로 정착할 수 있도록 계속해서 그 방안을 강구해야 한다.

그리고 상사의 경우는 거기에다 특화로 가기 위해서 'Well Organized Planned Business'까지 구체화했으므로 이제는 경영을 빈틈없이 체계화시키는 문제만 남은 셈이다. 이에 금년 1년은 경영을 연마하는 연습 기간으로 삼고자 한다.

이제까지 특화하는 사람들의 자세가 3~4마력짜리였다면 앞으로는 10마력짜리가 될 수 있도록 지속적으로 노력하여야 한다. 적당히 하는 자세로는 새로운 사업이 결코 일어날 수 없다. 힘든 일도 패기를 가지고 꾸준히 추진하면 성공할 수 있다는 믿음을 갖자. 미래는 도전하는 사람이 차지하게 되어 있다는 사실을 잊지 말자,

1986. 1. 17 (주)선경 임원간담회에서

제4부 3천6백50억 원의
이익창출을 위하여

연구소 역할과 연구원의 자세

이윤창출을 위한 연구개발을

기업의 연구소에서 이루어지는 연구는 주로 산업연구로서 기업의 이윤 창출과 직결되는 것이다. 따라서 기초 분야가 기업 연구소의 연구 종목이 될 수는 없다. 처음부터 연구소의 설립 목적이 순수과학 분야의 연구를 위한 것이라면 기초분야 연구에 대한 회사의 지원은 당연하겠지만, 우리의 연구소는 기업의 이윤창출을 위해 초석이 되는 부분의 연구 및 기술개발을 하는 곳이기에 순수과학 분야의 지원은 될 수 있는 한 지양되어야 한다. 그러므로 일정 기간 회사의 지원을 당연하게 생각하여 막대한 자금을 소비하겠다는 생각을 버리고, 반드시 연구에 성공하여 적어도 사용한 만큼의 연구비용은 회사에 기여하겠다는 마음을 다져야 한다. 그러자면 연구 아이템 선정에 신중을 기해야 할 것이다.

그리고 아이템을 선정하여 연구에 들어가는 것과 동시에 앞으로 생산될 상품의 시장성과 원가, 적어도 일년간의 생산량과 판매량 등을 파악해야 한다. 만일 이러한 사항을 사전에 조사하지 않고 연구에 들어간다면 그 아이템이 성공한다고 해도 바로 생산과 연결되지 못하기에 연구와 생산의 연속성에 제동이 걸리게 될 것이고 또한 조사 과정에서 시장성이 희박하다거나 원가절감이 어렵다는 판단이라도 서게 된다면 지금까지 투자한 연구비는 그 어디서도 되찾을 수 없게 되는 것이다. 기업은 이윤극대화를 위해 운영되는 조직이다. 그러기에 시장성이 좋고, 원가가 가장 낮은 제품을 만들어 대량으로 판매하는 것이 지극히 바람직한 기업경영이다. 시장성이 없거나 타당한 원가를 유지하기 어렵다면 아무리 좋은 품질의 제품을 생산한다고 해도 사장될 수밖에 없는 것이다. 반드시 현실에 입각한 연구개발이 진행되어야 하며 동시에 시장 조사도 병행하여 이루어져야만 하는 이유가 바로 여기에 있다.

지금까지의 연구소 운영방식을 보면 연구, 생산, 판매가 각 부분으로 독립되어 있는 형식을 취해 왔으나, 이제는 하나의 시스템 안에 세 부분이 함께 포함되어 움직여 나가야 하며 연구소도 연구에만 주력할 것이 아니라 먼저 경영의 전반적인 흐름을 알고 연구에 임해야 한다. 연구소에서 경영의 전반적인 흐름을 파악해야 한다는 것은 곧 보다 현실과 밀접한 아이템을 선정하여 연구 과제로 선택한 후 기술을 개발해야 한다는 말과도 같다. 연구 과제로 선택된 아이템이라면 어느 정도의 가능성을 갖고 있는 것이 사실이겠으나 그 연구 결과는 아무도 예측할 수 없다는 위험도 배제할 수 없으며, 개발되는 기간도 정확하게 알 수 없는 어려움을 감안해야 한다. 그러기에 연구해 가는 과정 하나하나에서 지속적인 점검이 필요한 것이며 여기서 미흡하다고 판단되는 과정이나 진행이 어려운 과정은 조직을 보강하거나 재편성하는 등의 정비 과정도 반드시 뒤따라야 한다.

경영기법개발과 조화를 이루는 기술개발

이러한 과정을 통해 개발된 아이템은 최종 소비자를 위해 생산·판매되어야 한다. 그러나 진행 과정에서 운영이 원활하지 못한 부분, 즉 장애요소(Bottle Neck)가 발생되기도 하며 이것으로 인해 전체의 흐름이 원활하지 못하게 되는 문제도 일어날 수 있다. 이때는 그 부분만을 전담해서 해결할 수 있는 사람을 연구소에 두고 문제 발생시 빠른 해결을 볼 수 있게 해야 한다. 장애 요소의 빠른 해결은 상품의 품질 향상을 가져오며 원활한 유통과정과도 직결되므로 소비자에게도 높은 만족을 줄 수 있는 일인 것이다.

이와 같이 이상적인 기업의 경영은 기술개발과 경영기법개발이 조화를 이루어 나갈 때에 이루어질 수 있다. 이 두 가지가 조화를 이루어 나갈 때만 이윤도 얻을 수 있으며 기술개발이나 경영기법개발 중 어느 한쪽으로만 치우친 경영에서 이익을 바라보기는 힘들다. 그러기에 우리는 이윤과 연결된 연구에 중점을 두어야 한다.

연구원 모두가 경영자라는 자세를

기업의 이윤창출에 초석이 되는 아이템을 다루는 연구원은 단순히 연구소에서 실험만 하는 사람이 아니다. 연구원 각자는 곧바로 경영 전략을 익히고 연구해가는 경영자라는 인식을 가져야 한다. 경영기법을 완전히 획득한 경영자로서의 연구원이 수행하는 연구라면 평이한 연구가 될 수 없을 것이며 그것은 우리만이 할 수 있는 독특한 연구 개발이 될 것이다. 연구원이 최고 경영자의 자격을 갖추고 있어야 경영 또한 최고의 경영으로 갈 수 있는 것이다. 하지만 우리 혼자 독불 장군 격으로 연구소를 운영해 나가기에는 아직 부족한 점이 많다. 따라서 선진기술의 연구과정이나 연구된 아이템의 참고가 필요한 것이다. 이 참고 사항들을 연구소의 지침서로 삼고 이 지침서에는 그들이 연구 아이템을 찾는 방법, 품질관리, 상품에 대한 소비자의 평가, 상품의 결점 보완 등에 관한 대처와 진행 과정 등이 수록되어야 한다.

연구 개발의 중요성에 대한 관심도는 과거 어느 때보다도 고조되어 있으며, 여기에 보조를 맞추어 우리의 연구소도 지속적으로 우수한 연구 인력을 확보해 나가야 하고, 선진기술과의 원활한 교류도 반드시 진행되어야 한다. 이러한 연구의 추진은 섬유에만 의존하던 것에서 벗어나 정밀화학으로 들어서는 진행의 첫 부분이며, 또한 정밀화학으로 들어서면 섬유분야만을 하는 것이 아니기 때문에 그때가 되면 지금의 '선경합섬'의 명칭도 다른 이름으로 바뀌어야 할 것이다.

연구소의 진보적인 추진은 연구원의 자발적인 의욕이 바탕이 되어야만 가능하며 연구소 내의 규범이나 규칙은 연구소마다의 독특한 분위기에 맞게 간소화시키되 구속이 아닌 자유스러운 분위기에서 운영되어 가도록 해야 한다. 한편 본사는 항상 연구원들의 연구에 도움을 주는 보조자 입장이 되어 연구소를 관리해 나가야 할 것이다.

1986. 2. 10 선경합섬연구소 운영계획을 보고받고

경영이익 높이는 특화비즈니스

특화를 통한 이윤극대화 추구

종합상사가 이윤의 극대화를 달성할 수 있는 가장 효율적인 방법은 취급하고 있는 각 상품의 특화를 추진하는 것이라는 판단 아래 (주)선경도 분야별로 특화를 시키고자 많은 노력을 해왔다.

그러나 솔직히 아직까지는 막연하게 특화를 해오고 있다는 생각이 든다. 특히 상품의 서비스 분야에서의 특화는 아주 미흡하다. 같은 종류, 동질의 상품을 구입하고자 할 때에 소비자들이 물건을 선택하는 기준은 아마도 그 상품에 대한 서비스에 달려 있다고 해도 틀리지 않을 것이다. 만약 같은 종류, 동질의 상품을 구입하고자 했을 때, A회사의 제품은 배달에 60일이 걸리는데 B회사의 제품은 그보다 20일이나 빠른 40일 안에 배달이 된다고 하면 소비자들은 당연히 B회사의 상품을 구입하게 되어 있다.

이처럼 상품의 배달이라는 서비스 부분을 특화시켜서 소비자들의 수요가 늘었다면 자연히 우리 상품의 가격은 상승하게 되어 이윤이 더 커질 것은 분명하다. 즉 특화되어 있는 상품에 대하여 소비자들은 기꺼이 가격을 더 지불하겠다는 현상이 생긴다는 이야기이다. 요즘 많이 거론되고 있는 첨단산업이라는 것은 대부분 이러한 원리에 의거하여 성공한 결과이다.

산업이 발달함에 따라 사회도 점차 진보하고 있다. 따라서 사회의 큰 근간이 되는 기업이 답보 상태에 머무른다면 그 기업은 도태되어 버릴 수밖에 없기 때문에 계속해서 기술을 발전시켜야 함은 물론 한 상품에 대해서도 끊임없이 그 질을 향상시켜 나가야 한다.

지금의 자동차 시장을 보면 일본이 세계 시장을 석권하고 있지만, 60년대까지만 해도 일본이 미국의 자동차를 따라간다는 것은 거의 무리에 가까운 일이었다.

그러나 일본은 자동차 시장에 대한 긴 안목을 가지고 엔진이나 볼트 너트 등 부속품의 질부터 조금씩 조금씩 개선해 나가기 시작했다. 몇 해 동안 계속되는 이러한 노력에 의해서 자연히 상품의 질은 향상되었고 과연 80년대에 들어서면서부터는 성능 면에서나 판매면에서 미국을 월등히 앞서게 되었다. 게다가 상품의 배달에 있어서도 다른 어느 회사보다 짧은 기간 동안 실수 없이 이루어지도록 서비스의 특화 시스템을 만들어 놓았기 때문에 일본제 자동차에 대한 세계 시장에서의 수요는 더 많아질 수밖에 없었다. 따라서 가격은 높아지고 시장은 확대되면서 일본은 당당 자동차 강국으로 부상한 것이다.

특화 대상은 소비자와 직접 접촉하는 상품부터

이윤을 크게 하기 위해서 특화를 시키고자 할 때에 과연 어느 것을 대상으로 할 것인가를 많이 생각하게 된다. 물론 가장 좋은 방법은 새로운 상품의 개발 단계에서 바로 특화를 시키는 것이겠지만 우선은 이미 생산해서 판매하는 물건이라 할지라도 그 중에서 소비자와 직접 접촉하게 되는 물건부터 특화를 추진하는 것도 좋을 것 같다. 왜냐하면 상품에 딸린 이윤은 물건을 소비자한테 공급하는 경우가 제일 후하고 중간 생산자한테 공급하는 경우가 가장 박하기 때문이다.

이것은 순전히 그간의 경험에 의한 것이기는 하지만, 이제까지 종합상사들이 지나치게 실적위주로 가다보니 상사 운영에서 비즈니스라는 개념이 자꾸 상실되어 가는 것 같아 안타깝다. 실적보다는 내실을 기한다는 측면에서 소비자한테 직접 가게 되는 물건인 경우라면 소비자가 원하는 대로 서비스를 특화시켜 이익을 훨씬 많이 내는 식의 한 차원 더 높은 경영을 추구할 필요가 있다.

따라서 우리도 지금 우리가 취급하는 모든 상품의 서비스를 첨단화시키도록 별도의 연구팀을 운영하며 정밀하게 검토해 보고, 그 과제를 해결하기 위해 수시로 모임을 가져 보는 것이 필요하다. 아마도 그 과정에서 우리의 경영도 더 첨단화되리라고 생각한다.

일전에 선경건설에서도 특화에 관한 이야기를 한 적이 있다. 건설도 자신들의 상품이라 할 수 있는 공사 방법이나 시설, 관리 등에 대해서 특화를 시키는 방안을 검토해볼 만하다. 어떤 건물 공사의 입찰에 들어갈 때에 별 특색 없이 남들하고 똑같이 경쟁한다면 그것은 입찰 가격만 낮출 뿐 아무런 의미가 없다. 우리가 높은 가격으로 공사를 따기 위해서는 다른 데보다 독특한 점을 가지고 있어야 한다.

예를 들어서 세계적인 유명 건물의 디자인과 설계를 활용할 관련 조직이나 단체와 체인을 형성하고 있어서 필요한 자료를 쉽게 제공 받을 수 있는 장점이 있다고 가정하자. 그렇다면 우리는 유명 건물 디자인을 다 가지고 있기 때문에 그것을 전부 살펴보면서 용도에 적합한 세련되고 견고한 건물을 지을 수 있을 것이고, 이 점을 부각시켜서 입찰에 들어간다면 발주자의 입장에서는 우리에게 더 신뢰감을 느낄 수밖에 없을 것이다. 이런 경우라면 아마도 발주자와의 입장에서는 다소 입찰가격이 높다 하더라도 기꺼이 공사를 맡기리라 생각한다.

서비스 분야에서의 특화전략

아파트 공사를 해도 그렇다. 수도와 난방 같은 시설에 문제가 생겼을 때에도 입주자들이 쉽게 알고 적절하게 대응할 수 있도록 창고 문 뒤에 설명서를 적어서 붙여 놓는다면 현재의 입주자뿐만 아니라 그 뒤에 이사 오는 사람 역시 거기에 적혀 있는 내용만 보고도 다 알 수 있을 것이다.

이러한 것들도 서비스 분야에서 우리 나름대로의 특성을 살린 일종의 특화라 할 수 있다. 비록 이것이 처음에는 아주 작은 것이라 할지라도 계속 축적되다보면 평도 좋을 뿐만 아니라 아마도 10년 후쯤 되면 우리 아파트의 시가는 처음부터 타사보다 우월한 위치를 차지할 수 있을 것이다. 따라서 이것은 장기적인 안목으로 추진할 '10년 특화'가 되는 것이다.

그런데 종합상사는 자체 생산보다는 하청업체와 연결되어 있는 상태에서 거래를 하는 경우가 많기 때문에 이들을 잘 이끌어 가는 것이 중요하다. 먼저 상사는 소비자들이 진실로 원하는 바를 잘 파악하여 이윤의 폭을 크게 할 수 있는 방안을 마련해 놓은 다음 생산업체를 설득시켜서 우리를 따라오게 해야 한다.

생산업체도 처음에는 우리의 방안을 따르면 원가가 높아진다며 꺼려 할지 모르나 우리의 전략에 의해 이익이 많아지면 점차로 생산체제를 변화시킬 것이다. 실제로 소비자들이 서비스에 만족하면 더 지불할 수 있는 가격의 폭은 5할 정도다. 이 점을 우리는 십분 이용할 수 있어야 하겠다.

최근엔 전자제품도 OEM 방식의 생산이 활발해졌다. 주문자측 기술진의 기술을 활용해서 물건을 생산하고 우리 상표로 판매하는 것인데 이 방법을 잘 이용할 수만 있다면 상사가 다룰 수 있는 전자 제품의 수도 굉장히 많아질 수 있을 것이다.

결국 이러한 특화는 궁극적으로 기업 이윤의 극대화를 추구하기 위한 경영 방향이지만 특화를 해서 이익을 낼 수 있다는 사실보다는 기존에 이미 하고 있는 사업으로 뭔가 이익을 더 내보려고 연구하고 노력한다는 점이 더 중요한 것이고 기업에 큰 힘이 되는 것이다.

지금 세계에 30여 개의 지점을 가진 우리가 이렇게 움직인다면 하루 10억 이익으로 1년이면 3천6백50억의 이익을 낸다는 지금의 목표를 달성하는 데에 그치지 않고 하루 100억 이익으로 가는 것도 그렇게 요원한 일만은 아닐 것이다.

1986. 3. 13 (주)선경 특화사업추진을 보고받고

선진기술의 축적과 에너지사업 진출

스스로의 기술 축적이 필요하다

기업이 자체 내의 기술축적 없이 외부의 기술과 노하우에 의존해 사업 확장 계획을 수립하거나 추진해 가던 시절은 지나갔다. 이제는 예전처럼 쉽게 기술을 알려주지도 않거니와, 도움을 준다고 해도 일시적일 뿐, 지속적인 지원을 기대하기는 어려워졌다. 그러기에 이제는 우리 자체 내에서 기술을 보유해야 한다는 것과 그 기술에 따르는 엔지니어링까지 포함한 자체 능력을 갖고 있어야 한다는 문제에 직면해 있다.

앞으로의 기업경영은 기술 중심으로 가야 한다. 따라서 필요한 기술의 범위를 차츰 넓혀 기술 노하우를 확보하는 데 힘을 기울여야 한다. 그러나 아직까지 우리는 선진 외국의 기술을 익히고 축적하는 단계에 머물러 있기 때문에 자력으로 기술을 개발하기에는 힘이 모자랄 뿐만 아니라 기술을 스스로 개발한다는 것도 결코 간단한 문제가 아니다. 하지만 이 어려운 과정 역시 우리가 해결해 나가야 할 당면 과제임을 인식해야 한다.

기업 안에 기술이 축적되기 시작하면 자체 기술개발이 가능하게 된다. 이 기술을 이용하여 사업계획을 마련하고, 그 실효성을 파악해본 후 사업을 추진하고, 사업의 성과에 따라 조금씩 규모를 넓혀가며, 부족한 기술이나 설비, 또는 인원은 필요할 때마다 보완해 가는 방법으로 진행해 가는 것이 바람직한 방향 설정이다.

한 예로, SKC에서 시작한 필름사업은 우리의 기술과 노력에 의해 이룬 성과로서 '하면 된다'는 신념을 우리에게 안겨 주었다. 만약 외부의 기술을 들여와 필름사업을 시작했다면 새로운 일에 진출할 때마다 자력으로 기술개발을 해 보겠다는 생각보다는 외부의 기술에 의존하려 하고 그 타성에 젖어 악순환이 계속 되었을 것이다.

아직 우리의 필름기술은 선진기술에 비해 뒤지고 있기에 우선은 국내뿐만 아니라 세계 시장에서도 인정받는 제품이 나오도록 기술 향상에 주력해야 한다.

그러나 이런 노력은 선진기술의 습득 및 축적과 병행해야 한다는 것을 우리는 결코 잊지 않아야 한다. 자칫하면 외부와의 지나친 기술 경쟁으로 과다한 자금 투자의 낭비를 초래할 수도 있고, 또한 실패했을 경우를 무시하고 무작정 추진해 가기에는 그 위험성이 너무도 높다. 그러므로 우리에게 꼭 필요한 기술이라면 그 기술을 사오는 방향으로 진행하는 것이 더 나은 방법일 수도 있다.

에너지사업의 추진과 대체에너지 개발

새로운 종합에너지사업으로 배터리 사업을 추진해 보는 것이 어떨까 싶다. 종합에너지사업은 특수배터리 사업과 전기에너지 사업으로 나누어 볼 수 있다. 배터리 사업이라고 하면 보통 우리가 접하는 건전지류에 한정시켜 보는데, 그런 일반적인 배터리 외에 좀 특수하고 강력한 전력을 가진 배터리 사업을 추진해 보고자 하는 것이다. 그러기에 이 분야를 맡아서 할 배터리사업부를 만들어 현재 판매중이거나 사용되는 제품의 종류를 파악하고 불편한 점에 대한 개선방안을 마련하여 소비자에게 다가갈 수 있는 제품을 만드는 준비를 차근차근 진행시켜야 한다.

배터리 사업은 간단한 건전지에서부터 전기까지 그 범위가 넓고 생활과 밀접한 관계를 맺고 있기에 해볼 만한 사업이다. 현재까지는 계획이나 진행이 미비한 상태이기는 하나 전기까지 포함하여 추진이 된다면 또 하나의 새로운 사업이 될 것이다.

우리가 생활에서 가까이 접하는 에너지로는 석유, 석탄, 전기, LPG, LNG 등을 들 수 있다. 이것들은 석탄을 제외하고는 모두 석유에서 얻어내는 것인데 우리나라로서는 석유 매장량이 전혀 없어 전량을 수입해 오고 있기 때문에 그 의존도가 무척 높은 부분이다.

이처럼 석유에 편중된 에너지 의존 현실은 유가(油價) 변동을 야기 시키고 국가경제를 위험 수위에 올려놓을 수도 있으므로 석유 외의 다른 에너지원을 찾아야 한다. 그렇게 하지 않으면 두 차례의 오일 쇼크와 같은 경험을 언젠가 다시 하게 될 것이다. 따라서 이제는 석유를 대신하는 대체 에너지로서 가격 면에서나 원가의 변동 면에서 훨씬 더 안정적이고 매장량 역시 아직은 그다지 걱정할 정도가 아닌 석탄을 이용하는 방법을 생각해 보기로 하자.

석탄을 에너지원으로 사용하면 주위의 환경을 더럽히고 열량도 그리 높지 않을 뿐만 아니라 연료로 태우고 난 후 재의 처리 등 여러 가지 불편한 점에 있어서 사용량이 그리 많지 않았으나, 이제는 열량을 높이기 위한 가공기술이 개발되었고 시스템의 자동화로 그 사용 범위가 무척 넓어짐으로써 석유의 대체 에너지로 다양하게 이용되고 있다. 이처럼 대체 에너지의 이용은 우리 경제를 안정적으로 유지시켜 주고 매장량이 한정된 석유에의 의존도를 낮추어 단단한 경제기반을 마련할 수 있게 하는 것이다. 이제 우리는 일시적이고 찰나적인 경영에서 벗어나 장기적인 안목, 즉 2000년대를 향해 나아가는 기술집약적인 사업 추진을 위해 보다 적극적인 활동을 하고 일본과의 경쟁에서도 기술축적과 노하우의 개발만이 우위를 차지하게 하는 요소가 된다는 것을 명심하고 제반 계획을 마련해야 할 것이다.

1986. 4. 25 (주)유공 경영실적을 보고받고

서비스의 질적 향상과 경쟁력 제고

철저한 애프터 서비스는 경쟁력을 높여준다

상품을 생산하는 기업이 가장 중요하게 고려할 것은 소비자의 만족도다. 과거의 대량생산 대량판매 체제에서는 소비자의 기호나 만족을 고려하기보다는 대량생산으로 소비자에게 공급한다는 그 자체에 목적을 두었기 때문에 품질, 디자인 등에 대한 소비자의 의견 수렴은 염두에 두지도 않았다. 물품을 공급받는 소비자 또한 제품의 품질이나 자신의 기호에 의한 선택보다는 그저 쓸 수 있으니 그것만으로 되었다는 마음으로 제품을 구입하여 사용하는 정도였다. 그러나 이제는 모든 물자가 풍족해졌고 종류 또한 다양하기 때문에 그저 제품을 생산해 낸다는 것만으로는 상품으로서의 가치나 경쟁력이 없다. 다른 제품과의 경쟁이 불가피하므로 우수한 품질의 제품과 이에 따르는 서비스가 반드시 있어야 하는 것이다. 이러한 까닭에 다양한 디자인과 우수한 품질을 유지하고, 다품종 소량 생산이 오히려 효과적인가 하면 서비스 또한 그만큼 높은 비중을 차지하게 되었다.

이렇듯 과거의 생산·판매 체제와 달리 다품종 소량생산 방식과 서비스의 비중을 높여 가야 하는 것은 소비자 의식수준의 향상이 주된 요인이다. 철저한 사후 서비스는 소비자에게 좋은 기업 이미지를 줄 수 있고 제품에 대한 신뢰감과 선호도를 심어 다른 제품과의 경쟁에서 우위를 차지할 수 있게 하는 하나의 방법이다. 또한 우리의 노력 여하에 따라 제2의 고객 확보, 나아가 잠재 소비자까지도 얻게 되는 것이다.

그러나 이렇듯 높아져 가는 제품의 품질에 대해 서비스에 대한 전반적인 소비자 만족도는 아직도 60~70퍼센트 정도에 그치는 것으로 나타나 있다. 여기서 우리는 소비자의 의견을 보다 적극적으로 상품에 반영해야 한다는 것을 알 수 있다. 또한 소비자 한 사람 한 사람이 제품에 만족할 수 있도록 항시 소비자의 기호 변동이나 추세를 주의 깊게 파악하는 노력을 계속해야 한다.

이와 같은 서비스가 제품을 판매한 후에만 따르는 것이 아니다. 제품으로 만들기 전에도 할 수 있다. 선경인더스트리의 예를 들자. 직물 사업에 있어서 섬유에만 치우쳐 생산하던 것에서 벗어나 새로운 소재의 섬유 개발과 직조방법, 직물염색, 프린트 등 직물에 따르는 다양한 요소들을 개발하여 소비자에게 다른 종류의 직물을 접하게 하는 것 자체가 하나의 서비스다. 또한 직물 염색도 단지 직물에 여러 염료를 섞어 물을 들인다는 정도의 인식에서 벗어나 색상을 분석하고 시간별염료 착색상태, 특정 색상의 염색시간 등을 연구하여 자료를 확보함으로써 바이어와 상담 시에 이 자료를 제시하여 그가 직접 취사선택하게 하는 방법도 과거에 없었던 서비스의 한 방법이며 비즈니스인 것이다. 이것은 평범한 비즈니스에서 특화 단계에 들어선 비즈니스가 될 수 있으며, 더 높은 수익과 시장개척을 달성하는 하나의 방법으로서 기업의 이익 창출에 기여할 것이다.

경쟁에서 이길 수 있는 상사 경영전략

가장 바람직한 기업경영이라면 상품의 장기적인 독점이나 특화이겠지만 이것은 결코 간단하고 쉬운 문제가 아니다. 왜냐 하면 제품의 장기적인 독점이나 특화를 위해 세계시장을 무대로 뛰는 기업이 우리 뿐만은 아니기 때문이다. 세계 각지의 수많은 기업들이 자사의 이익 극대화를 위해 뛰고 있다. 우리도 결국 그 중의 하나이기에 한 가지의 상품이 세계 시장에서 인정받고 특화를 이룬 경영이 되기 위해서는 눈에 보이지 않는 경쟁이 항상 따르는 것이다.

그러므로 이런 경쟁에 이기기 위해서는 모든 사업에서 프로페셔널이 되어 운영을 해야 하겠지만 세계의 전 지역에서 그렇게 해 나가기는 어려울 것이므로, 우선 보다 확실한 지역을 대상으로 사업을 운영할 수 있는 곳에서만 프로로서 활동하는 것에 만족하고, 부족한 부분은 그 지역 특성과 경영에 익숙한 현지의 전문 경영인을 영입하여 운영해 가는 것이 바람직하다고 본다. 이렇듯 현지의 프로 경영인을 기업 내에 영입함으로써 전 지역을 프로화시키는 것도 하나의 테크닉이며 전 세계를 대상으로 시장을 개척하기 위해서는 반드시 필요한 기법이다.

현재 전 세계를 대상으로 분포되어 있는 우리의 상사는 시장개척을 위해 상사 나름대로 그 지역 특성에 맞게 운영되고 있다. 그러므로 그들의 업무나 경영 상태를 본사에서 총괄 관할하기에는 한계가 있고 또한 그 지역의 특성 파악이 어려우니까 상사 나름대로 독립성을 갖고 독립회사 시스템으로 운영하도록 해야 한다.

과거 상사의 운영은 수출 위주의 실적경쟁으로 운영되었기 때문에 적자가 발생할 소지가 많았고 이익을 얻기보다는 그저 손해를 보더라도 판매량을 늘리기에 급급한 면이 없지 않았다. 그러나 이제는 특화를 발달시켜 '큰 이익 적은 손해'를 추구하고 실적 위주에서 이익 위주로 상사를 운영함으로써 이익을 창출하는 관리기법을 터득해가고 있다. 물론 아직도 상사의 운영은 일본보다는 이익면에서 뒤져 있다, 이것은 능력 부족에서 나타난 것이라기보다는 일본보다 상사 운영의 경험이 적어서 뒤지고 있는 것일 뿐이며, 우리 상사도 경영에서 어느 정도 자리를 잡고 기반을 구축하게 되면 일본 상사에게 결코 뒤지지 않을 것이다.

이제는 어떤 사업이든지 키워나가야겠다는 의지와 힘이 있어야만 세계시장에서 살아남을 수 있으며, 이 힘만이 우리를 세계 일류기업의 대열에 서게 하는 원동력임을 인식해야 한다.

1986. 4. 30 (주)선경 직물사업부 경영실적을 보고받고

수직적 사고와 수평적 사고

기업의 생명은 신용이다

요즈음 우리 사회에서는 서로를 신뢰하지 못하는 불신풍조가 만연해 있다. 사회적인 불안정이 하나의 요인임을 부정할 수는 없지만 기본적으로는 인간 개인에게서 발생되는 요인이 더 크다. 즉 관련된 쌍방의 어느 한쪽이 다른 한 쪽의 믿음을 배신하는 행동을 했을 때에 불신은 더욱 심화되는 것인데 상호 불신의 발단이 비윤리적인 행위, 한탕주의, 피해의식, 특권층의 사치에 의해서라고 보는 광범위한 시각도 있을 수 있지만 그것은 하나의 사회적인 폐단이지 근본적인 불신의 원인이라고 할 수는 없다.

그런데 불신의 늪은 의외로 깊은 것이어서 한번 믿음을 잃게 되면 상대방이 아무리 참말을 해도 거짓말처럼 들리게 되어 서로의 벽은 점점 더 두터워지게 된다. 거짓말을 하는 사람도 잘못이고 모든 것을 거짓으로 여겨 믿지 못하는 사람도 잘못이기 때문에 그러한 현상이 생기는 것이다.

만약 신용을 생명으로 하는 기업이 대중들에게 제품을 속여 팔아서 불신의 대상이 된다면 기업은 더 이상 존속할 수가 없다.

그러므로 기업은 좋은 제품을 생산하여 소비자의 요구를 충족시키고 사회적으로 믿을 수 있는 행동을 해서 신뢰를 받아야 하며, 기업 내부에서도 상하가 거짓말을 안 하고 서로 믿는 분위기를 만들기 위해 노력해야 한다. 자신의 가정과 직장에서 신뢰를 받는 사람이라면 한 기업의 경영인으로서 세계를 무대로 활동하더라도 손색이 없을 것이고 직장, 가정, 교육장 등에서 믿고 살 수 있는 분위기로 돌아갈 수만 있다면 우리 사회의 불신풍조도 사라질 것이다.

불신풍조를 주제로 하여 우리 기업을 PR하고자 할 때에도 마찬가지다. 불신풍조에 대해서 무조건 이론적, 관념적으로 서술한 다음 이를 개선하기 위해 선경은 이러한 노력을 하고 있다는 식의 막연한 구성보다는, 우선 나름대로 기업경영에서 얻은 불신에 대한 체험을 가지고 이야기하는 편이 더욱 큰 효과를 얻을 수 있다. 체험에 의한 이야기는 듣는 사람들을 크게 공감시킬 수 있는 설득력을 가지기 때문이다.

특히 지금 '장학퀴즈'에 내보내는 우리 기업광고는 그 프로그램이 주로 청소년층을 대상으로 하고 있다는 사실을 염두에 두고 제작해야 한다. 입시위주의 교육풍토 때문에 편향적인 교육을 받고 있는 학생들에게 지식을 연마시키는 것만이 생활의 전부가 아니며 인간이 함께 살아가는 곳에서 믿음이 있어야 한다는 점을 이 광고에 담아야 한다는 것이 나의 생각이다.

유태인 갑부와 가난한 귀족의 딸

광고를 할 때에 수직적 사고보다는 수평적 사고를 이용한다면 더 효과적일 수 있을 것이다. 수평적 사고라는 것이 좀 어려운 개념이기는 하지만 예를 들어서 생각하면 쉽게 이해가 될 것이다.

영국의 귀족이 유태인 갑부에게 사업자금을 빌렸으나 약속 기한이 지나도록 갚지 못했다. 채권자인 유태인은 돈보다는 아름다운 귀족의 딸을 갖고 싶었다. 그러나 그냥 딸을 데려가겠다면 공정하지 못하다는 비난이 있을 것이라고 생각한 그는 귀족에게 게임을 하자고 제의했다. 흰 돌과 검은 돌을 각각 하나씩 넣은 상자에서 귀족의 딸이 하나를 뽑아서 결정하도록 하는데, 흰 돌을 뽑으면 귀족은 돈과 딸을 모두 내놓지 않아도 되고 만약 검은 돌을 뽑으면 돈 대신 딸을 주어야 한다는 규칙을 정했다.

그런데 전날 밤 유태인의 동정을 살펴 본 귀족의 딸은 유태인이 상자 안에 검은 돌만 두 개를 넣는 것을 보았다. 다음날 아침 게임이 시작되었을 때에 귀족의 딸은 상자 속에서 하나를 꺼내어서는 일부러 사람들이 볼 틈도 없이 재빠르게 밖으로 던져 버렸다. 그리고 그녀는 진노하는 유태인에게 상자 속에 남아 있는 돌을 보면 자신이 뽑은 것이 어떤 것인지를 알 수 있지 않겠느냐고 반문했다. 이렇게 하여 게임에서 이긴 귀족은 딸은 물론 돈 역시 갚지 않아도 되었다. 만약 귀족의 딸이 그 자리에서 게임을 거부하고 유태인의 속임수만을 폭로하고 말았다면 유태인이야 비난을 받았겠지만 게임 자체는 무효화되는 것이므로, 귀족은 빚진 돈을 갚아야 했을 것이고 돈이 없는 귀족으로서는 처음의 상황으로 되돌아가는 것밖에 길이 없었을 것이다.

속임수 게임에서 게임을 유효하게 하려면 귀족은 딸이 돌을 대중들에게 보여야 한다고 생각하는 일반적인 수직적 사고를 상자 속에 남아 있는 돌이 무슨 색깔인지를 대중들에게 확인시켜 자신이 뽑은 돌의 색깔을 알 수 있게 한다는 수평적 사고로 전환시킨 것이다. 이처럼 고정관념의 맹점을 역이용하여 자신에게 유리하도록 상황을 전환시키는 것이 수평적 사고다.

광고도 늘 듣는 것, 상투적인 방법으로 하면 소비자들은 곧 식상하고 만다. 소비자의 편에서 좋은 상품의 기준을 이야기하고 "우리의 상품은 안 사도 좋습니다. 그러나 언젠가는 선택하게 될 것입니다."라는 식으로 광고를 해야 한다. 광고의 내용에 하나의 공간을 만들어 놓고 그 공간을 전부 자기 자랑, 자기 얘기로 가득 채워 소비자를 피곤하게 할 것이 아니라 공간을 그냥 여백으로 놓아두는 방법을 씀으로써 소비자들로 하여금 호기심을 느끼게 만드는 것이다. 그렇게 해서 소비자의 관심을 끌도록 하는 것이 수평적 사고방식을 이용한 것이라 할 수 있다.

우리가 광고를 단순한 상품광고, 기업광고에서 공익광고로 전환한 것도 수직적인 사고를 수평적 사고로 전환시키는 기법을 기업PR에서 활용한 예다.

부드럽게 표현하되 요지는 분명하게

이제까지 우리는 하나의 테마를 정해서 기업광고를 내보내 왔고 이러한 PR방법은 회사와 상품만을 얘기하는 방법보다 더 효과적으로 우리를 대중들에게 전달해 주었다고 생각한다. 앞에 나간 '패기'편에 이어 이번에는 불신풍조를 다루고 앞으로 계속해서 시기, 질투, 공사(公私), 권한과 책임 등도 점차적으로 다루어야 할 것이다. 그리고 특별히 신경을 써야 할 부분이 광고 문안의 문제인데, 광고 문안이 전체적으로 너무 부드러우면 기억 속에서 녹아 버려 남아 있지 않게 된다. 그러나 핵심을 찌르는 야무진 단어를 쓰면 처음엔 거부 반응이 있을지라도 머리 속에는 오래도록 남게 된다. 따라서 문안을 작성할 때에는 전체적으로 부드럽게 표현하되 핵심적인 부분은 야무지게 표현해서 강조해야 한다는 점을 염두에 두고 광고를 만들어야 할 것이다.

1986. 6.10 홍보실 광고 브리핑을 받고

코디네이터로서의 경영기획실

판매와 연구 분야의 코디네이션

    그룹 차원에서 전문 스태프 기구로서 경영기획실을 만든 이유는 회장을 보좌하는 임무와 함께 그룹 내 각 관계사간의 코디네이터 역할을 맡기기 위해서다.

    코디네이션을 사전에서는 통합한다든가 혹은 일이 잘 이루어지도록 조정하는 것이라고 정의하고 있으나 솔직히 이것은 말로서는 명확히 규정하기 어려울 뿐만 아니라 실제로 기업 활동에 적용했을 때에 실행하기도 매우 어려운 문제다.

    왜냐하면 대부분의 사람들이 자기중심적인 시각을 가지고 일하려 하기 때문에 서로 도와야 할 이질적인 일과 조직에 있는 사람들이 지나친 경쟁의식으로 서로를 배척하기 때문이다.

    그러나 코디네이션은 기업경영이라는 총체적인 관점에서 파악되어야 한다. 자기중심적인 시각에서 탈피하여 서로 다른 성질의 일과 조직이 조화를 이루어 이윤의 극대화를 추구하는 데 밑바탕이 되도록 해야 하는 것이다.

    그래서 우리는 코디네이션을 SKMS에 넣었고, 거의 10년이 다 되어가는 지금에야 비로소 그 의미가 조금씩 이해되는 단계에 와 있는 것이다. 모든 조직이 마찬가지지만 특히 경영기획실은 그룹 내의 코디네이터 역할을 수행하는 조직이므로 그룹 내 다른 조직보다도 코디네이션에 대한 이해도와 실행도가 더 월등해야 한다.

    최근 미국의 자동차업계 동향을 보면 20년 이상 GM에 뒤지던 크라이슬러가 아이아코카가 경영을 맡게 된 이후 GM을 능가하고 있는데, 그 이유는 원래 오랫동안 영업을 담당했던 아이아코카가 독특한 상품을 원하는 대중의 욕구를 잘 알고 있던 터라 신상품도 이를 바탕으로 개발하도록 기술 분야를 유도하는 한편 판매와 기술 분야의 코디네이터 역할을 유능하게 해 냈기 때문이다. 과거에도 아이

아코카는 포드에서 '무스탕'이 큰 성공을 거둘 수 있도록 기여했는데, 그의 이러한 경험이 판매와 상품개발, 기술 분야의 코디네이션이 중요함을 깨닫게 했고 이에 따라 그는 그 점에 중점을 두어 경영해 나갔던 것이다.

기업과 종사자간의 상대적 보상 관계

기업이 이윤의 극대화를 추구하는 것은 경영의 본질이며 지속적인 이윤추구 활동을 통하여 영구히 존속 발전하는 데에 기업의 존재 의의가 있다.

그러나 경영학 책에는 이러한 내용들이 씌어 있지 않을 뿐만 아니라 이익을 추구하는 방법에 대한 연구도 미흡한 실정이다. 이익은 판매만 잘 한다고 해서 쉽게 생기는 것이 아니다. 판매와 관련된 상품의 기획, 생산, 자금의 조달과 회계관리, 또 이러한 것을 운영하는 사람의 관리 등 회사의 모든 조직이 유기적으로 관련되어 있고 이러한 구조의 원활한 활용만이 기업의 존재 의의를 살려줄 수 있다.

우리는 이러한 경영의 본질을 보다 명확히 의식해서 이익관리를 철저히 할 수 있도록 SKMS를 만들어 경영의 도구로 삼고 있다. 아마도 회사 조직에서 조직운영 양태를 잘 파악하고 이해하게 된다면 회사 밖의 조직에서도 총체적인 시각으로 그 조직을 운용할 수 있는 능력을 갖추게 될 것이다.

기업과 거기에 종사하는 개인간에는 상대적인 보상 관계가 존재한다. 개인이 노력한 만큼 기업은 발전하고 기업이 발전한 만큼 그에 대한 보상이 개인에게 주어진다. 이런 상호 관계의 지속적인 발전 속에서 기업은 영구성을 갖게 된다. 특히 이 점을 우리는 SKMS에 기업관으로 보다 분명히 밝혀두고 있는데 그 이유는 한때 번창하던 미국의 기업들이 오래가지 못하고 쓰러져 간 이유가 기업관이 명확하게 주지되어 있지 않았다고 보기 때문이다.

한때 번창하다 단명한 미국의 기업들 대부분을 살펴보면, 중요한 직책을 맡은 사람일수록 개인 비용도 회사 비용으로 처리하는 등 회사의 이익보다는 사욕을 채우기에 급급했고 될 수 있으면 근무 시간도 개인의 여가로 유용하는 등 회사가 잘되게끔 하려고 하는 노력들이 무척 희박했다. 그런 회사들이 휘청거릴 수밖에 없었던 것은 당연한 일이다.

세계적인 경영도구로서의 SKMS

우리가 SKMS를 활용해서 가장 구체적인 성과를 얻었던 것은 GULF가 철수한 유공을 인수해서 경영을 시작했을 때이다. 국제적인 일류 메이저가 되는 것을 기업경영의 목표로 삼아 기업관의 명확한 인식 및 확립과 SKMS에 입각한 인사관리의 원칙에 따라 나를 대신하여 실무를 집행할 사장은 새로이 선임하되 직원, 거래처, 납품처 등을 그대로 유지하면서 회사를 움직이니까 처음에 당황하고 우려했던 것보다는 훨씬 빠르고 순조롭게 경영할 수 있었다. 약 3년 정도 되어 기업이 안정되고 이익이 제대로 나니까 사원들의 기업에 대한 자부심도 세계 일류기업을 지향한 목표답게 일류급이 되었다. 그리고 그때의 수준이 지금까지도 유지되고 있다.

유공에서의 경험으로 경영도구인 SKMS에 대한 확신을 갖게 된 나는 이것을 미국에서 한번 시험해보아야겠다고 생각했다. 미국에도 여기와 같은 경영기획실을 만들어서 미국 내의 유능한 사람들로 하여금 조그만 기업을 하나 인수해서 운영해보도록 하는 것이다. 미국에서 미국 풍토에 맞는 경영기법을 가미해서 개발하도록 충분한 지원을 해준다면 좋은 결과를 기대해도 좋을 것이고, 미주 경영기획실이 잘 운영되면 일본에서도 한번 시험해볼 생각이다. 미국과 일본 등 국외에서의 시험을 토대로 SKMS가 수정, 보완된다면 명실 공히 SKMS는 세계적인 경영도구나 다를 바 없게 될 것이고 이로 인해 우리 기업도 국제화가 되는 것이다.

그러나 미주 경영기획실은 먼저 이 곳 경영기획실에서 SKMS 훈련을 받아야 한다. 현재 경영기획실은 휴일도 없이 24시간 근무한다는 자세로 임하고 있는데 이러한 단련 과정은 곧 본인들에게는 경영자로서의 자질을 갖출 수 있는 시간이 될 것이다. 또 회사에서도 이렇게 단련된 사람이 종사해주기를 바라고 있다. 물론 이 곳에서 미주 경영기획실원들의 훈련을 시킨다는 점에 대해서, 오랫동안 소득이 높고 안정된 생활을 해온 미국이라는 나라의 노동 생산성이 높은 이유는 설비와 경영기법의 발달에 의한 것이지 결코 개인 자질에 의해 생산성이 높은 것은 아니라는 점을 들어 반론을 제기하는 사람들도 더러 있기는 하다.

하지만 세계적으로 보아서 미국인들처럼 일 열심히 하고 야무진 사람들이 흔하지 않다는 것을 나는 체험을 통해서 알고 있다. 대체로 미국 기업들의 경영의 구태의연성이 사람들을 나태해지게 한 큰 원인이 되고 있다. 아마도 진실로 잘 사는 나라란 잘 살수록 일도 더욱 열심히 하는 풍토가 정착되어 있는 나라일 것이다.

앞으로 경영기획실은 그룹 내 코디네이터의 역할을 수행하면서 미주 경영기획실의 설립에 지원을 아끼지 말고 긴밀한 관계를 유지해 나가야 한다. 그렇게 할 때에 한 10년 정도 후면 보다 더 국제화된 선경의 모습을 볼 수 있으리라 생각한다.

1986. 10. 2 경영기획실 과장 Meeting에서

3천6백50억 원의 이익창출을 위하여

Normal한 경영과 Excellent한 경영

기업은 이윤 추구에 목적을 둔 조직이다. 이 조직에 참여하는 사람은 자신의 노력의 대가를 임금이라는 형태로 받고 기업의 목적 달성을 위해 함께 가는 동반자 관계이다. 기업의 목적을 위해 일을 하면서 이익이 생길 때에는 이익을 내기 위해 같이 노력한 사람들과 이윤을 나누어야 한다는 것이 Profit Sharing이다.

우리의 목표는 연간 3천6백50억 원의 이익창출에 있다. 이것은 보통 경영 방식으로는 달성이 어려운 목표이다. 이 목표를 위해 기업과 그 구성원이 힘을 모아 일을 해 나가야 한다. 기업운영의 주체이자 구성원들은 기업의 성장과 발전을 위한 방향 모색과 이윤 추구를 하게 된다. 이러한 동반자적인 관계를 무시하고 기업 혼자 이윤을 독식하고 "너희는 시키는 일이나 열심히 해라." 한다면 3천6백50억 원의 목표 달성은 요원할 것이다.

1년에 3천6백50억 원의 이익을 내기 위해서는 하루에 10억 원의 이익을 내야 한다는 계산이 나온다. 그러나 하루에 10억 원씩의 이익 달성은 결코 쉬운 일이 아니다. 지금은 불가능한 목표로 얘기될 것이다. 어떻게 하루에 10억 원씩 이익을 내느냐고 하지만 처음부터 안 된다, 못한다는 생각보다는 어떻게 하면 실현이 가능한가를 먼저 생각해 보아야 한다. 먼저 사장이 임원들과 매일 1시간씩 모여 회의를 하면서 방안 강구를 해보아야 한다. 이렇게 5년, 10년 지속해가다 보면 방안이 나오게 될 것이다.

사장과 임원들의 이러한 미팅은 SKMS에서 얘기하는 패기 중에서도 Super Excellent한 패기이다. 실행은 힘이 들고 어렵겠지만 효과적으로 조직 내에서 실천해 나갈 수 있는 방안만 만들어진다면 3천6백50억 원은 가능한 목표다. 이 목표 이익을 내기 위해서는 기업과 그 구성원들 간에 끊임없는 경영기법 개발과 진행과정의 단축, 코스트를 낮추는 노력이 뒤따라야 한다.

경영에 있어 Normal이다 하면 일반적인 경영방법이라 하고 Excellent 하면 잘한 경영이라고 한다. 하지만 우리는 Excellent보다 한 단계 높은 Super Excellent를 찾아 경영해 나가야 한다. Super Excellent만이 우리 목표에 도달할 수 있는 시스템이다. Super Excellent는 이윤추구 뿐만 아니라 조직 내의 모든 경영에 응용되어야 한다. 이렇게 조직 내의 모든 과정에 Super Excellent를 도입해 나간다면 우리는 막강한 힘과 저력을 가진 기업이 될 것이다.

세계 제일주의 경영

(주)선경을 운영하는데 요구되는 희망 사항이나 개선점이 무엇인가를 얘기한 적이 있다. 여기서 나온 사항은 품질을 더 높이고, 코스트를 낮추는 등의 얘기들로 이 사항의 해결은 곧 이윤 추구와 직결되는 사항으로 이익을 낼 수 있는 방법 제시였다.

선경인더스트리가 일본의 데이진으로부터 원사 만드는 노하우를 들여 온 적이 있었다. 노하우를 들여온 후에 선경인더스트리와 토의를 하면서 실이 왜 끊어져야 되느냐, 공장에서 직물로 만들 때에는 끊어지지 말아야 된다는 얘기를 했다. 처음에는 불가능한 일이라고 안 된다고 하지만 10년 동안 연구하고 개발해 나가면 불가능한 것만은 아닐 것이다. 데이진에서 원사 만드는 노하우를 들여와서 일본을 따라가는 것만으로 만족한다면 기업의 성장은 기대할 수 없다. 데이진을 능가하고, 우리의 원사를 가져다 쓰는 사람들까지 실이 끊어지지 않고 사용할 수 있게 고려해서 공급을 하게 된다면 이것이 Super Excellent한 사고방식이고 경영기법인 것이다. 그러므로 다른 기업에서 노하우를 들여와 같은 수준의 상품을 만드는 것으로 만족해서는 안 된다. 노하우를 가진 기업을 능가하여 상품의 수준이나 질 면에서 월등히 나아야 한다. 이러한 경영이 세계 제일주의 경영이다. 당장 세계 제일의 상품이 나오기는 어렵겠지만 목표를 거기에 세우고 해 나가야 한다.

세계 일류기업의 목표 아래 우리는 '석유에서 섬유까지'라는 수직계열화를 진행하고 있다. (주)유공이 유전에서 석유를 가져와 파라자이렌 공장을 하고 여기서 나오는 원료로 선경인더스트리에서 DMT, TPA를 만들어 계열사 내에 원료부터 첨단산업 부분까지 수직계열화가 이루어지는 것이다.

이 수직계열화의 과정 하나하나가 서로 의존하고 의뢰하게 되면 기업의 성장이 저조할 수도 있다는 단점이 있지만 각 과정이 세계 제일의 독자적 위치를 구축하게 된다면 가장 강하고 이상적인 조직체계가 되는 것이다.

이러한 조직이 되기 위해 SKMS를 경영에 도입, 활성화시켜 나가야 한다. SKMS의 운영에 있어 단면적인 생각이나 표현은 일부 계층에만 통용되기 때문에 다각적이고 입체적인 표현이 필요하다. 물론 SKMS를 활성화해 나가는 데 실행의 어려움도 있겠지만, 어느 방면에서 도입을 해도 이용이 가능할 때라야 Super Excellent한 SKMS의 경영방법이 되는 것이다.

Super Excellent한 인력관리

인력관리의 훈련 과정에서도 Super Excellent한 방법을 찾아보아야 한다. 인사부의 부서 배치 때에도 몇몇 사람은 맡겨진 업무를 천직으로 알고 일하는 사람이 있는 반면, 상당수의 사람은 본인이 희망하는 부서로 이동을 원한다. 이동을 원하는 사람은 희망 부서에 가서 의욕적으로 일을 해보고 싶어 하지만 이동을 원하는 인원이 많고, 또 특정 부서에 집중되는 경향이 있기 때문에 인사부에서도 적절한 이동관리가 힘든 상태이다. 이런 이유로 인해 이동도 안 되고 현 업무에 만족도 느끼지 못하는 사람을 그 자리에 묶어둔다면 불만이 생기는 것이다. 여기에 SKMS를 도입해 불만 해소책을 마련해야 한다. 이 해결책은 부서간의 이동을 원하는 모든 사람에게 통용될 수 있는 방안이어야 한다.

이 대책 마련을 위해 인사부에서 무척 고심하고 있는 것 같다. 그러나 여기에 SKMS의 Super Excellent를 도입하여 본인이 직접 뛰어보게 만드는 것이다. 즉 본인이 이동을 원하는 부서와 현재 근무하고 있는 부서의 장에게 직접 허락을 맡게 해보자는 것이다. 부장들과의 대화를 통해 부서 이동에 대한 사항이나 자신이 미처 깨닫지 못했던 점들을 다시 한 번 더 생각해볼 수 있는 기회가 마련되는 것이고 이러한 기회는 본인에게도 상당히 좋은 경험이 될 것이다. 이렇게 해서 양쪽 부서의 허락이 나서 이동이 가능하게 되었다고 해도 당장 업무 이동이 되는 것은 아니다. 왜냐하면 이동할 부서의 업무 파악이나 그 부서와 관련된 지식이 없는 상태에서 이동이 되면 아무 일도 못하고 다른 부서원들에게 피해를 주기 때문이다.

그렇기 때문에 일정 기간 동안 이동할 부서와 관련된 지식을 습득한 후에 이동이 되어야 한다. 이렇게 이동관리가 된다면 업무 수행의 효과도 높일 수 있고 경영원칙에도 부합되는 인간 위주의 사람 관리가 되는 것이다.

이것이 Super Excellent한 인사관리다. 과거 본인의 의사와는 관계없이 인사부의 권한에 따라 부서가 결정되고 이동이 되었던 것과 비교해 본다면 확실히 조직 내의 많은 변화가 기대되는 시스템이다.

신입사원의 연수 과정에 있어서도 Super Excellent를 도입해 자발적인 교육이 되도록 해야 한다. 4개월간의 연수과정은 자기 개발과정이기 때문에 피동적으로 따라가는 것보다는 자신이 스스로 의욕관리를 하면서 적극적인 자세로 지식을 습득하고 적응해 나가야 한다. 이러한 자세로 연수를 마친 후 개별 면담을 통해 무엇을 배웠으며, 연수 전과의 차이는 무엇이고, 자신이 앞으로 해야 할 일이 무엇인가 등에 대해 다시 한번 더 검토해보는 기회가 주어져야 한다. 이 연수과정은 부서 배치를 받아 실무를 보게 될 때 '야무진 일처리'의 기반이 되어 줄 것이다. 그러므로 채용관리가 단순히 신입사원을 뽑는 것으로 그쳐서는 안 된다. 일단 채용한 신입사원들이 진정한 SK-Man이 될 수 있도록 교육 훈련으로 잘 연결시키고, SKMS의 이해도를 높여서 실무에 잘 적응할 수 있는 여건을 마련해 주어야 한다.

나는 10년간 계속해서 신입사원과 대화를 가지고 있다. 이것은 우리만이 가지는 독특한 것이며 이 시간에 그들의 궁금한 사항을 알아보고 내가 대답하는 과정에서 한 가족이라는 느낌으로 신뢰감과 호감을 가지게 되는 것이다. 이렇게 우리만이 지니는 시스템을 더 개발하고 신입사원 연수과정에 해외연수를 포함시켜 교육의 질을 보다 더 높이도록 해야겠다.

1987. 4. 24 (주)선경 신입사원 교육 보고를 받고

연구소 운영의 바람직한 방향

연구, 생산, 판매는 하나의 조직이다

연구개발의 성과를 이익과 연결시키기 위해서는 우수한 질과 싼 가격으로 상품을 만들 수 있는 과정의 개발이 필요하다. 이미 알려져 있는 기술이라면 누가 비용을 더 낮추느냐로 경쟁이 될 것이다.

현재 연구소의 전체 인원의 1/3은 연구원이고 2/3는 사무를 담당하는 인원이다. 그러나 앞으로는 전체의 2/3가 연구를 담당하는 인원으로 구성되어야 하며 연구에 주력하는 Research—Oriented Company가 되기 위해서는 사무의 자동화가 조속히 이루어져야 하리라 본다.

연구소에서 추진하는 정밀화학 사업은 연구의 폭이 넓고 다양한 첨단과학 분야로서 연구 아이템이 성공하게 되면 이익 창출의 창구가 될 수 있으므로 지속적인 노력과 지원이 수반되어야 한다. 연구소 지원은 1~2년 단기적인 투자로는 성과를 볼 수 없는 부분이며 5~10년의 장기적인 계획과 안목을 가지고 투자를 해야 한다. 연구의 투자비는 이익의 30~40퍼센트로 잡아 나가고 회사의 재무구조를 깨뜨리지 않는 범위 내에서 방안이 마련되어야 한다.

현재 우리는 Marketing, Production, Research의 세 부분을 하나의 조직으로 묶어 추진해가고 있다. 그러나 이러한 조직에서 개발하고자 하는 아이템이 전부 성공한다는 보장은 없다. 또 연구 개발하는 아이템이 예정과 달리 이익이 적다고 해서 투자를 줄이거나 그 자체를 포기하는 식의 처리는 좋은 방법이라 할 수 없다. 성과가 좋지 못하면 그 원인을 찾아보려고 해야 하며 그 원인을 찾았을 때에 신속하게 대처하는 자세가 되어야 한다. 우리가 개발하는 상품의 최종 판매는 소비자들이므로 그들의 기호를 파악하지 못하고서는 아무것도 할 수가 없으며 따라서 소비자의 기호파악이 항상 우선되어야 한다.

예전 같으면 연구실에서는 아이템 개발에만 전념을 했을 뿐 상품이 어떻게 만들어지며, 판매는 어떤 식으로 이루어지는가에 대해서는 전혀 관심을 두지 않았다. 하지만 지금은 연구개발, 생산, 판매가 모두 한 덩어리이다. 그렇기 때문에 애써 상품을 개발·연구했는데 판매가 되지 않는 다면 그 연구는 연구를 위한 연구에 지나지 않으며 연구를 위해 오랫동안 투자한 회사는 막대한 손해를 입게 되는 것이다. 이러한 손실을 막기 위해서는 경영 기법에서 Intrapreneuring을 연구, 도입해야 한다.

잠재시장까지 연구하는 마케팅을

SKMS를 실행하는 데 있어서 관리조직을 유기적으로 움직일 수 있게 해야 한다고 했으나 어떤 부분을 어떻게 도입해서 업무를 수행해 가야 하는지 막연할 때가 있다. 우리가 SKMS에서 지향하는 이윤극대화는 타 기업과 다른 기술개발에 있다. 현재 우리가 가장 약한 부분은 마케팅이다. 마케팅하면 막연하게 판매라고만 생각을 하는데 정확히 표현하면 공장의 제조에서부터 소비자가 사용하기까지의 전 과정을 말한다. 이 과정 중에서 어느 한 곳이라도 막히게 되면 마케팅이 안되고 있다는 얘기다. 그렇기 때문에 연구개발과 경영기법개발을 동등한 위치에 놓고 경영을 해 나가야 하며 경영기법개발을 통해 막힌 곳을 뚫고 과정과 과정을 연결해 나갈 때에 이윤이 생기는 것이며 이것이 바로 이윤극대화의 핵심 포인트다.

이제 상품을 소비자에게 판매할 때에는 기존의 시장에만 의존하지 말고 잠재시장을 찾아보아야 한다. 소비자의 구매 성향을 알고 그들의 의견을 수렴하여 가격과 수량을 결정하며 판매량을 예측하는, 나아가서는 잠재시장을 연구하는 마케팅을 시도해야 한다. 이것이 가능하게 되면 독점에 가까운 시장이 열리고 경쟁자가 생기더라도 우리는 다른 경쟁자보다 우월한 서비스를 붙여 우리의 제품이 선택될 수 있는 Preference를 만드는 것이다. Preference한 상품으로 만들기 위해서는 연구, 생산, 판매라는 각 부분이 이윤극대화라는 목적을 향해가는 한 조직체라는 점을 인식하여 서로의 부족한 점은 보완하고 문제점을 해결해 나가도록 해야 할 것이다.

기여도에 따르는 보상제도 운영

하나의 연구 조직이 연구, 생산, 판매를 같이 해나가고 있는데 이렇게 일을 해나가다 보면 본인 고유의 업무 외에 부가된 일도 맡을 수 있다. 고유 업무 외의 다른 업무를 수행하게 될 때, 그 일에 대한 공적은 제외하고 책임만 부여하는 일을 진행한다면 일하는 사람은 일에 대한 의욕 상실과 불만을 나타낼 것이다. 고유 업무 외의 다른 일도 의욕적으로 추진하게 하기 위해서는 부가된 업무의 성과가 얼마만큼 회사에 기여했는가를 판단하여 그에 합당한 포상을 해주어야 한다.

앞으로 기업은 점차 대기업으로 성장·발전하게 될 것이다. 이러한 시점에서 기업이 관료적이고 경직되어 있다면 사원들이 일을 해 나가는 데 스스로 일을 찾아서 해보겠다는 의욕은 없이 마지못해 시키는 일이나 하고 주어진 일만 하게 된다. 이런 점을 방지하고 사원들이 의욕적으로 일할 수 있게 하기 위해서는 노력한 만큼의 포상으로 의욕적인 기업 분위기를 조성해야 한다.

이러한 포상제도는 선의의 경쟁을 유발하는 자극제 역할을 하게 될 것이며 일에 대한 의욕이 넘쳐 항상 새로운 일을 도모하고자 하는 자세가 자연스럽게 자리 잡아갈 것이다.

처음에는 포상제도에 대해 불만을 나타낼 수도 있겠지만 여기에 개의치 말고 운영해야 한다. 포상의 기회는 균등하게 주어져야 하며 기여한 사람과 조직에게는 Profit Sharing이 분명하게 이루어져야 한다. 이것이 우리가 추구하는 건실한 기업상이다. 공평한 기회 부여와 포상제도의 정착이 이루어진 기업이 된다면 유능한 인재들이 더 많이 우리 회사로 모여들게 될 것이며 우리는 자연히 질적 향상을 기대할 수 있게 될 것이다.

1987 5. 11 SKI연구소 운영계획을 보고받고

일류기업이 되기 위한 특화상품 개발

신상품 개발에 선행되어야 할 마케팅

하나의 상품이 연구개발 과정을 통해 시중에 나와 판매되려면 반드시 그 상품에 적절한 마케팅이 선행되어야 한다. 특히 새로운 소재의 상품이 개발되었을 때에는 판매의 대상, 수요량, 생산량 등을 전혀 알 수가 없기 때문에 이런 상품일수록 더욱 철저한 시장 조사와 마케팅이 따라야 무리 없이 사업을 추진해 갈 수 있다.

만일 이러한 과정을 통하지 않고 막연하게 "생산만 해 내면 판매가 되겠지…." 하는 식의 안일한 생각은 위험한 것이며, 더욱이 경영을 하는 사람으로서는 바람직하지 못한 운영자세이다.

그런 까닭에 우리는 상품의 특화에 노력해야 하며, 특히 상품을 연구 개발하는 팀은 특화가 무엇인지, 특화를 어떻게 이루어야 하는지에 대한 개념정립이 필요하다. 특화에 대한 개념이 확실히 서 있어야만 상품의 개발성과가 나타날 수 있기 때문이다.

특화는 우리 자체 내에서 만들어 경영에 반영하는 것이므로 외부의 도움이나 충고에 연연할 필요는 없다. 우리의 경영기본이념인 SKMS를 외부 학자들에게 물어보고 실시할 수 없듯이 특화 또한 우리만이 가지는 특성에 의해 만들어 경영에 활용하는 것이기에 그들로부터는 단지 SKMS로 운영하는 우리 기업의 이미지 평이나 SKMS를 접해 본 후의 조언을 듣는 것으로 충분하며, 그 이상을 기대하여 SKMS에 수렴하겠다는 무비판적인 수용은 SKMS의 기본이념을 흔들리게 하는 행동인 것이다. 이런 일을 사전에 방지하기 위해서는 경영기본이념을 올바로 숙지하고 그 개념을 확고하게 정립하는 것이 기업을 원활히 움직이게 하는 추진력으로 작용할 것이 다.

우리는 여기서 종합상사의 운영을 재조명해보아야 한다. 지금까지는 일반적인 경영으로 상사를 운영해왔으나 이러한 운영으로는 상사가 성장, 발전하는 데 어려움이 있다. 그런 까닭에 좀더 색다르고 우리만이 시도할 수 있는 마케팅 전략에 의한 경영을 펴 나가야 한다.

종합상사 운영에서의 특화전략

현재 종합상사는 구매자나 판매자를 상대로 상사를 운영해 가고 있으나 시간이 지나면서 상사를 빼고 직접 거래하려는 경향이 나타나고 있다. 그렇게 되면 상사의 이윤은 작아지고 경영도 위축될 수밖에 없으므로 이것을 방지해 나가기 위한 경영 훈련과 상품의 특화를 아울러 추진시켜 가야 한다. 아직까지도 종합상사의 운영이 단순 대행에 치중되어 운영되는 경우가 많은데, 우리는 여기서 구매자와 판매자의 요구 사항과 그들이 필요로 하는 요소를 우리 쪽에서 찾아 적극적으로 개발하고 활용하도록 연결시켜 나가야 한다.

상사의 운영에서 특화로 이어질 수 있는 부분을 찾으려면 먼저 작은 것에서부터 찾아보려는 자세가 필요하다. 예를 들어 4개월인 운송 기간을 1개월로 단축시킬 수 있다고 한다면, 그것은 상사 운영에서의 특화이며, 이에 따라 수수료도 종전의 3퍼센트에서 10퍼센트로 높여 받을 수 있을 것이다. 또 직물 사업에서도 단순히 직물만 짜서 파는 방식에서 벗어나 직물에 맞는 디자인과 유행성을 가미한 모드까지 개발하여 판매를 시도한다면 단순히 직물을 판매할 때보다 25~30퍼센트의 이윤증가가 있을 것이다.

그러나 이와 같은 결과는 단기간의 노력과 투자로써 이루어지는 것이 아니며 지속적인 토의과정과 종합상사 운영의 특수한 테크닉이 결합되어 이루어져야만 얻을 수 있다. 이러한 과정이 모든 부문에서 정착된다면 그것은 우리의 경영 노하우, 즉 경험에 의해서 축적된 소중한 경영 자산인 것이다.

우리가 이처럼 종합상사의 운영에서 다른 상사보다 앞서 가기 위한 전략, 즉 특화와 마케팅에 신경을 쓰는 것은 그만큼 종합상사의 운영이 어렵다는 반증이기도 하다.

그러기에 우리는 새로운 정보와 기술 습득에 한층 더 심혈을 기울여야 하며 우리 나름대로 독창성과 디자인을 가미한 신상품 개발에 이르기까지 관심을 더욱 더 넓혀야 할 것이다.

특화 개념의 명확한 정립

신상품의 개발은 기업이 존속, 발전하기 위해 필수 불가결한 요소이지만, 개발된 상품이 특화로 발전되기까지에는 기술이 축적되어 있어야 하고 상품의 품질 또한 우수성이 확보되어야 하므로 쉬운 일이 아니다. 그러므로 우리는 어떻게 하면 우리만이 만들 수 있는 상품을 개발해내느냐에 대한 연구가 필요하며 이 과정에서 상품의 특화에 작용될 모든 요소를 파악해 나가야 한다.

특화라는 것은 간단히 이론적인 지식에서 끝나는 것이 아니라 축적된 기술과 운영의 노하우가 융합되고 조화를 이루어야 가능한 것이기에 특화의 개념정립이 무엇보다도 필수적인 과제이다. 따라서 우선 특화 추진실에서 특화가 무엇이며, 특화의 연구 방향은 어떻게 진행해야 되는지 등을 철저하게 파악한 후, 모든 계열사가 같이 개념통일을 함으로써 모든 사업을 특화로 유도해가야 한다. 특화개념의 명확한 파악만이 종합상사의 비즈니스에서 다른 상사보다 앞서 나갈 수 있는 저력을 갖게 되는 기반이 된다.

또한 하나의 상품이 특화로 운영되었을 때에는 그 하나에 만족하지 말고 다음의 특화상품을 찾기 위한 노력을 같이 병행해 나가야 한다. 특화 상품을 찾는다고 해서 막연히 문헌들만을 뒤적거리기보다는 지금까지 개발된 상품들을 다시 한번 더 나열해 보고 재검토하는 과정에서 미래 지향적인 상품이 착상되고 새로운 소재로 새로운 상품의 개발이 가능하며, 그에 따르는 비즈니스도 상품에 맞추어 검토해서 기준이 될 수 있는 척도를 만들어야 한다.

이렇듯 사업 추진 과정에서 특화의 중요성을 인식하고 있으면서도 특화의 개념을 정확하게 모른 채 새로운 상품을 다룬다고 한다면, 사업을 실행에 옮기는 데 불리한 여건에서 출발하게 되는 결과를 빚게 되고, 개념 파악의 부족 때문에 우리가 얻고자 하는 소기의 기대치에도 못 미치는 성과를 얻게 되기가 쉽다. 그런 까닭에 특화 추진실에서는 새로운 경영기법의 개발과 특화추진으로 그룹 전체의 특화를 유도해 가야 한다.

세계 일류기업이 되기 위한 경영시스템

종합상사를 운영하는 데 있어 그 운영방향의 설정은 종합상사의 성쇠를 결정지을 정도로 중요한 관건이다. 과거 종합상사를 운영하던 때처럼 일본의 종합상사 체계를 모방한 경영에서 벗어나 우리 실정에 맞고 우리 환경에 맞는 경영이 이루어져야 한다.

그러자면 기업운영의 최소단위인 부나 과에서 먼저 '무엇을 개선해야 하는가'를 생각해 보아야 한다. 이 과정을 통해 제안된 사항들은 비록 작은 것들이지만 기업의 경영개선에 대한 제안이 될 뿐만 아니라 부서의 원활한 운영에 도움이 됨으로써 회사 전체의 운영에 상당한 추진력으로 작용될 것이다. 이러한 개선방안은 조직이 움직여 나가는 과정을 자세히 검토해 가는 중에 파악될 수 있다.

직물사업을 하나의 예로 볼 때, 직물이 어떻게 생산되고 이윤은 언제 붙기 시작했으며, 직물의 디자인 결정은 어떤 과정을 통해 결정이 되었는가 하는 등의 여러 요소를 점검해 가노라면 그동안 운영이 매끄럽지 못한 부분은 어디이고, 강화해야 할 부분은 또 어디인가에 대한 파악이 가능하게 되는 것이다.

우리는 2000년대에 세계 일류기업이 되겠다는 뚜렷한 목표가 있으니까 우리 산하에서 생산되는 제품이 세계 일류기업과 같은 평가를 얻기 위해 부단한 노력과 지속적인 연구를 계속해야 할 것이다.

세계 일류기업이 되기 위해서는 사원의 자질 향상과 고급 인력의 확보가 수반되어야 하며 선진 일류기업의 경영 시스템과 우리의 시스템을 비교, 연구하여 그들의 경영상의 장점을 파악하고 그것을 우리의 경영 시스템에 도입, 보완함으로써 그들보다 더 나은 경영 시스템이 되도록 만들어 가야 할 것이다.

1987. 9. 9 (주)선경 상반기 업무실적을 보고받고

기업가 정신과 기업경영

경영관리 개선으로 이윤극대화를

연구소에서 새로운 기술을 개발하게 되면 공장에서는 여러 실험과정을 통해서 제품의 상품성 여부를 시험해보고 어느 정도 시장성이 있다고 판단될 때에 비로소 생산에 들어가게 된다. 생산에 들어가 제품을 만들어낼 때에도 진행 과정이 올바르게 되고 있는지, 더 보완해야 될 부분은 없는지, 생산과정 중 원가를 낮출 수 있는 부분은 없는지 등을 점검해야 한다.

그러나 이러한 생산과정의 점검은 그동안 관심 밖의 분야였기 때문에 생산과정에 대해 점검하고 연구하는 사람을 둘 생각을 못했다. 그러나 이제는 생산과정에 대해 전적으로 일을 맡아서 해야 할 사람이 필요하다는 인식이 높아졌고, 이 과정의 연구가 있어야만 기술개발이 연구를 위한 연구에서 탈피하여 상품으로 만들어지고 또 소비자에게까지 연결되어 판매 될 수 있다는 것을 알았다.

이러한 맥락에서 일본에서는 제품관리를 위해 사용하는 QC(Quality Control)를 공장에 국한시키지 않고 회사 안의 일반 사무 관리에도 적용하여 전체적으로 활용해야 한다는 TQC(Total Quality Control)를 실시하고 있다. 일본이 일반 사무에서부터 공장까지 TQC를 적용함으로써 제품의 품질을 높여 이익을 보고자 하는 데에 목적이 있다면, 우리는 일본과 같이 품질관리 자체에 목적을 두고 기업을 경영하는 것이 아니라 이익 자체에 목적을 두고 경영한다는 차이가 있다.

투철한 기업가 정신(Entrepreneurship)으로 경영을

기업을 경영하면서 이익을 극대화할 수 있는 방법으로서는 우수한 제품을 만들어 이익을 높이는 것과 경영관리를 잘해서 이익을 높이는 두 가지를 생각할 수 있다. 특히 기업의 경영을 잘해서 이익을 높이기 위해서는 그 기업 나름대로의 뚜렷한 경영목표가 서 있어야 하며, 축적된 경험과 경영 전반에 걸친 확고한 신념이 거기에 뒷받침되어 있어야만 가능한 것이다.

현재 경영학에서는 노동, 토지, 자본을 생산 요소로 보고 있으며 이를 이용한 대가로 임금, 임차료, 이자를 지불하고 있다. 기업은 자유 경제체제하에서 존재하는 개인 소유의 자산이다. 기업을 세우기 위해서는 생산요소인 노동, 토지, 자본이 필수 조건이지만, 여기에 기업가 정신을 더해야 기업을 제대로 성장, 발전하게 할 수 있다. 그러므로 경영자는 보다 투철한 기업가 정신을 가지고 사람을 어떻게 이끌어 가느냐에 관심을 가지고 기업운영에 힘써야 하며, 그 기업가 정신이 얼마나 투철 하느냐에 따라 회사의 성장과 직결되는 이윤창출의 차이를 볼 수 있다. 기업은 이익을 창출할 수 있는 방향으로 가야하며 기업이 많은 이익을 내야만 국가도 발전할 수 있기 때문에 기업의 성장은 곧 사회발전과 국민복지에 직결되는 사항인 것이다.

서구와 다른 우리 고유의 경영방식을

지금은 우리의 산업도 어느 정도 발전되고 기업의 성장에 따라 전사회적으로도 산업화가 이루어졌으나, 과거 기업이 처음 생겨났을 때에는 여러 가지 문제점을 지니고 있었다. 초창기의 기업은 자본이나 토지는 유리한 조건으로 이용할 수 있어서 별다른 어려움이 없었으나 인력을 활용하는 경우에까지도 무작정 싼 임금을 주고 일을 시키려고 했다. 그러다 보니 근로자 측에서는 자본력을 가지고 근로자들을 착취한다고 하여 경영자와 대립된 상황이 벌어지고, 노동자들은 자신들의 권리를 찾기 위해 힘을 모아 경영자에게 대항할 '노동조합'을 만들게 되었다.

이러한 상황이 지금 우리가 처해 있는 입장과 비슷하다. 우리는 지금까지 경제적인 성장만을 추구해오는 과정에서 성장 이외의 부분을 덮어 두고 외면했기 때문에 그동안 해결을 하고 지나쳤어야 하는 문제들이 쌓이고 쌓여 지금에 와서야 불만들이 터져 노사분규라는 어려운 상황을 맞았다. 이러한 상황은 우리가 서구의 제도를 도입할 당시 서구의 기업제도나 운영 등을 우리 나름대로 여과하고 필요한 부분만을 도입해야 했음에도 불구하고 그런 절차를 무시한 채 도입해 썼기 때문에 겪고 있는 어려움이다.

이제 우리는 개인주의를 기본 바탕에 두고 있는 서구적인 운영방식에서 벗어나 우리에게 맞는 동양적인 경영기법을 개발하고 활용해 나가야 한다. 노사는 대립적인 관계가 아니라 공생관계라는 인식과 기업 운영시에 파생되는 문제는 서로의 의견 교환을 통하여 해결해 나가는 것이 바람직하다.

언제나 기업의 목표는 이윤극대화에 있다. 보다 많은 이윤을 내기 위해서는 SKMS를 도입해 기업을 운영해가야 하며, 그 결과 이윤이 생겼을 때에는 그 이윤을 분배한다는 운영상의 제도와 인식이 있어야 한다. 예전 같으면 기업에 이익이 났을 때에는 주주에게 모두 배당하고 종업원은 이윤분배의 대상에 포함되지 않았으나, 지금은 이익을 내기 위해 힘쓴 종업원들에게 먼저 이윤을 분배하고 있다. 이와 같은 변화는 기업이 발전하고 더 많은 이익을 낼 수 있는 원동력이 기업에 주식을 투자한 사람들에 의해서라기보다는 기업에 몸담고 있는 사장 이하 전 종업원들이 일체감을 가지고 열심히 노력한 덕이라고 인식한 데에서 출발한다. 그러기에 이윤을 나눌 때에 먼저 분배의 대상이 되어야 할 사람들은 기업을 구성하고 있는 사람들이며, 이런 시스템이 실시되고 또 정착되기 위해서는 이에 관련된 경영 연구가 필요하다.

그러므로 각사마다 각사의 실정에 맞는 경영연구가 이루어져야 하겠고, 또 그래야만 새로운 경영방도에 따른 발전적인 변화를 기대할 수 있다. 특히 비즈니스와 마케팅기법 개발은 기술개발 못지않게 중요하다는 것이 재인식된 상태이므로 경영기법을 연구 개발하는 사람은 연구소에서 R&D를 하는 사람과 같은 대우를 해주어야 한다. 그 까닭은 마케팅 정책이 확실하게 서 있어야만 기업을 운영 관리해 나가는 기준이 마련되고, 전반적인 운영방도도 여기에 맞추어 갈 수 있기 때문이다. 다시 말해서 마케팅 연구 역시 R&D라는 인식이 이제 뿌리를 내렸음을 잊지 말아야 한다.

1987. 9. 16 (주)유공 연구개발 브리핑을 받고

소규모 사업 추진 위한 팀별 운영시스템

Well Organized Plan의 필요성

조직을 구성하고 일을 진행해 나가는데 있어 마케팅과 Organize는 꼭 필요한 요소이면서도 우리에게는 부족한 부분이다. 따라서 이것의 확실한 개념정립 없이는 일의 진행이 힘들다.

SKC미국 지사에 갔을 때 보니 현지에서 근무하고 있는 사람들이 자신이 거기 무엇 하러 왔는지, 앞으로의 추진 계획은 무엇인지, 어떻게 사업을 이끌어가야 하는지 등의 계획은 없이 무조건 현업에서 열심히 뛰고만 있었다. 일을 새로이 만들어 추진해갈 때도 어떻게 나가야 하며, 어떤 조직으로 이끌어가야겠다는 회사 전체의 Organized Plan이 완전히 세워져 있지 못한 실정이었다.

기업을 이끌어가는 데에는 Organize가 필요하고 이것을 위해서는 한 달에 몇 번씩이라도 정기적인 토의를 통해 어떻게 추진해가는 것이 바람직하겠다는 합의를 도출한 다음 사업을 이끌어가야 한다. 즉 인력관리, 조직의 구성, 예산관계, 업무의 진행방법 등은 어떻게 운영해 나가고, 성과는 얼마만큼 기대할 수 있다는 예측이 가능해야 제대로 이루어진 Organize이다. 조직의 운영이 잘되면 Organized Power가 생기고 이 힘이 생길수록 조직의 원활한 운영이 보장되고 결속력도 강해진다.

그러나 조직 내의 구성원이 항상 변함없이 고정되어 있지 않고 바뀌기 때문에 현지 상황을 잘 모르는 사람이 구성원으로 유입될 때에는 본인의 노력이 먼저 요구된다. 특히 본사에서 근무하던 사람이 해외 지사로 파견되면 해외지사에서 근무하는 사람들이 파견 나온 사람을 반가이 맞이하려는 경향이 적다. 왜냐하면 대부분의 사람들이 지사에 파견되자마자 지사의 업무 파악이나 마케팅 방식에 대한 지식이 미비한 상태에서 그 미비점에 대한 토의나 보완 없이 무작정 현업에 뛰어들려고 하기 때문이다. 그곳의 상황이나 기존 근무자의 입장을 젖혀두고 한국에서 하던 식으로 일을 해 나가기 때문에 서로 부딪히기도 한다. 일에 대한 의욕도 물론 중요하지만 그것보다도 조직의 원활한 운영이 앞서야 하는 것이고 보면, 그 곳의 업무 형태와 실태를 잘 파악한 후 현지에서 이미 근무하던 사람들과 보조를 맞추어 진행해가는 것이 바람직하다.

그러므로 본사에서 갓 파견된 사람은 현지의 협조를 받아 일을 해 나가면서 본사에서 본인에게 부여한 임무가 무엇인지 확실히 파악한 다음 본사와 지사와의 의사소통이 잘 이루어지도록 하는 테크닉이 필요하다. 이렇게 해서 Organize가 잘되면 본인의 임무도 저절로 완수할 수 있는 법이다. 선진기업의 경영실태를 관찰해보아도 기술의 측적보다는 마케팅이 중심이 되어 있으면 Organize가 잘되는 회사가 크게 성장하고 발전하는 것을 볼 수 있었다.

더 넓게 더 멀리 내다볼 수 있는 안목

내가 선경그룹을 2000년대에 일류회사로 만들겠다는 목표로 Organize 한 것이 10년 전이다. 그때만 해도 20년 후의 일을 저 양반이 무엇을 알고 저러느냐 했었는데 어느새 10년이 지나갔다. 이제는 상당히 많은 부분에서 SKMS중심으로 그룹이 움직이고 있고 자의건 타의건 10년간 계속 해온 덕분에 어느 정도 그룹 내에 뿌리가 내려져 있다. 앞으로 10년을 더 활용해 나가면서 여기에 우리 나름대로 경영에 필요한 제도로 인식하고 있는 캔미팅 사장실운영, 포상제도 등을 더 활발히 발전시켜 나가야 한다. 그래야만 조직에 힘이 생기고 원활한 운영이 될 수 있다.

그리고 그룹의 전 계열사를 하나의 맥으로 잇기 위해 '석유에서 섬유까지'라는 수직계열화를 1972년도에 얘기했다. 석유에서 섬유까지를 수직계열화한다는 것이 그렇게 쉬운 일이 아니다. (주)유공이 계열사로 있기에 가능한 것이지 (주)유공이 없었다면 수직계열화한다는 목표달성이 무척 힘들었으리라 여겨진다. 지금은 수직계열화의 목표인 '석유에서 섬유까지'가 '석유에서 필름까지'로 발전, 진행되고 있다. 앞으로는 필름뿐만 아니라 Electronic분야를 포함한 첨단소재에까지 그 범위를 넓혀 나가야 한다.

2000년대에 국제적인 일류기업으로서의 위치를 구축하려면 가장 중요한 포인트가 인력관리다. 사람을 잘 기르고 이 사람들을 적재적소에 배치하여 모든 일을 추진해가는 과정에서 기업이 능률적으로 운영되어간다면 우리는 무엇이든지 할 수 있는 기업이 될 수 있다. 그렇게 되기 위해서는 사원의 자질 향상이 선행되어야 하며 그러기 위한 투자자와 지원을 아끼지 말아야 한다.

지금 현재 취업을 준비하는 많은 사람들이 선경그룹으로 입사하기를 희망하고 있다고 한다. 이것은 장기간에 걸친 우리의 노력이 이제야 성과로 나타나는 것으로 좋은 현상이다. 그러므로 우리는 계속해서 우수한 사람을 채용하고 일단 채용한 사람에 대해서는 그들이 더 넓게 더 멀리 내다볼 수 있는 시야를 가질 수 있게 교육시켜 나가야 한다.

구성원은 구성원 나름대로 보강시키고, 조직은 조직 나름대로 약한 곳을 보완하고 재정비하는 과정을 거치는 기업이라야 하나의 일을 추진하더라도 보다 완벽하게 처리하는 능력이 생길 것이다.

팀별 사업경영을 위한 새 시스템 개발

이제 우리 그룹에 많은 계열사가 생기고 기구들도 커지다 보니 최고 경영자가 많아짐에 따라 새로운 일을 추진할 때 그 결정을 내리는 데에 많은 시간이 걸리게 되었다. 추진하려는 일이 늦어지면 일을 해보겠다고 시작했던 사람의 의욕도 상실되고, 결정이 되었다고 해도 시기를 놓쳐 추진하고자 했던 사업의 의미를 잃어버릴 수도 있다.

대기업으로서 새로운 사업을 추진할 때에는 신중히 검토해보고 결정하는 것이 당연하지만, 이 과정에 너무 치우치면 경직되고 관료화될 우려가 있다. 조직은 규모가 작을수록 운영하기에 좋지만 대기업처럼 규모가 클 경우에는 어떻게 하면 큰 조직을 작은 조직처럼 원활하게 움직이게 할 수 있는가에 대해 생각해보아야 한다. 즉 하나의 조직이 기능을 하는데 규모를 작게 해서 추진할 수 있는 방법을 다각적인 측면에서 연구할 필요가 있다.

Hologram 사업의 경우 우리가 시도하는 새로운 분야로서 대기업이 추진하기에는 규모나 일의 양이 적기 때문에 우리도 해야 하는가 하는 의문이 제기된다. 그러나 이 사업은 종전의 Stamping 사업보다도 10배의 부가가치가 있고 수요도 지속적인 증가 추세에 있다 따라서 이를 회사 전체가 하는 것이 아니라

Hologram만을 전담할 팀을 만들어 그들에게 일임하여 사업을 추진하게 하는 것이 보다 효율적이다. 이렇게 해서 일년에 1억 정도의 이익을 낼 수 있으면 이런 팀들은 1개에서 10개, 10개에서 50개로 계속해서 늘려 간다면 이 사업에서 나오는 이익의 규모도 클 것이다.

이것이 내가 얘기하는 New Management라는 것이다. 이렇듯 작은 규모의 사업을 팀별제로 운영해가게 되면 그들의 노력에 대한 보상으로 이윤분배, 보상 시스템도 따라서 이루어지게 되어 사업을 맡아 뛰는 사람도 자신의 능력을 최대한으로 발휘하기 위해 힘쓸 것이다. 이렇게 되면 경쟁적으로 일을 추진해보겠다는 사람이 계속 나오게 될 것이다. 바로 큰 조직에서 작은 사업을 구축할 수 있는 노하우인 셈이다. 이 시스템은 이익을 극대화시키는 데도 큰 도움이 될 것이다. 이러한 시스템을 속히 개발하여 조직 내에서 활용하도록 유도해가야 한다.

1987 1l. 16 (주)SKC Hologram 사업계획을 보고받고

직물사업의 특화 영역을 넓혀라

단순 용역이 아닌 비즈니스

기업이 성장과 발전을 계속해 나가기 위해서는 그 기업 나름대로의 특화상품이 있어야 한다. 특히 다루는 상품의 수효가 많고 다양한 종합상사로서는 특화가 더욱 더 필요하다.

(주)선경이 단순직물 생산에서 벗어나 디자인까지 포함하여 직물사업의 특화를 이루고 있는 것도 곧 그러한 까닭에서다. 과거의 직물사업은 바이어의 주문에 따라 생산량을 결정하고 디자인도 자체 개발 없이 바이어가 가져다주는 디자인을 그대로 프린트해주는 정도의 단순 용역사업에 지나지 않았다. 그래서 가격도 그들이 정해 좋은 기준에 맞추어 생산가를 조절해야 했기 때문에 그만큼 우리가 얻을 수 있는 이익 폭도 작았다.

그러나 지금은 직물사업부내에 디자인실을 두는 등 자체 내에서 디자인을 개발하고 있고, 우리가 개발해 낸 디자인으로 생산한 제품으로 바이어와 상담하는 수준에 와 있다. 이러한 현상은 단순직물 프린트의 용역단계에서 우리의 디자인으로 제품을 만들고 바이어와 상담하는 비즈니스단계로 발전했음을 뜻한다. 이렇게 되면 우리가 생산원가와 마진 등을 감안해서 가격을 결정한 후에 바이어와 상담할 수 있다. 즉 과거에는 없었던 독점 요소를 포함시키게 됨으로써 직물사업에서 이른바 특화를 이루게 되는 것이다.

소비자 기호에 맞는 디자인 개발

직물사업에서의 디자인 개발은 소비자의 기호와 요구에 의해 만들어지는 것이지 디자이너의 독자적인 창조 작업에 의해서만 만들어지는 것은 아니다. 소비자가 원하는 스타일과 그들의 기호 변화를 그때그때 파악하여 취향에 따라 디자인과 형태를 결장해야 하며, 때로는 소비자들보다 조금씩 앞서 리드해간다는 생각으로 디자인을 개발해 내야 한다. 만일 소비자의 기호나 요구를 염두에 두지 않고 디자이너의 취향과 의사에 따라 형태를 결정하여 "만들기만 하면 소비자는 당연히 따라 오겠지…."하는 생각으로 제품을 만든다면 그 제품은 소비자에게 외면당하게 된다. 소비자를 상대로 제품을 생산하고 공급하는 우리가 그들의 의사를 무시한다는 것은 생산자로서 바람직하지 못한 자세다.

직물사업 추진에서 언제나 강조되어야 할 것은 소비자가 원하는 디자인의 선택과 그 디자인에 알맞은 직물의 생산으로 소비자의 요구에 보다 가까이 접근할 수 있는 상품을 만들어야 한다는 점이다. 새로운 디자인의 개발은 직물사업에서는 꼭 필요한 부분이며, 나아가서는 그 새로운 디자인이 직물개발 자체에도 다양한 소재와 공법을 제시할 수 있는 기회가 될 수도 있으므로 관심을 가져야 하는 부분이다. 앞으로도 디자인에 대한 소비자의 안목은 점점 높아지고 다양해질 것이므로 직물생산도 여기에 부응할 수 있는 상품생산에 힘을 기울여야 한다.

소비자 의견을 수렴하는 마케팅

직물사업에 디자인이 포함되면 독점적인 요소가 추가되는 이점은 생기지만, 과거에 단순용역을 하던 때와는 달리 사업의 범위가 더 확대되므로 직물사업 전체를 한눈에 볼 수 있는 안목도 겸비해야 한다. 즉 직물이 어떤 소재들로 생산되며, 생산된 직물의 디자인 결정, 판매 과정, 상품에 대한 소비자의 반응 등을 조사하고 알아보아야 한다. 모든 사업의 주된 부분은 마케팅이므로 직물사업에서도 우리 제품이 중간 소비업체를 거쳐 최종 소비자에게 이르는 판매경로마다 각각 어떤 평가를 받고 있는가를 알아보고 그 내용을 수렴하여 다음 번 직물 생산 때에 디자인 결정의 참고로 활용할 수 있는 자료를 마련해야 한다.

이러한 소비자의 의견 수렴은 최종적으로 상품을 사용하는 소비자들이 우리 상품을 인정하고 신뢰할 수 있게 하는 좋은 이미지로 작용할 것이며, 제품을 생산하는 우리로서도 상품의 질을 높이고 다양화하는 아이디어를 얻는 기회가 될 것이다.

직물의 마케팅을 단순히 바이어와의 상담만으로 끝난다고 이해해서는 곤란하다. 마케팅의 진행 과정을 3단계로 나누어 볼 수 있는데 소비자의 기호 파악은 없이 바이어의 주문에 따라 생산하는 것이 1단계, 제품을 만들어 바이어와의 상담에 의해 거래하는 2단계, 그리고 바이어와는 거래 없이 소비자를 직접 상대하여 판매를 하는 3단계다. 그러나 우리의 경우에는 아직 소비자를 상대하여 판매하는 3단계까지는 못 가 있으므로 소비자의 기호를 미리 파악하는 데 더 많은 힘을 기울여야 한다.

생산된 제품의 재빠른 처리

흔히 마케팅을 말할 때에 장소적인 개념을 먼저 떠올려 '시장의 필요에 따라서'라는 표현을 사용해왔다. 그러나 마케팅은 한정적인 장소 개념이 아니라 수요가 있는 곳을 공급이 따라갈 때에 형성되는 시장에서의 개념이며, 수요와 공급의 원리에 의해 열리는 잠재시장까지 포함한다. 이 잠재시장은 항상 열려 있는 것이 아니고 공급이 수요를 따라갈 때에 가능한 것이므로 제품을 공급하는 입장에 있는 우리로서는 그 수요를 정확히 파악하여 판매에 연결시켜야 한다. 그러나 수요를 파악한다는 것이 말처럼 쉽고 간단한 일이 아니며 생산된 제품의 판매가 원활하지 않을 수도 있으므로 상품이 재고로 남아 손해를 볼 수 있다는 점도 감안해야 한다.

생산된 제품이 모두 판매된다면 생산하는 입장에서는 가장 좋은 일이겠지만, 그런 기대는 어려운 일이므로 우리는 될 수 있는 대로 재고를 줄이기 위해 생산된 제품의 빠른 처리방안의 마련에도 각별한 다른 노력을 기울여야 한다. 다양한 소비자의 요구 수렴에 따른 상품 생산이 경쟁 시장에서 살아남기 위한 일차적인 방법이라면 다품종 소량생산과 Quick Delivery 방식도 재고를 줄이는 하나의 대처 방법이 될 수 있다.

종전에 우리가 주력해온 대량생산은 무조건 많이 생산해서 많이 판다는 '박리다매'에 목적을 두었기 때문에 소비자의 요구를 수렴한다는 것보다는 생산자 입장에서 진행된 방식이었다. 그러나 계속적인 대량생산은 이제 우리의 목적과는 먼 결과를 초래하기 쉽다. 따라서 대량생산 방식에서 벗어나 다품종 소량생산으로 운영을 하고 여기에 Quick Delivery까지 첨부하여 유통과정을 최소한으로 줄여 제품의 빠른 처리를 유도해가도록 해야 한다. 이 과정이 원활히 진행되면 이것 또한 경영의 특화이며 소비자에게 한 걸음 더 다가서는 경영방침이 마련되는 것이다.

1987. 12. 3 (주)선경 직물사업 특화추진계획을 보고받고

회사업무는 마케팅 중심으로

사전 서비스와 사후 서비스

업무의 내용과 성격에 따라 세분화되어 구성되는 회사의 조직은 이윤의 극대화라는 기업의 목표를 추구하도록 서로 유기적으로 연결되어 있다. 특히 연구개발 생산, 마케팅의 세 요소는 기업의 기둥 역할을 하는 것으로 이 세 요소를 잘 Organize해야만 기업은 최대이윤을 달성할 수 있게 된다.

그러나 현재 기업의 조직들을 보면 인사나 재무부서가 마치 생산이나 마케팅 부서보다 상위 조직인 것처럼 보이는데, 실제적으로 회사의 중심적인 업무는 마케팅을 중심으로 이루어지며, 회사 전체 운영의 포인트도 마케팅 지향적인 사업부제의 운영으로 정착되어야 한다.

마케팅에서 가장 중요한 것은 소비자의 기호를 파악해서 잠재수요를 먼저 찾는 것이다. 아무리 고급의 우수한 상품이 생산된다 하더라도 이것이 소비자의 기호에 맞지 않아 판매와 연결이 되지 않는다면 회사로서는 무용지물일 뿐이다.

생산된 제품은 팔기 이전에 소비자에게 알리고 선전하기 위한 판촉 활동을 하고 이렇게 해서 판매된 제품에 대해서는 애프터 서비스를 하게 된다. 대부분의 경우에는 물건을 사고파는 상호 작용만 끝나면 마케팅이 끝났다고 생각하는데, 시장이 형성되기 이전의 사전 서비스와 사후 서비스가 모두 이루어져야만 완전한 마케팅이라고 할 수 있다.

마케팅 요소의 철저한 Organize

흔히 판매사업부라는 조직을 볼 수 있는데, 판매라는 용어가 마케팅의 한 요소임을 생각한다면 이는 잘못된 명칭이다. 경영활동에서는 언제나 용어의 정의를 명확하게 내려야 한다. 식물이 생장에 필요한 양분 중에서 가장 적은 양의 양분에 맞춰서 성장하듯이 기업에서도 같이 일을 하는 사람들이 동일한 용어에 대하여 서로 개념이 다르다면 경영의 성과는 최소한의 의사소통 수준에서 머물게 될 것이므로 개념 정립이 먼저 이루어져야 한다.

마케팅 지향적인 사업부제로 비즈니스를 운영하기 위해서는 상품 계획을 어떻게 시작하고, 납기를 언제로 할 것이며 제품은 어떻게 만들 것인가, 프로모션을 어떻게 시작하고, 애프터 서비스는 언제 누가 어떻게 하느냐 하는 등의 마케팅 요소들을 잘 Organize하여야 한다. 마케팅의 각 요소들을 야무지게 잘 짜서 추진하지 않고 적당주의로 대충 물건을 만들고 팔아서 마케팅에 빈틈이 생긴다면 이는 'Well Organized Planned Business'라고 할 수가 없다. 마케팅을 얼마만큼 철저하게 Organize하느냐에 따라 결과는 천차만별이 될 것이기 때문이다. 그저 적당한 상식을 가지고 얼마만큼 이익이 나겠지 한 후에 평상 이익이 나왔다고 만족한다면 항상 그 상태만 유지될 뿐이다. 보통 상식으로 적당히 조직을 짜서 비즈니스를 해도 이익이 났다는 사실을 발판으로 삼는다면 언제나 더 큰 이익을 낼 수 있다는 사고를 해야 한다.

효율적인 사업부제 운영 방안

또한 사업부제를 운영하는 데 있어서 흑자의 폭을 가장 크게 할 수 있는 방안에 대해서도 연구소를 중심으로 지속적인 연구가 있어야 한다.

기업에서의 연구개발은 일반적으로 생각하듯 단순한 상품개발 기술만을 의미하지 않는다. 최대의 이윤을 창출하기 위한 여러 가지 경영기법을 개발해서 그 기법에 따라 10년 안에 실질적인 이익을 낼 수 있어야 한다. 요즘은 어떤 경영기법을 구사하느냐에 따라서 회사마다 차이점이 생기게 되고 치열한 경쟁에서 이길 수 있는 추세이기 때문에 R&D에서의 경영기법 개발이 중요시되고 있는 것이다. 따라서 경영기법 개발연구에 우수한 인력을 보강해야 하고 경영기법 개발도 상품개발하듯이 자부심을 가지고 하도록 해야 한다.

우리는 21세기에 세계 일류기업이 된다는 전제 아래 패기를 기본에 두고 우리가 구사할 수 있는 모든 경영기법과 제도를 개발 활용해야 한다. 즉 인간을 소홀히 다룬 통상적인 경영을 보완하여 SKMS를 정립하고, 주주나 기업주가 대부분의 이익을 갖던 과거의 방식을 탈피하여야 할 것이다. 실질적인 이익 창출의 주체는 종업원이므로 회장 이하 전 종업원이 합심하여 이익을 많이 내고 이들에게 이익을 분배하는 Profit Sharing 제도, 이윤을 내는 데 제시된 아이디어에 대한 포상제도, Intrapreneuring, 사장실 시스템, 세분화된 사업부제의 도입 등을 추진, 발전시켜야 한다.

물론 사업부제의 운영을 공장과 연구소의 사업장에까지 일률적으로 시행하기에는 문제점이 많겠지만, 그런 문제점을 하나하나 찾아내어 해결방안을 강구하고 대처해간다면 1년에 3천6백50억의 경상이익을 내고자 하는 우리의 목표도 곧 달성할 수 있다고 본다. 사람의 노력에 따라서 나온 경영의 성과를 보통 수준인 'Very Good', 잘 운영해서 나온 결과인 'Excellent' 수준으로 경영성과를 구분했을 때 이것은 곧 'Super Excellent'의 수준이라고 볼 수 있다. 사업부제의 Well Organized Planned Business의 운영이야말로 목표달성에 이를 수 있는 지름길이다.

1987. 12. 9 선경인더스트리 사업부제 조직관계 회의에서

대기업과 인트라프리너링 제도

피에로 차의 성공

당연한 애기지만 많은 미국 기업들이 국제 경쟁력이 약해지고 있는 것을 걱정하고, 어떻게 하면 과거의 전성기를 되찾을 수 있을까 하고 애를 쓰고 있다.

10여 년 전만 해도 미국의 많은 기업들은 미국의 능률(American Efficiency)을 내세우며 세계 어느 기업에도 지지 않는다고 자부해 왔다. 그러나 블루 칩(Blue-chip;우량기업)회사인 '유에스 스틸'이 신일본제철에 지고, 자동차의 왕자라던 GM도 일본의 자동차 회사와의 경쟁에서 뒤지고 있는 형편이다.

그래서 미국의 많은 회사들은 일본 회사들이 잘된다고 하는데, 그 잘되는 힘의 원천이 무엇인가를 찾아내려 했으나 신통한 해답을 얻지 못했으며, 일본의 기업들도 그 원인을 명쾌하게 규명해서 제시하지 못했다. 오히려 미국 내에서 계속 잘되어 나가는 회사들이 왜 잘되어 가는가 하는 데 착안하고 그 실태를 분석해서 연구하기 시작했다. 그 결과 잘된다고 하는 우량기업들의 경영 내용을 살펴보면, 기업 내에 소사장(小社長)을 많이 보유하고 있다는 공통점을 발견하게 되었다.

그래서 기포드 핀쇼가 '인트라프리너링'(Intrapreneuring)이란 말을 엮어 내면서 이를 대기업에 도입할 것을 권장하게 된 것이다. 인트라프리너링이란 Intracorporate Entrepreneuring을 줄여서 만든 신조어다. 이 말의 뜻은 대기업 내에 소사장을 많이 두는 경영방식을 말한다. 인트라프리너링의 성공 예로는 미국의 GM 자동차 회사의 '피에로'라는 스포츠카를 들 수 있다. 그 아이디어는 폰티악 사업부의 신형차 설계담당 책임자인 헐키가 자기 아들과의 대화 도중 많은 젊은이들이 독일의 '포셰'와 같은 스포츠카를 갖고 싶어 한다는 것을 알아냈다.

그렇다면 이와 비슷한 차를 반값에 공급한다면 많이 팔리지 않겠느냐는 생각이 떠올랐다. 그러나 이러한 중간 간부의 아이디어가 최고 경영자의 결재를 얻어 생산에 들어가기까지에는 수많은 어려운 고비들을 넘겨야 했으나 요행히도 '피에로'는 실현되었다.

밑에서 올라오는 대부분의 아이디어나 제안들은 톱(Top)에 올라가기까지 충분한 검토의 기회도 얻지 못한 채 무시되어 버리는 것이 보통이다.

따라서 채택되지 않은 아이디어를 실현시키려면 회사 밖으로 나가서 벤처 비즈니스(Venture Business)가 되어야 했다. 이리하여 한동안 미국에서는 벤처 비즈니스가 성황을 이루었다. 그러나 많은 벤처 비즈니스가 성공하지 못한 채 끝나는 사례도 많았으며 거기에는 몇 가지 이유가 있다. 벤처 비즈니스에는 기술의 한계가 있고, 기술이 성공한다 하더라도 생산하려면 막대한 자금이 뒷받침되어야 할 뿐 아니라, 또 생산이 되었다 하더라도 대회사와 같은 지명도가 없기 때문에 판매에 많은 어려움이 뒤따르는 것이다.

따라서 벤처 비즈니스를 회사 밖이 아니라 회사 안에서 추진한다면 이러한 모든 애로는 해소가 될 것이며 벤처 비즈니스의 장점도 살리게 된다. 이것이 바로 인트라프리너링이다.

조직의 민주화가 필수조건

그러나 이것이 성공하려면 회사는 우선 아랫사람의 아이디어에 최대한 귀를 기울여 하의상달이 잘되어야 하며, 그러기 위해서는 또 조직이 민주화되어야 한다. 미국처럼 민주주의가 발달된 나라에서도 기업이 비대해지면 관료화되어 하의상달보다는 상의하달로 운영되는 회사가 대부분이다. 우리나라에서도 회사의 규모가 날로 비대해지고 있기 때문에 멀지 않은 장래에 미국의 기업들과 같은 문제에 부딪히게 될 것이다.

인트라프리너링을 회사가 도입하기 위해 필요한 선행 조건은 첫째 기업 내 소사장들이 책임 있게 권한 행사를 할 수 있도록 권한이 톱에 집중되어 있지 않고 밑으로 분산되어 있어야 한다. 둘째 기업 내 소사장이 회사 이익에 기여했을 때는 과감하게 이익을 분배한다는 정책이 필요하다. 이와 같이 하여 중간 관리층의 경영에의 참여도를 높이고 이익관리에 사원들이 얼마나 적극적으로 기여할 수 있도록 하느냐는 것이 잘 되는 회사와 잘 안 되는 회사의 갈림길이 될 것이다.

우리나라의 회사원들을 보면 세 가지 유형으로 나누어진다. 첫째 유형은 온건

형인데 회사의 명령이라면 어떤 부서에서나 충실히 일하고, 또 가정도 상당히 중요시하며, 위험 부담보다는 안정을 택하는 전형적인 샐러리맨이다. 둘째 유형은 이와는 반대로 진취형인 사원들로서 우선 업무가 자기 취향에 맞아야 하며, 뭔가 창조적이고 혁신적인 일을 해서 젊음을 불태워 보려고 하는 이른바 벤처 비즈니스 스타일이다. 그러나 이 두 유형은 그리 많지 많으며, 셋째 유형인 중간형이 대부분을 차지하고 있다.

지속적인 발전의 길

회사가 지속적으로 발전하려면 사원이 원하는 것과 회사의 경영 정책이 맞아서 경영자와 사원이 뜻을 같이 하는 일체감을 이루어야 한다. 그러기 위해서는 진취형에 속하는 사원들이 중도에 좌절감을 느끼고 탈락하는 일이 없도록 해야 한다. 이들은 곧잘 상사의 의견에 반대하는 것처럼 보일 때도 많다. 그러나 이들은 가장 창의성이 강하고 과감하게 정책을 수행해 나갈 수 있는 유형이기 때문에 최고 경영층은 이들에게 기업심을 발휘하여 혁신적인 일을 할 수 있는 터전을 마련해 주고, 이것이 성공하면 이로 인한 이익을 분배한다는 관념으로 보상을 해야 한다.

그러나 이에 못지않게 중요한 것이 또한 대부분을 차지하고 있는 셋째 유형의 중간형 사원들이다. 이들에게도 창의적이고 혁신적인 아이디어를 많이 내게 하여 회사 이익에 기여할 수 있도록 하고 이에 대한 포상을 해주는 시스템을 마련해야 한다. 현재도 많은 보상제도가 있기는 하지만 이것은 엄밀한 의미의 이익분배는 아니고 아이디어 제공에 따르는 단순한 상에 지나지 않는 것이다.

만약 이러한 것이 의도하는 바대로 잘된다면 온건형, 그리고 그 중간형 모두를 만족시키는 경영이 가능하게 되고 회사원들은 급여만을 위해서 살아가는 단순한 샐러리맨이 아니라, 그 이상의 무엇을 기대할 수 있는 그야말로 돈도 벌고 회사 생활도 즐겁게 할 수 있는 회사가 될 수 있으리라고 생각한다.

1987. 5. 9 조선일보 「아침논단」

노사는 대립해야 하나

'한 솥 밥의 식구'들

　매년 연례행사처럼 되어 있는 일이지만 3, 4월이면 으레 노사가 임금협상에 들어간다. 때로는 6월에 이르도록 해결을 못 보는 경우도 있다. 대개 노조 측은 높은 인상률을 요구하고, 기업 경영측은 낮은 율을 제시하고 나서서 그 중간선에서 타협을 보고 있다. 그러나 타협을 보았다고 하더라도 양측이 모두 무언가 개운치 않은 뒷맛을 남기게 된다. 그 근본적인 이유는 서로가 대립하고 있는 상태이기 때문에 인상을 요구하는 노조 측은 다다익선이고 경영측은 적을수록 좋다고 생각하는 데 있다.

　따라서 양측의 이해관계가 근본적으로 개선되지 않는 이상 의견이 대립되고 타협을 양보 내지는 굴복으로 보게 된다. 이리하여 대립이 강경해지면 협상은 분쟁으로 바뀌고 드디어는 파업으로 비화하게 된다. 이는 18세기 말 근대 기업의 등장 초기부터 일어났던 노사문제가 오늘날까지 그대로 재연되고 있기 때문이기도 하다. 그 당시에도 노사간의 대립이 심해지고 급기야는 파업으로까지 분쟁이 격화되면 나라 경제에 일대 타격이 될 것이 두려워서 드디어는 정부가 개입하게 되었다. 이러한 현상은 오늘날 우리 경제계에서도 그대로 볼 수 있는 것이다. 이것은 특히 우리나라에서는 조금도 바람직스러운 일이 아니다.

　최근에도 노총에서는 기업체들이 노조결성을 반대하지 말라는 성명을 냈다. 따지고 보면 노나 사나 한 솥의 밥을 같이 먹는 한 식구다. 그렇다면 굳이 노조를 만들 필요가 없지 않느냐는 게 경영자 측의 생각이라면 노조의 결성을 회사가 반대할 필요가 없지 않느냐는 게 근로자 측의 주장이다. 이와 같은 의견의 대립은 노사의 이해가 대립되는 것으로만 파악하는 데서 나온다.

　우리 동양 사회에서는 한 솥의 밥을 먹는 식구끼리 싸움을 한다는 것은 극히 수치스러운 일인데 같은 회사에서 같은 목적을 가지고 일을 하면서 서로 대립하고 또 분쟁을 일으킨다는 것은 그냥 지나칠 문제가 아니라고 본다.

지금까지 우리 기업은 서구의 경영방법을 그대로 답습하여 실행해왔다. 서구적 기업경영의 단순 이론은 기업자가 최소의 비용으로 최대의 효율을 올리려는 능률제일주의를 따르고 있으며 얼른 보기에는 잘못된 것이 없어 보인다. 그러나 능률제일주의는 자칫하면 경영의 비인간화를 가져온다.

능률제일주의의 모순

좋은 원천을 통해서 양질의 자금을 구하고 싼 이자를 지불하거나 좋은 토지를 구해서 임차료를 싸게 지불하듯이 사람도 물건 다루듯 해서 인건비를 가장 싸게 관리해야 한다는 생각이 상대적으로 인간 사회에서 근본적인 저항을 받게 된다. 왜냐하면 기업이란 어디까지나 인간을 위해 인간에 의해 움직여지는 유기체이기 때문이다.

다시 말해서 생산 요소인 자금이나 토지를 아주 싼 방법으로 구한다는 데는 전혀 이의가 없겠지만 사람의 요소가 담긴 노동을 최소 비용으로 구한다는 것은 노동을 활용하는 측도 사람이고 노동을 제공하는 측도 사람이기 때문에 여기에 문제가 생기는 것이다. 기업의 목표는 경영하는 사람이나 노동을 제공하는 사람이 다같이 열심히 일을 해서 보다 많은 이윤을 창출하는 데 있다.

문제는 이 창출된 이윤을 어느 국한된 사람들이 독차지하거나 또는 그렇게 보이는 데 있다. 이익이라는 빵은 노사가 일체감을 갖고 서로 힘을 합해 일하는 데에서 커지는 것이지 서로가 맞서서 힘이 분산될 때에는 회사가 당연히 획득할 수 있는 이윤도 줄어든다. 만약에 대립이 격화되어 분쟁까지 일어나면 이윤은커녕 조직 자체가 무력해져서 심지어는 적자까지 보게 되는 것이다.

우리는 어떻게 해서든 이러한 사태에 이르지 않도록 해야 한다. 결과적으로 노사 대립을 동반자 형태로 이끌어가야 한다는 말이며, 이는 서로가 협심해서 창출된 이익을 합의된 원칙 아래 분배를 한다면 될 것이 아닌가? 이렇게 되면 노사는 임금을 더 많이 받자, 덜 주자는 분쟁에서 벗어나 어떻게 이익을 분배할 것인가 하는 논의를 하게 될 것이며, 서로 대립관계가 완화될 것은 틀림없는 일일 것이다.

특별 보너스제 활용

　최근 우리나라 경제계에서도 기업경영이 호전되어감에 따라 기존의 급여와 보너스 외에 특별보너스가 지급되는 사례가 점차 늘어가고 있다. 이것은 회사가 기대 이상의 이익이 나서 지급하는 것이기 때문에 그 혜택은 노조는 물론 간부사원들에게도 돌아가서 모두가 흐뭇하게 느끼게 된다. 이것이 바로 이익분배 개념의 실천이 아닌가 한다. 이러한 회사들이 늘어나면 우리 경제계에 공정한 이익분배 개념의 새 경영방법이 정착하게 되는 것이다. 가령 특별보너스가 1백% 지급되면 8%가 넘는 임금인상효과가 나타나며, 이익이 더 많이 나서 2백%를 지급하면 16%가 넘게 된다.

　이렇게 되면 노사가 굳이 싸워서 얻어 내려 하지 않더라도 동반자 관계에서 서로 합심한다면 회사의 이익이 더 나고 결과적으로 더 많은 빵을 나누어 가질 수 있게 됨은 자명한 일이다 물론 노사간의 대립 관계에는 임금인상 외에도 근로조건, 후생문제 또는 부당해고 등등 허다하다. 이러한 문제들도 노사가 창출된 이익을 서로가 합리적으로 분배하는 동반자의 입장에서 일한다면 별다른 마찰 없이 순리로 해결될 수가 있을 것이다. 그렇다고 노사는 이익을 창출할 수 있는 회사 만에 한해서 동반자가 될 수 있는 것이 아니다. 부득이한 사정이 있어서 적자가 나는 회사도 같은 생각에서 대립보다 동반자의 입장에 서게 되면 회사의 어려운 문제들도 해결될 수 있다고 믿는다. 이와 같이 이익분배 차원에서 동반자가 되자고 하는 생각은 전혀 새로운 아이디어가 아니고 과거에도 있었다. 그러나 이것이 정착되지 못하고 실패한 큰 이유 중의 하나는 경영자측이 이익을 분배해야 한다는 소신을 확고히 하지 못했거나 아니면 노조 측이 이를 충분히 이해하지 못한 데 있으며, 또 하나의 큰 이유는 상호불신에서 생겼다고 볼 수 있다. 되풀이되는 말이겠지만 기업경영에서 가장 큰 과제는 국내 다른 기업과의 경쟁만이 아니라 국제시장에서 지지 않는 것이다.

　이러한 외부의 경쟁을 젖혀 놓고 한 솥의 밥을 같이 먹는 식구끼리 다투다가는 자칫하면 밥솥을 엎어뜨리게 된다. 그것은 노사의 어느 쪽에나 조금도 바람직스러운 일이 아니다.

1987. 6. 12 조선일보 「아침논단」

돈이 는다고 물가 오르는 것 아니다

은행 문턱이 높다

백화점에 가면 소시민이나 중소기업인이나 대기업인이나 아무 차별 없이 값만 맞으면 물건을 얼마든지 살 수 있다. 은행도 외국에서는 이런 백화점과 같다. 그러나 우리나라에서는 외국과 달리 소시민이나 소기업인이 은행돈을 자유롭게 활용하지 못한다. 은행도 돈놀이를 위해 있다면 외국과 같이 아무나 자유롭게 거래를 할 수 있어야 하는데, 언제나 그렇게 될 것인지 예측하기가 어렵다. 어느 대학 경영학 교수가 집을 사는데 충분한 담보도 있고 해서 모자라는 돈을 대출받으려고 애썼으나 실패하고 은행의 문턱이 높다고 불평하는 소리를 들었다.

이것은 은행에만 책임이 있다기보다 금융정책당국이 긴축을 하지 않으면 안 된다는 입장을 고수하기 때문에 은행이 돈을 빌려주고 싶어도 양이 부족해서 배급을 주다시피 하지 않으면 안 되는 데 있다. 금년에도 상반기에 무역흑자가 예상보다 많아졌고 하반기도 추산해보니 연간 1백 수십억 달러의 흑자가 예상되고 있다. 금융정책 주관 부서에서는 이렇게 돈이 늘어나면 필연적으로 물가가 올라간다는 단순 논리로 금융을 초긴축해서 통화팽창을 18%선까지 묶겠다고 발표했다.

우리는 지난 86년 이후 계속 흑자를 보게 되어 나라의 운명이 바뀔 것이라고 기뻐했다. 또한 앞으로도 10년이고 20년이고 계속 무역흑자를 위해 노력해나가야 한다. 그럼에도 불구하고 정책당국은 통화 회수에 전력을 다하겠다고 나서고 있기 때문에 경제계가 초긴축이라는 압박을 받아가야 한다면 이처럼 모순된 일도 없다. 통화긴축 속에서 살아왔기 때문에 그런대로 견디어나갈 수는 있겠지만 문제는 금융 흡수 방법에 있다고 할 것이다.

지금까지 당국은 주로 통화안정증권의 발행을 통해서 통화를 환수한다하여 14조 6천억 원이나 발행했고 그것이 부족해서 한도를 더 늘려 가지고 6조 9천억 원을 추가로 발행하겠다면 20여조 원이 되는 셈이다. 이것은 국민의 한 사람으로서나 경제인의 한 사람으로서나 결코 가볍게 넘길 일이 아닌 것 같다. 우선 통화안정증권이란 단기적으로 활용하는 것이고 그 액수는 통화의 몇 % 정도 이내여야 하는데 20여조 원이면 총통화(M₂) 40여조 원의 무려 50%에 이르게 된다.

또 이것만이 아니다. 이자만 하더라도 1년에 2조 원이 넘게 되니 통화팽창의 근원적인 요소를 또 하나 만드는 것이다. 통화안정증권은 언젠가는 상환해야 된다고 한다면 이로 인해서 일어나는 통화팽창에 무슨 방법으로 대처하려고 하는지 모르겠다.

왜 꼭 18%인가

돈이 늘어나면 바로 물가가 상승하는 것이 아니라 소비수요가 느는 것인데, 가령 저축률이 34%나 된다고 하면 늘어나는 돈이 모두 다 수요 증대와 직결되는 것도 아니지 않은가? 또 무역흑자로 들어오는 돈이 그대로 소비증대로 투입되는 것이 아닌가? 아니면 상당 부분이 기존 부족 부분에 충당되는 것인가? 이처럼 통화증가분이 수요 유발을 얼마나 일으키는가하는 것은 보다 깊이 따져보아야 하는 것이다.

또 비록 어느 정도의 수요 증가가 있다 하더라도 공급이 충분하다면 물가는 올라가지 않는다. 우리나라와 같이 기업가들의 기업의욕이 왕성한 나라에서는 공급부족을 걱정하지 않아도 될 것이다. 또한 요즈음 같이 무역흑자가 되어 상당 부분을 수입자유화한 이상 얼마든지 해외에서 가져올 수도 있을 것이다.

통화량과 물가는 그래도 어느 정도 관계가 있다고 보아야겠지만 과거와 같이 무역이 적자가 나고, 수입이 상당히 제한되던 때와는 달라져야 된다고 본다.

다시 말해서 과거에 통화팽창률의 적정률을 18%라고 했다면 지금에 와서는 그 적정선이 훨씬 높아져도 별 문제가 없을 것이 아닌가. 아무튼 정책당국이 통화팽창률을 18%선으로 고수하겠다면 이를 뒷받침할 수 있는 현실적인 근거의 산출이 필요하다. 곧 20%면 어떻게 되고 30%, 50%, 거꾸로 10%면 어떻게 된다고 하는 타당성 있는 산출의 근거가 있어야 18%선에도 납득이 갈 것이다.

돈 회전율 너무 높아

돈이 풀리면 물가가 상승한다는 경제이론은 화폐수량설에 근거를 두고 있는 것이다. 그러나 아무리 좋은 이론이라도 어느 사회, 어느 여건에나 맞는 이론은 경제학에서는 없다. 화폐수량설의 이론을 내세울 때에는 우리가 반드시 음미해야 할 가정(假定)이 있다. 첫째가 스태그플레이션, 둘째가 기업가의 투자의욕이 저조할 때, 셋째가 소비성향이 비교적 높을 때, 그리고 넷째가 수입제한이 있을 때 등이다. 그렇다면 현재 우리나라 여건으로 보아서는 그 이론의 가정에는 하나도 안 맞고 있는 것 아닌가? 우리나라의 현재 여건은 자유무역을 하고 있는 홍콩에 많이 접근하고 있는 실정이라고 보아야 한다.

따라서 우리는 이 이론에 얽매여 있는 사고 속에서 벗어나야 한다. 왜냐하면 홍콩에서는 돈이 무제한 풀린다고 해서 물가가 오른다고 하는 이론이 안 통하기 때문이다. 일본이나 유럽은 10여 년 전부터 이 이론을 금융정책에 별로 활용 안 하고 미국에서도 중용(重用)을 안 하고 있는 실정이다. 마찬가지다. 통상적으로 GNP 대 총통화는 1대 1인데, 우리나라는 1대 0.4로서 이는 우리나라가 과거 20여 년간 금융긴축을 지속적으로 해왔기 때문에 절대적으로 통화부족 상태에 있는 것이다.

요구불예금 회전율이라는 것이 있다. 이것이 일본이나 구미 각국에서는 2~3에 불과한데 우리는 24~25가 되니 돈에 불이 붙을 정도로 빠른 회전속도다. 이 회전율을 다른 나라처럼 줄여서 금융 거래질서 정상화를 찾으려면 얼마만한 총통화가 필요한지도 검토해볼 필요가 있는 것이다.

금융정책 당국에서는 우선 이 회전율이 지나치게 높다는 사실에 대해서 비상한 관심을 가져 주었으면 좋겠다. 이것이 바로 은행 거래질서에 있어 외국과 큰 차이를 빚어낸 장본인이 되기 때문이다. 이 요구불회전율을 외국과 같은 수준으로 만든다면 금융 거래질서가 정상화되어서 소시민이든 중소기업이든 대기업이든 누구든지 허리를 굽히지 않고 은행에서 돈을 빌려 쓸 수 있을 것이다. 이것이 바람직한 금융경제의 모습이다. 과연 그때가 언제일지 지금 같아서는 그 전망이 별로 밝지가 않다.

1988. 8. 23 조선일보 「아침논단」

상식적 발상은 상식선에 머문다

설비경쟁에서 경영경쟁으로

'Super Excellent 추구가 무엇이냐? 몇 해 전부터 회장 입에서 Supex라는 말이 자주 나오는데, SKMS가 확 막히니까 회장이 그것을 뚫어보려고 만들어낸 또 다른 신조어(新造語)가 아니냐.'

우리 그룹 임직원들 가운데 이런 의문을 가진 사람이 있는 모양이다. 그러나 Supex추구는 SKMS와 동떨어진 독립적 개념이 아니고 상호 보완적 개념을 갖는 경영전략이라는 것을 이해하기 바란다. 알기 쉽게 얘기해서 SKMS를 잘 추진하면 경영성과를 어디까지 끌어올릴 수 있겠느냐 할 때, Excellent까지 또는 Excellent를 넘어 Super Excellent까지 끌어 올릴 수 있다고 보는 것이다. 그러므로 SKMS와 Supex는 동일선상의 경영전략이라고 말할 수 있다.

Supex추구에 대한 이해를 높이기 위해서는 먼저 SKMS가 무엇이며 SKMS가 왜 만들어졌는가 하는 것을 알아야 한다.

SKMS를 출산시킨 것은 1979년 3월이었다. SKMS가 잉태된 것은 언제부터이고, 또 무엇을 노리고 잉태시켰느냐, 그리고 SKMS를 어떻게 실행해왔으며, 실행과정에서 얻은 것은 무엇이고, SKMS 실행이 미흡해서 아직까지 못 얻어낸 것은 무엇이냐.

Supex추구는 어떻게 추진할 것이며, 또 Supex가 SKMS를 보완하면 어떤 분야에서 어떤 성과가 나타날 것이냐 하는 것들을 염두에 두고 얘기 해보자.

SKMS가 잉태된 것은 1975년인데, 잉태된 배경은 우리나라 경제발전과 맥락을 같이 한다. 우리나라에서 경제다운 경제가 운용되기 시작한 것은 제3공화국이 들어서면서부터 라고 할 수 있다. 그 전에도 우리나라에 경제가 없었던 것은 아니지만 극히 미미했다.

박대통령 주도하에 실시된 경제개발 5개년계획을 근간으로 하는 수출 드라이브정책이 실효를 거두기 시작한 것은 60년대 중반부터다. 우리나라는 부존자원이 없기 때문에 원자재를 들여다가 가공을 해서 수출해야만 그 가득액으로 살 수 있는 나라다.

그러므로 가득액을 높이기 위해서는 가공도를 높여야 하는데, 우리 선경에서 1961년 8월에 제일 먼저 수출한 인조견 가득률이 22%였다. 그 후 나일론직물을 수출하고 폴리에스테르 직물을 수출하다가 폴리에스테르 원사를 생산해서 수출하게 되니까 그 가득률이 90%에 달했다.

이처럼 수출가득액을 높이는 과정에서 국가의 적극적인 지원 아래 수출산업과 수출대체산업을 일으키기 위한 많은 설비와 기술을 각 민간업체들이 경쟁적으로 들여왔다 그런 식으로 60년대가 지나가고 70년대를 맞는 사이에 Plant Size가 많이 커졌던 것이다. 선경만 해도 3백 대에 불과하던 직기가 3천여 대로 늘어나고, 처음 폴리에스테르 원사공장을 건설할 때의 시발용량(始發容量) 7톤이 74년에는 울산의 파이버공장까지 합해서 2백 톤으로 증가해 있었다.

그런데 그렇게 커진 생산시설을 운용하는 회사의 조직은 어떠했느냐, 그때도 회장이 있고 사장, 중역, 부장, 차장, 과장, 대리까지 포지션은 있었지만 그들이 실제로 맡아 하는 일이 있었던 것은 아니다. 중역 이하 모두 회장이나 사장이 시키는 일이나 하는 심부름꾼에 지나지 않았다.

70년대에 들어와서는 설비경쟁도 그대로 계속하면서 경영경쟁을 하지 않으면 안 되었는데, Plant Size가 커졌기 때문에 최고경영자가 중간 관리층의 경영을 거치지 않고서는 경쟁을 할 수 없게 되었던 것이다. 그래서 그때부터 내가 "설비경쟁을 하던 60년대의 막이 내리고 경영경쟁을 해야 하는 70년대가 열렸다."는 말을 해왔다

하드웨어와 소프트웨어

설비와 장치는 컴퓨터의 하드웨어에 속한다. 컴퓨터는 하드웨어가 아무리 좋아도 소프트웨어가 좋지 않으면 소용없다. 컴퓨터를 제대로 잘 활용하려면 소프트웨어를 잘 써야 한다. 경영도 컴퓨터와 같이 하드웨어와 소프트웨어로 나누어 생각할 수 있다. 설비가 하드웨어라면 소프트웨어에 해당하는 경영관리가 부실할

경우 그 경영성과는 자연히 부실할 수밖에 없다.

내가 경영의 소프트웨어를 본격적으로 생각하기 시작한 것은 1972년에 석유화학 진출을 준비할 때부터였다. 전에도 생각하지 않은 것은 아니었으나, 사우디아라비아에서 하루 15만 배럴씩의 원유를 공급받기로 하고 정부로부터는 정유공장건설 내인가가 나서 일본과 합작회사를 설립하기로 했으니까 공장을 짓고 원유를 들여오고 하는데 필요한 돈 같은 것은 문제가 없는데 앞으로 정유공장을 어떻게 운용하느냐 하는 것이 큰 고민거리였다.

결국 1973년 10월에 불어 닥친 1차 오일쇼크로 나의 석유화학 진출은 무산되었지만, 그 때 우리나라 경제는 아주 어려운 형편에 놓이게 되었다. 설상가상으로 우리 그룹은 그 해 11월에 전 회장이 타계하는 바람에 더 어려워졌다.

그 어려운 74년을 넘기고 나니까 앞으로 우리가 무슨 사업을 해야 하느냐 하는 것이 큰 과제로 떠올랐다. 다른 회사들은 자동차다 조선이다 해서 중화학공업 진출을 서둘렀다. 그러나 나는 오일쇼크 이전의 계획대로 석유에서 섬유까지의 수직계열화를 추진한다는 사업방향을 굳혔다.

유공의 50% 주주인 GULF의 쿠웨이트와의 원유공급계약이 80년 3월이면 끝나니까. 그렇게 되면 GULF가 유공주식 50% 중의 25%를 내놓을 것이고, 유공의 경영권도 한국 측으로 다시 넘어올 것이다. 그러면 그때 가서 GULF가 내놓기로 되어 있는 유공 주식 25%를 사면 될 것 아니냐.

이런 생각으로 GULF측에 알아보았더니 계약대로 그렇게 갈 거라고 했다. 그렇다면 원유는 이미 내가 사우디로부터 하루 15만 배럴씩 공급받기로 한 것이 있으니까 그것으로 충당할 수 있겠지만 GULF가 내놓는 유공 주식 25%를 무슨 돈으로 사느냐. 이런 생각을 나 혼자 했었다. 그러나 가능성은 참으로 희박한 것이었다. GULF사가 유공 주식 25%를 내게 팔지 않겠다면 그것으로 그만이고, 또 정부가 안 된다고 해도 유공 주식은 살 수 없는 것이다. 우리 그룹 내에서도 내 구상에 아무도 동의하지 않았을 뿐만 아니라 석유에서 섬유까지 계열화하겠다는 내 말을 알아듣지도 못했다. 그래서 75년 1월호 선경 사보에 신년사 형식을 빌려 "우리의 목표는 석유에서 섬유까지 완전계열화에 있다."는 글을 실어 내 의지를 분명하게 밝혔던 것이다. 그리고 경영기획실을 만들어 소프트웨어인 경영관리 계획을 추진했다.

경영관리 수준을 높여야

SKMS를 잉태하던 74년도에 나는 경영을 이렇게 내다보았다. 2000년대가 25년 후에 온다. 그때는 우리나라 경제도 선진국 대열에 끼게 될 것이다. 그렇게 되면 우리도 세계적으로 서로 경쟁하는 자리에 서게 될 것이다. 그렇다면 우리의 경영관리 수준도 세계 수준으로 끌어올리지 않으면 안 된다. 그럼 어떻게 끌어올릴 것인가. 우리는 중간 관리층도 약하고 경영관리도 약한데 유럽이나 미국, 일본하고 어떻게 경쟁할 수 있겠는가.

우리가 25년간 열심히 따라간다고 하자. 그러면 그들은 제자리걸음을 하고 있을 것이냐. 그들은 오히려 더 빠른 속도로 앞서 가는지도 모른다. 그들을 따라가려면 배의 속도를 내야 하겠는데 무슨 재주로 배의 속력을 내느냐. 현재 따라가고 있는 속도 자체가 느린데 선진국 속도의 배를 내야 한다는 것은 말도 안 된다. 그러나 못 따라간다고 생각하지 말고 차분히 생각해보자.

현대 경영학은 미국에서 발달했다. 장사는 본래 3백 년 전부터 유럽에서 해오고 있는데, 그 장사가 우리 장인정신 같은 것에 바탕을 두고 있다. 할아버지가 칼을 만들었으면 아들도 손자도 대를 이어가면서 칼을 만들어 내다보니 굉장히 좋은 칼을 만들게 된다. 그러나 그들은 손님이 원하는 칼을 장사 속으로 만드는 것이 아니고 칼이 필요한 사람은 내 칼이 마음에 들거든 사가라는 식이다.

미국은 땅이 넓어서 대량생산 대량판매를 해야 이윤이 많이 남기 때문에 칼하나를 만들어서 설령 50%의 이윤을 남기고 판다고 해도 아무것도 아니다.

독일의 벤츠가 그랬다. 그러나 미국의 포드 자동차는 많이 만들어서 많은 사람들이 싸게 살 수 있게 했다. 그것을 보고는 유럽에서도 대량생산 대량판매로 미국을 따라갔다.

오늘날에도 미국의 Business School 영향이 일본, 유럽으로 파급되고 있다. 전 세계가 미국 비즈니스 스쿨의 Management Technique 범위 안에서 움직이고 있다고 해도 과언이 아니다. 그 매니지먼트 테크닉의 장점은 무엇이고 단점은 무엇이냐, 사람을 쓰거나 자재를 쓰거나 하는 데 있어 최대한으로 활용한다는 데는 장점이 있다. 다시 말해서 모든 물질을 다루는 데는 장점이 있지만 사람을 다루는 데는 문제가 많다

돈은 미국의 1달러나 일본의 140엔이나 한국의 670원이나 아무 차이가 없다. 그러나 사람은 누구를 쓰느냐에 따라서 다르다.

육체고용과 두뇌고용

사람을 고용하는 데는 두 면이 있다. 육체적인 면과 두뇌적인 면이다. 사람을 고용하는 데 있어 1년 365일 출근해서 퇴근할 때까지 회사에서 시키는 대로만 일해라 하는 것은 육체고용이고, 그 반대로 어떻게 하면 생산성이 향상될 수 있는가를 연구해라 하는 것은 두뇌고용이다.

캐나다의 어느 잡지에서 이런 기사를 읽은 적이 있다. 회사의 경영방법에 따라 사람의 머리를 쓰게 하는데, 많이 쓰게 해서 10%, 어떤 회사는 적게 쓰게 해서 3%로, 경영성과도 그만큼 차이가 난다는 것이다 3%하고 10%하고의 차이는 3배가 넘는다. 그래서 나는 머리를 10% 쓰게 하는 회사의 경영방법을 연구해서 머리를 20% 이상 쓰게 하는 방법을 개발해보고자 했던 것이다.

내가 경영을 유동학적으로 생각하게 된 것이 바로 Brain Engagement 때문이었다. 유동학적으로 물의 흐름을 보면 튜브 단면적에 흐르는 물의 속도가 있는데, 거기에 압력을 가하면 그 유속이 빨라진다. 이 수압에 해당하는 것이 두뇌가 아니냐, 그러니 남들이 10% 머리를 쓰게 하면 경영성과도 배로 나타날 것이 아니겠느냐 하는 것이었다.

60년대 70년대를 거쳐 오면서 많은 사람을 채용해서 키우고 써보았는데 그때나 이때나 단순노동을 시키면 아주 싫어하고 반발한다는 사실이다.

대학 출신에게 선적서류를 내주고 '이것을 완벽하게 작성해 가지고 은행에 가서 내고 해라, 이것이 네 일이다.' 하면 처음 한동안은 그것이 자기 일인 줄 알고 열심히 한다. 그렇게 한동안 하다보면 매일 똑같은 일을 되풀이하게 되니까 싫증을 내고, 고등학교 나온 사람에게 시켜도 될 일을 왜 나한테 시키느냐고 반발한다.

공장에서도 마찬가지다. 공과대학 출신이 처음 입사해서 공장에 가서 일하게 되면 대개 건방지다고 해서 유리를 닦아라, 기계를 소제해라 하고 부려먹기가 일쑤인데, 그러면 반발한다. 겉으로 반발하지 않는 사람도 속으로는 다 안 좋아한다. 그런데 그들을 불러서 생산성을 올리기 위해 8시간 걸리는 일을 6시간에 해낼 수 있도록 머리를 써보아라 하면 아주 보람을 느끼고 열심히 일한다.

이것은 무엇을 의미하느냐. 엘리트들은 머리를 쓰는 데 반감이 없다는 얘기다. 물론 머리가 터지도록 일을 시키면 문제가 있겠지만, 단순히 10%나 20%정도 머리를 더 쓰게 하는 데는 기꺼이 스스로 일에 참여하고, 설령 오버타임이 되어도 즐거워한다.

사람관리와 동적요소

현대 경영학이 아무리 발달했다 해도 아직 사람관리에 대한 완전한 데이터는 없다. 그래서 사람관리를 잘하는 방법이 없을까 하고 연구해낸 것이 SKMS의 동적요소(動的要素)인 것이다. 동적요소 관리란 두뇌활용을 배가시켜서 생산성을 높이자는 것인데, 이를 누가 관리해야 하느냐 하면 현업 부서장들이 해야 한다.

부서장이 아랫사람을 부리는데 그들에게 의욕이 있어야 머리를 쓰고 또 머리가 잘 돌아가지, 의욕이 없다거나 무언가 불만이 있으면 머리를 쓰려고 하지 않을 것이다. 우리 한국 사람에게는 신바람이라는 것이 있다. 신바람까지는 몰라도 의욕관리를 신나게 할 수는 없는 것일까. 예를 들어 감기 기운이 있는데, 배가 아픈데, 집의 부인이 병원에 입원하고 있는데 무슨 의욕이 나서 머리를 쓰겠는가. 이런 일들을 부서장이 잘 알아서 관리해주어야 하는 것은 물론이고, 그 밖에 자기가 데리고 일하는 사람들의 무엇을 관리할 수 있을까 해서 SKMS에 동적요소가 도입된 것이다.

SKMS에 패기라는 단어가 있다. 머리 좋은 사람들을 보면 대개 어려운 일이 있을 때는 슬며시 피하려고 한다. 그러나 비즈니스에서는 어려운 일이건 쉬운 일이건 부딪치면 해결해내야 한다. 머리 좋은 사람이 어려운 일이라고 피해 다니면 큰일이다. 그래서 머리 좋은 사람들에게 일을 해결하는 기질을 가르쳐 주어야 한다.

지금으로부터 15년 전인 1975년에 '2000년대에 가면 우리도 세계 일류회사들과 경쟁해서 이길 수 있어야 한다'해서 잉태한 슬로건이 바로 이 패기다. "태산이 높다하되 하늘 아래 뫼이로다."하는 시조 구절이 있다. 그렇다. 제가 아무리 높아 보았자 산인데 오르고 또 오르면 못오를리 없다.

그 밖에도 SKMS에는 코디네이션이니 코퍼레이션이니 해서 경영학 사전에도 없는 단어가 많을 뿐만 아니라 패기니 의욕이니 하는 한국적 단어가 많다. 이러한 요소들을 어떻게 현실경영에 적용시키느냐 하는 데에 많은 애로가 있었다.

동적요소 관리라는 그 자체를 잘 이해하지 못하기 때문에 머리를 더 쓰게 하자는 것이 잘 먹혀 들어가지 않았다. 그렇다고 강압적으로 실행할 수는 없었다. 다른 회사에서도 실행하고 있는 일이면 강력하게 밀고 나갈 수도 있었으나, 우리가 생소하게 만들어낸 사람관리 기법이기 때문에 스스로 이해하고 자발적으로 실행해주기를 기대했던 것이다.

그런데 SKMS를 입에 담지도 않으려는 중역들이 대부분이었다. 심지어 어떤 중역은 SKMS를 가리켜서 사이비 종교라고까지 혹평했다. 결국은 내가 직접 나서서 전 임직원에 대한 SKMS 교육을 할 수밖에 없었다. 그랬더니 제일 호응하지 않는 사람이 사장들이었다. 사장들 입장에서는 자기들이 2000년대까지 그 자리에 있게 된다는 보장이 있는 것도 아니고 보면 열심을 갖지 않는 것도 무리는 아닐 거라고 생각했다. 사장들이 그러니 중역들이 그렇고, 그래서 교육을 시키라고 해도 핑계를 대고 교육을 안 시켰다. 부장급에서는 다소 관심을 보였고, 과장급은 무언가 해볼만하다는 의욕을 보인데 반해서 신입사원들이 오히려 흥미를 가지고 적극 호응했다. 그러나 부장, 과장이 적극적으로 안 움직였기 때문에 제대로 실행될 수 없었다.

캔미팅을 자주 하라

그래서 80년대 중반을 넘어서면서부터는 내가 다소 압력을 가하기 시작했다. 동적요소를 잘 관리하려거든 캔미팅을 자주 해라, 그런데 이 캔미팅을 잘 안하려고 했다. 처음 한동안은 캔미팅이 마치 부서장의 성토장으로 오용되어 부서장들의 단점만 노출되었기 때문이다. 그러나 캔미팅이 계속되어 오는 동안에 캔미팅 본래의 취지가 살아나면서 동적요소 관리에 큰 도움이 되었을 뿐만 아니라 오늘날에는 우리 선경의 하나의 기업문화로 정착했다. 그러나 이 캔미팅도 만족스러운 단계에 이르지는 못했다.

SKMS를 완벽하게 실행해서 1인당 생산성을 크게 제고해야만 세계 일류회사들과 경쟁할 수 있겠는데 어떻게 해야 할 것인가. 다행스러운 것은 그룹 내 임직원들이 요즘에 와서는 다가오는 2000년대를 실감하기 시작했다는 점이다. 10년 전인 1979년에 앞으로 20년 후에는 2000년대가 온다고 했을 때만 해도 별로 호응하지 않았는데, 이제 2000년대를 10년 남겨놓고 코앞에 보이니까 공감하는 것 같다.

그럼 앞으로의 10년을 어떻게 가야 할 것인가. SKMS로 2000년대를 대비하자 했는데, 그동안에 과연 무엇을 얻었으며 무엇을 아직 얻지 못했는가 하는 점을 검토해 보자.

먼저 우리가 경영을 하면서 경영이 뭐냐고 얘기할 때, 전에는 제각기 견해를 달리할 수 있었지만 이제는 SKMS가 하나의 기준이 되었다는 점이다. 지금은 각자가 경영에 관한 어려운 단어에 막히면 SKMS를 들여다보는데, 이는 새삼스럽게 많은 경영학 책을 읽고 터득하는 것보다는 SKMS에 담겨져 있는 경영요소들이 더 명료하기 때문이다. 다시 말해서 SKMS가 없었다면 퍽 아쉬웠을 거라고 생각하게 된 것이 큰 성과라고 말할 수 있다.

다음으로 우리가 SKMS를 실행하면서 이윤극대화를 실현하자는 슬로건을 내걸고, 이익을 창출하는 주체는 주주나 정부가 아닌 바로 회사에 종사하는 사람들이다 하는 개념을 정립한 것이다. 이익을 내고 못 내고 하는 것은 회장 이하 말단 생산직 사원에 이르는 종사자 전체가 경영을 어떻게 하느냐에 달려 있는 것이다.

그렇다면 이익을 냈을 경우 어떻게 할 것이냐 해서 이익배당 개념을 도입하여 1979년부터 화이트칼라 블루칼라 구별 없이 다같이 급여에 준한 특별보너스를 지급해오고 있다. 급여 수준의 100%에 해당하는 특별보너스 지급은 8.3%의 임금을 인상한 것과 같다. 따라서 매년 임금을 얼마씩 올리기로 하자는 노조와의 협약은 별로 실효성이 없다. 회사에서 연말이 가기 전에 그해 경영실적이 정상이익보다 많으면 사장하고 중역들이 미리 회의를 해서 50% 내지 300%까지의 특별보너스를 지급하고 있기 때문이다.

그러다보니 근로자들 사이에 '경영성과가 좋으면 달라고 요구하지 않아도 주더라'하는 경영에 대한 신뢰가 생겨났다. 그래서 우리 그룹에서는 노사분규가 일어나도, 누가 노조를 주도하더라도 경영 자체를 불신하고 더 받아내야 한다는 식의 억지는 부리지 않았다. 이와 같은 것은 SKMS의 부수적인 성과라 할 수 있다.

기업문화는 그 회사의 거울

회사를 경영하다보면 나름대로의 기업문화가 생겨나게 마련이다. 선경 기업문

화는 SKMS의 영향을 많이 받았다

사람을 위해 주면서 부린다. 코디네이션 관리를 잘하기 때문에 크게 아옹다옹
할 일이 없다. 캔미팅을 해서 많은 문제들을 해결하고 있다. 미처 해결하지 못한
문제가 있다고 해도 캔미팅을 통해서 충분히 논의한 문제이기 때문에 해결하지
못한 문제가 큰 문제를 야기 시키지는 않는다. 그래서 사회적으로는 우리 선경을
가리켜서 샐러리맨들이 가장 일하기 좋은 회사라고 말한다.

이러한 기업문화는 우리 회사의 거울인데 이 거울이 사회에는 어떻게 비춰졌
느냐. 다시 말해서 퍼블릭 이미지는 어떠냐. 대학 졸업반 학생들이 우리 선경을
가장 선호한다는 어느 신문사의 여론조사 결과 하나만 보더라도 우리 그룹의 퍼
블릭 이미지는 매우 건전한 편이라고 말할 수 있다.

이렇게 부수적으로 얻어진 것도 있지만 SKMS의 목적이 이런 것만은 아니다.
이익을 극대화해서 국제적으로 경쟁할 수 있는 일류회사가 되겠다는 것이 SKMS
를 실행해온 근본 취지다.

그럼 그동안 SKMS가 생산성을 올려주었느냐, 이익을 극대화시키는 데 얼마
나 기여해 왔느냐. 한마디로 기대치에 훨씬 못 미쳤다.

왜냐? 그룹 중역 가운데는 SKMS의 적용 한계성 때문이라고 지적하는 사람
도 있다. 그래서 SKMS보다는 오히려 마케팅 원리대로 회사를 운영하는 것이 나
을지도 모른다든가 또는 더 효율적인 경영전략을 도입해야 하지 않겠느냐 하는 등
으로 말이 많다. SKMS에 대한 이와 같은 불만은 지난 10년간 SKMS를 실행해
오는 과정에서 이윤을 극대화하여 세계 일류기업이 되겠다고 한 목표 도달에 만
족스러운 결과를 가져오지 못한 데 기인한다.

SKMS를 실행해온 성과가 왜 미흡하나.

첫째 이유는 SKMS를 자발적으로 활용하고자 하는 의지가 약했기 때문이다.

다음에는 R&D 과정에서 SKMS를 Brain Engagement에 적용시켜보자 했
는데 그런 방향으로 못 간 때문이다. 다시 말해서 연구소에서의 R&D를 SKMS
에서 정의한 것처럼 단순히 상품개발에 관한 기술연구에만 그치지 말고 경영기법
까지도 함께 개발해라 했는데 그런 방향으로 가지 못했다.

그 이유는 하드웨어와 소프트웨어를 동시에 개발해라 하는 것은 세계적으로
유례가 없는 일이기도 하고, 또 SKMS가 너무 생소하고, 그렇다고 SKMS가 어느

문헌에 나와 있는 것도 아니고, 또 R&D에 종사하는 사람들이 실제 업무에 경험이 많지 않다는 데에 문제가 있었다.

여기까지가 그동안 SKMS를 어떻게 잉태해서 어떻게 출산시켰으며, 또 어떻게 실행해 왔고, 결과적으로 이루어진 것은 나름대로 이루어졌으나 효율적인 면에서는 아직 미흡했다 하는 얘기가 되겠다.

SKMS와 Supex

우리가 SKMS를 만들어 실행하면서 무엇을 노렸느냐. 그것은 정적요소(靜的要素)와 동적요소(動的要素)를 동시에 관리해서 이윤극대화를 기해보자는 것이었다.

동적요소가 빠진 정적요소만을 관리하는 경영에서의 성과가 상·중·하로 나타난다고 할 때, 동적요소까지 관리하는 우리의 '하'는 정적요소만 관리하는 회사의 '상'과 같은 것이다. 다시 말해서 우리의 중(Good)은 다른 회사의 최상(Excellent)수준이니까 우리는 그 Excellent 수준을 능가하는 Super Excellent 수준까지 추구해보자는 것이었다.

그런데 지금 우리의 경영 수준이 어디에 와 있느냐. 동적요소까지 관리한다고 하면서도 동적요소를 관리하지 않는 다른 회사의 '중'에 머물러 있다. 그러니 우리는 정적요소만 관리하고 있는 회사와의 경쟁에서도 앞서가지 못하고 있는 것이다. SKMS를 10년간 실행해왔으면 당연히 지금쯤은 다른 회사의 Very Good 수준을 능가하여 Excellent한 수준에 도달해 있어야 할 것이다. 그런데 현실적으로 그렇지 못한 것은 부서장들이 현실경영에서 동적요소 관리를 제대로 활용하지 못했다는 것을 반증하는 것이다.

지금 이 상태대로 가면 어떻게 될 것인가. 10년이 더 가도 SKMS는 제대로 실행되지 않는다. 효율을 거두기 위한 두뇌활용을 제고시킬 수 있을 것 같지 않다.

내가 Supex 수준을 추구하자는 것은 SKMS를 만들기 훨씬 이전인 60년대 초에 전 회장과 같이 조그만 직물공장을 경영할 때부터의 생각이다. 그래서 실제로 불가능에 가까운 요소들을 가능케 한 것도 많다. 직물공장에서 일약 원사공장으로 도약할 수 있었던 것이 좋은 예가 될 수 있다.

내가 SKMS을 만든 것은 경영성과를 높이기 위해서 내가 경험한 바를 내 아랫사람들에게 물려주고 싶은 충정 때문이기도 하다. 내 경험을 물려준다는 것은 곧 어떻게 해야 Super Excellent를 이룰 수 있느냐 하는 것을 가르쳐 주는 일이다. 그래서 앞으로는 이제까지의 방법을 바꾸어 SKMS실행을 적극적으로 추진할 생각이다. 적극적으로 추진한다고 해서 강제하겠다는 것은 아니다. 자발적으로 실행해줄 것을 기대했는데 그렇게 안 되니까 적극적으로 추진하겠다는 것이지, 싫다는 것을 강압적으로 시키거나 할 수 없는 일을 강제로 시키겠다는 것은 아니다. 어떤 일에 강제성을 띤다는 것은 SKMS의 의욕관리에도 위배된다.

다만 우리가 SKMS를 만들 때 이미 이런 식으로 가면 되겠다고 합의했던 것이고, 또 할 수 없는 일도 아니고, 그리고 어차피 2000년대에 살아남기 위해서는 경영관리가 Super Excellent 수준까지 도달해야만 하는데, 그러자면 SKMS대로 실행해야 한다는 것이다. 그러므로 SKMS와 Supex는 상충되거나 독립적인 것이 아니고 상호보완관계의 개념인 것이다.

그럼 앞으로 SKMS을 어떻게 추진해 나갈 것이냐, 이제까지는 사장들이 제일 비협조적이었으나, 앞으로는 각사 사장들이 주체가 되어 자기가 2000년대까지 그 자리에 있게 되건 떠나게 되건 간에 자기 회사만큼은 다가오는 Globalization 시대의 일류회사들과 경쟁할 수 있는 수준까지 끌어올려야 한다는 사명감을 가지고 모든 운영계획을 세워 추진하게 할 생각이다.

상식을 뛰어넘는 발상

다음으로 Supex를 추구할 때 어떤 성과가 기대되고, 어떤 분야에서 성과가 나타날 것인가 하는 문제를 생각해보자.

가장 큰 성과가 기대되는 분야는 R&D분야다. 우리와 같은 규모의 일본의 어느 회사 R&D와 비교해보자. 연구비 규모로나 연구원들의 자질로나 경험으로나 다 비교가 안 된다. 그럼 어떻게 따라갈 것인가. 단순한 생각으로는 못 따라 간다 그렇다고 우리는 언제까지나 일본사람 뒤통수만 바라보고 따라갈 것인가. 상식을 뛰어넘는 Supex한 발상이 아니고서는 따라갈 수 없다.

신규사업을 시작할 때 상식선에서 계획하는 것과 Supex한 발상으로 추진하는 것하고는 큰 차이가 있다.

예를 들면 작년에 선경인더스트리에서 이런 일이 있었다. 엔지니어링 플라스틱

사업을 추진하기 위해서 이것저것을 검토하는데, 아무데서도 기술을 주려고 하지 않았다. 합작을 하려고 해도 너희는 Minority고 우리가 Majority다 하는 식이었고, 또 다른 데서 이미 하고 있기 때문에 너희한테까지는 기술을 줄 수 없다는 식이어서 매우 어려웠다. Urethane이 그렇고, Nylon W6도 그렇고, Teflon도 그렇고, 다 기술을 주겠다는 데가 없었다.

그런데 폴란드에 Teflon 기술이 있다는 것이었다. 그러나 선경인더스트리에서는 과연 폴란드 기술로 되겠느냐 해서 일을 시작하지 못하고 있었다. 그래서 내가 폴란드 기술을 사서 시작하라고 했다. 하되, 폴란드 기술이 아무래도 듀퐁 기술에 뒤질 테니까 Supex 추구법으로 일을 추진하라고 했다.

시발용량이 1천 톤인데 1만 톤까지 증설할 수 있다니까, 처음부터 돈은 얼마가 들든지 세계적으로 가장 좋은 기술을 가진 사람들을 찾아서 그들의 기술을 수용해라. 그들의 기술을 달라고 하지 말고 우리 기술을 평가해 달라는 식으로 폴란드 기술을 보완해서 증설할 때마다 부족한 기술을 개선해 나가면 될 것이다. 왜 폴란드 기술을 사다가 그대로 하려고 하느냐. 그 기술을 그대로 갖다 하려니까 실패하면 어쩌나 해서 못하는 거 아니냐. 그러지 말고 세계적인 권위자들의 카운셀링을 받아서 우리 것을 만들어가지고 Teflon만은 우리가 듀퐁보다 나은 것을 만들겠다고 하는 자신을 가져라.

그렇게 격려했더니 폴란드에 가서 기술계약을 하고 와서 지금 일을 추진하고 있는데, Teflon만큼은 듀퐁보다 나은 것을 만들어보겠다고 해서 의욕에 넘쳐 있다. 그런 의욕을 가지고 일하면 우선 즐겁고 일에 대한 보람도 느끼게 된다. 그렇게 해서 만약 선경인더스트리가 몇 해 후에라도 듀퐁보다 나은 Teflon을 생산해내게 된다면 이게 바로 Super Excellent한 것이 아니겠는가.

다음은 어디에서 성과를 보겠느냐 하는 것인데, 기왕에 있는 사업본부에서 큰 성과가 나타나리라고 기대한다. 사업본부를 Supex 추구법으로 새로 Organize 해야 한다. 그리고 우리가 생산하고 있는 모든 생산품의 Supex를 품목별로 다시 추구해야 한다.

뭉땅 챙기고 많이 맡겨라

앞에서도 얘기했지만 이 Supex는 내가 어제 오늘 생각해 낸 것이 아니고, 직물공장을 하면서 선경합섬을 일으킬 때부터 생각하던 바이다. 60년대에 우리나라에는 크고 작은 직물공장이 천여 개나 있었지만, 그때 직물공장을 경영하던 사람들로서는 언감생심, 꿈도 못 꾸는 원사공장을 짓겠다고 발상한 그 자체가 Super Excellent한 것이었고, 또 공장을 건설하면서 합작선인 데이진 측으로부터 최신설비를 들여왔기 때문에 우리가 폴리에스테르 원사를 미국의 세라니스사에 수출했을 때 그 품질이 너무 좋아서 데이진 제품을 들여다가 포장만 바꾸어 수출한 것이 아니냐 하는 즐거운 오해까지 산 적이 있는데, 이야말로 Supex한 계획이 이루어낸 성과라고 할 수 있다.

1972년도에 내가 석유에서 섬유까지를 수직계열화하겠다고 해서 일을 추진했던 것도 상식을 초월한 발상이었고, 또한 1975년에 25년 앞을 내다보고 경영에 하드웨어와 소프트웨어 개념을 도입하여 SKMS을 개발하기 시작한 것도 하나의 Supex 추구일 수 있다. 이처럼 SKMS와 Supex는 별개의 것이 아니고 상호보완 관계의 동질 개념이다.

작년에 Supex 추진을 위해서 Pilot Study를 한 적이 있는데, 조직 내에 많은 문제점이 있다는 것을 발견했다. 무엇보다도 과, 부, 사업본부 등 각 단위부서내의 업무분담이 명확하지 않다는 점이었다. 자기가 분담하고 있는 업무가 분명하지 못하면 자기가 무엇을 잘 해보고자 하는 것이 분명할 수 없다. Supex를 추구하기 이전에 먼저 자신의 업무 내용을 명확하게 파악해야 한다. 회사 업무란 입체적으로 구성되어 있다. 그 속의 자기 업무를 찾아야 manage를 할 수 있다.

그리고 관리역량관리가 제대로 실행되고 있지 않다는 점이다. 부장이면 부장으로서의 자기 관리역량을 찾아야 한다. 관리역량을 찾아야 한다는 것은 자기 업무를 챙기는 것이다. 1차적으로 자기 업무를 파악한 다음에는 조직을 짜야 하는데, 조직은 될 수 있는 대로 간편하게 짜되 일할 수 있는 조직을 짜야 한다. 그러나 완벽한 조직을 짠다는 것은 어려운 일이므로 사람을 배치할 때 부족한 조직을 보완할 수 있도록 배치해야 한다. 사람도 완벽할 수는 없으므로 조직과 사람의 부족한 점을 보완하기 위해서는 운영의 묘를 살려야 한다. 조직운영에는 두 가지 방법이 있을 수 있다. 집권제(集權制)에 의한 운영과 분권제(分權制)에 의한 운영이다. 집권제일 경우 부장이면 부장이 모든 업무를 틀어쥐고 집행하기 때문에 과장 이하 그 밑의 사람은 모두 시키는 일이나 하는 심부름꾼이 된다. 그러나 업무량이 많으면 부장 혼자서는 다 처리할 수 없기 때문에 업무를 분담하게 되는데 업무를 전부 분담시켜버리면 완전히 분권화가 이루어지는 것이다.

바람직한 비즈니스 조직은 집권제와 분권제가 잘 조화된, 이를 테면 인체에 가까운 유기적인 조직이다. 정치집단과 마찬가지로 기업집단에서도 집권제와 분권제는 각각 장·단점이 있다. 집권제라면 부서장이 막강한 권한을 행사할 수 있기 때문에 강력한 조직운영이 가능하고 신속한 의사결정으로 어떤 상황에도 기민하게 대처할 수 있지만, 조직 구성원의 창의적 활동을 기대할 수 없기 때문에 조직능력을 최대한으로 활용할 수 없다. 반대로 분권제의 경우는 조직구성원의 창의는 발휘될 수 있지만 느슨한 조직운영 때문에 민활한 경쟁력을 발휘할 수 없다.

그러므로 기업조직에서는 집권제의 장점과 분권제의 장점을 동시에 수용할 수 있는 Management를 해야 한다. 그러기 위해서는 먼저 각 부서장이 자기 일을 몽땅 챙겨야 한다. 그리고 나서 자신 있는 업무부터 아랫사람에게 하나씩 맡겨야 한다. 다시 말해서 몽땅 챙기고 가능한 한 많이 맡기라는 것이다. 이 말은 일을 맡기되 알고 맡기고 방임하지 말라는 뜻이다. 그리고 일을 맡길 때에는 처음부터 한꺼번에 다 맡기지 말고 시간요소(時間要素)를 잘 활용해야 한다. 예를 들어 내 밑에 새 과장이 부임해 왔다고 하자. 먼저 그 과장이 해야 할 일을 알려주어야 한다. 네가 할일은 이런 이런 일이고, 이런 일과 타부서와의 관련된 부분은 이런 점 이런 점이다. 그런데 당분간은 이 일들을 네 혼자 처리하지 말고 전부 나하고 합의해서 처리해라. 이런 식으로 제로 베이스에서 일을 시켜보아서 이 정도의 일은 맡겨도 되겠다고 판단될 때 그 일을 맡기되 기한을 정해서 맡겨야 한다. 한 일주일 정도 맡겨보아서 일을 실수 없이 잘하면 한달 맡기고, 다시 석 달 맡기고 6개월 맡기고, 이런 식으로 맡겨나가야 한다. 그리고 맡긴 일은 반드시 점검을 해야 한다. 공장의 기계도 주기적으로 점검한다. 기계도 고장을 일으키기 때문이다. 맡긴 일을 점검하는 것도 일주일에 한 번씩 하다가 일을 잘하면 한달에 한 번, 석달에 한 번 하는 식으로 시간요소를 활용해야 한다.

이렇게 모든 일을 다 챙기고, 많이 맡긴다는 것은 아랫사람들이 하는 일을 유리를 통해 들여다보듯이 훤히 꿰뚫고 있다는 것을 의미한다. 이것이 바로 한 조직 속에 집권제와 분권제를 함께 수용하는 Management인 것이다.

일을 못 맡기는 부서장들을 보면 시간에 쫓겨 항상 바쁘다. 반대로 일을 맡길

줄 아는 부서장은 언제나 느긋하고 여유가 있어 보인다. 즉 일을 맡긴다는 것은 그만큼 관리역량이 크다는 것을 의미한다. 당장 자기 일에 쫓기고 있는 부서장이 Supex를 생각할 겨를이 있겠는가. 부서장들이 Supex를 추구하기 위해서는 무엇보다도 부서장들의 관리역량을 키워야 한다.

관리역량을 키워라

이제 이 세미나 벽두에 여러분이 질문한 데 대한 답변을 하는 것으로써 내 얘기를 마치기로 하겠다.

(문) 우리 경영 실정으로 생각할 때 Supex를 추구하기 위해서는 인적(人的)·물적(物的)요소들이 부족하다고 보는데 이에 대한 투자가 필요하지 않겠는가.

(답) 우리가 Supex를 추구하는 것은 이윤극대화를 배가하자는 것인데, 이를 위해 또 다른 투자를 한다는 것은 Supex 추구가 아니다. Supex를 추구하겠다고 하면서 다른 사업비를 희생시키고 Supex를 위해 투자한다는 것은 모순이다.

(문) Supex가 SKMS의 '합리적 경영' 및 '현실을 인식한 경영'하고 상충된다고 보지 않는가.

(답) 현실에 비해서 Supex는 너무 이상적이니까 Supex적 사고 자체에 합리성이 결여되어 있는 것 아니냐 하는 질문 같은데, 그렇지 않다. 현실과의 괴리가 있다고 해서 불합리한 것은 아니다. 앞에서 얘기한 선경인더스트리의 Teflon 개발과 같이 Supex란 가능한 한 사고(思考)를 높이 설정해놓고 현실과 괴리된 것이 무엇인가를 체크해서 그 괴리를 좁혀나가기 위해 개선하고 극복하는 것이다. 따라서 Supex를 추구하는 것은 합리적 경영이나 현실을 인식한 경영하고 전혀 상충되지 않는다.

(문) Supex 추구는 정신운동이 아닌가.

(답) 결론부터 말하면 Supex 추구는 정신운동이 아니다. Supex 추구란 목표를 최고수준으로 설정해 놓고 이를 지속적으로 추진해가는 것이다. 예를 들면 1972년에 석유에서 섬유까지 수직계열화하겠다고 하다가 1974년에 어려운 고비를 당하면서 그 목표가 흐려질 것 같아서 1975년에 다시 석유에서 섬유까지를 다짐했고, 그 후 꾸준히 밀고 와서 결국 내년 3월이면 그 목표를 달성하게 되는 것과 같다.

내가 처음 석유에서 섬유까지 수직계열화하겠다고 했을 때 그룹 내에서는 말도 안 되는 소리한다고 다들 웃었다. 그리고 25년 전에 우리도 2000년대에는 경제적으로 일류국가가 될 거라고 했을 때도 모두들 동의하지 않았다. 그러나 석유에서 섬유까지를 이루었고, 2000년대를 앞두고 우리는 지금 선진국 문 앞에 서 있다.

어렵다고 해서 중도에 포기하면 안 된다. 지속적으로 추진하다보면 잘 안 되는 요소가 나타난다. 그때마다 그 안 되는 요소를 해결해가면서 목표를 향해 나가는 것이다.

(문) Supex를 전사적으로 모든 분야에 걸쳐서 동시에 추구하기 보다는 현실적으로 부가가치가 높고 실현가능한 분야부터 실시해서 점차적으로 확산해나가는 것 이 어떻겠는가.

(답) 맞는 얘기다. 그러나 R&D분야나 사업본부제를 실시하고 있는 데서는 다같이 아무리 많은 Supex를 추구한다고 해도 득을 보면 보지 손해 볼 염려는 없다는 것을 알아야 한다. Supex를 과·부 단위에서 동시에 전면적으로 실시한다는 것은 앞서 말한 대로 업무 분담이 잘 안 되어 있기 때문에 어려운 점이 있으나, 회사 차원에서는 반드시 Supex를 추구해야 할 것이다.

(문) Supex와 장기경영계획하고의 차이는 무엇인가.

(답) 장기경영계획을 세워서 집행할 때 Supex를 추구한다는 것이지, Supex와 장기경영계획은 별개가 아니다.

(문) Supex 추구가 경영자에게는 발상의 전환을 통하여 인텔리들을 고용하는 데 효과적일 수 있다. 그러나 생산직 근로자들에게는 실현 가능한 목표를 제시해 주고 격려하는 것이 더 효율적이라고 생각지 않는가.

(답) Supex는 화이트칼라나 블루칼라 구별 없이 똑같이 추구해야 한다. 생산직 근로자들도 현실적으로 공장자동화계획에 참여한다든지 생산성을 향상시키기 위한 제안제도에 참여하고 있다. Supex가 추구하는 목적은 보다 많은 이익을 내자는 것이니까 생산직 근로자들도 공장 Supex 추구에 동참하여 머리를 써야 한다. 그래서 회사 이익을 많이 올렸더니 그 이익이 특별보너스 형태로 우리에게도 돌아오더라 하는 것을 실제 경험하게 하여 그들도 의욕이 날 수 있게 해야 한다.

(문) 경영기획실에서 추구하는 Supex는 어떤 것인가.

(답) 경영기획실에서 추구하는 Supex는 그룹 전체를 어떻게 끌어갈 것이냐 하는 것인데, 결국은 회장 차원의 Supex라고 보아야 할 것이다. 한마디로 Supex를 추구하는 자체가 Supex라고 말할 수 있다. SKMS를 만든 것도 실은 25년 앞을 내다보고 Supex를 추구한 것이다.

그런데 15년 전과는 달리 오늘날의 우리 현실은 회장 입장에서 Supex를 추구하기에는 Red Tape가 너무 많이 걸려 있다. 이것 하지 마라, 저것 하지 마라하고, 하지 말라고 하는 것이 너무 많다. 이 Red Tape를 어떻게 벗어나느냐 하는 것이 나의 Supex 추구다.

머리를 더 써서 우리나라를 벗어나서 생각해보자. 사업이라면 SKMS를 가지고 미국에 가서도 할 수 있을 것 아닌가. 이런 생각으로 2년 전에 만든 것이 뉴욕의 OCMP다. OCMP에서는 지금 현지의 우수한 두뇌들이 모여 현지공장을 사서 운영하기 위한 Organize를 하고 있는 중이다. 미국에서 성공하면 유럽이나 일본 같은 데서도 가능하지 않겠는가 하는 것이 나의 생각이다.

그리고 우리가 경험한 유공(油公)의 Hard Ware Operation을 인접국에 확산시켜 우리의 사업영역을 넓혀볼 수도 있지 않겠는가 하는 생각을 하고 있다. 가령, 인도네시아에서 석유가 나니까 그 곳에서 석유에서 섬유까지를 실현시킬 수도 있을 것이고, 우리가 석유개발권을 가지고 있는 미얀마에서도 석유가 나오면 석유에서 섬유까지가 가능할 것이며, 또 중국에서도 석유가 나니까 기회가 있으면 그런 방향으로 진출할 수 있지 않겠는가 하는 것이 Supex에 따른 나의 구상이다.

끝으로 다시 한번 당부하고 싶은 것은 여러분이 돌아가는 대로 꼭 여러분의 일을 챙겨 달라는 것이다. 아울러 가능한 한 많은 일을 아랫사람들에게 맡김으로써 여러분의 관리역량을 키워 달라는 것이다. 그리하여 지금부터 시작한다는 새로운 자세로 Supex 추구에 적극적으로 임해주기 바란다.

1989. 12. 15 그룹간부 Supex 세미나에서

글로벌라이제이션에 대비한 경영전략

Globalization의 바른 이해

기업은 변화하는 국제사회 속에 항상 앞서서 경쟁에 대비해야만 한다. 따라서 국제관계의 사실 변화에 촉각을 곤두세우고 그 흐름을 파악하는 자세가 어느 경영전략의 제시보다도 우선되어야 할 것이다.

오늘날 국제관계의 방향을 살펴보면, 그 전반적 흐름이 Globalization쪽으로 갈 것이 분명하며, 그 진행 속도도 우리가 생각하는 것보다 훨씬 빠르다는 것을 강하게 느낄 수 있다.

세계관계(World Relation)를 표현하는 데 있어 Globalization이라는 말이 자주 등장하게 된 것은 1980년대에 들어와서부터이다. 그리고 아직은 그 정의가 올바로 내려지지 않아 많은 사람들이 Globalization과 Internationalization, Globalization과 Regionalism(Economic Bloc)을 혼동하는 경우도 많다.

Internationalization의 근거는 '모든 주권은 국가에 있다'는 내셔널리즘이다. 이는 국가를 위주로 해서 모든 사람들이 정치, 경제, 사회, 문화 활동을 하는 것이다. 그래서 국가 대 국가간의 경제가 발달하고 정보, 통신, 교통이 발달하면서 나라와 나라 사이의 거래가 많아졌으며 인터내셔널이라는 개념도 빈번하게 논의되곤 했다.

2차 세계대전 전까지만 해도 나라와 나라 사이의 힘의 구조는 군사력과 경제력을 갖춘 강한 나라가 약한 나라를 지배한다는 식의 colonialism에 바탕을 두었다. 그러나 2차 세계대전이 끝나면서 이러한 colonialism도 사라졌으며, Idealism이 대두되어 미국과 소련을 정점으로 자본주의와 공산주의의 이념으로 세계가 양분되게 된다. 보통 '아이디얼리즘 경쟁'이라 부르는 것이 바로 이것이다.

이것이 블럭화해서 미국을 중심으로 한 자유경제체제와 소련을 중심으로 한 사회주의체제로 약 10년간 치열하게 대립되어 있었으며, 이는 다시 Regionalism 으로 발전된다. 이에 유럽 쪽에서도 비대해진 소련과 미국을 동등하게 상대하려 는 자구노력을 벌이게 되며, 이러한 흐름이 경제 분야에 반영되어 나타난 것이 '유 러피언 커뮤니티'이다. 유럽은 지금도 유러피언 커뮤니티를 더 튼튼하게 하려고 노 력하고 있다.

이상과 같이 1970년대까지는 Idealism과 Nationalism, 그리고 Regionalism 이 동시에 존재하는 세계관계가 이루어졌다.

냉전이 끝난 오늘날에는 세계관계에서 Idealism의 대립은 없어지고, Nationalism과 Regionalism이 강하게 대두되고 있다. 그리고 특히 실질적인 World Government 역할을 하는 Globalization이 서서히 나타나고 있다.

G5나 G7이 출현하면서부터 Globalization이라는 말이 많이 거론되게 된 것 도 사실이다. 이 G5나 G7이 어떤 가시적인 형태의 World Government를 조성 하고 있는 것은 아니지만 경제적으로 실질 Power가 있기 때문에 필요할 때는 그 역할을 수행하고 있는 것이다.

걸프전쟁만 보더라도 이라크의 후세인 대통령이 국제 룰을 위반한 데 대해서 미국 주도하의 G5, G7이 경찰 역할을 수행했다. 또 G7이 근래에 와서 소련의 정 치·경제 안정을 위해서 무엇인가 논의를 하는 것도 Globalization의 일환으로 파 악할 수 있다.

Globalization과 우루과이라운드

최근 우리나라를 강타하고 있는 우루과이라운드도 바로 이 같은 맥락에서 파 악할 수 있다. GATT의 쌍무협정만 가지고는 해결하지 못했던 국제교역의 문제 들을 우루과이라운드와 같은 다자간 협정으로 해결하려는 시도인 것이다.

한편 Globalization은 오늘날 하루가 다르게 빠른 속도로 진척되고 있다. 80 년대 초만 하더라도 상당히 요원한 일이 아니겠는가 했는데, 10년이 지난 오늘날 에 와서 돌이켜보면 그 발달된 정도가 심히 놀랍고 앞으로도 더욱 가속화되리라 는 전망이 여기저기에서 무성하다.

그러면 향후 10년 앞을 내다보았을 때 국제사회는 어떻게 변화될 것이며 이에 우리는 어떻게 대처해 나갈 것인가.

먼저 Globalization된 세계를 여러 사실들을 바탕으로 해서 예상해보 자. Globalization은 여러 나라들 위에 또 하나의 눈에 보이지 않는 정부, 이를 테면 세계정부(World Government)가 선다고 생각하면 이해가 쉽다. 이를 앞으로의 실세들이 주도해 나간다는 것으로 보면 되는 것이다.

그 한 예로, 미국은 처음 독립한 다음 13개주가 각각 주체가 되어 움직였다. 미합중국이라는 것은 별로 생각지 않고 뉴욕 주는 뉴욕주대로 인터내셔널이 아 닌 인터스테이트 상태에서 무역도 이루어졌다. 범죄인의 경우 그 주를 벗어나면 잡지도 못했다. 그러나 연방정부를 만든 이후 미국은 주간의 관세도 없애고 이주 도 자유로워졌으며 주정부 사이의 여러 문제점들이 쉽게 해결되어 갔다.

이와 마찬가지로 Globalization이 진행됨에 따라 세계는 나라와 나라 사이의 장벽이 얕아져서 물자, 돈, 사람의 이동이 자유스러워지고, 관세의 장벽도 없어지 며, 나아가서는 비자 없이도 갈 수 있는 나라가 많아지게 될 것이다. 그 시기가 언 제일지는 알 수 없지만, 적어도 방향만은 그렇게 되리라고 확신할 수 있다.

두 번째로 Globalization에 따른 기업에의 파급효과는 어떤 것이 될까. 각 나 라마다 가지고 있는 각종 규제들은 이제 '자국의 사정을 고려'한 때문이라는 이 유로는 더 이상 설득력을 갖지 못하게 된다.

이렇게 되면 제일 큰일 나는 것이 바로 경제이고 기업인들이다. 나라의 보호도 없고 배경도 없고 나라가 있어도 힘을 못 쓰게 될 것이니, 세계 시장에 나가 싸워 서 이기는 기업만이 살아남을 것이기 때문이다.

세 번째로 우리나라와 Globalization의 관계이다. 우리는 Nationalism에서 Globalization으로 가는 세계관계의 이러한 흐름을 이해하는 데 언론을 비롯해 서 국민 모두가 인색하다.

이미 아시아를 제외한 EC나 북미에서는 Nationalism이 약하고 Regionalism 이 강하여, Globalization을 빨리 진척시키는 데도 앞서 갈 수 있는 여건에 있다.

그러나 한국의 상황은 어떠한가. 잘 알다시피 강한 Nationalism 아래서 경제 발전을 이룩했으며 이제 무역 규모가 1천5백억 달러에 이르는 등 후진국에서 중 진국으로 들어섬에 따라 시장개방에 대한 국제적인 압력이 날로 증가하고 있다.

현재 우리나라는 일부 농산품만 제외하고는 수입이 개방되어 있으며, 금융, 유통 등의 서비스시장도 개방하는 단계에 있다.

특히 Globalization의 일환인 우루과이라운드를 합의하는 데에는 이 농업문제가 큰 장애물로 대두되는데, 그 중에서도 쌀이 가장 문제가 되고 있다. 한국과 일본은 쌀이 주식이고 역사적으로 쌀에 대해서만큼은 다른 나라 사람들이 이해하기 힘들 정도로 애착을 가지고 있다. 이에 따라 당장 쌀을 수입해야 한다는 말에는 국민의 관심이 크기 때문에 정치적, 사회적으로 정부가 움직이기 힘들게 되어 있는 것이 현실이다. 하지만 우리나라만 세계적인 흐름을 역행해서 Nationalism을 고집할 수는 없다는 사실도 무시해서는 안 될 것이다.

그런 만큼 우리도 이에 대처해서 농민들의 피해를 최소한으로 줄이면서 동시에 우루과이라운드에서 완벽한 경쟁체제를 갖추도록 우리의 전열을 가다듬어야만 하겠다. 결국은 모든 것이 시간의 문제가 아닌가 생각한다.

Globalization 하의 기업경영

그러면 마지막으로, Globalization 상황에서 기업의 경영전략은 어떻게 세워야 할 것인가의 문제가 남아 있다.

Nationalism하에서의 기업은 Domestic 경쟁에 국한된다. Regionalism의 Bloc경제하에서는 인접국과 경쟁을 해야 하므로 경쟁은 더 치열하게 될 것이다. 또한 Globalization하에서의 기업경영은 어떤 보호도 없이 자유경쟁을 해야 하므로 훨씬 더 힘들게 될 것이다. 따라서 기업은 살아남기 위해서 경쟁우위를 적극적으로 확보하지 않으면 안 된다.

많은 사람들은 아직 완전히 성장하지 않은 한국이 이 Globalization의 경쟁 상황에서 생존할 수 있을까 염려하고 있다. 이미 한국산업의 몇몇 분야에서는 세계경제에서 어떠한 보호나 제약 없이 경쟁해야 한다는 데에 불안을 나타내고 있다. 그러나 우리가 싫다고 해도 Globalization시대는 다가올 것이다.

이러한 상황에서 살아남기 위해서는 멀티내셔널 회사들을 살펴보는 것도 참고가 될 것이다. 멀티내셔널 기업으로 성공한 예를 살펴보면, 그 대부분이 독특한 기술을 가지고 있는 회사거나, 자기만이 가지는 상품이 있다는 회사, 자기만이 가지는 시장력이 있는 회사, 또는 독특한 경영기법이 있거나 자기만이 가지는 인적 자원이 있다는 회사들이다. 따라서 결론은 자명해진다.

또한 Globalization도 이제까지는 어느 정도 그 나라의 보호를 받아가면서 성장해왔었지만 이제는 그렇게 되지는 않을 것이다. 그래서 이미 유럽, 미국, 일본 등지에서는 상대방과 서로 싸우기보다 함께 합병을 하는 경우도 늘어가고 있다. 서로와 힘을 합해서 다른 상대방과 싸워 둘 다 살아남자는 원리에 따른 변화이다.

우리 비즈니스맨들은 이러한 Globalization의 시대적 추세를 직시해야 한다. 그리고 이에 대한 준비를 해야 하는 것은 미국이나 우리나 마찬가지일 것이다. Internationalism 아래에서보다 Globalism 아래에서는 몇 배 더한 노력이 필요할 것이기 때문이다.

21세기가 되는 10년 후에는 Globalization이 지금 예상하는 것보다 훨씬 더 구체적인 모양새를 갖출 것이라고 나는 거의 확신한다.

1991. 7. 25 제5회 하계최고경영자 세미나 주제 내용

SKMS의 특징과 구성내용

SKMS의 정립배경

선경 경영관리체계(SKMS)는 선경이 2000년대에 세계일류기업이 되고자 하는 목표를 세웠을 때인 1975년에 구상되었다. 이때 선경에서는 경영을 컴퓨터의 구조에 비유하여 하드웨어와 소프트웨어로 나누어 생각했다. 경영의 하드웨어란 사업의 구조(Business structure)로서 섬유사업, 석유화학사업, 전자사업 등과 같이 선경에서 하고자 하는 사업의 내용이라고 볼 수 있다.

이와 같은 사업을 운영하는 데 필요한 경영기법을 소프트웨어라고 할 수 있겠다.

컴퓨터에서 하드웨어가 아무리 좋아도 소프트웨어가 좋지 못하면 만족할 만한 결과를 얻을 수 없듯이, 경영의 하드웨어인 사업의 구조를 아무리 잘 갖추어 놓아도, 이를 운영하는 소프트웨어인 경영관리기법이 따라가지 못하면 좋은 경영성과를 얻을 수 없는 법이다. 바로 이 점에 착안하여 SKMS를 만들게 된 것이다.

선경은 1953년에 섬유업으로 출발해서 직물을 만들고 더 나아가 원사를 만들 수 있게 되었고, 이때 우리는 원사의 원료가 되는 석유화학의 기초 제품들을 만들어 보고자 했었다. 나아가서 결국은 석유사업까지 할 수 있을 것이라는 생각에서 '석유에서 섬유까지'를 Business structure로 정했다.

그리고 이러한 사업(하드웨어)을 운영해 나가기 위한 새로운 경영 시스템(소프트웨어)의 필요성을 느끼게 되어 SKMS를 개발하게 된 것이다. 따라서 1970년대와 1980년대에 걸쳐 석유에서 섬유까지의 수직계열화가 선경의 Business structure(하드웨어)를 구성해 나가는 전략의 기본 틀이었다면, SKMS는 선경의 사업구조를 운영해 나가는 기본경영지침(소프트웨어)으로서 1979년에 정립하게 되었던 것이다.

SKMS의 정립이유

SKMS는 학문적 또는 이론적인 근거에서 나온 경영체계가 아니라, 실제 회사 경영의 경험을 통해서 기업경영에 꼭 필요하다고 생각되는 부분만을 골라내어 이에 관한 선경인들의 합의를 도출하여 얻어낸 경영관리체계이다.

기업경영에 참여하는 사람들은 모두 다양한 지식과 자기 나름대로의 판단기준을 갖고 있기 때문에 경영에 관한 기본적인 사항들에 관하여 합의해 놓지 않으면 혼란을 초래하기 쉽고 구성원들의 힘이 분산되므로 경영성과가 만족스럽지 못하다. 많은 사람들이 모였다는 것은 Heterogeneous 한 Quality가 모였다는 것이고 여기서 Homogeneous한 Quality를 뽑아내고자 한다면 필터 역할을 하는 것이 필요하다. 이것이 SKMS를 정립한 첫째 이유이다.

일례로 기업에서 일하는 사람에게 경영의 정의를 물으면 사람마다 각각 다르게 이야기한다. 이는 경영학 자체에서도 경영에 관해 논한 것이 다르므로 각각 다른 교육을 받은 사람들이 각자 자신들의 지식에 의거하여 경영을 이해하기 때문이다. 그러나 경영을 하는 데는 이렇게 각자 다른 지식을 가지고 와서 일한다면 각자의 고집 때문에 일하기가 힘들고 효율을 기하기도 어렵다.

둘째 이유는, 기업은 이윤극대화에 목표를 두고 경영해야 한다는 점을 명확히 하기 위해서이다. 회사조직은 크고 다양하게 이루어져 있다. 그런데 회사의 조직 하나하나가 회사의 목표와 연결이 안 되는 경우가 많다. 다시 말해서 회사의 목표는 이윤극대화에 있는데 부서장의 목표는 경영의 목표를 인화단결에 둔다면 결과적으로 회사의 목표인 이윤극대화에 도달하는 것은 불가능하다. 즉 회사의 각 부문(조직)간에 경영에 대한 정의가 명확히 이해되지 않는다면 경영의 가장 큰 장애요인이 되기 때문이다.

셋째 이유는, 회사 구성원들의 두뇌활용(Brain Engagement) 수준을 최대한으로 높여 이윤을 극대화하기 위해서이다. 사람의 능력을 최대한 발휘하도록 하기 위해서는 신체적 활용(Physical employment)과 두뇌활용을 함께 늘려야 한다. 신체적 활용은 어느 정도를 넘게 되면 반발이 따르므로 반발이 없는 정도까지 그 활용도를 높여야 한다. 반면에 두뇌활용은 어느 정도까지는 사람이 자발적으로 즐겁게 응하게 되고, 그 정도를 넘더라도 반발은 나타나지 않으며 그 성과 또한 신체적 활용보다 훨씬 높다. 따라서 SKMS는 모든 회사 구성원들로 하여금 자발적이고 의욕적으로(Voluntarily and willingly) 두뇌 활용도를 높이도록 하여 통상 3~10% 밖에 안 되는 두뇌활용도를 20% 또는 그 이상의 수준으로 끌어올려 회사경영상의 Soft적인 면에 있어서의 비교우위를 성취하고자 하는 것이다. 이와 같이 높은 수준의 두뇌활용을 전사적으로 일반화시키는 것은 지금까지 경영학에서 제시된 인사관리 기법으로는 달성하기 어렵기 때문에 SKMS를 정립하게 된 것이다.

SKMS의 구성내용
-경영기본이념

SKMS는 경영기본이념과 경영관리요소로 구성되어 있다. 경영기본이념은 기업경영철학으로 기업관, 기업경영의 정의, 기업경영의 목표, 그리고 경영원칙을 포함하고 있다. 한편 경영관리요소는 경영을 효율적으로 할 수 있는 경영기법으로 일반적으로 이미 개발된 정적요소와 우리가 스스로 개발한 동적요소로 구성되어 있다.

경영인들이 기업에 참여해서 기업이 오래 갈 수 있도록 회사 발전에 기여한 개인에게는 성과를 나누어 주어야 한다는 것이 선경의 기업관이다. 기업을 오래갈 수 있도록 이익극대화를 이룰 수 있는 터전을 만들어 보자는 것이 기업경영의 정의이다. 또한 세계 일류수준의 상품을 만들자는 것이 기업경영의 목표이다. 마지막으로 인간위주의 경영, 합리적인 경영, 그리고 현실을 인식한 경영이 경영원칙이다.

경영기본이념은 이처럼 경영현실에서 가장 중요한 요소들 1)회사 구성원의 목표를 일치시키는 것, 2)이윤극대화, 3)세계적 일류회사를 만들자는 것에 대한 합의라 하겠다.

경영원칙은 기업경영의 임의성을 최소화하기 위하여 기업 흥망의 기준이 되는 요소 중 가장 중요한 다음의 세 가지 요소를 포함한다.

첫째는 인간위주와 경영이다. 기업경영의 주체는 사람이다. 따라서 사람을 사람답게 다루어 구성원들이 자신의 능력을 최대한 발휘하여 의욕적이고 자발적으로 인간의 능력으로 도달 가능한 최고 수준인 Super Excellent 수준을 추구하도록 하는 것이다. 구성원들이 의욕적이고 자발적으로 두뇌활용을 높이면 구성원들의 능력이 커지게 되고 결과적으로 회사의 이익극대화에 기여하여 회사가 지속적으로 발전하게 된다.

둘째는 합리적인 경영이다. 여기서 합리적이라 함은 자연과학, 사회과학, 그리고 예술이 모두 검토되어 합쳐진 것을 의미한다. 예컨대, 건물을 짓는 경우 자연과학적으로 건물의 기능을 분석하고, 사회과학적으로 건물의 용도 및 주위와의 관계를 검토하여, 멋(Art) 있고 조화로운 건물의 모양을 결정하는 식으로 하는 것이 합리이다.

셋째는 현실을 인식하는 경영이다. SKMS는 처음부터 이론이 아닌 현실에 기반을 두었다. 합리적인 경영은 현실을 인식한 경영을 포함하나 실제 경영에서 너무나 현실을 도외시하는 경우가 많으므로 따로 떼어놓고 강조하는 것이다. 현실을 인식한 경영이란 기업이 속해 있는 환경(문화, 관습 등)에 적합한 경영기법을 사용해야 한다는 갓이다. 예컨대, 미국에서 한국기업이 사업을 하면서 미국의 현실을 인식하지 않은 채로 경영을 하게 되면 많은 실수를 범하게 된다. 이는 한국에서 미국기업이 사업을 하는 경우에도 마찬가지일 것이다. 문화권에 따라 생산행위, 소비행위, 그리고 사고방식에 차이가 있음을 유의하여 그러한 차이점을 최대한 이용할 수 있어야 한다.

−경영관리요소

앞에서 살펴 본 경영이념에 따라 경영을 효율적으로 수행하기 위해서는 관리해야 할 여러 가지 요소가 있을 수 있다. 경험에 의하면 회사의 성패는 처음부터 끝까지 사람에 달려 있다고 본다. 자본이나 기술은 몇 년이면 축적이 가능하지만, 사람은 10년, 20년, 그 이상 걸려서 길러야 하는 것이다. 그런데 경영학에서 제시해온 여러 분야의 기법들에는 사람관리에 대한 중요한 요소들이 빠져 있다. 물론 이에 대해 반박을 할 학자들이 있겠으나, 경영학에서 제시되어온 인간에 대한 이론들은 그 적용상의 어려움으로 인하여 기업에서 체계적으로 적용되지 못한 것이 사실이다.

기업에서의 예를 들면, 사람에 대한 문제를 다루는 인사관리 부서는 시간적, 공간적 제한으로 인해서 개개인의 문제점을 일일이 살필 수 없다. 개인의 문제점을 살피지 못할 때 그들의 능력을 최대한 활용할 수 없으며, 이로 인해 일의 추진이 크게 차질이 빚어지게 된다. 반면, 개인 하나 하나에 부서장의 손길이 미칠 때 자발적이고 의욕적으로 일에 매진하게 된다. 이때 개인의 두뇌활용이 극대화되고, 그 효과는 두뇌활용이 10% 미만인 일반적인 경우에 비해 2배 3배, 즉 Super Excellent의 수준이 될 수 있다. 따라서 선경에서는 개인의 사정을 잘 아는 부서장이 부하를 직접 관리하는 데 사람관리의 핵심을 두고 있다.

이와 같이 경영학에서 체계적으로 적용시키지 못하고 있는 가장 중요한 부분을 관리하기 위해서 도입한 사람에 관한 요소들을 우리는 동적요소(Dynamic Factors)라고 부르고 있다. 한편 생산관리, 마케팅관리, 재무관리 등과 같이 경영학의 기능별 분과에서 다루어 온 분야를 우리는 정적요소(Static Factors)라고 부르고 있다.

이 양자의 개념은 이론적이라기보다는 실무의 경험으로부터 우러나온 것인데, 다음과 같은 비유를 통하여 쉽게 설명할 수 있다. 수도관 속을 흐르는 물을 생각해 보자. 이 물의 양을 늘리려면 수도관의 단면적을 늘리거나 물의 압력을 높여야 한다. 즉 수돗물의 양은 (단면적)×(압력)로 나타날 수 있다. 이때 수도관의 단면적은 수시로 변하는 것이 아니므로 정적인 요소라고 할 수 있다. 반면 수돗물의 압력은 시간에 따라 쉽게 변할 수 있는 것으로, 동적인 요소라고 할 수 있다. 마찬가지로 기업의 경영성과 역시 정태적 요소와 동태적 요소의 곱으로 나타날 수 있다.

선경에서는 현재 정적요소를 11가지로 나누어 관리하고 있다. 이를 열거하면, 기획관리, 인력관리, 조직관리, 회계·재무관리, Marketing 관리, 생산관리, 연구개발관리, 구매관리, 안전관리, PR관리, 정보관리 등이다. 이 11가지는 고정적인 것이 아니라 회사의 상황이 바뀌면 그에 따라 추가하거나 삭제할 수 있는 것이다. 이들 요소들은 경영학의 여러 분야에서 비교적 오래 전부터 연구되어 온 분야이며, 그 활용기법도 상대적으로 널리 알려져 있다. 따라서 기업들이 노력하면 장기적으로는 어느 수준까지 도달할 수 있기 때문에 기업간에 큰 차이가 나타나지 않는다. 더욱이 이들 요소의 적용 수준은 단기간에 쉽게 변할 수는 없기 때문에 이들 요소만에 의한 기업 성과의 차이는 단기간에 크게 나타나지 않는다. 이와 같은 의미에서 이들을 정적요소라고 부르는 것이다.

동적요소의 내용에는 의욕관리, 관리역량관리, Coordination관리,

Communication관리, SK-Manship관리 등이 있다. 이들은 경영에서 매우 중요한 영향을 미치면서도 눈에 보이지 않기 때문에 소홀히 하기 쉬운 요소이다. 이 요소들을 통해서 개개인의 사정을 가장 잘 아는 부서장이 사람관리를 잘하면 개인이 자발적이고 의욕적으로 일에 임하게 되어 즐겁게 자신의 능력을 발휘하게 된다. 이는 경영의 활력소가 됨으로써 기업성과에 역동적인 영향을 미치며, 회사도 발전하고 개인도 발전하게 된다. 이와 같은 의미에서 이들 요소를 동적요소라고 부르는 것이다. 동적요소관리를 위해 선경에서 채택하고 있는 제도들 중에서 가장 대표적인 것이 '캔미팅(Can Meeting)'이라고 할 수 있다.

캔미팅은 모든 부서원이 직장을 떠나 부서장 중심으로 격의 없이 허심탄회하게 회사 안팎의 일에 관하여 대화를 나누도록 하는 제도이다. 캔미팅제도를 실시함으로써 우리는 많은 문제를 해결하거나 극소화시켜 경영 현장에 화합의 분위기를 조성하였으며 SKMS를 중심으로 한 기업문화를 형성해가고 있다.

요약컨대, 선경에서는 경영학에서 말하는 기법들인 정적요소를 전폭적으로 받아들여서 잘 활용하고, 그 위에 부서장이 개인 또는 부서의 동적 요소관리를 잘함으로써 경쟁우위에 서도록 하고 있다. 여기서는 특히 그 중요성을 감안하여 동적요소를 중점적으로 소개한다.

첫 번째 동적요소인 의욕관리는, 개인이나 단위조직의 구성원 전체가 자발적이고 의욕적으로 일할 수 있게 하는 것이다. 의욕이란 사람에게 아주 다양하게 작용되는 요소이다. 따라서 개인의 의욕에 관계된 일은 부서장이 그 개인의 특성에 맞게 관리할 수 있고 그것이 가장 효과적일 수 있다는 점에서 동적요소로 채택하였다. 의욕관리를 위해서는 공정하고 합리적인 인사관리, 일에 대한 보람, 기타 심리적인 요소들을 잘 다루어야 한다. 이들 요소를 부서장이 부하들 개인 개인에 대해 지속적으로 잘 관리하면 구성원들의 의욕수준이 높아져서 자발적, 의욕적으로 경영활동에 참여하게 되어 높은 경영성과를 얻을 수 있다.

둘째, 관리역량관리란 경영자의 일처리 역량을 극대화하기 위하여, 심신의 조건을 잘 관리하고, 일을 다루는 요령을 기르는 것이며, 이렇게 하여 신장된 관리역량을 경영성과의 극대화에 활용하는 것이다. 개인의 관리역량에 따라서 다룰 수 있는 업무량이 결정되고 일처리가 효율적이냐 비효율적이냐가 좌우된다. 일을 부하 직원에게 맡길 때에는 조직운영의 묘를 잘 살려야 하는데, 이는 가능한 한 많은 일을 부하에게 맡겨서 운영하되 방임이 되지 않도록 잘 챙기면서 맡기는 것을 말한다. 상사가 부하에게 일을 맡길수록 상사와 부하의 역량이 동시에 신장될 수 있다. 일을 맡긴다는 것은 분권화(Decentralization)를 말하고 챙긴다는 것은 집권화(Centralization)를 뜻하는데 기업에서는 인체조직과 같이 양자가 예민하게 이루어져야 한다.

셋째, Coordination관리는 조직을 유기적으로 운영할 수 있도록 Cooperation과 Coordination을 잘 하는 것이다. Cooperation은 같은 부서 내에서 힘을 합하는 것이므로 비교적 잘 이루어지지만, Coordination은 서로 다른 부서 간에 상호 협조하도록 하는 것이므로 한층 더 어려움이 있다. 자기부서의 일을 먼저 앞세우고 타부서와의 협조관계를 뒤로 미루는 경우가 많아 Coordination이 잘 안 이루어지는 게 통례이다.

예를 들어, 부장이 과장들 간의 자발적인 Coordination에만 의존하면 문제가 있기 때문에, 부장의 직접관리가 병행되어야 하는 것이다. 부서 내의 Cooperation에 의해 단위조직의 힘이 최대로 모아지며, 그리고 Coordination에 의해 단위조직간에 발생하는 힘의 손실이 방지됨으로써, 회사의 성과가 극대화될 수 있다.

넷째, Communication관리는 조직 구성원 상호간에 의사전달이 충분히 이루어지도록 하는 것이다. 경영에 있어서 단어나 용어의 개념을 명확히 이해하는 것이 매우 중요하기 때문에 중요한 경영용어마다 Definition을 내려서 사용하자는 의미에서 Communication관리를 정립했다. 경영을 해나가는 데 있어서 조직 구성원들이 같은 용어를 사용한다고 하더라도 그 용어를 제각기 달리 해석한다면 의사소통상의 혼란이 일어나게 된다. 이와 같은 혼란을 방지하려는 것이 동적요소관리로서의 Communication 관리의 목적이다. 부서장은 부서내의 Communication이 잘 이루어지도록 활발한 하의상달을 위하여 노력해야 한다. 이를 위해 하나의 수단으로 캔미팅을 활용하도록 하고 있다. 캔미팅은 시행 초기에는 부서장의 잘못을 성토하는 기회로 사용되는 경우가 많았으나 점차 건설적인 의사소통의 수단으로 정착되어 가고 있다.

그 외에도 제안제도, 인력관리부서에 의한 면담, 의견조사 등 각종 제도를 활용하고 있다. 이를 통해 Communication이 원활히 이루어지면 구성원 사이에 생길 수 있는 오해나 갈등이 해소되고, 신뢰를 바탕으로 한 유기적인 조직운영이 가능해지므로 효율적인 경영활동을 할 수 있다.

끝으로, SK-Manship관리는 선경인이 기본적으로 갖추어야 할 자격요건인 패기, 경영지식, 경영에 부수된 지식, 사교자세, 가정 및 건강관리의 수준을 높이는 것이다. 이는 엄밀한 의미에서 경영관리요소는 아니지만, 선경에서 바라는 경영자의 상을 나름대로 세워 보자는 생각에서 만든 것이다. SKMS를 운용하는 주체는 선경인이므로 가장 높은 성과를 올리는 데에는 선경인의 자질향상이 가장 중요한 관건인 것이다. 이와 같은 자질향상의 노력은 개개인 자신이 하고, 회사나 부서장은 점검과 필요한 지원을 하는 것이다.

어떠한 난관이 있고 목표가 아무리 높다 하더라도 반드시 해내겠다는 신념을 가지고 노력하고 또 노력하면 성취될 수 있으므로 선경인이 갖추어야 할 첫째 요건으로 패기를 내세웠다.

기업경영에는 일반적인 경영지식을 갖고 임하는 것이 상식이지만 선경에서는 모든 선경인이 합의하여 정립한 SKMS가 있어 이를 경영관리의 근간으로 삼고 있다. 따라서 SKMS 지식과 경영에 부수된 지식을 선경인의 경영자질 요건으로 삼았다.

또한 선경인은 모든 기업경영에 종사하는 사람과 마찬가지로 개인의 대내외 사교생활과 가정생활이 있고 건강관리가 필요하므로 자기 주변의 여건을 잘 관리해서 회사업무 수행에 지장을 주지 않도록 해야 한다. 따라서 사교자세, 가정 및 건강관리도 선경인의 경영자질의 한 요건으로 정했다.

이상에서 설명한 동적요소들을 통해 부서장이 개개인의 컨디션을 관리하는 간단한 예를 들어보자. 과로로 피곤해 하는 부하에게 질책을 하기보다는 사우나나 휴식을 취할 수 있도록 해주는 것이 그에게 필요한 것이다.

이와 같이 자기에게 필요한 것을 부서장으로부터 개별적으로 인정받는 부하는 중요한 때에 자발적이고 의욕적으로 일할 것이며, 따라서 두뇌활용도 극대화될 것이다.

이상에서 살펴본 SKMS는 요소별로 합의된 Definition을 내렸다는 점이 그 특징이라 하겠다. 같은 의미를 갖는 용어들을 사용함으로써 전 직원이 같은 기준을 통해 생각할 수 있다. 이와 같은 개개인의 일치된 생각은 행동의 지침이 됨으로써 전체적으로는 회사의 높은 성과를 가져오게 된다.

SKMS의 성과 및 기대효과

지난 10년간 SKMS가 이룩한 가장 큰 업적은 참신, 합리, 그리고 사람 중시의 기업문화가 정착되었다는 점이다. 이와 함께 조직 구성원들이 같은 방향으로 생각함으로써 자발적이고 의욕적으로 일하는 자세가 확립되었다는 점이다. 이것이 노사관계에도 반영이 되어서 그동안 심각한 노사분규가 없었다는 것과 우수한 인력을 채용할 수 있었던 것은 선경 기업문화 정착의 좋은 예이다.

SKMS로 득을 본 구체적인 사례는 유공 인수를 들 수 있다. 80년 말에 유공 인수 후 사장에 취임하면서 제일 먼저 한 일은 유공직원들의 해고에 대한 불안 요소를 제거하고 SKMS에 따라 경영을 하겠다고 밝힌 것이다. 유공에 사장실을 신설하여 사장실 직원 10명이 유공 전 직원을 일일이 인터뷰하는 등 사내의 불합리한 점들을 대화로 풀어나가려는 노력을 시작하자 이를 감사활동으로 오해하는 직원도 없지 않았으나 지속적인 대화를 통해서 이러한 오해를 불식하고 유공 직원들의 자발적이고 의욕적인 협조를 얻어, 인수한 지 일년 만에 유공을 일류회사로 가는 궤도에 올려놓을 수 있었다.

그 결과 직원들의 회사에 대한 자부심이 커졌을 뿐만 아니라 89년에는 유공이 그룹 내에서 SKMS 실행 모범업체가 될 수 있었다.

SKMS 정립 후 10년 정도가 지났는데도 Excellent한 성과에 도달하기에는 아직도 미흡하다는 생각에서 경영성과의 추구법을 달리해야 한다고 판단하여 Super Excellent(Supex) 추구법을 89년부터 시행해오고 있다. Supex는 상식을 뒤집어서 매우 비상식적으로 생각하는 것으로부터 출발한다. Supex의 추구는 일의 입체적 Location을 파악한 후에, 일의 진행을 위한 Key Factor for Success들을 찾아, 이러한 Key Factor for Success들의 수준을 결정하고, 현 수준과 Supex 수준과의 차이를 좁히는 데 존재하는 문제점들을 패기 있게 차근차근 풀어나가는 것이다.

Supex의 핵심은 Key Factor for Success들의 수준을 어느 선에서 잡느냐 하는 것으로, 이때에는 상식을 깨고 인간의 능력으로 도달할 수 있는 최고의 수준을 잡아야 한다. Supex와 현재 수준과의 갭은 상당히 크기 때문에 그 장애요인을 당장 제거할 수 없거나 제거하는 방법이 쉽게 보이지 않는 경우가 많다.

그러나 구성원들이 Common Sense의 사고방식에서 벗어나 두뇌활용을 극대화하면 그 방법을 찾을 수 있다. 또한 모든 난관의 돌파는 오랜 기간이 걸릴 수 있으므로 지속적인 '패기'로써 극복해가야 한다. 1년 걸려서 해결이 안 되면 2년, 3년… 길게는 10년 동안 집념을 가지고 노력하면 어떠한 난관도 돌파할 수 있다. SKMS는 사람이라는 Factor를 가장 중요시함으로써 선경인의 Brain Engagement가 다른 기업의 그것보다 월등하게 높은 수준에서 이루어지게 하여 선경이 향후 Globalization을 추구함에 있어서 외국의 초우량기업들과의 경쟁에서 이길 수 있는 힘을 제공할 것이다.

즉 SKMS에 Globalization의 Infrastructure가 들어 있다. SKMS를 쓰는 한, 선경이 다른 기업보다 경쟁우위를 점할 수 있으니까 적어도 같은 업종에서는 다른 기업에 뒤지지 않을 것이다. SKMS는 기업경영의 판단 기준이 됨으로써 선경이 지속적으로 성장하게 하며 선경인의 발전도 선경의 성장과 함께 실현될 것이다.

SKMS의 특징

SKMS의 특징을 요약해 보면 첫째, 사람요소들 가운데 경영학에서 소홀하게 다루면서도 경영에 중대한 영향을 미치는, 사람 속에 들어 있거나 사람 사이에 있는 요소(동적요소)를 중점적으로 다루었다는 점이다. SKMS는 동적요소를 부서장들이 체계적으로 관리하도록 함으로써 사람들이 자발적이고 의욕적으로 두뇌의 활용(Brain engagement)을 가능한 최고의 수준까지 높이도록 하는 것이다.

둘째, Super Excellent(Supex) 수준의 추구이다. SKMS를 이용해서 경영성과를 극대화하기 위해서는 회사 구성원들로 하여금 부서장을 중심으로 Supex 수준에 목표를 두고 이를 패기 있게 추구해 나가도록 하는 것이 필수적이다. 그런데 Supex 추구는 회사의 정적요소관리가 취약해서는 불가능하다. 따라서 SKMS는 동적요소관리 못지않게 정적요소관리도 강조하고 있는 것이다.

셋째, 장기적인 경쟁우위(Long-term Competitive Advantage)에 대한 관심이다. 최근에는 기업 환경의 변화가 매우 빠르고 불확실성이 많으므로 SKMS의 정적요소관리에 해당되는 부분에 대한 계획은 대개 단기적인 성격을 띨 수밖에 없고, 따라서 이에 관한 기업의 장기경영계획을 수립하기는 매우 어렵다. 그러나 SKMS의 동적요소관리는 사람에 관한 것이므로 필요에 따라 10~20년도 걸릴 수 있으며, 이를 장기적이고 지속적인 관심을 가지고 실시하면 타 회사에서 갖지 못한 장기적인 측면에서의 강점을 가질 수 있게 된다. 그러므로 SKMS를 통해 정적요소와 동적요소를 동시에 잘 관리하면 단기적인 면에서 뿐만 아니라 장기적인 면에서도 경쟁우위를 확보할 수 있다.

SKMS는 경영상의 탁월한 노하우

우선 동적요소 관리법에 대해 학계에서 많이 관심을 가져주었으면 좋겠다. 일본에 이러한 동적요소 관리법으로 꼽을 수 있는 것이 여러 가지 있는데 실제로 체계화되어 있지는 않다. 일본이 단결력이 강하다고 하는데 여기에는 분명히 그렇게 만드는 인사관리기법이 있다는 점을 알아야 한다.

그리고 사업을 추진해나가는 데도 개인적 행동, 능력보다 Grouping이 되어야 할 부분이 많다는 점을 인식해서 Grouping할 수 있는 동적요소관리에 많은 관심을 가져달라는 것이다.

또한 노사대립에 반대하는 선경은 노조가 생기는 것을 막지도 않았고 노조가 강한 목소리를 내는 것도 누르지 않았다. 노조가 경영을 이해하도록 노력해왔고, 한 집안 식구끼리는 다투지 않는 법을 찾으려 했다. 기능상의 차이는 두되, 사람을 사람답게 대우하고 회사의 이익이 많이 났을 때는 특별상여라 하여 Profit Sharing도 하다 보니까 노사간의 첨예한 대립안건도 임금인상도 큰 문제없이 해결되었다.

따라서 회사이익은 회사를 구성하는 사람들의 노력에 의해서 이루어지는 것이므로, 이익은 개인에게 나누어 주는 식으로 경영방법을 바꾸어 보자는 것이다.

다음은 경제학적으로 생산요소 중 사람요소에 관한 부분을 수정해야 한다는 것이다. 왜냐하면 Land나 Capital의 Per Unit Productivity는 같은데 Per Man Hour Productivity는 틀리기 때문이다.

사람을 다루는 방법에 따라 성과의 차이는 크게 달라진다는 점을 경제학에서 먼저 규명하고, 다음으로 경영학에서 이것을 받아서 현실적인 접목방법을 찾아야 할 것이다. 그래서 노사분규 없는 화합체제로 경영체제도 바뀌어져야 한다는 것이 우리 선경의 생각이다.

세계는 급격하게 변화하고 있다. 국가라는 개념이 점점 덜 중요해지고 있으며 개별국가들의 경제적 통제 역시 점차로 힘을 잃어가고 있다. 반면에 국가들 간의 경제적 협력이 점점 더 중요해지고 있으며 무역장벽이 점차 낮아지고 국가간에 자본의 이동이 점점 더 자유로워지고 있다.

이러한 경향은 2000년대에는 더욱 심화될 전망이다. 이러한 상황 하에서 경영에 있어서 범세계적인 시각을 갖추지 못한 기업은 발전하기는커녕 살아남기도 어려울 것이다.

기업이 해외 직접투자를 단행하여 외국에서 그 나라 현지기업들과의 경쟁에서 이겨내기 위해서는 그 지역 시장 및 관습에 대한 이해 부족이나 원거리경영에 따르는 추가적인 비용 등의 불리한 점은 상쇄할 수 있는 그 어떤 경쟁우위를 확보할 필요가 있다. 선경의 경우 SKMS를 개발하여 실제 적용하는 과정을 통하여 얻게 된 탁월한 경영상의 노하우가 바로 그러한 경쟁우위의 원천이 될 수 있다고 판단된다. 결국 SKMS는 선경이 세계 초우량기업들과 비교해서 자본력과 기술력 등에서는 뒤질지 모르나 선경은 SKMS를 갖고 있기 때문에 그들과의 경쟁에서 뒤지지 않으리라고 판단된다.

1991. 11. 7 시카고대학 개교 100주년 기념강연

부록 : 선경경영관리체계(SKMS)

'선경경영관리체계' 차례

선경경영관리체계의 보완 내력

'79.3.31   초판

'81 3.31   1차 보완   <인사관리 확정>
기존의 인사관리(안)을 보완하여 확정
<동적요소 내용보완>
인사관리의 내용이 확정됨에 따라 각 동적관리 요소를
이에 맞추어 재편

'81. 10.20   2차 보완   <인사관리 보완>
퇴직을 '정년퇴직, 공·사상(公私傷)으로 인한 퇴직, 이
식퇴직으로, 이식퇴직을 희망퇴직, 권고퇴직'으로 구분
했던 것을 '희망퇴직, 정년퇴직, 공사상으로 인한 퇴직,
이식관리'로 재분류하고 이식관리의 내용을 추가

'82.3. 15   3차 보완   <인사관리 보완>
복리후생관리의 내용을 추가
<각 동적요소의 정의 확정>
각 동적관리요소의 정의를 확정하여 내용을 보완

'84.12.20   4차 보완   <연구개발관리 정립>
정적요소에 연구개발관리를 추가
<용어 및 문장 수정>
수차에 걸친 SKMS 질의·응답을 통해 제기된 문제점
을 종합하여 용어 및 문장을 전반적으로 수정

'88.11.1	5차 보완	<인사관리 수정>

'88.11.1   5차 보완   <인사관리 수정>

'타 기업에 비해 뒤떨어지지 않는 수준의 급여'를 '타 기업 수준이상의 급여'로 수정

<Coordination관리 수정>

Coordination을 '자발적 Coordination과 지시적 Coordination이 있다'로 구분했으나 이를 구분하지 않기로 하고, 회사 이익과의 관계에서 'Coordination이 되면 이익증대'를 '잘 안 되면 이익감소'로 수정

'89.11.1   6차 보완   <Communication관리 확정>

기존의 Communication관리(안)을 보완하여 확정

<Marketing관리 확정>

기존의 판매관리를 Marketing관리로 바꾸고 내용을 수정·보완

<안전관리 정립>

정적요소에 안전관리를 추가

<인사관리 수정>

기존의 인사관리를 인력관리로 바꾸고 생산성 개념 도입

'90.11.1   7차 보완   <전면 보완>

서문, 경영기본이념, 정적요소 중 기획관리, 인력관리, 회계·재무관리, PR관리, 동적요소관리

선경경영관리체계

경영기본이념

| 기업관 | 기업경영의 정의 | 기업경영의 목표 | 경영원칙 |

경영관리요소

정적요소
- 기획관리
- 인력관리
- 조직관리
- 회계.재무 관리
- MARKETING 관리
- 생산관리
- 연구개발 관리
- 구매관리
- 안전관리
- PR 관리
- 정보관리 등

동적요소
- 의욕관리
- 관리역량관리
- COODINATION 관리
- COMMUNICATION 관리
- SK-MANSHIP 관리 등

경영기본이념

다양한 지식과 서로 다른 사고방식을 가진 사람들이 합의된 기본이념 없이 기업경영에 임하면 혼돈을 빚기 쉽고, 어느 한 방향으로 구성원의 힘을 집중시키고자 할 때 분산을 막기 어렵다.

선경에서는 기업관, 기업경영의 정의, 기업경영의 목표 그리고 경영원칙을 꼭 필요한 경영기본이념으로 합의하여 정했다.

경영기본이념의 근간은 기업의 영구 존속·발전에 있고 이의 주체는 경영을 주관하는 사람이다.

따라서 경영을 통하여 개개인이 발전할 수 있도록 하고 개개인의 발전은 바로 회사의 발전으로 직결되며 회사의 발전과 성과는 다시 개개인에게 혜택이 돌아갈 수 있도록 해야 한다.

기업관

> **기업은 영구히 존속 발전해야 하고, 기업에서 일하는 사람은 이를 위해 어느 기간 기여해야 한다.**

기업은 자유경제체제(Free Enterprise System)내에 존재하는 하나의 경제활동 단위로서 한 나라 경제발전에 핵심적인 역할을 하므로, 자유경제체제가 유지되는 한 계속 존속·발전시켜야 한다.

기업의 장래는 기업에서 일하는 사람에 의해 결정되므로 그 사람이 경영을 잘하면 기업은 100~200년을 물론 그 이상 오래 존속·발전될 수도 있다.

기업에서 일하는 사람은 자기발전과 함께 기업발전을 이루어야 하고, 자기만을 위해서 기업 활동을 해서는 안 된다. 더욱이 기업발전에 더 이상 기여할 수 없다고 생각될 때는 스스로 기업을 떠나야 하며, 이는 상위직에 올라 갈수록 잘 지켜져야 한다.

반면, 기업은 기업의 존속·발전을 위해 온 정력을 다하여 기여한 사람에게는 그 기여도에 따라 직접·간접으로 우대해 주어야 한다.

따라서 선경에서는 채용관리와 퇴직관리를 선경인의 기업관에 맞게 운영해야 하며, 특히 퇴직관리를 철저히 해야 한다.

기업경영의 정의

> **기업의 안정과 성장을 지속적으로 이루게 하는 것이다.**

이윤극대화를 이루면 기업의 안정과 성장이 이루어져 기업은 영구히 존속·발전할 수 있다. 그러므로 기업은 이윤극대화를 추구해야 한다.

안정이란 기업이 망하지 않는 것으로, 이를 위해서는 재무구조를 튼튼히 해야 하고 사회규범에 맞는 경영을 해야 한다.

성장이란 기업이 자라는 것으로, 이를 위해서는 지속적으로 기업의 매출액을 신장시켜야 한다.

기업경영의 목표

> **상품의 질이 세계적으로 일류 수준에 속하는 기업을 만드는 데 있다.**

기업이 이윤극대화를 추구하기 위해서는 경쟁자와의 경쟁에서 우위를 차지해야 하고, 이를 위해서는 상품의 질을 세계적으로 일류 수준에 속하게 해야 한다.

상품이란 제품과 서비스로 구성되어 있으며, 기존상품과 새로운 상품을 모두 포함한다.

상품의 질이 세계적으로 일류가 되게 한다는 것은 동종·동급의 상품 중에서 일류가 되게 하는 것을 말한다.

제품의 질이 일류가 되려면 생산에 관련된 관리수준이 세계적으로 일류가 되어야 하고, 서비스의 질이 일류가 되려면 이와 관련된 관리수준이 세계적으로 일류가 되어야 한다.

따라서 상품의 질이 세계적으로 일류가 되려면 기업의 모든 경영관리 수준이 세계적으로 일류가 되어야 한다.

경영원칙

인간위주의 경영·합리적인 경영·현실을 인식한 경영

기업을 경영하는 데 일정한 원칙이 없으면 사람과 상황에 따라서 임의로 경영기법(Management Technique)이나 규정을 만들거나 운영할 수 있어 기업경영에 혼란을 초래할 수도 있다.

선경에서는 이러한 임의성을 최소화하기 위해서 기업흥망의 기준(Criteria)이 되는 것을 택하여 경영원칙으로 삼기로 합의했다. 합의된 내용을 요약하면 다음과 같다.

첫째, 기업경영의 주체인 사람을 잘 다루고 못 다룸에 따라 기업경영의 성패가 좌우되므로 인간위주의 경영을 해야 하고,

둘째, 기업을 주먹구구식으로 경영하면 많은 과오를 범하게 되므로 과학을 근간으로 한 합리적인 경영을 해야 하며,

셋째, 현실을 외면하거나 무시해서는 무리가 생기므로 현실을 인식한 경영을 해야 한다는 것이다.

1. 인간위주의 경영

가. 기업경영의 주체

기업경영의 주체는 사람이다. 기업경영에서 물적요소의 운용주체도 사람이고 제반 제도나 기업의 운영주체도 사람이다. 따라서 기업경영의 성패는 사람을 어떻게 다루느냐에 달려 있다.

나. 선경의 경영성과 수준

통상적으로 기업에서는 경영이 잘 되고 못 되는 정도를 상(Very Good)·중 (Good)·하(Bad)로 평가하여 경영성과가 상에 도달하고자 최선을 다하고 있다.

선경은 사람을 잘 다루면 상의 수준보다 더 높은 경영성과를 낼 수 있다고 본 다. 즉 사람을 잘 다루어 구성원들로 하여금 Super Excellent 수준(사람의 능력 을 최대한 발휘해야 도달할 수 있는 최고의 수준)을 추구할 수 있도록 하면 통상 적인 상의 수준보다 높은 Excellent 수준 이상의 경영성과를 낼 수 있다고 본다.

다. 선경의 인력관리관

선경의 사람관리는 사람을 사람답게 다루어서 구성원들이 자신의 능력을 최 대한 발휘하여 자발적이고 의욕적으로 Super Excellent 수준을 추구하도록 하 는 것이다.

사람은 양면성을 가지고 있다. 선한 면이 있는가 하면 악한 면이 있고 이성적 인 면이 있는가 하면 감정적인 면이 있듯이 긍정적인 면과 부정적인 면을 함께 가 지고 있다. 선경은 사람의 긍정적인 면은 그대로 적극 활용하고 부정적인 면은 보 완해줌으로써 구성원들로 하여금 만족감을 가지고 자발적으로 경영활동에 참여 하도록 하자는 것이다.

사람의 능력을 최대한 발휘하도록 하기 위해서는 사람의 신체적 활용 (Physical Employment)과 두뇌활용(Brain Engagement)을 함께 늘려야한다. 신체적 활용은 어느 정도를 넘게 되면 반발이 따르므로 반발이 없는 정도까지 그 활용도를 높여야 한다. 반면에 두뇌활용은 어느 정도까지는 사람이 자발적으로 즐겁게 응하게 되고 그 정도를 넘더라도 반발은 나타나지 않으며, 그 성과 또한 신 체적 활용보다 훨씬 높다. 따라서 선경은 사람의 두뇌활용을 극대화하는 데 중점 을 두어야 한다.

사람을 사람답게 다루어서 능력을 최대한 발휘하게 하려면 인력관리부서가 주 체가 되는 일반적 관리(Generalized Management)와 각 부서장들이 직접 부하 직원을 관리하는 특별관리(Specialized Management)를 잘 해야 한다.

일반적 관리만으로는 신체적 활용을 어느 정도 높일 수는 있으나 두뇌활용을 높이는 데는 한계가 있다. 선경은 일반적 관리뿐만 아니라 부서장들이 부하직원의 동적요소를 직접 관리하는 특별관리를 철저히 하여 구성원들로 하여금 자발적이고 의욕적으로 Super Excellent 수준을 추구하도록 하자는 것이다.

라. 개인의 발전과 회사의 발전

선경의 사람관리는 구성원들이 자발적이고 의욕적으로 두뇌활용을 높이도록 하는 것이므로 강제적이고 피동적으로 신체활용을 높이도록 하는 사람관리보다 훨씬 더 개인의 능력이 커지게 된다. 개인의 능력이 커지면 회사의 이윤극대화에 크게 기여하게 되므로 회사도 지속적으로 발전하게 된다. 이렇게 하여 남달리 얻어진 이익을 기업 구성원들에게 나누어지도록 해야 한다.

2. 합리적인 경영

가. 합리적인 경영의 정의

실증과학(Positive Science)적으로 현상을 분석하고 사회규범(Social Norm)에 비추어 좋고 나쁜 것을 판단하여 멋(Art) 있는 방법으로 집행하는 것이다.

이 세 가지 요소 중 어느 하나라도 소홀히 하면 합리적인 경영이 될 수 없으며 주먹구구식 경영이 될 것이다.

나. 구체적인 내용

(1) 실증과학적 분석

실증과학적으로 분석한다는 것은 자연과학 지식을 근간으로 해서 일을 분석하는 것이다.

일을 잘 처리하기 위해서는 현상을 있는 그대로 철저하게 파악해야 하는데 이를 위해서는 주관을 배제하고 자연과학의 객관적 원리에 입각하여 분석해야 한다.

아무리 복잡하고 어렵게 보이는 일도 하나하나 실증과학적으로 분석해나가면 정확한 현상 파악이 이루어져 결과적으로 해결 방안을 쉽게 찾을 수 있게 된다.

(2) 사회규범에 의한 판단

사회규범에 비추어 판단한다는 것은 사회과학 지식을 근간으로 해서 좋고 나쁜 것을 판단하는 것이다.

이는 사회과학에 내재된 기준(Norm)에 따라 좋고 나쁜 것을 판단해야 올바른 의사결정을 할 수 있다는 것을 말한다.

사회규범에 의한 판단은 실증과학적 분석의 결과를 기초로 해서 이루어져야 한다.

(3) 멋있는 집행

멋진 방법으로 집행한다는 것은 조화의 미에 근간을 두고 일을 집행하는 것이다.

이는 기분 좋게 순리적으로 일을 집행하여 보는 이로 하여금 눈살을 찌푸리지 않게 하고 주어진 목표에 효과적으로 도달하는 것을 말한다.

그러나 멋있는 집행은 실증과학적 분석과 사회규범에 의한 판단의 토대 위에서만 존재한다는 것을 인식해야 한다.

3. 현실을 인식한 경영

가. 중요성

기업은 한 나라 경영체제 내에 존재하는 활동단위로서 그 기업이 속해 있는 국가 및 사회와 밀접한 관련을 맺고 있다. 따라서 그 국가, 그 사회의 현실을 잘 인식하고 경영을 해야 하는데 이를 도외시하고 경영을 하게 되면 적응성을 잃어 효율이 떨어지고 기업의 안정과 성장을 해치게 된다.

나. 구체적인 내용

현실을 인식한 경영이란 기업이 속해 있는 환경을 철저히 분석하여 현실을 올바로 인식하고 기업 활동을 수행해 나가는 것이다.

(1) 한국에서의 기업 활동

한국이라는 사회 환경 내에서 한국인에 의해 기업 활동이 이루어지므로 한국적인 문화, 관습, 사회규범, 생활양식에 적합한 경영기법을 개발하여 사용해야 한다. 다른 나라에 우수한 경영기법이 있다고 하더라도 그것은 그 나라의 문화풍토

위에서 이루어진 것이기 때문에 이를 받아들여 그대로 사용할 수는 없으며 우리에게 맞게 연구개발해 활용해야 한다.

(2) 다른 나라에서의 기업 활동

그 나라의 특수한 환경 내에서 성장한 사람들을 상대로 기업 활동이 이루어지고 기업 구성원의 상당수가 현지인이므로 현지상황에 맞는 경영기법을 사용해야 한다. 따라서 선경경영관리체계 중 적용이 가능한 부분은 그대로 사용하고 그렇지 못한 부분은 그 나라의 현실에 맞게 연구개발해 활용해야 한다.

경영관리요소

경영관리요소는 경영을 효율적으로 수행하기 위하여 관리해야 할 요소로서 편의상 정적요소와 동적요소로 구분했다. 이렇게 양분한 이유는 이론적인 근거를 두고 했다기보다 현실적으로 이와 같이 구분하여 관리하게 되면 경영성과를 최대한으로 올리는 데 편리하기 때문이다.

경영의 성과를 수도관을 통해서 나오는 물의 양과 비유해볼 때 양분된 요소 중 어느 것이 단면적에 해당하고 어느 것이 수압에 해당하는가를 살펴볼 필요가 있다. 이때 단면적에 해당하는 것을 정태적(Static)이라고 볼 수 있는 반면 수압에 해당하는 것은 수시로 변할 수 있기 때문에 동태적(Dynamic)이라고 볼 수 있다.

기업경영 현장에서는 통상적으로 경영학을 중심으로 개발된 기법들을 최대한 활용하려고 노력한다. 이러한 노력을 통하여 얻을 수 있는 경영성과는 기업이 얼마만금 기법 습득에 노력을 했는가, 그리고 그 기법을 얼마만큼 효율적으로 실행했는가에 따라 기업간에 차이가 날 수 있다.

그러나 경영성과를 올리는 데 활용되는 이러한 기법들은 거의 공지의 사실이고 작용되는 요소들은 가시적이기 때문에 시간을 두고 꾸준히 노력하면 누구나 습득할 수 있고 성과를 얻을 수 있어서 기업간의 차이는 대동소이하게 될 수 있는 성향을 가지고 있다. 따라서 경영현실에서 볼 때 이러한 요소들은 수도관의 단면적과 같이 정태성이 있다고 할 수 있으며 선경에서는 이를 정적요소라고 했다.

한편 경영에 있어서 사람요소가 너무 중요하기 때문에 경영학에서도 오랜 시간 많은 노력을 기울여 왔지만 사람의 성향이 너무나 다양하고 복잡하기 때문에 효율적으로 인력관리를 하기에는 미흡한 점이 많다.

통상적으로 인력관리는 인력관리부서에서 규정이나 방침을 세워서 총괄적으로 다루게 되는데 이와 같은 방법으로는 현실적으로 관리하지 못하는 분야가 남게 된다. 즉 시간, 여건 그리고 환경변화에 따라 수시로 변하는 특성을 지니고 있는 사람요소는 시간적으로나 거리상으로 멀리 떨어져 있는 인력관리부서가 일일이 관리할 수는 없는 것이다. 그러므로 일을 통해서 많은 시간을 가까이에서 접촉하게 되는 부서장이 주관해서 관리할 수밖에 없는 것이다.

이러한 사람이 가지고 있는 요소는 눈에 보이지는 않겠지만 잘 관리하면 일의 성과를 높이는 데 크게 작용하고 수도관의 수압과 같이 수시로 변하기 때문에 동태적이라 볼 수 있어 선경에서는 이를 동적요소라고 했다.

Super Excellent 수준을 추구하여 경영성과를 최대한으로 높이려면 이러한 정적요소와 동적요소를 충분히 활용해야 한다.

* 정적요소와 동적요소의 상관관계를 도해하면 아래와 같다.

ㅇ **일정기간 수도관에 흐르는 물의 양**

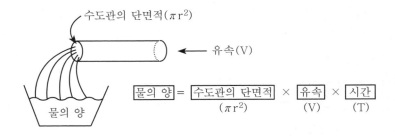

$$\boxed{물의 \ 양} = \boxed{\substack{수도관의 \ 단면적 \\ (\pi r^2)}} \times \boxed{\substack{유속 \\ (V)}} \times \boxed{\substack{시간 \\ (T)}}$$

ㅇ **일정기간 기업경영의 성과**

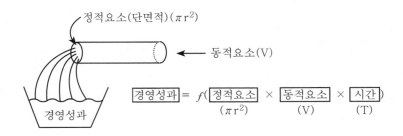

$$\boxed{경영성과} = f(\boxed{\substack{정적요소 \\ (\pi r^2)}} \times \boxed{\substack{동적요소 \\ (V)}} \times \boxed{\substack{시간 \\ (T)}})$$

정적요소

경영학을 중심으로 발달된 모든 경영관리기법을 운영 편의상 정적(Static)요소라 한다. 여기에는 분야도 다양하고 기법도 많이 있으나 대개 공지의 사실이다.

기업경영에서 경쟁우위에 서기 위해서는 비용과 노력을 들여서 이러한 기법을 습득하고 경영성과를 최대화하는 데 적극 노력해야 한다.

기획관리(Corporate Planning Management)

● 기획관리의 정의

> **기업의 이윤극대화가 지속적으로 이루어질 수 있도록 계획하고 실행되게 하는 것이다.**

1. 이윤극대화가 지속적으로 이루어질 수 있도록 계획하기 위해서는 계획을 구성하는 모든 요소를 빠짐없이 고려하여 경영계획(Corporate Plan)을 수립해야 한다.

가. 경영계획은 사업구조(Hardware)계획과 경영기법(Software)계획으로 구성되며, 이들 각각은 Super Excellent 수준을 추구해야 한다.

나. 사업의 영역은 크게 기존사업과 신규사업으로 구분된다.

다. 계획의 기간은 편의상 장기·중기·단기로 나누며, 이들 각각의 기간에 적합한 경영 계획을 수립해야 한다.

(1) 장기경영계획은 기업의 사업방향을 정하는 것이다.

(2) 중기경영계획은 장기경영계획을 실현하기 위한 구체적인 Project 계획이다.

(3) 단기경영계획은 중·장기 경영계획을 실천하기 위한 운영계획이다.

2. 이윤극대화가 지속적으로 이루어질 수 있도록 계획이 실행되게 하기 위해서는 계획을 평가하고, 평가된 계획에 따라 경영활동이 수행되고 있는지를 점검해야 한다.

가. 계획을 평가한다는 것은 각 단위조직의 계획이 Super Excellent 수준을 추구하여 기업의 이윤극대화에 기여하고 있는지를 전사 차원에서 분석하여 합의를 통해 조정하고, 부족한 부분이 수정·보완되도록 하는 것이다.

나. 평가된 계획에 따라 경영활동이 수행되고 있는지를 점검한다는 것은 지속적으로 각 단위조직의 경영활동을 계획과 비교하여 문제점을 파악하고, 해결책을 강구하여 경영개선을 이루도록 하는 것이다.

인력관리

● 인력관리의 정의

> **기업구성원의 1인당 생산성을 극대화하기 위해 인사관리 각 영역을 효율적으로 운영하고, 동적요소의 수준을 지속적으로 향상시키는 것이다.**

1. 기업 구성원의 1인당 생산성은 총생산을 인원수로 나눈 것이다.

총생산은 구성원의 신체적 활용(Physical Employment)과 두뇌활용(Brain Engagement)의 결과이다. 따라서 생산성을 높이려면 신체적 활용도와 두뇌활용도를 다같이 높여야 한다.

2. 인사관리 각 영역과 동적요소는 구성원의 신체적 활용과 두뇌활용이 최대가 되도록 관리되어야 한다.

가. 인사관리 각 영역이란 직무관리, 수용관리, 교육훈련, 승진관리, 이동관리, 급여관리, 복리후생관리, 퇴직관리 등을 말한다.

나. 동적요소란 의욕, 관리역량, Coordination, Communication, SK Manship 등을 말한다.

다. 신체적 활용도를 높이는 데는 사람이기 때문에 한계가 있고 그 한계를 넘으면 반발이 따르게 된다. 반면 두뇌활용도를 높일 때는 어느 정도까지는 자발적으로 즐겁게 응하게 되고 그 정도를 넘더라도 큰 반발은 없다. 또 두뇌활용은 신체적 활용에 비해 생산성 향상에 훨씬 큰 기여를 할 수 있다.

따라서 생산성 향상을 위해서는 신체적 활용도를 높여야 하지만 과중하지 않도록 하고, 두뇌활용도를 높이는 데 중점을 두어야 한다.

3. 두뇌활용을 최대로 하여 Super Excellent 수준을 추구하기 위해서는 부서장이 구성원 개개인에 맞게 동적요소관리를 중심으로 한 특별관리를 해야 한다.

가. 인력관리는 일반적 관리와 특별관리로 나눌 수 있다.

(1) 일반적 관리(Generalized Management)란

인력관리부서가 주체가 되어 전사적이고 간접적·정기적으로 행하는 인력관리를 말한다.

(2) 특별관리(Specialized Management)란

부서장이 부하 개개인의 특성과 Personal Condition 등에 맞게 개별적이며 직접적·항시적으로 행하는 인력관리를 말하며 인력관리부서가 미치지 못하는 부분을 보완하기 위해 부서장이 직접 행하는 것을 말한다.

나. 인력관리부서는 시간과 거리상의 문제 때문에 매시간·매인별 인력관리를 할 수 없다. 따라서 일반적 관리만으로는 신체적 활용을 어느 정도 이끌어내는 것은 가능하나 두뇌활용도를 높이는 데는 한계가 있다.

그러므로 Super Excellent 수준 추구가 잘되도록 두뇌활용을 최대로 하기 위해서는 각 부서장이 인력관리부서에서 할 수 없는 특별관리를 해야 한다.

〈인력관리부서의 역할〉

1. 조직관리 : 회사의 조직을 찬다.

2. 인사관리 : 인사관리 각 영역을 효율적으로 운영한다.

3. 동적요소관리 : 부서장이 동적요소관리를 잘 할 수 있도록 전사적 차원에서 지원·점검한다.

4. 생산성관리 : 친사 또는 단위부서의 생산성을 평가하고 지속적으로 생산성을 향상시킬 수 있도록 한다.

조직관리

● **조직관리의 정의**

> **가장 유기적이고 통제가 가능한 가장 간단한 조직을 만드는 것이다.**

1. 가장 유기적인 조직이라 함은 Cooperation(협동)과 Coordination(조정)이 잘 되며 Staff 능력을 갖춘 동태적인 조직을 말한다.

가. Cooperation(협동)이란 일정한 목표달성을 위하여 동질적인 일을 수행할 때 힘이 최대로 모아지도록 부서 내에서 상·하가 서로 협력하는 것이다.

나. Coordination(조정)이란 일정한 목표달성을 위하여 이질적인 일을 수행할 때 힘의 손실이 없도록 서로 다른 일을 하는 부서 간에 상호 협조하는 것이다.

다. Staff 기능이란 두뇌(Brain)와 같은 역할을 하는 참모기능을 말한다.

라. 동태적인 조직이란 환경여건 변화에 유연하게 대처할 수 있는 조직을 말한다.

2. 통제가 가능한 가장 간단한 조직이란 통제범위(Span of Control) 내에서 종과 횡의 분할이 적은 조직을 말한다.

가. 통제범위(Span of Control)란 한 사람의 장이 직접 지휘·감독할 수 있는 단위조직의 감독범위를 말한다.

나. 종과 횡의 분할이 적은 조직이란

종적 분할이 적은 조직은 계층이 적은 것을 말하며,

횡적 분할이 적은 조직은 부서가 적고 직무의 분할이 적은 것을 말한다.

회계 · 재무관리

● 회계 · 재무관리의 정의

기업 활동을 계수적으로 파악할 수 있도록 회계관리를 철저히 하고, 자금의 조달과 운영을 효율적으로 할 수 있도록 재무관리를 하는 것이다.

1. 회계관리는 경영자가 경영을 효율적으로 수행하기 위한 관리회계, 주주가 만족해야 하는 재무회계와 국가에서 요구하는 세무회계를 하는 것이다.

가. 관리회계는 이익관리가 중심이며, 이익관리는 목표이익을 설정하고 이를 달성하기 위하여 수익을 증대시키고 비용을 절감하는 것이다. 이를 위해서는 수익관리, 비용관리, 자산관리, 경영감사를 잘해야 한다.

(1) 수익관리는 목표이익을 달성할 수 있도록 수익을 최대로 하는 것이다.

(2) 비용관리는 예상수익 − 목표이익 = 허용비용이라는 관점에서 비용을 관리하는 것이다.

(3) 자산관리는 총자본이익률(이익÷총자산×100)을 극대화하도록 자산을 운용하는 것이며 Marketing관리, 구매관리와 밀접한 관계가 있다.

(4) 경영감사는 계획과 실적의 차이 분석, 업적평가 등을 주기적으로 실시하여 경영 전반에 대한 문제점을 발견하고 개선하는 것이다.

가. 재무회계는 주주를 포함한 이해 관계자가 기업의 가치를 알 수 있도록 재무제표를 신속 · 정확하게 작성하는 것이다.

나. 실무회계는 조세부담을 정확하게 예측 · 조정하고 신고하는 것이다.

2. 재무관리에는 자금관리와 투자관리가 있다.

가. 자금관리는 자금의 수지균형을 이루게 하고 투자자금을 최대로 조달하는 것이다.

(1) 자금의 수지균형을 이루게 한다는 것은 소요자금의 예측, 조달, 운용을 잘해서 부도를 방지하는 것이며 관리회계와 밀접한 관계가 있다.

(2) 투자자금의 조달을 최대로 한다는 것은 자금의 원천을 계속 개발하여 자금의 조달능력(Pipeline)을 항상 크게 하고 조달 코스트를 낮추어 언제라도 투자

할 수 있게 하는 것이다.

나. 투자관리는 투자이익을 최대로 하는 것이다. 이를 위해서는,

(1) 투자대상(금융자산·실물자산)의 선정, 경제성 분석, 투자의 결정, 사후평가 등을 잘해야 한다.

(2) 투자기법을 지속적으로 개발하여 투자 위험을 최소화 하도록 해야 한다.

Marketing관리

● Marketing관리의 정의

> **소비자의 요구를 파악하고, 그에 맞는 상품을 만들게 하여, 될 수 있는 한 높은 가격으로 많이 파는 것이다.**

소비자의 요구를 파악하기 위해서는 시장조사(Market Research)를 철저히 해야 하고, 소비자의 요구에 맞는 상품을 만들게 하기 위해서는 상품기획(Merchandising)을 잘 해야 하며, 될 수 있는 한 높은 가격으로 많이 팔기 위해서는 Promotion, 판매(Sales), After Service를 잘해야 한다.

1. 시장조사(Market Research)는 시장환경과 소비자의 요구를 정확히 파악하는 것이다.

가. 시장이란 상품의 수요와 공급이 만나 양과 가격이 결정되어 거래가 일어나는 것을 말한다. 시장에는 현재 거래가 일어나고 있는 현재시장(Actual Market)과 거래가 일어날 가능성이 있는 잠재시장(Potential Market)이 있는데, 잠재시장 파악이 특히 중요하다

나. 시장환경은 수요와 공급에 관련된 제반 여건으로서 소비자, 경쟁자, 시장의 규모, 성장성, 점유상태, 유통구조 등을 말한다.

다. 소비자는 다음 단계 사용자로부터 최종 소비자까지를 모두 포함하며, 소비자의 요구를 파악할 때는 특히 최종 소비자의 요구를 잘 파악해야 한다.

라. 소비자의 요구는 상품의 특성, 품질, 가격, 양 및 소비자의 기호, 소득 수준 등과 상관관계가 있다.

마. 시장조사 결과를 바탕으로 시장을 세분화(Market Segmentation)하고, 이 중 가장 많은 이익을 낼 수 있는 시장을 표적시장(Target Market)으로 정해야 한다.

2. 상품기획(Merchandising)은 소비자의 요구에 맞는 상품을 가장 좋은 품질로 가장 싸게 만들게 하는 것이다.

가. 소비자의 요구에 맞는 상품이란 양질의 상품, 즉 양질의 제품과 서비스를 말하며, 서비스는 납기, 포장, 운송, 지급조건, 품질보증 등의 거래여건을 포함한다.

나. 소비자의 요구에 맞는 상품을 가장 좋은 품질로 가장 싸게 만들게 하기 위해서는 연구개발, 생산 및 구매부문과의 Coordination이 중요하다.

다. 상품기획을 할 때는 경쟁업체에 대한 정보를 철저히 분석해서 남이 만들기 어려운 상품을 만들게 함으로써 시장에서의 차별적 우위를 확보해야 한다.

3. Promotion은 우리 상품이 소비자의 요구에 맞는 것임을 잘 알려 사고 싶도록 만드는 것이다.

이를 위해서는 광고(Advertisement)와 판매촉진(Sales Promotion)을 잘해야 한다.

가. 광고에는 기업광고와 상품광고가 있으며, 이는 PR관리와 밀접한 관계가 있다.

나. 판매촉진에는 설명회, 전시회, Catalogue, 진열, 견본, 경품, 할인판매, Rebate 등이 있다.

다. 가장 효과적인 Promotion은 우리 상품을 사용해본 사람이 다른 사람에게 우리 상품이 좋다고 추천하는 것이다.

4. 판매(Sales)는 소비자가 기꺼이 우리 상품을 사게 하는 것이다.

이를 위해서는 유통경로관리와 판매원관리를 잘해야 한다.

가. 유통경로관리는 소비자가 우리 상품을 손쉽게 구입할 수 있도록 유통망(Distribution Network)을 구축·관리하는 것으로 최소의 비용으로 최대의 판매효과를 달성하도록 해야 한다.

나. 판매원관리는 판매원에 대한 의욕관리 및 교육훈련이 중요하며, 판매원에 대한 교육훈련에는 상품 지식, 상품 수명 관리, 소비자 관리, 거래처 관리, 판매기법, 채권 관리, 판매원의 자세 등이 있다.

5. After Service는 상품판매 후에도 소비자를 지속적으로 만족시키는 것이다.

소비자를 지속적으로 만족시키려면

가. 상품에 대한 불만 및 상거래에서 생기는 문제점들을 찾아내어 해결할 수 있는 권한을 가진 사람이 직접 나서서 신속히 해결해야 하고,

나. 소비자에게 필요한 정보를 계속 제공해 주어야 하며,

다. After Service 과정에서 수집된 소비자의 의견은 상품개선, 신상품개발 등 Marketing 활동 전반에 반영해야 한다.

생산관리

● 생산관리의 정의

> **가장 좋은 품질의 상품을 가장 싸게 만드는 것이다.**

가장 좋은 품질의 상품을 만들기 위해서는 품질관리를 철저히 해야 하고, 가장 싸게 만들기 위해서는 자재관리, 인적관리 및 능력관리를 철저히 해야 한다.

1. 품질관리는 소비자가 요구하는 상품의 질을 충족시켜 주는 것이다. 이를 위해서는 소비자가 요구하는 상품에 대한 질의 수준을 정하여 이와 같게 만들고 불량률이 0(Zero)이 되도록 해야 한다.

가. 소비자는 다음 단계 사용자로부터 최종 소비자까지를 모두 포함한다.

나. 상품은 제품과 서비스를 말한다.

다. 서비스는 납기, 양, 운송, 포장, 품질보증 등을 말한다.

2. 자재관리는 좋은 품질과 싼 자재를 필요한 시기에 필요한 양을 공급받도록 하여 이를 낭비와 손실 없이 사용하는 것이다.

가. 자재는 제품에 직·간접으로 들어가는 원부자재, 운전용품, 포장재료, 동력(Steam, 전기, 용수)등을 말한다.

나. 낭비는 필요량 이상으로 사용하여 버리는 것이고, 손실은 잘못 사용함으로써 불량을 발생시켜 손해를 가져오는 것이다.

3. 인적관리는 같은 일(양)을 적은 인원으로 하도록 하여 상품에 들어가는 단위 당 인적 Cost를 줄이는 것이다.

　가. 같은 일(양)을 적은 인원으로 하려면, 일에 알맞은 사람을 확보하여 교육훈련을 철저히 해야 하고 작업개선과 공정개선을 적극적으로 추진해야 한다.

　나. 인적 Cost는 임금, 복리후생비 및 이와 관련된 파생비용 등을 말한다.

4. 능력관리는 주어진 설비로 최대한의 능률을 내고 설비를 개선하여 능력을 향상시키는 것이다.

　가. 최대한이라 함은 이론 계산치의 Full Capacity(최대능력)와 생산량이 동일함을 말한다.

　나. 개선은 설비를 보완 또는 개조하여 생산능력의 수준을 올리는 것이다.

연구개발관리

● 연구개발관리의 정의

> **이윤극대화를 위해서 새로운 상품을 만들어 내거나, 기존상품의 품질 또는 원가를 혁신하거나, 경영관리 기법을 발전시키는 것이다.**

1. 새로운 상품을 만들어 낸다는 것은

　우리가 만들지 않던 상품을 탐색, 선별, 평가, 결정하여 상품, 자재 및 공정을 설계하고 설비를 갖추고 운전방법을 찾아내어 생산할 수 있도록 하는 것이다.

2. 기존상품의 품질을 혁신한다는 것은

　우리 상품의 선호도를 높여 매출량을 늘리거나 매출단가를 높일 수 있도록 상품의 기능, 성능, 형태 등을 개량하는 것이다.

3. 기존상품의 원가를 혁신한다는 것은

　우리 상품의 경쟁력을 높이거나 이윤폭을 크게 할 수 있도록 대체자재의 개발, 기술(공정, 설비, 운전방법) 혁신 등을 통하여 단위당 제조원가를 낮추는 것이다.

4. 경영관리 기법을 발전시킨다는 것은

　선경경영관리체계의 수정·보완 및 이의 운영요령을 개발하고, 이를 중심으로 한 새로운 경영관리 기법을 만드는 것이다.

〈운영요령〉

1. 새로운 상품을 만들어 낼 때에는

가. 경험이 없어 생소한 분야보다는 기존상품의 경험을 바탕으로 하여 개발이 용이하고 성공도가 높은 것부터 대상으로 삼아야 한다.

나. 성장성이 있고 장기간 독점성이 유지되는 상품을 가장 선호하여야 한다. 이러한 상품은 기술집약적이고 자본집약적이며, 그 기술은 조직운영을 잘해야 성공할 수 있는 그런 기술이어야 한다.

다. 장기 경영계획과 부합되어야 한다.

2. 연구개발을 효과적으로 수행하려면

가. 관련된 착상을 얻거나 불필요한 연구개발을 방지하기 위하여 정보관리를 잘 할 수 있도록 조직을 운영해야 한다.

나. 기초연구보다 응용연구, 응용연구보다 개발연구에 중점을 두어야 한다.

다. Risk Hedging(위험을 최소화하는 방안, 차선책의 강구 등)을 잘 해야 한다.

라. 과정에서 얻어진 경험(기술, 인력, 자료 등)을 최대한 활용해야 한다.

3. 연구개발을 활발히 하게 하려면

가. 연구개발의 책임은 최고 경영자가 져야 한다.

나. 연구개발 성과가 좋을 때에는 관련자에게 그에 상응하는 포상을 해야 한다.

4. 선경경영관리체계를 수정·보완하거나 이의 운영요령을 개발할 때에는

가. 전체적인 체계 및 경영기본이념에 대해서는 경영기획실을 중심으로,

나. 경영관리요소는 각사가 특성에 맞게 개발하되, 공통적인 부분은 경영기획실을 중심으로 한다.

구매관리

● 구매관리의 정의

> **우리가 원하는 상품을 될 수 있는 한 싼 값으로 필요한 양을 적기에 사는 것이다.**

1. 우리가 원하는 상품이란 양질의 상품, 즉 양질의 제품과 서비스를 말한다.

가. 우리가 원하는 질의 상품을 사기 위해서, 구매자는 사용자의 요구를 철저히 파악하고, 이를 충족시킬 수 있는 상품을 찾아야 한다.

나. 서비스는 납기, 포장, 운송, 지급조건, 품질보증 등의 거래조건을 포함한다. 특히 납기는 재고, 지급조건 및 공급자의 신용도와 밀접한 관계가 있다.

2. 될 수 있는 한 싼 값으로 필요한 양을 적기에 산다는 것은, 공급자의 경쟁도와 상관관계가 있다.

경쟁은 편의상 그 정도에 따라 완전경쟁, 과점 및 독점으로 구분되는데 구매에서는 완전경쟁이 가장 좋다.

그러므로 시장조사를 철저히 하여

가. 완전경쟁 상태의 상품을 사야하고,

나. 독과점 상태의 상품이라도 가능한 한 공급자의 수를 하나로 하지 않고 둘 이상으로 늘려 경쟁도를 높여서 사야 한다.

안전관리

● 안전관리의 정의

> **기업의 인적·물적손실과 환경오염이 없도록 사고를 예방하고, 발생시 그 피해를 최소화하는 것이다.**

1. 인적손실이란 업무수행 과정에서 사고로 인하여 발생하는 종업원의 사망과

상해를 말하며, 작업환경으로 인한 직업병을 포함한다.

2. 물적손실이란 사고로 인한 재산상의 직·간접 손실을 말한다.

가. 직접손실이란 사고와 직접적으로 관련되어 발생하는 재산손실을 말한다.

나. 간접손실이란 사고의 처리와 복구 등에 소요되는 인력과 시간 손실, 조직 분위기와 종업원의 의욕 저하 등으로 인한 생산성 저하, 예상수익의 감소, 대외적 신용 실추 및 기업이미지 저하 등을 말한다.

3. 환경오염이란 기업에서 발생시키는 대기, 수질 및 토양오염과 소음, 진동 등으로 공중에게 피해를 주는 것을 말한다.

4. 사고를 예방하고 피해를 최소화한다는 것은 사고에 대한 철저하고 정확한 조사·연구를 하여, 완벽한 대책을 수립하고, 이를 빈틈없고 야무지게 집행하는 것을 말한다.

가. 가능한 한 많은 사내외의 사고 사례를 수집하고 분석하여 사고유형별 원인, 피해, 조치 및 파급효과 등을 철저히 파악하고,

나. 각 사업장이 가진 사고의 가능성과 사람, 설비 및 관리상의 불안전요인을 빠짐없이 찾아내어, 이를 제거할 수 있는 철저한 예방대책을 세워야 한다.

다. 사고발생의 조기발견 체제를 구축하고, 발생시 신속·정확하게 대처하여 피해를 최소화할 수 있는 빈틈없는 대비책을 마련해야 한다.

라. 안전과 관련된 설비, 장치 및 도구의 사용이나 규정 등의 시행은 누구나 쉽고 간단하게 알 수 있도록 해야 한다.

마. 조사 연구에서 집행에 이르는 일련의 관리활동은 수시, 주기적으로 점검·확인하고, 수정·보완해 나가야 한다.

5. 안전관리는 이윤극대화를 뒷받침하는 것으로서, 최소의 비용으로 가장 효율적으로 실행될 수 있어야 한다.

PR관리

● PR관리의 정의

> **경영에 유리하도록 공중과의 관계를 좋게 하고 우리가 뜻하는 바를 올바르게 인식시키는 것이다.**

1. 공중과의 관계를 좋게 한다는 것은 공중이미지(Public Image)를 좋게 형성하여 회사에 이익이 되게 하는 것이다. 좋은 공중이미지는 공중이 기업의 문화(Corporate Culture)를 사회규범에 비추어 좋다고 판단할 때 형성되는 것이므로 먼저 좋은 기업문화를 만들어야 한다.

가. 공중이란 우리 회사와 직접 간접으로 관계가 있는 종업원, 주주, 소비자, 정부기관, 언론기관, 금융기관, 공공단체, 재계, 학계, 지역주민, 일반대중 등을 말한다.

나. 공중이미지는 공중에 비쳐지는 우리 회사의 구체적 모습이므로 전 종업원이 자발적으로 좋은 공중이미지 형성에 힘써야 하며, 특히 최고경영층으로 올라갈수록 이에 대해 각별한 관심을 가져야 한다.

다. 기업문화란 기업 활동을 통해 형성된 기업 나름대로의 독특한 문화이며, 이 기업문화는 공중이미지를 좋게 하기 위해서 끊임없이 점검·개선·발전시켜 가야 한다.

(선경의 기업문화는 SKMS를 바탕으로 이루어져 가고 있다.)

2. 우리가 뜻하는 바를 올바르게 인식시킨다는 것은 기업 활동 중 특히 잘 알려지지 않는 부분을 찾아 능동적·계획적으로 공중에게 알림으로써 이해와 호의를 얻어 회사에 이익이 되게 하는 것이다. 이를 위해서 Publicity, 기업광고, 상품광고, 기타 PR수단을 잘 활용해야 한다.

가. Publicity는 여론 형성에 영향을 주는 언론매체가 공중에게 우리 회사를 잘 알리게 하는 것으로 그 방법에는 보도자료 제공(News Release), 기자회견, Open House, 취재협조 등이 있다.

나. 기업광고는 공중에게 우리 회사, 특히, 기업문화의 좋은 점을 잘 알려 우리

회사에 대한 호의를 갖게 하는 것이다.

　다. 상품광고는 소비자에게 우리 상품을 널리 알려 높은 가격으로 많이 사게 하는 것이다.

　라, 기타 PR 수단에는 사보, 뉴스레터(News Letter), 영상물, 이벤트(Event), 로비활동(Lobbying)등이 있다.

　3. 가장 효과적인 PR은 우리 회사와 직접·간접으로 관계가 있는 공중이 스스로 우리 회사를 다른 사람에게 좋게 말하는 것이다.

동적요소

　현실적으로 경영을 해 나가는 데 사람 속에나 사람들 사이에 있는 요소로서 눈에 잘 보이지 않아서 관리하기가 어렵거나 또는 소홀히 하기 쉽지만 경영에는 중대한 영향을 미치기 때문에 운영 편의상 이를 동적(Dynamic)요소라고 한다.

　사람은 상대적이어서 주변 여건이나 환경이 바뀌면 민감하게 반응하게 되며 특히 상급자가 어떻게 다루느냐에 따라 다르게 나타난다. 부서장이 수시로 변하는 개인의 동적요소를 잘 관리할 수 있다면 구성원들이 자발적이고 의욕적으로 일하게 되어 높은 경영성과를 얻을 수 있다. 따라서 동적요소관리는 사람의 생산성을 활성화시키는 데 크게 작용한다.

　통상적으로 사람관리는 인력관리부서에서 하지만, 일을 통해서 많은 접촉을 갖게 되고 많은 시간을 함께 보내는 부서장이 인력관리부서에서 못 다루는 부분을 관리해야 한다.

　경영성과를 높이기 위해서 Super Excellent 수준을 추구할 때 운영 주체는 부서장이 중심이 되어야 하고 동적요소관리도 역시 부서장이 하기 때문에 Super Excellent 수준 추구와 동적요소관리는 부서장을 중심으로 불가분의 관계가 있는 것이다.

　더욱이 Super Excellent 수준 추구법을 장기적인 경영전략 측면에서 활용하려면 사람요소가 매우 중요하기 때문에 부서장의 동적요소관리는 필수불가결한 것이다.

　동적요소관리 분야도 다양하게 많지만 그 중에서 중요한 몇 가지만이라도 선정해서 관리를 잘하여 성과를 높이도록 해야 한다.

의욕관리

● 의욕관리의 정의

> **개인(Individual)이나 단위조직 구성원 전체(Group)가 자발적이고 의욕적으로 일할 수 있게 하는 것이다.**

1. 자발적이고 의욕적으로 일할 수 있게 하려면 의욕에 영향을 크게 주는 요소인 공정하고 합리적인 인사관리, 일에 대한 보람, 기타 심리적인 요소들을 잘 다루어야 한다.

  가. 공정하고 합리적인 인사관리란 특히

  (1) 적정한 수준의 급여

  (2) 공정한 승진관리

  (3) 합리적인 이동관리

  (4) 공정한 기여도 평가에 의한 퇴직관리 등을 말한다.

  나. 일에 대한 보람이란 눈에 보이지 않는 심리적인 수입으로서 금전적인 수입에 못지않게 의욕에 큰 영향을 미친다. 이를 잘 다루기 위해서는 경영에의 참여의식 및 책임과 권한을 가지고 소신 있게 일을 할 수 있도록 하여 만족감을 갖도록 해야 한다.

  다. 이밖에도 의욕에 영향을 주는 심리적인 요소가 많이 있다. 이러한 요소들은 사람이나 상황에 따라 달라질 수 있으므로 이를 잘 찾아내어 관리해야 한다.

〈의욕과 회사이익과의 관계〉

1. 회사의 조직이 아무리 유기적으로 짜여 있다 하더라도 구성원들의 의욕수준이 낮으면, 그 조직은 활력소가 부족하게 되어 높은 경영성과를 이룰 수 없다.

2. 의욕은 심리적인 것이기 때문에 눈에 잘 보이지 않고, 측정하기도 곤란할 뿐 아니라, 의욕에 작용하는 요소들도 매우 복잡하고 다양하여 다루기 어려우나, 이를 지속적으로 잘 관리하면 구성원들의 의욕수준이 높아져서 자발적 의욕적으로 경영활동에 참여하게 되어 이윤극대화가 가능해진다.

〈운영요령〉

1. 부서장은 부하직원의 의욕관리를 위해

가. 부하직원 개개인의 심신상태를 파악하여 문제가 있으면 해결해주어야 한다. (사람 Condition 관리)

나. 부하직원 개개인에 대하여 SK-Manship과 관리역량을 파악해서 알맞은 대우를 받도록 승급과 승격에 반영해야 한다.

다. 부하직원 개개인이 적성, 희망 및 동적요소 수준에 맞는 일을 할 수 있도록 이동시켜야 한다.

라. 부하직원 개개인에게 SK-Manship을 함양시키고 관리역량을 신장시키도록 교육훈련을 해야 한다.

마. 부하직원 개개인이 일을 소신 있게 수행할 수 있도록 책임과 권한을 구체적으로 명시해야 한다.

바. 부하직원 개개인의 행동이 회사 이익에 직접 관련된다는 것과 개개인의 의견이 부서 전체의 의사결정에 반영되고 있음을 인식시켜야 한다.

사. 의욕에 영향을 주는 요소는 수 없이 많기 때문에 이를 모두 찾아서 일일이 관리하는 것보다는 의욕이 떨어진 원인을 찾아서 관리하는 것이 효율적이다.

아. 의욕관리 과정에서 나타난 회사의 제도적인 문제점을 인력관리부서장에게 통보하여 경영에 반영시키도록 한다.

자. 의욕수준을 높이기 위해서는 부서장의 의욕관리와 개개인의 노력이 같이 이루어져야 한다. 따라서 구성원 개개인도 자신의 의욕을 저하시키는 원인을 찾아 해결하도록 스스로 노력해야 한다.

2. 인력관리부서장은 전사적 의욕관리를 위해

가. 각 부서장의 의욕관리 실태를 점검하고 적극 지원해야 한다.(사람 Condition관리 System 등)

나. 상급자의 의욕수준이 하급자의 의욕수준에 크게 영향을 미치므로 특히 중점적으로 관리해야 한다.

다. 연 2회 이상 정기적으로 회사 전체의 의욕수준을 점검(면담 또는 설문지를 통하여)하여 사장에게 보고하고 인력관리에 반영해야 한다.

관리역량관리

● 관리역량관리의 정의

> **경영자의 일처리 역량을 극대화하기 위해서 시간과 심신의 조건을 잘 관리하고 일을 다루는 요령을 키우는 것이며, 이렇게 하여 신장된 관리역량을 경영성과의 극대화에 활용하는 것이다.**

1. 관리역량의 한계요소에는 시간, 심신의 조건 일을 다루는 요령이 있다

이 중 시간과 심신의 조건은 장기적으로 볼 때 사람마다 큰 차이가 없어 관리역량을 신장시키는 데는 커다란 영향이 없다.

그러나 일을 다루는 요령은 개인마다 차이가 크며 노력에 따라 크게 늘어날 수 있는 것이다. 따라서 관리역량을 신장시키기 위해서는 일을 다루는 요령을 키우는 데 주력해야 한다.

2. 일을 다루는 요령이란

가. 해야 할 일을 파악해서 조직을 짜고,

나. 일을 맡을 사람을 선정·배치하여,

다. 부하 직원에게 될 수 있는 한 많은 일을 맡기되 방임이 되지 않도록 챙기면서 맡기는 조직운영의 묘를 말한다.

3. 신장된 관리역량을 경영성과의 극대화에 활용하려면 Super Excellent 수준을 추구해야 한다.

〈운영요령〉

1. 해야 할 일을 명확히 하고 조직을 잘 짜려면 회사의 목적과 상위부서의 임무에 부합되는 자기의 임무를 명확히 하고 다른 조직단위와의 유기적인 관계를 잘 파악하여 이에 맞는 조직구조를 만든다.(조직관리)

2. 직무분석을 철저히 하여 직무수행에 필요한 자격요건을 파악하고 개개인의 희망, 적성, 능력 등을 고려하여 알맞은 사람을 선정·배치한다.(인사관리)

3. 조직을 잘 짜려면 섬세하게 세분해서 짜야 하나 조직운영에는 간편하게 짜

는 것이 좋으므로, 조직의 미비점이 있게 된다. 또 사람은 누구나 장·단점이 있어 유능한 사람을 배치한다 하더라도 미흡한 점이 있기 마련이다. 그러므로 일을 맡길 때는 조직과 사람의 부족한 점을 보완하여 일의 실수가 없도록 조직운영의 묘를 살려야 한다. (조직의 Management Technique)

4. 조직운영의 묘란 가능한 한 많은 일을 부하에게 맡겨서 운영하되 방임이 되지 않도록 잘 챙기면서 맡기는 것을 말한다.

가. 조직운영의 방법에는 집권화(Centralization)와 분권화(Decen-tralization)가 있으나 기업에서는 인체조직과 같이 양자가 동시에 예민하게 이루어져야 한다. 일을 맡긴다는 것은 분권화를 위한 것이고, 챙긴다는 것은 집권화를 위한 것이다. 따라서 잘 챙기고 맡겨서 집권화와 분권화가 동시에 잘 이루어지도록 해야 한다.

나. 일을 많이 맡길수록 상사의 관리역량이 커지고 부하의 역량도 신장된다.

다. 일을 챙기면서 맡기는 모든 과정에서 부서장과 부하직원이 상호 충분히 토의·합의해가도록 한다. 이를 위해서는 Can Meeting 제도를 적극 활용하도록 한다.

라. 부하직원의 역량에 따라, 맡기는 일과 시간을 점진적으로 늘려 나간다. 즉처음부터 여러 가지 일을 한꺼번에 맡기는 것이 아니라 일을 하나씩 맡겨 나가고, 또 하나의 일을 맡길 때에도 맡기는 기간을 일간, 주간, 월간, 분기, 반기, 년 등과 같이 단계적으로 늘려 가도록 한다.

마. 맡긴 일이라도 제대로 수행되지 않아 실수가 있을 때에는 맡긴 일을 회수하여 부하직원이 올바로 처리할 수 있을 때까지 맡기는 절차를 다시 밟는다.

바. 일을 맡긴다는 것은 일을 처리할 수 있는 권한을 맡기는 것이지 결과에 대한 책임을 부하 직원에게 전가하는 것은 아니다.(Power Delegation)

사. 부하 직원에게 맡긴 일의 진행상황을 언제든지 파악할 수 있는 시스템(예: Computer Network System)을 갖추어야 한다.

5. Super Excellent 수준 추구와 동적요소관리를 위한 지침과 규정을 만들어 부서장이 책임과 권한을 가지고 부하직원의 특별관리를 잘 할 수 있게 해야한다.

Coordination관리

● Coordination관리의 정의

> **조직을 유기적으로 운영할 수 있도록 Cooperation과 Coordination을 잘하는 것이다.**

1. Cooperation(협동)이란 일정한 목표달성을 위하여 동질적인 일을 수행할 때 힘이 최대로 모아지도록 부서 내에서 상·하가 서로 협력하는 것이다.

2. Coordination(조정)이란 일정한 목표달성을 위하여 이질적인 일을 수행할 때 힘의 손실이 없도록 서로 다른 일을 하는 부서 간에 상호 협조하는 것이다.

3. Cooperation은 부서내 상·하간에 서로 협력하여 일하는 것이므로 보통 잘 이루어진다. 이에 비해 Coordination은 서로 다른 일을 하는 부서 간에 상호 협조하는 것인데, 자기부서의 일을 먼저 앞세우고 타부서와의 협조관계를 2차, 3차로 미루거나 전혀 고려하지 않는 경우가 많아 잘 안 이루어지는 게 통례이므로 특별히 잘 관리하여야 한다.

4. Cooperation과 Coordination을 그림으로 나타내면 다음과 같다.

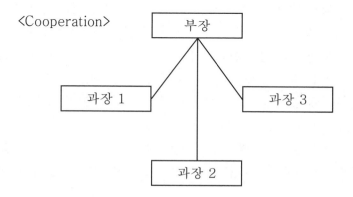

<Coodination>

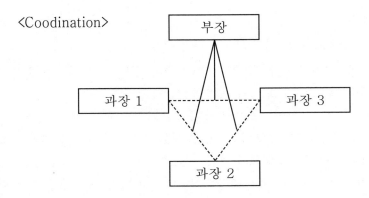

점선은 과장간의 협조관계를 나타내고 실선은 과장간의 협조관계를 부장이 직접 관리하는 것을 나타낸다.

따라서 Coordination관리는 점선과 실선이 모두 있어야 한다.

아래 그림과 같이 부장의 직접관리(실선)가 없이 과장간의 자발적 Coordination에만 의존하려 하면 Coordination이 잘 이루어지기 어렵다.

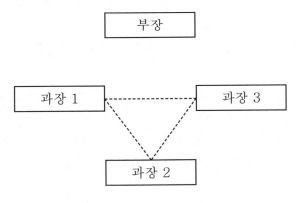

<Coordination과 회사이익과의 관계>

회사는 이익극대화를 위해 조직되어 있다. 회사의 이익은 회사의 힘에 비례하며 회사의 힘은 회사를 이루는 단위조직의 힘의 합(合)이다. 각각의 단위조직의 힘은 Cooperation을 통해 최대로 모아지며 Coordination을 통해 단위 조직 간에 발생하는 힘의 손실이 방지된다.

따라서 Cooperation 및 Coordination이 잘 되고 못되고는 회사이익과 밀접한 관계가 있다.

<운영요령>

1. 부서장은 Cooperation이 잘되도록 하기 위해

가. 부서·전체 및 구성원 개개인의 Cooperation 상태, 즉 구성원들이 부서장에 대하여 협력하려는 자세가 얼마나 잘되어 있는지를 점검한다.

나. 잘되고 있지 않는 경우 그 원인을 정확히 파악하여 해결한다.

2. 부서장은 구성원간의 Coordination에 대해 일차적인 책임을 지며 구성원간의 Coordination이 잘되도록 하기 위해

가. 구성원간의 상호 협조상태를 점검하고, 잘 되고 있지 않는 경우 그 원인을 정확히 파악한다. Can Meeting을 주기적으로 열어 원인 파악에 활용한다.

나. 구성원간에 해결되지 않는 문제는 부서장이 직접 해결한다.

다. Coordination이 잘 안되는 구성원에 대해서는 이를 지적하여 개선이 되도록 유도하고 필요한 경우에는 인사권도 활용한다.

3. 구성원들은 Cooperation 및 Coordination이 잘되도록 하기 위해

가. 부서장에 대한 불만이나 문제점이 있을 경우 반드시 알려서 해결할 수 있도록 한다.

나. 구성원 상호간의 협조가 당연한 임무임을 항상 인식하여 자발적으로 Coordination에 임한다.

<관계회사간 Coordination>

그룹 전체를 하나의 회사로 볼 때 각사는 단위부서, 각사 사장은 부서장이라고 할 수 있다. 이러한 차원에서 관계회사간의 Coordination이 이루어져야 한다.

Communication 관리
(동적요소 측면을 중심으로 다룸)

● **Communication 관리의 정의**

조직 구성원 상호간에 의사전달 충분히 이루어지도록 하는 것이다.

1. 조직 구성원 상호간의 의사전달에는 상의하달, 하의상달, 횡적 의사 전달 등이 있다.

횡적 의사전달은 비교적 잘 이루어지는 편이나 상하간의 의사전달, 특히 하의 상달은 잘 이루어지지 않으므로 이를 잘 관리하는 것이 중요하다.

2. 의사전달이 충분히 이루어진다는 것은 구성원 서로가 모든 의사를 빠짐없이 자유롭게 전달하여 똑같이 이해하고, 전달하고자 하는 내용에 따라 의견일치나 일체감 형성에까지 이르는 것이다. 이를 위해서는 Can Meeting을 잘 활용하여야 한다.

3. 의사전달 방법에는 대화, 문서, 신호, Gesture 등이 있다.

가. 충분한 의사전달을 위해서는 사람이 직접 대면하는 대화가 가장 중요하며, 대화는 격의 없고 활발하게 이루어지도록 해야 한다.

나. 특히 기영경영에서 대화나 문서에 의해 의사를 전달할 때 그 매개체인 경영용어에 대하여 통일된 정의를 내려 똑같이 이해하고 사용해야 한다.

〈Communication과 회사이익과의 관계〉

1. 조직 내의 의사전달이 충분히 이루어지면 구성원 사이에 생길 수 있는 오해나 갈등이 해소되고 이해와 신뢰가 조성되어 구성원들의 힘을 모으기가 쉬워지므로 회사이익을 극대화하는 데 도움이 된다.

2. Communication은 조직의 경직화를 막을 수 있는 가장 중요한 요소이다. 따라서 Communication이 잘 되면 조직이 유연하고 튼튼하게 되어 유기적인 조직운영이 가능해지므로 효율적인 경영활동을 할 수 있다.

〈운영요령〉

1. 모든 구성원은 Communication을 잘하기 위해

가. 의사전달을 정확히 해야 한다. 이를 위해서는

(1) 경영용어에 대하여 통일된 정의를 내려야 한다.

용어의 정의는 하는 일과 범위를 정하고 그 내용을 구체적으로 명확히 표현하는 것이다.

(가) 숫자로 나타낼 수 있는 것은 숫자로 표시한다.

(나) 도식으로 나타낼 수 있는 것은 도식으로 표시한다.

(다) 항목으로 규정할 필요가 있는 것은 항목으로 규정한다.

(2) 성격, 지위, 지식수준 및 신념 등 상대의 특성에 맞추어 Communication을 해야 한다.

(3) 상대의 이해정도를 확인해가며 Communication을 해야 한다.

(4) 전달할 때는 내용, 시기, 분위기 등에 따른 전달효과를 충분히 고려해야 한다.

나. 상대의 말을 경청해야 한다. 이를 위해서는

(1) 상대의 말을 자기 나름대로 성급하게 해석하지 말고, 있는 그대로 끝까지 들어야 한다.

(2) 상대방이 말하려는 의사를 갖고 있어도 말로 표현하기 힘든 내용까지 파악하려고 노력해야 한다.

(3) 자신이 이해하고 있는 내용을 Feed Back해서 올바로 이해하고 있는지 확인해야 한다.

(4) 상대의 입장에서 이해하려고 노력해야 한다.

다. Communication을 활발히 하고자 하는 자세를 가져야 한다.

2. 부서장은 부서내의 Communication이 잘 이루어지도록

가. 활발한 하의상달을 위하여

(1) 조직 분위기를 개방적으로 유지하며, 특히 상하 간에 터놓고 얘기할 수 있는 분위기를 만들고 Can Meeting을 잘 활용해야 한다.

(2) 사람 Condition관리 System을 활용하여 하급자가 스스로 얘기하지 않는 의사까지도 파악하려고 노력해야 한다.

나. 부서 내에서 사용되는 용어와 타부서와의 업무 진행상 필요한 용어의 정의를 부하직원에게 명확히 이해시키고, 이의 사용 여부를 항상 점검해야 한다.

다. 지시·방침의 전달에 있어

(1) 취지 및 배경에 대한 설명을 충분히 해야 한다.

(2) 일방적 전달에 그치지 말고 질문이나 자기의사 표명의 기회를 주어 즉시 Feed Back을 받도록 해야 한다.

3. 인력관리부서장은 전사적 Communication이 잘 이루어지도록

가. 회사 내에서 공통적으로 사용되는 경영용어집을 만들어 관리하고, 이를 모든 구성원에게 이해시켜야 한다.

나. 연 2회 이상 모든 구성원이 경영용어에 대하여 서로가 분명하고 통일된 이해를 하고 사용하고 있는가를 점검해야 한다.

다. 제안제도, 고충처리제도, 인력관리부서에 의한 면담·의견조사 등 상사를 직접 경유하지 않고도 하의상달이 이루어질 수 있는 길을 확립해야 한다.

라. 각 부서의 Can Meeting과 사람 Condition관리 System이 잘 운영되고 있는지를 점검해야 한다.

4. 각종 위원회 및 부서간 회의 때 주관부서는 사용하려는 용어에 대해 사전에 명확하게 정의를 내려 상호간 충분히 이해시킨 후 회의를 진행해야 한다.

SK-Manship관리

SK-Manship관리 정립의 필요성

선경에서는 경영을 가장 효율적으로 하기 위해 SKMS를 만들었다. SKMS를 운용하는 주체는 선경인이고, 선경인의 특별한 자질관리가 없어도 SKMS는 운용되지만 가장 높은 성과를 올리는 데에는 선경인의 자질 향상을 빼놓을 수 없으므로 이에 필요한 자질관리를 SK-Manship 관리라 하고 동적요소관리의 하나로 채택했다.

일반적으로 많은 사람들은 어려운 일이 있으면 이를 피하려는 경향이 있고 우리 기업경영에서도 그와 비슷한 상황이 많다. 그런데 기업경영에는 꼭 해야 할 많은 어려운 일들이 산재해 있고 특히, 높은 경영목표를 내세울 경우에는 더욱 그러하다. 따라서 어떠한 난관이 있고 목표가 아무리 높다 하더라도 반드시 해내겠다는 신념을 가지고 노력하고 또 노력하면 성취될 수 있으므로 선경인이 갖추어야 할 경영자질의 첫째 요건으로 패기를 내세웠다.

기업경영에는 일반적인 경영지식을 갖고 임하는 것이 상식이지만 선경에서는 모든 선경인이 합의하여 정립한 SKMS가 있어 이를 경영관리의 근간으로 삼고 있다. 따라서 SKMS지식과 경영에 부수된 지식을 선경인의 경영자질 요건으로 정했다.

또한 선경인은 모든 기업경영에 종사하는 사람과 마찬가지로 개인의 대내외 사교생활과 가정생활이 있고 건강관리가 필요하므로 자기 주변의 여건을 잘 관리해서 회사업무 수행에 지장을 주지 않도록 해야 한다. 따라서 사교자세, 가정 및 건강관리도 선경인의 경영자질의 한 요건으로 정했다.

SK-Manship관리에 있어 회사나 부서장은 점검과 필요한 지원을 하고 자질 향상의 노력은 개개인 자신이 하는 것이다.

● SK-Manship관리의 정의

> **선경인이 기본적으로 갖추어야 할 자격요건인 패기, 경영지식, 경영에 부수된 지식, 사교자세, 가정 및 건강관리의 수준을 높이는 것이다.**

1. 선경인의 패기란 일과 싸워서 이기는 기질이다. 선경에서는 패기의 Training이 가능하도록 사고를 적극적으로 하고, 행동은 진취적으로 하며, 일처리는 빈틈없고 야무지게 하는 것으로 구분했다.

이러한 Training을 통하여 패기 수준을 높이면 Super Excellent 수준을 지속적으로 추구하는 데 크게 기여할 수 있는 것이다.

가. 적극적 사고란 아무리 어려운 일이라도 하면 된다는 신념을 가지고 이를 해결하는 방안을 찾는 것이다.

나. 진취적 행동이란 자발적으로 경영 문제를 해결하고, 목표를 설정하면 어떠한 난관이 있더라도 이를 극복하여 달성하는 것이다.

다. 일을 빈틈없고 야무지게 처리한다는 것은 자기가 맡은 일을 과학적으로 분석하고 계획을 치밀하게 수립하여 철저히 처리함으로써, 다른 사람이 두 번 다시 손댈 필요가 없도록 하는 것이다.

2. 경영지식이란 선경경영관리체계(Sunkyong Management System)에 관한 지식으로 경영기본이념과 경영관리요소가 있다.

경영관리 체계의 각 요소는 서로 밀접한 관계가 있으므로 종합적이고 체계적으로 이해해야 한다.

3. 경영에 부수된 지식이란 경영활동에 필요한 부수된 지식으로 생활과학과

외국어에 관한 지식을 말한다.

가. 생활과학에 관한 지식이란 합리적인 경영을 위한 과학적 사고력을 기르는 데 필요한 기초과학 지식으로 수학, 물리, 화학, 생물에 관한 지식을 말한다.

나. 외국어에 관한 지식이란 기업의 세계화에 적응하기 위해 필요한 외국어 지식으로 최소한 2개 국어(영어 및 Business에 필요한 기타 외국어)에 관하여 외국인과 대화가 가능한 수준 이상의 지식을 말한다.

4. 사교자세란 경영활동의 수행에 따른 대인관계에 있어서 이성과 자제력을 가지고 예의바르게 행동하는 것이다.

가. 이성적인 행동이란 어떠한 경우라도 감정을 내세우지 않고 이성적으로 행동하는 것을 말한다.

나. 자제력을 갖춘 행동이란 사람은 여러 가지 욕구를 갖기 마련이지만 지나친 욕구는 남의 눈살을 찌푸리게 하므로 이를 자제하는 것을 말한다.

다. 예의바른 행동이란 사람이 사는 사회에는 꼭 예의가 있기 마련이므로 최소한 상식에 속하는 예의를 지키는 것을 말한다.

5. 가정 및 건강관리란 회사업무 수행에 지장이 없도록 원만한 가정생활과 양호한 건강상태를 유지하는 것이다.

가. 가정관리란

(1) 부모에게 효도하고 자녀에게 올바른 교육을 시키고,

(2) 부부간에 화목하고 회사업무를 수행함에 있어 가정의 호응을 받을 수 있도록 하는 것이다.

나. 건강관리란

건강은 사람이 활동하는 데 큰 영향을 주는 요소이므로 항상 이를 잘 관리해야 하며, 적당한 운동 등을 하여 양호한 건강상태를 유지함으로써 회사업무를 수행하는 데 지장이 없도록 하는 것이다.

〈운영요령〉

1. 부서장은 부하직원의 SK-Manship관리를 위해

가. SK-Manship은 회사업무 수행을 위해 필요함은 물론, 자기계발을 위해서도 매우 중요하다는 것을 부하 직원에게 인식시켜 스스로 SK-Manship 수준을

높이도록 해야 한다.

　나, 상급자의 SK-Manship 수준은 부하 직원에게 직 간접으로 영향을 미치므로 상급자일수록 더욱 SK-Manship 수준을 수시로 파악하여 부족한 부분은 적극적인 교육 및 지원을 통하여 SK-Manship 수준을 높이도록 해야 하고, SK-Manship 수준을 연 2회 이상 인력관리부서장에게 통보해야 한다.

　2. 인력관리부서장은 전사적 SK-Manship관리를 위해

　가. SK-Manship관리 점검표를 만들어 개인별 SK-Manship수준을 기록하고 이를 인사에 반영해야 한다.

　나, 특히 부서장 이상에 대해서는 SK-Manship 수준을 사장의 명의로 년 2회 본인에게 통보해야 한다.

　다. 전사적 SK-Manship 수준을 연 2회 이상 점검하여 이를 사장에게 보고하고, 지속적이고 반복적인 전사적 교육을 실시해야 한다.

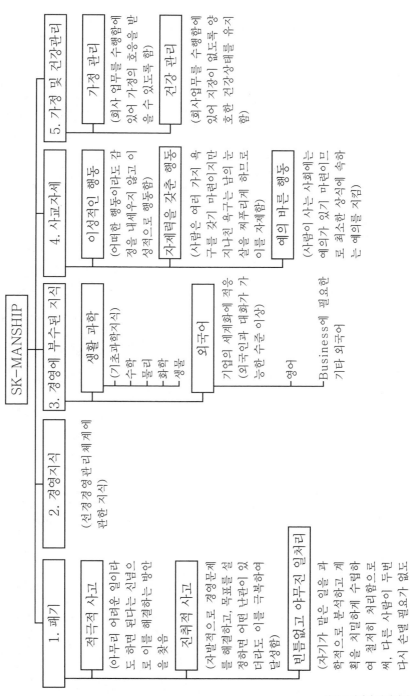

SK-MANSHIP

1. 패기

적극적 사고
(아무리 어려운 일이라도 하면 된다는 신념으로 이를 해결하는 방안을 찾음)

진취적 사고
(자발적으로 경영문제를 해결하고, 목표를 설정하면 어떤 난관이 있더라도 이를 극복하여 달성함)

빈틈없고 아무진 일처리
(자기가 맡은 일을 과학적으로 분석하고 계획을 치밀하게 수립하여 철저히 처리함으로써, 다른 사람이 두번 다시 손댈 필요가 없도록 함)

2. 경영지식

(선경 경영관리체계에 관한 지식)

3. 경영에 부수된 지식

생활 과학
(기초과학지식)
수학
물리
화학
생물

외국어
기업의 세계화에 적응
(외국인과 대화가 가능한 수준 이상)
영어
Business에 필요한 기타 외국어

4. 사교자세

이성적인 행동
(어떠한 행동이라도 감정을 내세우지 않고 이성적으로 행동함)

자제력을 갖춘 행동
(사람은 여러 가지 욕구를 갖기 마련이지만 지나친 욕구는 남에게 실을 제우리게 하므로 이를 자제함)

예의 바른 행동
(사람이 사는 사회에는 예의가 있기 마련이므로 최소한 상식에 속하는 예의를 지킴)

5. 가정 및 건강관리

가정 관리
(회사 업무를 수행함에 있어 가정의 호응을 받을 수 있도록 함)

건강 관리
(회사업무를 수행함에 있어 지장이 없도록 양호한 건강상태를 유지함)

■ 용어해설

Big Margin Small Risk : 수출에서의 큰 매매차익 작은 위험부담

Brain Engagement : 두뇌활용

Can Meeting : 난상토의(爛商討議)를 하기 위한 모임(뒷면에 상세히 보충설
　　　　　　　　명)

Chemical Engineering : 화학공업

Colonialism : 식민주의

Coordination : 경영상의 이질적 요소 조정

Cooperation : 경영상의 동질적 요소 협동

Full Capacity : 공장 등에서의 최대 생산능력

Generalized Management : 일반관리

Globalization : Economic Bloc의 상대개념으로서의 세계화(世界化)

Internationalization 국제화(國際化)

Idealism : 이념주의

Intrapreneuring : 대회사 속의 소사장(小社長)제도(Intracorporate
　　　　　　　　Entrepreneuring의 복합어)

Management Technique : 경영기법

Managerial Capacity : 경영역량

Market Orginate : 시장개척

OCMP : 회장 직속 경영기획실(Office of the Chairman for management
　　　　and Planning)

OEM Base : 주문자 상표부착 제품 생산방식(Original Equipment Manu-
　　　　　　facturer Base)

Own Brand : 자가상표

Per Man Hour Productivity : 일인(一人) 시간당 생산성

Profit Sharing : 이익배분

Red Tape : 까다로운 관료적 형식주의

Regionalism (Economic Bloc) : 지역주의(경제권)

R&D : 연구개발(Research and Development)

Risk Hedging: 경영상의 위험부담 극소화 조치

SKMS : 선경 경영관리 체계 (SunKyong Management System)

Specialized Management : 특별관리

Supex : 극상급(Super Excellent의 복합어)

WOP Business : 잘 조직되고 잘 계획된 사업 (Well Organized Planned Business)

Can Meeting의 유래

미국에서는 변소를 속어로 Can이라 한다. 대학 기숙사 같은 데에서는 방 4개에 하나의 Can이 있는 곳이 흔하다. 하나의 Can을 네 방에 기거하는 사람들이 같이 사용하다 보면 불편한 점이 많을 것은 당연하다. 그래서 네 방 사람들이 불편을 해결하기 위해 자주 모임을 갖게 되는데 그 모임을 Can Meeting이라고 한다.

그러나 1980년대 초부터 SKMS에서 의욕관리의 일환으로 다루기 시작한 Can Meeting은 부서장을 비롯한 전체 단위조직 구성원들이 수시로 그 조직이 담당하고 있는 경영 과제에 관하여 자유롭게 토론하는 모임을 말한다.

이 Can Meeting의 특징은 어떤 구애도 받지 않기 위해 반드시 일상 업무 장소가 아닌 다른 장소에서 이루어진다는 점과 직책이나 직급을 떠나서 스스럼없이 이야기한다는 점이다.

물론 조직 안에서 발생하는 문제들이 한 번의 Can Meeting으로 해결되거나 해소될 수는 없다. 그래서 SKMS에서는 필요할 때마다 자주 Can Meeting을 가짐으로써 하의를 상달하고 목표에 대한 일체감을 조성하는 한편 거리낌 없는 토론을 통하여 인간적 유대를 다지도록 유도하고 있다.

崔鍾賢

1929. 경기도 수원에서 출생
1950. 서울대학교 농과대학 입학
1954. 미국 위스컨신대학 화학과 3년 편입
1956. 위 대학졸업
1962. 선경직물주식회사 이사
1970. 선경직물주식회사 대표이사
1972. 서해개발주식회사 대표이사
1973. 선경합섬주식회사 대표이사
1973. 선경화학주식회사 대표이사
1973. 선경유화주식회사 대표이사
1973. 수원상공회의소회장 (8대,9대,10대)
1977. 선경종합건설주식회사 대표이사
1978. 한국, 브라질 경제협력위원회 회장
1978. 주식회사 선경 대표이사 회장
1980. 대한석유공사 대표이사사장
1983. 전국경제인연합회 부회장
1987. 한국경제연구원 원장

상훈
1971.11. 국무총리 표창
1972.11. 은탑산업훈장
1973.11. 금탑산업훈장

도전하는 자가 미래를 지배한다

값 12,000원

2013년 12월 15일 제11판 인쇄
2013년 12월 20일 제11판 발행

저 자 최 종 현
발 행 인 최 석 로
발 행 처 서 문 당

주소 / 411-420 경기도 고양시 일산서구 법곳동 1155-3
전화 / 031-923-8258, 팩스 / 031-923-8259
등록일자 / 2001. 1.10
등록번호 / 제2012-000197호
창업일자 / 1968.12.24

ISBN 978-89-7243-102-2

* 1991년 12. 16 초판부터 제7판까지는 한국기업문화연구원에서 발행